SİNEM ATAKLI

ARDEL

İHANET
GÜNCELERİ

ARDEL - I

Yazar: Sinem Ataklı
Genel Yayın Yönetmeni: Mustafa Güneş
Yayına Hazırlayan: Emre Özcan
Editör: Ayşenur Nazlı
Düzelti: İnci Nazlı
Kapak Tasarım: Beyzanur Şen
Harita Çizim: Meltem Özkaya
Sayfa Tasarım: Merve Polat

1. Baskı: Mayıs, 2022

ISBN: 978-625-8133-05-9

Yayınevi Sertifika No: 40169

©2022, Sinem Ataklı

Türkçe Yayım Hakkı
©Mürekkep Divit Bas. Yay. San. Dış Tic. Ltd. Şti.
Ephesus Yayınları, Mürekkep & Divit Yayın Grubunun tescilli markasıdır.

"Bu kitap ve kitabın kapak tasarımına ilişkin tüm mali hakları kullanma yetkisi 5846 sayılı Fikir ve Sanat Eserleri Kanunu gereğince Mürekkep Divit Bas. Yay. San. Dış Tic. Ltd. Şti.'ne aittir. Bir başkası tarafından izinsiz kullanılamaz."

Baskı: Kerem Promosyon ve Matbaacılık San. Tic. Ltd. Şti.
Maltepe Mah. Litros Yolu Sok. No:12 Fatih San. Sitesi no: 138
Zeytinburnu / İstanbul
Tel: 0 (212) 612 01 74
Matbaa Sertifika No: 50399

Yayımlayan
Mürekkep Divit Bas. Yay. San. Dış Tic. Ltd. Şti.
Gültepe Mahallesi Şahinler Sokak No:2 Ephesus Plaza
Küçükçekmece / İstanbul
Tel: 444 0 454

www.ephesusyayinlari.com / iletisim@ephesusyayinlari.com

SİNEM ATAKLI

ARDEL

İHANET
GÜNCELERİ

EPHESUS®

"ONLAR DÜŞTÜĞÜMÜZÜ SANIYORLAR
AMA BİZ YÜKSELECEĞİZ."

Kral IV. Howard Elrod, ileri görüşlü bir adamdı. Oğulları arasındaki taht kavgasının önlenemeyeceğini ve kan döküleceğini bildiği için, ölmeden önce ülkesini Doğu ve Batı olmak üzere iki kola ayırdı ve iki oğlu arasında paylaştırdı.

Doğu Ardel, Edmond Elrod; Batı Ardel ise Docian Elrod yönetimine bırakıldı ve Kral IV. Howard sistemin işleyeceğinden emin olmak için tahtından kendi isteğiyle çekildi.

Edmond, adil bir kraldı. Halkına eşitlik ve hoşgörü dağıttı. Ülkesinde yaşayan herkes Kral'a sadıktı. Ya da o, öyle olduğunu sandı.

Docian, açgözlüydü. Güç hırsıyla yanan, bencil bir kraldı. Halkı kendilerinden alınan ağır vergilerden ve işsizlikten şikâyet etmeye başladığı sırada, babasının ölümü onu bambaşka bir yola saptırdı.

Kral Edmond, en yakınlarının ihanetine ve şafak vakti yapılan büyük baskına hazırlıksız yakalandı.

Docian, kardeşinin topraklarını ilhak ederek Doğu Ardel halkını hain ilan etti. Batı Ardel halkına ise sadık halk dedi. Doğu'nun tüm toprakları Batılılara dağıtıldı ve Doğulular onlara ucuz iş gücü, hizmetçi ve köle olarak satıldı.

Artık dünya üzerinde yalnızca tek bir Ardel Krallığı vardı ve o krallığın mutlak hükümdarı Docian'dı.

Kral Edmond ve Kraliçe Ledell, kendi halkının gözü önünde idam edildiği sırada, Doğu Kralı'na gönülden bağlı olan askerler, Kral'ın henüz dört yaşındaki kızı Prenses Audra Faith Elrod'u Batı Kralı'ndan kaçırıp gizli bir bölgede sakladılar. Orada Doğu Direnişi'ni kurarak Prenses'e bağlılık yemini ettiler, onu eğittiler ve tehlikeli bir savaşçı haline getirdiler.

Umutlarını bir çocuğa bağlamayı mantıksız bulanlar ise yeni Ardel Kralı'na bağlılık yemini edip onun saflarına katılmayı seçtiler.

O gün bu gündür halklarımız; aynı kanı taşıyan kardeşler, aynı yemeği paylaşan komşular, akrabalar, dostlar birbirine düşman kesildiler.

Ardel'de yaşayan herkes, görünüşte Kral Docian'a sadık olsa da, Doğu halkı bir gün Prenses'in tahtı devralacağına dair inançlarını sürdürüyorlardı.

Direnişçiler ve Kral Docian'a sadık olan askerler, on dört yıldır savaş halindeydi. Prenses Audra, Direniş'in on dört yıldır koruduğu çok gizli bir yerde, tahtı ve ailesinin intikamını alacağı günü beklemekteydi.

O güne dek, Doğu halkı arasında, kendilerine her şeyin değişeceğini hatırlatmak için kullandıkları teskin edici bir şifre vardı: BEKLE.

Doğu Direnişi ve Prenses Audra'nın Hikâyesi
Ardel'in Asileri

BÖLÜM BİR

HERKESE AİT BİR GÜNCE VARDI,
HER SAYFASINA BİR İHANET YAZILI

Başkent Novastra / Ardel Krallığı
Merkez Hisarı Avlusu

Anlatmaya değer her zafer, ağır bir yenilgi ile başlar; dipte olmanın ne anlama geldiğini bilmeyen, zirveye çıktığında bunun anlamını kavrayamaz. Hiç güvenmeyen, ihanete uğramaz ve bir kez ihanete uğrayan da kolaylıkla birine güven duymaz. Öyle ki bazı gerçekler vardır; insan kendine anlatmaya bile korkar. Kendi zihni ve kalbi bile insana yalan söyleyebilir.

Her şeyini kaybetmiş biri, sahip olduğu sırlara öyle bir sarılır ki, eğer sır dedikleri somut bir şey olsa, dışarıdan bakan biri, onu bir hazine sanabilir. Bir sır, insanın kurtuluşuna da mahvoluşuna da sebep olabilir.

Bazen sessizlik güvende olmak demektir, bazen ise tam tersi bir anlama gelir. Ardel Merkez Hisarı'nın avlusu, pek çok korku dolu sessizliğe tanıklık etmiştir. Tıpkı bugün olduğu gibi...

Taş duvarlarla çevrili geniş avluya uğursuz bir sessizlik hâkimdi. Ortamdaki gerginlik neredeyse elle tutulacak bir seviyeye gelmişti, herkesin söyleyecek çok şeyi vardı, ancak konuşacak cesareti yoktu. Nizami bir şekilde sıralanmış insanlar, başlarını kaldırmış, eski ve görkemli hisarı inceliyorlardı.

Hisarın mimarisi korkutucuydu; taş duvarlar, önünde duran meşaleler yüzünden alev almış gibi görünüyordu. Meşalelerin tüm amacı buydu; etrafı aydınlatmak değil, karanlıktan faydalanarak insanlara korkunç bir görüntü sunmak.

Hisarı çevreleyen surların yüksek kısımlarına silahlı askerler konuşlandırılmıştı. Yukarıdan bir emir gelince sıra dağıldı. Tutuklu insan kalabalığı şimdi kadın ve erkek olarak iki tarafa ayrılmıştı, etrafları da ayrı bir muhafız grubuyla hilal şeklinde sarılmıştı. Tutuklular, neler olabileceğini endişe içinde düşünürlerken kaderlerinin belirlenmesini bekliyorlardı.

Sersimyacı Galton Lanner, ellerini karnında birleştirmiş, alıcı gözlerle kalabalığı süzüyordu. İnce dudaklarına pis bir sırıtış yerleşmişti, dökülmüş saçlarını gizlemek için başına bir kukuleta geçirmişti. Ölümsüzlüğü keşfetmek için çok fazla ölüme sebep olmuş, bir taşı altına çevirmeyi başarmak için deneylerinde bir serveti harcamış ama asla başarılı olamamıştı. Fakat başarılı olana kadar durmamaya kararlıydı. Sonu ya da bedeli ne olursa olsun.

"Bunlardan ne kadarı gönüllü, ne kadarı tutsak?" diye sorarken kızların toplandığı alanı erkeklerinkine göre daha dikkatli bir şekilde inceledi. Ufak kara gözleri beklentiyle kısıldı. O, acımasızlığıyla ünlü Kral'ın bile sapkın olarak nitelendirebileceği bir adamdı, fakat Kral yine de onu Ardel'in asilerine karşı bir silah olarak kullanmaktan rahatsız olmazdı.

Sersimyacı'nın hemen yanında bekleyen bir muhafız, bir adım ileri çıkıp, "Büyük bir kısmı tutsak, Sayın Simyacı," diyerek sorusunu cevapladı. "Büyük bir kısım deneylerinize uygun. Erkeklerden yalnızca birkaçı asker olmak için başvurdu. Şansları varsa sınavı geçer ve gerçek bir asker olurlar. Yoksa… kendilerini sizin yanınızda bulurlar."

"Köleye de deneğe de ihtiyacımız var," dedi Sersimyacı, diğer herkesten ayrı bir köşede duran gönüllüleri incelerken kalın kaşlarından teki havaya kalktı. Elini göbeğine yaslayıp sırıttı. "Ve başka şeylere de… Şunlar dayanıklı görünüyor. Diğerleri gibi ilk günden ölüp kalmazlar." Diğer taraftaki çelimsiz tutsakları işaret ederek küçümseyici bir sesle konuşmuştu.

"Oradan sana malzeme çıkacağını sanmam," diye araya girdi Serasker Corridan Sandon. Ardel'in en yüksek rütbeli askeri ve Kral'ın kızı Veliaht Prenses Dewana'nın nişanlısı olduğu için ondan herkes çekinirdi. Kral aksini istemedikçe son sözü daima Serasker söylerdi. Soğuk bir sesle konuşmaya devam ederken sesinde hoşnutsuz bir tını vardı. "Bugüne dek gönüllü olup da sınavı geçemeyenlerin sayısı bir elin parmaklarını geçmez. Kendine güvenmeyen, başarısız olma riskine girmez."

Simyacı, yüzündeki gülümseme solarken avluda yavaş yavaş ilerledi, erkek tutsakları inceleyerek alanda bir avcı gibi dolaşmaya başladı. Adamların çoğu sıska ve işe yaramaz görünüyordu. Kadınların durumu ise daha da fenaydı.

"İşe yarar bir şey gözüne çarpıyor mu, Serasker?" diye sordu Sersimyacı. Bir elinde tuttuğu altın baston ile birkaç tutsağı dürtüp inceledi ama aradığını bir türlü bulamadı. "Bunların hiçbiri deneyleri kaldırmaz."

"İşe yarar birini bulsam onu size bırakmam, Simyacı," dedi Corridan, adamın peşi sıra yürürken. "Asilerin yasa dışı eylemleri yüzünden asker sayımızda azalmalar mevcut. Sadık halkımız kendi işleriyle uğraşıyor, Doğulu hainlerin bize bağışlanan kısmının durumu da ortada," derken başıyla kalabalığı işaret etti. "Bize doğrudan ölüler yollansa da olurdu, çünkü bunların içlerinden zaman kaybı dışında bir şey çıkmayacak gibi görünüyor. Hepsine en fazla bir hafta veriyorum. İkinci haftaya kalmadan çoğu ölmüş olur."

Bu sözleri duyan tutuklular, korku içinde titrediler ve başlarını biraz daha öne eğdiler. Simyacı, cevapsız kalarak erkeklerin arasından ayrılıp kızlara doğru yöneldi. Serasker Corridan ve muhafız, onu takip ederlerken, duvarın tepesindeki askerlerin nöbet değişim saatinin geldiğini belli eden çan sesi duyuldu ve süresini dolduran nöbetçilerin yerini yenileri aldı.

Hızlı ve seri bir şekilde gerçekleşen nöbet değişimi sırasında Simyacı, kadın tutsakları incelemeye başlamıştı. Beşinci sırada duran kızıl saçlı genç kadın ilgisini çekmiş olmalıydı çünkü iğrenç bir sırıtışla kadının önünde durdu, yanı başındaki muhafıza hızlı bir işaret verdi ve kız, bakışları yerde olsa da farkında olmadan Sersimyacı'ya özel olarak gönderilecek tutsaklar listesine girdi.

Sonraki sırada aradığını pek bulamayan Simyacı, hoşnutsuz bir ses çıkarıp ilerlemeye devam etti ve diğerlerinin aksine bilekleri kelepçelenmiş tutsağın yanından bir saniye bile oyalanmadan geçti.

Bu durum Corridan'ın dikkatini çekti. Simyacı'yı takip etmeyi bırakıp üzerinde eski püskü, beyaz bir elbise olan kızın yanında durdu. Zincirlenmiş ellerinin üzerinde ve elbisesinin eteğinde kan vardı. Uzun saçları, karman çorman bir şekilde sırtından aşağı dökülüyordu. Dudağında yeni olduğu belli olan bir yara izi vardı. Bakışlarını bileklerine dikmiş, hareketsiz bir şekilde öylece duruyordu.

Serasker kaşlarını çatıp yanındaki muhafıza, "Kız neden zincirli?" diye sordu. Aslında bu, cevabını bildiği bir soruydu.

Muhafız, elindeki defterden başını kaldırıp kıza baktı ve "O tehlikeli bir suçlu," dedi.

"Suçu neymiş?"

Muhafız düz bir sesle cevap verdi. "Sadık olan ailelerden birinin genç oğlunu öldürmüş ve dahası da var."

Corridan, tek kaşını kaldırıp kıza tekrar baktığında, kızın da bakışlarını yerden kaldırmış, kendisine baktığını gördü. Hisardan yansıyan zayıf ışıkların altında saçları turuncu, gözleri siyah görünüyordu, dudakları düz bir çizgi halindeydi ve diğer kızların aksine duruşu artık daha güçlü ve dikti.

Corridan, muhafıza, "Neden?" diye sordu. "Neden öldürmüş?"

Muhafızdan önce kız öfkeyle konuştu. "Sanki nedenler umurunuzdaymış gibi bir de merak ediyorsunuz," diye söylendi ve muhafız, bunu duyduğu anda elindeki metal sopayla kıza sert bir şekilde vurdu. Kız, dengesini kaybedecek gibi olsa da birkaç saniye sendeledikten sonra daha dik bir duruş sergileyip delici bakışlarını muhafıza dikti.

Muhafız kızın yüzüne doğru, "Sen konuşmayacaksın," diye kükreyip Serasker'e döndü ve "Bilmiyoruz," diyerek onun sorusunu yanıtladı. "Sadık olan öldüğü için aralarında ne geçtiğini öğrenemedik."

Kız alaycı bir şekilde güldüğünde muhafız elindeki sopayı tekrar kaldırdı, ancak tekrar kızın yüzüne indiremeden önce Serasker sopayı havada yakaladı. Muhafız şaşkınlıkla dondu ve sopasını yavaşça yere indirdi.

Sersimyacı, bu sırada arkadaki sırada dolaşmaya başlamıştı ve diğer taraftan yan gözle kısa bir an Corridan'a bakıp tekrar kalabalığı araştırmaya daldı. Kız kelepçelenmiş olduğuna göre zaten simyacılara ayrılmıştı. Simyacı bunu çok iyi bildiği için kızla uğraşmak yerine değerli zamanını diğer kölelere ayırmıştı. Ancak Serasker'in kendi planları vardı. Kızı elindeki zincirlerde uzun süre oyalanarak baştan aşağı bir kez daha süzdü. Elleri yumruk halinde, ayakları hafif aralık duruyordu.

"Adamı nasıl öldürdün?" diye sordu düz bir sesle.

Kız, muhafıza yan bir bakış atıp, "Başını ezdim," diye mırıldandı. Bakışları ifadesiz, sesi buz gibiydi.

Corridan, bu soğukkanlılık karşısında ürperdi ama bunu dışarıya yansıtmadı. "Öylece yere yatıp başını ezmeni beklemedi herhalde?" diye sordu ilgisizce.

Kız, başını iki yana sallarken gözlerini Serasker'in gözlerine dikti. Basit bir şekilde, "Hayır," dedi. "Mücadele etti."

"Sonuçtan belli ki faydasız bir mücadeleydi. Onun için şanssızlık, senin için şans. Zayıf bir oğlana denk gelmiş olmasın." Corridan, söylediklerine kendisi bile inanmadı.

Kızın duruşu ve mimikleri bir şeyleri açıklıyordu, yarım bir gülümsemeyle konuştu. "İnan bana, zayıf falan değildi, neredeyse iki katım ağırlığındaydı."

"Peki, nasıl oldu da sen kız başına onu yere serdin? Şans mıydı? Hile mi yaptın? Onu zehirledin mi?"

Kız, tüm soruları tek tek yanıtladı. "Şans değildi. Hile yapmadım. Zehir de kullanmadım," diye mırıldandı. "Babam bana dövüşmeyi öğretmişti."

"Demek baban sana dövüşmeyi öğretti?" diye sordu Serasker, kızın duruşunu daha dikkatli inceleyerek.

Kız, bunu fark ettiği anda ellerini dua eder gibi birleştirip omuzlarını düşürdü. Boynunu eğip saçlarının öne dökülmesini sağladı ve böylece yüzünü kapattı.

Corridan iç geçirdi. Kızın zeki olduğu belliydi, ancak dövüş konusunda iyi olup olmama meselesinin kanıtlanması gerekiyordu. Muhafızlardan kime sorsalar, kızın öldürdüğü oğlan konusunda şansının yaver gittiğini söylerdi. Serasker, garip bir şekilde güldü. Bu hareketi muhafızı şaşırttı, ancak kız yine de oralı olmadı. "Bana o çocuğu neden öldürdüğünü söyle, ben de seni simyacılara gönderilmekten kurtarayım."

Muhafız dilini yutuyormuş gibi bir ses çıkardı. Kız, omuz silkti. "Senden merhamet istemiyorum. Kaldı ki niyetinin bu olduğundan da şüpheliyim."

"Tamamen iyi niyetliyim."

Kız, başını hafifçe kaldırıp saçlarının arasında Corridan'a baktı. Dudaklarında bir gülümsemenin hayaleti dolaştı ve "Senin iyi niyetini istemiyorum," dedi. "Cezam neyse çekerim."

"Simyacılar sana ne yapacak biliyor musun? Damarlarındaki kanı çekip yerine kim bilir ne dolduracaklar. Ne olduğu belirsiz şeyler içirecek ve organlarını eritecekler. Cezan bu olacak."

Kız tereddüt içinde adamın ela gözlerine baktı, dudaklarını bir şey söylemek istermiş gibi kıpırdattı fakat son anda omuz silkip diğer tarafa baktı. "Beni simyacılara ver gitsin."

Corridan, bu inat karşısında şaşkındı. "Neden?" diye sordu tekrar.

Muhafız bundan rahatsız olarak olduğu yerde hareketlendi. Serasker'in neden bu kadar ısrar ettiğini anlamıyordu. Buraya birçok sebepten suçlular gelmişti, aralarında kızlar da olurdu ama hiçbiri Serasker'in umurunda olmamıştı.

Kız, bakışlarını Corridan'ın gözlerine dikip doğrudan ona baktı "*Çünkü* bir şey fark etmeyecek," dedi. "O yaşasaydı da suçlu ben olurdum. Öldü, yine suçlu benim. Onu neden öldürdüğümü bilmen hiçbir şeyi değiştirmeyecek. Kuralları bilmediğimi mi sanıyorsun? Haklı ya da haksız olduğumu söylemem bunu değiştirmeyecek. İyi niyetin, merhametin -ya da her ne diyorsan- bana daha iyi bir gelecek vermeyecek. Bu yüzden nedenlerim bana ait kalacak. Olanları benden duymayacaksın." Başını öne çevirip inatçı bakışlarını Hisar'a dikti.

"Onun hakkında, sadık ailelerden birinin oğlunu öldürmüş ve dahası da var demiştin," dedi Corridan, muhafıza. "Nedir?"

Kız irkildi ama konuşmadı. Çenesini sıkmıştı. Demek ki muhafız şüphelendiği konuda haklıydı, kız bir açıdan hata yapıp köşeye sıkışmıştı.

"Doğu Ardel gizli kraliyet lisanında konuşmuş," dedi muhafız. "Ne dediğini anlamamışlar ama kız, sadece hanedan üyelerinin ve yaverlerinin bildiği lisanda konuşmuş."

"Bunu nereden anlamışlar?" diye sordu Corridan. "Kıtada dolu lisan var."

Muhafız kekeledi. "Lisan gizli olduğu için tam emin olamamışlar tabii… Tahmin etmişler."

Corridan başını iki yana salladı, bu tahminler daha önce çok kişinin canını almıştı. Bir süre kızın kararını değiştirip değiştirmeyeceğini ve bu konu hakkında bir şey söyleyip söylemeyeceğini görmek için bekledi, ancak kız oralı olmayınca başıyla onaylayarak ona sırtını döndü, yanından uzaklaşırken muhafıza peşinden gelmesi için bir işaret verdi.

"Kıza bu saygısızlığının bedelini ödeteceğim," dedi muhafız, ardı sıra yürürken. Hissettiği yoğun öfke yüzünden burnundan soluyordu. "Sorunuza cevap verip vermemek onun seçeneği olmamalıydı. İstediğiniz cevapları gerekirse zorla almalı, diğerlerine nerede olduklarını hatırlatmalıyız. Onu simyacılardan önce zindana yollatacağım. Karanlıkta aç susuz üç gün kalsın, aklı başına gelir."

Corridan, "Hayır," dedi ve durup geriye baktı. Kız hâlâ bıraktığı gibiydi, bakışlarını dümdüz karşıya dikmiş, heykel gibi duruyordu. Omuzlarının duruşundan kendini sıktığı belli oluyordu. "Adı ne?"

Muhafız, elindeki listeye ve kıza bakıp kızın hikâyesini sesli bir şekilde okumaya başladı. "Adı Lilah," dedi. "Lilah Terran. Ailesi Lily diyor. Doğulu hainlerden biri, ailesi ile birlikte sadık olanlardan birinin evinde çalışıyormuş. Dün gece evin genç oğlunu öldürmüş. Annesi Elena ve babası Ivan hapishanedeler, kız da simyacılara teslim edilecek. Ölümsüzlük deneyleri için."

Corridan, "Ölüm cezasının da en ağırını aldı yani…" diye mırıldandı yavaşça. Muhafızın anlattığı hikâyeyi düşünürken taşlar yerine oturdu. Hikâye aşikârdı. Kız, büyük ihtimalle evin oğlunun tacizlerine maruz kalmıştı. Kendini korumak için oğlanı öldürmüştü. Başı dik bir şekilde suçunu kabullenmişti. *Beni simyacılara verin…* Corridan bu kelimeleri korkusuzca söyleyebilecek bir kişi bile tanımamıştı. Ta ki bu kıza kadar… Lilah akıllıydı, normal şartlarda bu hikâyenin ona fayda sağlamayacağının farkındaydı. Farklı olan nokta ise şu anın normal şartlarda olmadığıydı. "Bana kızın tüm bilgilerini ver."

Muhafız tereddüt etse de elindeki defterde kızla ilgili olan sayfayı yırtıp Corridan'a uzattı.

Corridan, yazılanları loş ışıkta daha iyi görebilmek için gözlerini kıstı ve okuduğu bir şey, onun sırıtmasına neden oldu. Aklına yıllardır orada duran bir plan takıldı ve omzunun üstünden Hisar'a doğru son bir bakış attı. "Terran," diye fısıldadı. Bu isimde bir yanlışlık vardı. Dudakları zalim bir gülümseme ile kıvrıldı. *Zamanı geldi,* diye düşündü. Kral'a ve Dewana'ya hep anlattığı, uzun süredir üzerinde çalıştıkları, ancak bir türlü uygun kişiyi bulamadıkları bir görev için bu kız, olabilecek en iyi insandı.

"Kızı… bana getir."

Muhafız, tereddüt içinde ona bakıp, "Efendim?" diye sordu.

"Kızı bana getir ya da sınavlara. Asker seçmelerine. Casus seçmelerine. Bugünlerde adına her ne diyorsanız onun seçmelerine dahil edilmiş gibi göster. Şu kalabalıktan ayır, onunla özel olarak konuşacağım."

"Ama efendim, kız bir katil. Ölmesi gerek."

Corridan, muhafızı daha fazla dinlemeden yanından uzaklaştı. Emrinin yerine getirilmek zorunda olduğunun ve muhafızın bunu öyle ya da böyle bir şekilde yapacağının farkındaydı.

Sersimyacı'yı ve muhafızları ardında bırakarak Hisar'a doğru yürürken kızı düşündü. "Ölmesi gerekiyorsa ölsün," diye mırıldandı. "Ölümün simyacılardan başka ve daha işe yarar yolları da var. "

BÖLÜM İKİ

HİÇ KİMSE OKUMASIN, BİLMESİN DİYE YAZILDIKLARI GİBİ YAKILDI

Lilah, Hisaraltı'nın Hisar'ın dışı kadar korkutucu olmadığını düşündü, ancak kapalı alanda rahatsız olan insanlar bu düşüncesinin tam aksini iddia edebilirlerdi. Zira korku, büyük oranda göreceliydi. Gerçi bir tutuklu olarak Hisar'a düşmüş kimseler için bu bir problem olmamalıydı. Mantıklı bir insanın bu ortamda düşüneceği son şey, etraftaki duvarların kalınlığı, koridorların darlığı ya da yerin altından yükselen lağım kokusu olmalıydı. Ama Lilah farklıydı.

Diğer sıska tutuklularla değil de iri yarı, asker gönüllüleriyle birlikte ayrı bir bölmeye alınması şimdilik onu rahatlatmıştı. Lilah sıska sayılmazdı, fakat yanındaki adamlar kadar da iri değildi. Bu nedenle aralarında kalmış, onların hızlı adımlarına ayak uydurarak yürüdüğü iki kilometreye yakın bir mesafe sonra, kafasında nereye gittiklerine dair birkaç fikir oluşmaya başlamıştı. Ellerindeki zincirler yürüdükçe ayaklarına çarptığı için onu yavaşlatıyordu ama Lilah asla şikâyet etmiyordu.

Koridor kare, gri taşlarla bezenmiş bir odaya açıldığında, Lilah yanaklarını ısırıp içeri adım attı ve birkaç saat önce kendisine neden cinayet işlediğini soran askerle karşı karşıya geldi. Onunla birlikte gelen diğer adamlar başka bir odaya geçirildi, arkalarından odanın dört bir yanındaki kapılar gürültüyle kapatıldı. Lilah, büyük taş odada Serasker ile tek başına kaldı. Adam odanın ortasında durup bir şey sormasını bekler gibi Lilah'ya baktı. Adamın açık kahverengi saçları ve ela gözleri vardı. Yüz hatları oldukça sertti fakat bakışları ilgi doluydu. Avludayken gördüğü o korkunç bakışlar kaybolmuştu ama Lilah, bunun geçici bir durum olduğunu biliyordu.

O, sessizce beklemeye devam ederken, Serasker çenesini hafifçe eğip, "Soru sormayacak mısın?" diye sordu.

Lilah başını hafifçe iki yana salladı.

Corridan, başını yana eğip dikkatle kızı inceledi. Kızın saçları kızıl değil kum rengiydi, üst kısımlar düzdü fakat altları karmaşık lüleler halinde bileklerine kadar iniyordu. Teni güneşte çalışmaktan bronzlaşmıştı. Gözleri inanılmaz derecede iri ve dudakları dolgundu; masum ve zararsız bir görüntüsü vardı. Bir porselen bebeği andırıyordu. Ama göründüğü gibi masum ve zararsız olsaydı, cinayet yüzünden burada olmazdı. *Görüntüler ne kadar da yanıltıcı*, diye düşündü Corridan. "Neden buradasın?"

"Sanırım bu odada bunun cevabını bilen tek kişi sizsiniz, Serasker."

"Ağzından tek bir cevap duyamayacak mıyım?"

"Zaten duyuyorsunuz. İstediğim cevapları, kendi istediğim şekilde veriyorum."

"Ya benim istediklerimi?"

Lilah, sadece ona bakmakla yetindi. Kapının hemen diğer tarafındaki askerlerin varlığı, söylemek istediklerini söylemesine engel oluyordu.

Serasker, ela gözleri ve beyaz teniyle tüm Batı Ardelliler gibiydi. Ama açık kahve saçları, Lilah'ya başka bir yeri hatırlatıyordu. Askerlere has güçlü vücudunu daha etkili bir duruş için kullanmak yerine Lilah'nın karşısında rahat bir tavırla durmayı tercih etmişti. Kızın gözünü korkutmamak için net bir çaba harcıyordu. Fakat üzerinde taşıdığı silahlar, yaratmaya çalıştığı nazik adam imajını büyük oranda zedeliyordu. Ve Lilah'nın onun hakkında duyduğu diğer şeyler vardı: Serasker Corridan, tam bir Doğulu düşmanıydı.

"Birlikte..." diye mırıldandı, bir süre sonra Lilah'nın etrafında bir tur atmaya başlarken. "Etkili bir iletişim yolu bulmalıyız. Bu konuda sıkıntılı olduğunu görüyorum, ancak bu böyle devam edemez."

Lilah, adamın hareketlerini takip etmek yerine gözlerini yere dikti ve usulca konuştu. "Nasıl bir iletişim tercih ederdiniz, Serasker Corridan?"

"Doğru düzgün konuşmak gibi basit bir iletişim şekli iş görür. Şu suratındaki korkmuş ifadeyi silip bana teşekkür etmekle işe başlayabilirsin. Seni simyacılardan kurtardım. Bence sen bunun anlamını bilecek kadar zeki bir kızsın."

Lilah, onu başka bir cevap vermeye itecek 'korkmuş ifade' yemini yutmadı. Yüzünde korku dolu bir ifade olmadığını biliyordu, bu yüzden adamın diğer söylediklerine odaklandı. Dilinin ucuna gelen ilk şeyleri yutmak için büyük bir çaba harcarken dilini ısırdı. Babasının söylediklerini hatırlamaya çalıştı. *'Aklına ilk geleni söylersen, daha iyi şeyler söyleme fırsatını kaçırırsın, Lily. Akıllı ol. Düşün. Kelimeler güçlüdür. Onları altı boş sözlerle harcama.'* Bu sözü kendisine sık sık hatırlatmak zorunda kalıyordu.

"Bu kurtarışın ardından bir talep gelecek gibi hissediyorum. Yanılıyor muyum? Beni başka bir amaç için simyacılara yollamadınız."

Serasker, kızın etrafında dönmeyi bırakıp tam karşısında durdu. "Akıllısın."

Kız, bakışlarını yerden kaldırıp omuz silkti. "Sizi tanıyorum."

Serasker, merakla tek kaşını havaya kaldırdı. Kız, hakkında iyi bir şey duymuş olamazdı.

"Hakkınızda çok şey duydum," dedi Lilah aceleyle. "Kendi çıkarınız yoksa kimse için kılınızı kıpırdatmazsınız. Bu yüzden… konuya doğrudan girin. Beni kurtarmadığınızın farkındayım. Kim bilir başıma daha büyük nasıl bir bela açacaksınız…" Dilini ısırıp derin bir nefes aldı. *Özür dilerim, baba, arada kaçıyor işte.*

Corridan ellerini birbirine kenetledi. "Doğrudan konuya girelim diyorsun yani?"

Lilah, "Evet," derken dikkati kendi ellerine kaydı. Gergindi, kalbi o kadar hızlı atıyordu ki âdeta göğsünü terk edecekti.

Serasker, başını hafifçe öne eğip onun isteğini kabul ettiğini belirtti. "Doğrudan konuya giriyorum. Tam sana uygun bir görevimiz var. Tabii eğer gerekli şartları taşıdığından emin olursam."

Doğrudan konuya giriyorum derken lafı boş yere uzattığına değinmek yersizdi ve ona asıl doğrudan cevabı Lilah verdi. Sert bir şekilde, "Hayır," dedi. İyi niyet hikâyesinin bir yalan olduğunu başından beri biliyordu. Serasker onu hiç şaşırtmamış, birkaç gün bırakıp rahatlamasına fırsat bile tanımamıştı. Bir ölüm cezasını kaldırtmış, diğerini ortaya koymuştu.

"Henüz görevin ne olduğunu duymadın."

"Umurumda değil," diye diretti Lilah. "Cevabım hâlâ hayır. Beni simyacılara verin gitsin."

Serasker, gözlerinde soğuk bir ifade belirirken yüz hatları sertleşti ve "Tamam," dedi.

Lilah, cevabını çabucak kabul etmiş olmasına şaşırarak öylece kalakaldı. Ancak adam konuşmaya devam ettiğinde kendisine yeni bir yem atıldığını anladı.

Serasker, kıza birkaç adım yaklaştı ve kulağına doğru eğildi. Lilah, adamın nefesini hissettiğinde ürperip gözlerini kapattı ve geri çekilmemek için mücadele etti. "Ama önce aileni gönderelim. Simyacılar, şu sıralar insan kanından ölümsüzlük suyu elde etme işine kafayı iyice takmış durumdalar. Ne kadar başarılı olur bilinmez, genelde sonuç felaket oluyor fakat eminim, ailen onlara fazladan deney şansı verir." İç geçirdi. "Hapiste bize sadece yük oluyorlar zaten. Bir işe yarasınlar. Sizi aynı odaya koymalarını söylerim. Sevdim seni, Lilah. Bu da sana veda hediyem olsun."

Nefesini sesli bir şekilde bırakan Lilah, iyice hızlanan kalbini yavaşlatmaya çalıştı. Boğazında sımsıkı bir yumru oluştuğunu hissetmişti ve yutkunduğu anda o yumru kalbine oturdu. Âdeta buz kesmişti.

Serasker, onu yakaladığının bilincinde olarak konuşmaya devam etti. "Seninle gereğinden fazla uğraştım zaten. Muhafız haklıydı, sana hak ettiğin şekilde davranmalıydım." Bakışlarını arkadaki kapıya yöneltip, "Muhafızlar!" diye seslendi ve içeride aniden beş tane muhafız belirdi.

Tam onlara bir emir vermek üzereydi ki Lilah, "Dur!" diye bağırdı. Ne yaptığını düşünmeden Serasker'in koluna yapıştı. "Dur! Lütfen dur! Kabul ediyorum."

Serasker, başını yavaşça ona çevirirken yumuşak bir gülümsemeyle, "Henüz teklifi duymadın," dedi. Yanağında minik bir gamze belirmişti.

Lilah, "Önemi yok," diye cevap verdi. "Yaparım... Ne istersen yaparım. Ne dersen... Yaparım."

Serasker, gözlerini bir süre kızın üzerinde tuttu ve yüzündeki gülümseme, istediğini elde eden bir adamın sırıtışına dönüştü. Ama aynı zamanda içinde bir parça keder de vardı, Lilah bunu ufacık bir an gördü, ifade geldiği gibi yok oldu.

Şimdi içerisi muhafızlarla doluydu. Lilah iyice gerildi. Corridan, ona, *"Di serna ver Krentasna ferdes?"* diye sordu. "Bana doğru cevabı ver, ailenin hayatı buna bağlı. Eğer yanlış cevap verirsen, anlaşma iptal. Ailen ve sen, bu gece simyacılara gidiyorsunuz. Doğru cevap verirsen kurtulursunuz."

Lilah, sesli bir şekilde yutkunup etrafındaki muhafızlara baktı. Corridan, ona Ardel kraliyet lisanında, *'Kraliyet lisanını biliyor musun?'* diye

sormuştu. Düşündü taşındı, kendi hayatı söz konusuyken cesur olabiliyordu ama ailesi? Bu anlaşılabilirdi. Cevabı basit bir, "Evet," oldu.
"Evet ne? Kraliyet lisanında cevap ver."
"*Vir, mi antes.*" Evet, biliyorum. "Görünüşe göre siz de biliyorsunuz."
Corridan gülümsedi. "Tam olarak değil, sevgili Lilah, tam değil..."
Büyük bir heyecanla muhafızlara döndü. Güçlü bir sesle konuştu: "Kral'a ve Prenses Dewana'ya haber uçurun. Serasker Corridan'ın sonunda onlara istediği yemi bulduğunu söyleyin. Doğu Direnişi'ni çok yakında yerle bir edeceğiz!" Gözleri Lilah'nın gözleriyle buluştu. "Ve sen de bize yardım edeceksin."

YAKILAN GÜNCELERİN KÜLLERİ
TOPRAĞA GÖMÜLDÜ

Corridan, kızın gözlerinin Maylane Gölü'nden bile daha yeşil olduğunu düşündü. Bakışları da en az gölün kendisi kadar derin ve tehlikeliydi. Fakat son konuşmadan sonra kızın öfkesi dinmiş, üstüne bir pes etmişlik çökmüştü. Artık dışarıda olduğundan daha kırılgan ve umutsuz görünüyordu. Oturduğu siyah, deri kaplı koltuğa çökmüş, hafifçe öne eğilmiş, gergin bir ifadeyle kıpırdanıp etrafı izliyordu. Gözleri duvarda asılı haritalar üzerinde uzun bir süre gezindi ve bir yıldızı izliyormuş gibi tavandaki solgun ışığı seyretti.

Corridan'ın dikkati ise tamamen onun üzerindeydi. "Je etres odri mir. Atros enet dir," dedi usulca. *Sen bizim için önemlisin. Bunu kanıtladın.*

Lilah, dudağını ısırdı ve sessiz kaldı.

Corridan, masanın üzerinden birkaç kâğıt alıp usulca ona uzattı. Kız, uzanıp kâğıtları alırken Serasker'in, bileklerinden çıkan kelepçe izine gereğinden daha fazla baktığının farkına vardı. Lilah, beyaz keten elbisesinin kollarını aşağıya çekip izleri kapatmaya çalışırken, Serasker bakışlarını kızın yüzüne çevirdi.

Lilah, Corridan'ın dikkatli bakışları altında kâğıtları inceledi, sonra ilk kâğıttaki haritaya her detayını ezberlemek ister gibi baktı ve ikinci kâğıttaki isim listesine geçti. Yüzünden anlık bir şaşkınlık geçse de çabucak toparlanıp diğer kâğıdı inceledi. Üçüncü kâğıtta birkaç yer adı ve Direniş'in üst düzey yetkililerinin bilgileri yazılıydı. Üçüncü kâğıtta ise kumral, mavi gözlü bir kızın resmi vardı. Kâğıda kısa bir süre bakıp başını kaldırdığında, yüzünde garip bir bakış belirdi. Uzanıp kâğıtları masaya yavaşça bıraktı ve sessiz bir şekilde Corridan'ı seyretti.

Corridan, "Soru sormayacak mısın?" diye sordu, kâğıtları Lilah'dan uzaklaştırarak.

Gereksiz bir haeketti, Lilah kâğıtlarda yazanları çoktan ezberlemişti. Hafızası çok iyiydi ve bir kere gördüğü şeyi bir daha asla unutmazdı. "Yem olacaksın dedin ya."

"Yem olmak, geniş kapsamlı şeyler içerebilir. Detaylar seni ilgilendirmez mi?"

"Hedefe yaklaş, dikkatleri üzerine çek, öldürerek veya ölerek asıl kişiye yer aç. Yem böyle olunuyor, değil mi? Balık tutmak için oltanın ucunda denize sallanan bir solucan gibi. "

Serasker, başıyla onayladı. "Bence biz, konuyu biraz daha derin bir şekilde ele alalım. Kral Kapanı oyununu bilir misin, Lilah?"

Lilah, "Bilirim," derken hafifçe gülümsedi. "Kuzeyde bir ülke olan Rodmir'de taşlarla oynanan bir savaş oyunu."

"Peki, nasıl oynanıyor bu oyun, onu biliyor musun? Kral'ı kapmanın en iyi yolu nedir?"

Lilah, kuruyan dudaklarını ıslattı ve "Kral'a direkt meydan okuyabilirsin," dedi. "Ama bu amatörlerin tarzıdır, oyunu gerçekten bilenler sabreder ve uzun yolu seçer. Oyunu kazanmanın en garantili yolu; Kral'ı değil, yanındakileri almaktır. Onları kendi tarafına çekersin. Sonra kendi taşlarını Kral'a karşı kullanmaya başlarsın, o tek başına kalıp kapana kısılana kadar. Kusursuz bir zafer olur."

Serasker, düşüncelere dalmış gibi, "Fazla şey biliyorsun sen," dedi.

Lilah, kapıdaki muhafıza yan bir bakış atıp omuz silkti. "Babam bir öğretmenmiş... İlhaktan önce yani. Çiftçi olmadan önce, elleri toprakla uğraşmadığı zamanlarda kalem tutarmış, kazandığı paranın çoğuyla kitap alırmış, Batılılar kitaplarının çoğunu yakmış. Yine de bir şeyler kalmıştı, öğrencilerine öğretemediği her şeyi bana öğretti. Bana çok şey öğretti."

"Oyunda Kral'ı alan taşın Kral olabileceğini de öğretti mi?"

Lilah, hemen cevap vermedi. Bir süre bekledi ve sonunda, "Evet," dedi. "Ama Kral olduktan sonra oyunda kalmanın daha riskli olduğunu da öğretti," diye devam ederken başını hafifçe yana eğdi. "Kral olursan ölünü isterler. Diğer türlü ise taraf değiştirmeni. Ama ben hep, bu oyunda taraf değiştirip hain olarak yaşamaktansa Kral olarak ölmeyi daha onurlu bulmuşumdur."

Serasker, bu cevaba hiç şaşırmadı. Kızda âdeta bir deli cesareti vardı. "Aynı şimdi yaptığın gibi mi?" diye sordu.

Lilah'nın suratı asıldı. "Taraf değiştirmektense kendi hayatımı seve seve verirdim," dedi. "Ama ailemin kanının sorumluluğunu alamam. Bu bencillik biliyorum, istersen bunun için beni yargıla."

"Seni yargılamam, bizim tarafımızda durduğun sürece... Direniş'i Kral Kapanı oyunu gibi düşün. Direniş'in adamlarını tarafımıza çekiyoruz, içlerine casuslar salıyoruz. Prenses'i öldürmek istiyoruz. Ama öncesinde öğrenmemiz gereken şeyler var. Prenses kimlerle müttefik? Kimler tarafından destekleniyor? Onlara kimler maddi yardımda bulunuyor? Bu işi çözdükten sonra fetih politikamızı neye göre sürdürmeliyiz? Direniş şimdilik herkesin dikkatini dağıtıyor, bu bizim de işimize geliyor ama artık sona yaklaştık. Üst düzey gizli bilgiler, kimsenin bilmediği bir dilde yazılmış gizli bilgiler istiyoruz. Onlara ulaşsak bile çözemiyoruz, çözmek için buraya getiremiyoruz. Gemiler, Direniş'in müttefiki korsanlar tarafından yakılıp yıkılıyor. O korsanlar kim, öğrenemiyoruz."

"Belgeleri size getirmemi mi istiyorsunuz?" Lilah, kafası karışmış bir şekilde Serasker'e baktı. "Bunca kişi yapamamış, bunu ben nasıl yaparım?"

"Yapamazsın, bu iş senin boyunu aşar. Bir haberleşme ağımız var, sana düşen o ağdaki sana yakın kişiye net bilgiler aktarmak."

"Ben o belgelere nasıl ulaşabilirim ki? Ben sıradan bir kızım."

"Ardel kraliyet lisanı bilen bir kız, sıradan değildir, Lilah," dedi Corridan. "Söyle bana, soyadın Terran mı Tiernan mı? Cevabını bildiğim bir soruyu soruyorum, dikkatli ol."

Gözlerini sımsıkı kapatıp bir sırrını daha açık ederek, "Tiernan," diye fısıldadı Lilah.

"Baban da ünlü komutanlardan Ivan Tiernan. İşini bilmeyen Batı Ardelli askerler fark etmemiş bu küçük detayı. İlginç."

Lilah suskundu ama Corridan konuşmaya devam etti.

"Direniş'in başında eski kralın, şimdi de Prenses Audra'nın yaveri olan General Hector Guzman var. Senin de onunla ve *siell in elre Krenta.*"

Ardel kraliyet lisanında *eski Kraliçe ile bağlantın var* demişti, bu lisan yine Lilah'nın boş bulunmasına sebep oldu. Bu kelimeleri yüksek sesle konuşmak ve dinlemek, onun en büyük korkularından biriydi. Sanki biri kapıyı açıp içeri girecek ve onları cezalandıracaktı. Ama artık mümkün değildi, zaten çoktan yakalanmıştı.

Lilah gergin bir şekilde, "Ailemin vardı," dedi.

"Ailenin bağlantısı, hanedana ait şifreli saray lisanını bilecek kadar kuvvetli miydi?"

Lilah omuz silkti. "Bu kısmı hiç sorgulamadım," diye mırıldandı. "Babam bana her şeyi anlatmazdı. Anlatsa bile ben de sana anlatmazdım."

Serasker gülümsedi. "Senin yerinde olsam bundan o kadar emin olmazdım, Lilah. Görevin basit. Hector'un güvenini kazan. Bu çok zor olmaz. İstediğimiz belgelere ulaşmanın yolunu bul ama onları bize getirmene gerek yok. Yazanları öğrenip bize aktar. Ve yok edilmesi gereken birkaç şey de var."

"Bana hiç de basit görünmüyor, benden istediğin şey vatana ihanet."

"Senin vatanın burası ve Kralın için çalışacaksın. Ortada ihanet yok."

Lilah, dilinin ucuna kadar gelen sözleri zar zor yuttu.

Corridan, soğuk bir tavırla güldü. "Sana planları anlatacağım. Her şey sırayla."

"Sırayla ha? Hector'a yakın ol, önemli belgeleri yok et. Bu bitince yeni görevim de Prenses'i öldürmek olacak, değil mi? Sonrasında oradan çıkamadan beni öldürecekler. Sorguya çekilme ihtimalim yok, hiçbir sırrınızı bilmiyorum. Size karşı kullanabileceğim tek bir şey yok. Kraliyet lisanı bilen müthiş bir casus buldunuz, beni bir daha asla rahat bırakmazsınız. Güya simyacılardan kurtardın ama başka bir ölümcül deneye yolluyorsun. Başarısız olmam ile başarılı olmam arasında hiçbir fark yok. Direniş ne yaptığımı anlar ve beni yakalarsa bana aylarca işkence yapar. Doğu'da bir Doğulunun ihaneti, düşmanın yaptığı her şeyden daha kötü görülür. Bunun cezası çok ama çok ağır olur."

"Ama en azından ailen güvende olur. Başarılı ol ya da olma, elinden geleni yaparsan, iki türlü de ailen kurtulacak. Ancak kendi kendini ifşa edip öldürtürsen, iki taraflı oynamaya cüret edersen, ailenin başına geleceklerden sen sorumlu olacaksın. Direniş'te casuslarımızın olduğunu unutma. Gözümüz hep üzerinde olacak."

Lilah içini çekti ve sakin kalmaya çalıştı. "Keşke o oğlanı değil, kendimi öldürseydim," diye söylendi.

Serasker buna bir yorum yapmadı. "Güçlü ve iyi bir casus olduğunu ispatlarsan, seni harcatmam, Lilah," dedi. "Bize şüphe uyandırmayacak bir kız lazımdı. Acınası bir hikâyesi olan, zayıf görünen ama aslında asla öyle olmayan. Onlardan biri olan... Ama sen bundan daha fazlasısın. Kimsede olmayan, bu savaşı tamamen bitirecek her şey senin zihninde.

Hector ve Audra'nın konuştuklarını iyi dinle ve lisanı bildiğini sakın onlara belli etme. Bunu yaparsan Batılılar gibi yaşarsın."

"Ben Doğuluyum, sizin gibi yaşamak istemiyorum."

Serasker, ona iyice yaklaştı ve üzerine doğru eğilince Lilah sustu. "Sivri diline hâkim ol," diye fısıldadı. "Birkaç sakatlık, eksik uzvun, senin için gerekli imaja zarardan çok faydası dokunur. Bunu unutma."

Sonra Lilah'dan uzaklaşıp hiçbir şey olmamış gibi planını anlatmaya devam etti. "Direniş, Prenses'e bağlı görünse de direnişi yöneten eski komutanlar, eski kralın askerleri... Prenses, babasının vârisi olarak görülüyor. Askerlerin derdi, eski krala sadakatleri değil. Onlar hazinenin peşindeler. Direniş, bir Doğulu olan sana masum görünüyor olabilir, ancak değil. Asıl masum olana -Prenses'e- ihanet ettikten sonra, onlara etmek çok da zor olmasa gerek. Madem artık aynı taraftayız, sana işi daha detaylı anlatabilirim."

"Bu, sanırım şimdi bana Doğu Direnişi'ni kötülemeye başlayacağın an. Bunu yapman için sizin karşı taraftan iyi olmanız gerekir, hiç zahmet etme, Serasker."

"Normal şartlarda yaşasaydık bir tarafın iyi olması gerekirdi. Ne yazık ki değil, Lilah. Anlatılan hikâyelerde Batı'nın açgözlü olduğu için Doğu'yu işgal ettiği söylenir ama gerçek bu değildir. Doğu askerlerinin anlattığı bir masal bu. Batı, Doğu'yu işgal etti çünkü açlığa terk edilmişti. Batı toprakları çoraktı. Karstik kayaçlar ve olumsuz hava şartları tarıma el verişli değildi. Doğu'dan yardım istendi. Kral, kendi halkının refahı için Batı halkını açlığa terk etti. Bu yüzden sizinkilere hain diyoruz. Onlar soydaşlarını ölüme terk ettiler. Batılılar şimdi onlardan intikam alıyorlar. Yine de kimse açlıktan ölmüyor, onları doyuruyorlar. Biz size kötü gelebiliriz ama değiliz. Bizi siz ölüme terk ettiniz."

"Batı'da topraklar çoraktı ama değerli madenleri vardı. Kral ticari zekâya sahip olsaydı, halkına yiyecekten çok daha fazlasını rahatlıkla sunardı. Tüm maden rezervlerini kendisi ve ailesi için kullandı."

"Sakın Kral'ı kötülemeye kalkma," diye uyardı Serasker. "Sakın. Öfkeni dizginle, aksi takdirde bu hayatta simyacılara gönderilmekten daha beter şeyler olduğunun da farkına varırsın."

Lilah, uyarıyı dikkate aldı. "Siz de bizi ölüme terk ettiniz, simyacılar saçma sapan bir açlıkla insanları öldürüyor. İnsanlar gece gündüz ağır işlerde çalıştırılıyor."

"Ama en azından yeni Ardel'de kimse açlıktan ölmüyor."

"Keşke diğer şeyler yüzünden değil de açlıktan ölseydik! Daha merhametli olurdu."

Corridan, kızın bunu söylerken yüzünde beliren acıyı görüp durdu. Önemli meseleler vardı ve bu konuya girerlerse bir daha çıkamazlardı. "Her neyse. Seninle bu konuyu tartışmayacağım çünkü bir önemi yok. Herkesin kendince sebepleri var. Sen, sana verilen görevi yapacaksın ve ben, bu işin sonunda seni ve aileni serbest bırakacağım."

"Kral buna izin verecek mi?"

"Kral buna izin verdi. Prenses'e ve istenilenleri yerine getirmene karşı sen ve ailen. Fazlaca karlı bir anlaşma. Bir kişinin ölümü üç kişiyi kurtaracak."

Lilah, bitkin bir sesle, "Ama Doğu halkının umudu son bulacak," diye fısıldadı. Yine de yapabileceği bir şey yoktu.

"Direniş'i yok etmemiz için elinden geleni yaparsan ve bunu başarırsak... ülkenin büyük oranda sorunu ortadan kalkacak. Belki bir savaş ihtimali kalmadığında, Kral yeni bir sistem uygulamakta karar kılar."

"Belki?" diye sordu Lilah. "Belkilere göre halkıma iki kez ihanet edemem, Serasker."

Corridan iç geçirdi ve "Kuralları ben belirlemiyorum, Lilah," dedi. "Ve ailenin kurtuluşu için elinde bir tek bunlar var."

"Söylediklerini yaparsan azat belgesini bana kendi ellerinle teslim edeceğine, Ardel üzerine yemin eder misin?"

Corridan başıyla onayladı. "Azat belgesini sana kendi ellerim ile teslim edeceğime, Ardel üzerine yemin ederim," dedi. "Asker sözü."

Lilah, iç geçirip başıyla onayladı ve kapıya doğru göz attı. Hemen dışarıda duran muhafızların gölgeleri kapının altından belli oluyordu. "Sana ve Kral'a istediğiniz belgeleri ortadan kaldırmanız için elimden gelen her yardımı yapacağıma, Ardel üzerine yemin ederim," dedikten sonra, "Ne yapmam gerekiyor?" diye ekledi.

Corridan, kollarını göğsünde kavuşturdu. "Gelecek hafta sonu, seni direnişçilerin göreceği bir yere, limana yaralı bir şekilde bırakacağız," diye açıkladı dikkatle. "Onlar seni bulacaktır. Onlara hikâyeni anlat. Ailenden bahset. Mar adlı hapishanede tutulduklarını söyle. Araştırdıklarında gerçek olduğunu görecekler. Sana hemen güvenmeyeceklerdir. Ama ne yap ne et, bir şekilde güvenlerini kazan. Sana talimatlar vereceğim, bunları uygulayacaksın. Belgeler ortadan kalktığı anda, özgür kalacaksın."

"Çok kolay gibi anlatıyorsun."

"Kolay olmamalı," dedi. "Ucunda özgürlüğün var. Zor olmalı ki tadı çıksın. Şimdi..." dedi Corridan, Lilah'ya ayağa kalkmasını işaret ederek. "Biraz dinlen. Detayları sonra uzun uzun anlatacağım."

Kız, kapıya doğru yürümeye başladığı sırada, muhafız kapıyı açıp Lilah için açık tuttu. Serasker, muhafıza başıyla işaret verip, "Yeni müttefikimiz Lilah'ya, Hisar'da bir oda ayarla," dedi. "Ailesiyle görüşsün. Bir iki gün dinlensin. Sonra kendisini yeni görevine hazırlayacağız."

Muhafız yorum yapmadı, sadece başıyla onayladı ve Lilah, kapıdan çıkmak üzereyken Serasker'in adını seslendiğini duydu, yavaşça dönüp omzunun üstünden bitkin bir şekilde adama baktı.

"Babam bana dövüşmeyi öğretti demiştin, değil mi?"

Kız, önce bir süre bekledi, sonra usulca başıyla onayladı.

"Bir öğretmen olduğunu söylemiştin."

Lilah'nın gözlerinde ışıl ışıl bir parıltı belirdi ve tekrar başıyla onayladı. Aklından geçenleri söylemekten korktu.

"Sence o eğitim, bu hisarda işine yarar mı?"

Lilah, "Her yerde işe yarar, Serasker," diye cevap verdi. "Şüphen olmasın."

Başka tek bir kelime etmeden yanında muhafız ile birlikte oradan ayrıldığında, Serasker kızın arkasından uzun bir süre baktı ve Lilah'nın, vermesini beklemeden gittiği cevabı kendi kendine dile getirdi.

"Göreceğiz."

HER ŞEY SIR OLARAK KALSIN DİYE

Lilah'nın Hisar'a geldikten sonraki ilk günü uyuyup dinlenmekle geçti ve başka bir şey yapmasına izin verilmedi; zira muhafızların söylediğine göre Serasker'in emri böyleydi. Lilah, hayatında ilk kez ne yapacağını bilemedi. Uyudu, uyandı, uyudu, uyandı. Aynanın karşısına geçip kendi yansımasına baktı. Dudağındaki kesiği kontrol etti, duş aldı, kanlı kıyafetlerini bir görevliye teslim edip yeni, tertemiz kıyafetler giydi. Pencere kenarında oturup hisarın avlusunu izledi, saçlarını tek tek, ince ince ördü ve olanları düşünmemeye çalıştı. Yoksa çıldırırdı, her şeyi akışına bırakmaya karar verdi ve Doğulu bir hizmetçinin, odasına getirdiği yiyecekleri iştahla yedi. Uzun zamandır bu kadar lezzetli yumurta ve ekmek yememişti. Her şeyden önce, ekmek tazeydi. Ve tepside bir parça kestane şekeri de vardı. Yiyecekleri yerken ailesi aklına geldi; şu an nerede ve ne halde olduklarını düşününce yediklerini kusmak istedi ama güçlü olmak zorundaydı. Eğer yapılması gerekenleri yaparsa ailesini kurtarırdı, aksi halde onlara hiçbir faydası dokunmazdı. O yüzden hayatta kalmaya odaklandı; kendine acı veren ve aklını bulandıran diğer şeyleri de zihninin içindeki soyut bir duvarın arkasına sakladı.

Gece olduğunda hâlâ pencerenin önünde dalgın dalgın dışarıyı izliyordu. Saat tam on ikiye vurduğunda askerler, zincirli tasmalarından tuttukları iri kurt köpekleriyle devriyeye çıktılar. Kurtlar uludu, nöbet değişim çanları çaldı ve bir saat sonra her yer sessizliğe gömüldü. Lilah'nın gözleri ay ışığının aydınlattığı beyaz Ardel bayrağına takıldı. Eskiden Novastra'nın semalarında siyah, tam ortasında altın renkli bir tilki başı olan bayraklar dalgalanırdı. Lilah, gözlerini kapatıp bayrağı hayal etmeye çalıştı. Babası, ona tüm detayları anlatmıştı. "Bayrağımızda en büyük yeri kaplayan dokuz köşeli yıldız, tamamlanmayı simgeler," demişti. "Yıldızın üç köşesi kocaman bir üçgen şeklinde göze çarpar. Üçgenin anlamı, Tanrı'nın kutsadığı bölgedir. O bölge bizim topraklarımızdır. Yıldızın tam altında büyük bir daire bulunur. Daire, bütünlük anlamındadır. İçinde çok dikkatli bakmadan ne olduğunu anlayamayacağın bir sembol gizlidir."

Lilah, gülümsemiş ve sembolün ne olduğunu kendisi söylemişti. "Çeşitlilik içindeki birlik," demişti.

Babası, başını gururla sallayarak bunu doğrulamıştı. "Ardel, insanların Anakara'da ilk yerleştiği yerdir," demişti. "Tüm halkların kökeni Ardel'dir. Bu yüzden biz, diğerlerinin özelliklerini de taşıyan, çeşitli özelliklere sahip bir halkız. Bu sembolün daire içinde bulunması, farklılıklarımızı ve ancak birlik olduğumuzda bir bütün olduğumuzu gösterir. Bizim gücümüz budur."

"Peki tilki?" diye sormuştu Lilah. "O bütün bunların neresinde?"

"Tam merkezinde," demişti babası. "Başında bir taç ile birlikte duruyor. Bu bizim sembolümüzdür. Herkesin tehlikeli bir özelliği vardır, kızım. Bizimki de kurnazlık, oyunbazlık. Ardelliler tehlikelidir. Dostluğu da düşmanlığı da birilerinin sonunu getirebilir. Tüm dünyanın bizi yalnız bırakma sebebi de bu ya zaten. Birbirimize düşmemiz onların işine geldi. Böylesi onlar için daha güvenli."

Lilah başını sallarken babası ona katlanmış bir kâğıt uzatmıştı. Kâğıdı açtığında babasının eliyle çizdiği basit bir Ardel bayrağını görmüştü. "Güneşler var," demişti Lilah. "Bir sürü güneş. Onlar ne anlatıyor?"

Babası gülümsemiş, basit bir şekilde, "Güneş daima Doğu'dan doğar," demişti.

Lilah, gözlerini kapattığında her yerde onların dalgalandığını hayal etti, yavaşça gözlerini açtığında ise Kral Docian orayı ilhak ettikten sonra siyah bayrakların yerini alan beyaz bayrakları gördü. Kral Docian, barış yanlısı bir adam olmadığı için bu konuda bir ironi yapmış, beyaz bayrağın tam ortasına kırmızı bir boğa sembolü ekletmişti. Boğanın boynuzları korkutucuydu, ona bakan bir süre sonra ister istemez gözlerini kaçırmak zorunda kalıyordu. Barış bayrağını kana bulamışlardı, böyle söylüyor ve bundan gurur duyuyorlardı. Bu konuları düşünmek canını sıktığı için, Lilah nihayet pencereden ayrılıp yatağına tekrar uzandı, gözlerini kapattığında hemen uyuyakaldı.

Rüyasında kendini ay ışığında kanayan güllerle dolu bir bahçede gördü. Güller ona uzandı ve kanını döktü, yabancı bir dilde '*Seçim şansın yok,*' diye fısıldadı. Başını kaldırıp karanlık gökyüzüne bakınca ay ışığı, solarak yok oldu ve yerini kör edici bir güneş ışığı aldı. Teni sıcaklıkla yanarken güllerin açtığı kesiklerden daha fazla kan aktı. Acısını, kan ter içinde uyandığında bile hissetmeye devam etti. Yeniden uykuya dalmakta zorlandığı için yastığına sarılıp kendi kendine eski bir şarkıyı mırıldandı. Şarkı bittiğinde bile kendini çok huzursuz hissediyordu, içi rahat değildi ama yine de bir şekilde uyudu.

İkinci gün ise Hisar'ı gezmesine izin verildi. Ama Lilah, bunun amacının Ardel'in ona gözdağı verme isteği olduğuna inanıyordu. Hisar karınca gibi asker, muhafız ve öğrenci kaynıyordu. Krallık burada kendine has bir stil ile asker yetiştiriyordu. Onu gözetlemekle sorumlu muhafız, Lilah ile hiç konuşmasa da gözdağı verme işini iyi yapıyordu. Oldukça uzun boylu ve yapılıydı, yüzü taş gibi ifadesiz ve sertti.

Kızı, kendi yaşındaki askerî öğrencilerin eğitimine getirmişti ve eğitim dedikleri şey; birbirlerinin ağzını burnunu kırma, tedbirsiz Hisar duvarlarına tırmanma tarzı tehlikeli ve kanlı eylemler içeriyordu. Lilah'nın babası bunları görseydi, dehşete düşerdi. Lilah, bunu çok iyi biliyordu. Ivan için eğitimde öncelik, güvenlikti.

Hisar'da eğitim alan kız sayısı az olsa da kesinlikle kızlar yetenekleri ile göz dolduruyorlardı. Ülkenin geri kalanının aksine, askerî eğitimlerde kız-erkek ayrımı yoktu ve hepsi başa baş bir şekilde mücadele edip değerlendiriliyordu.

Eğitim saati bitene dek yedi öğrenci hastanelik olmuş, ikisi baygınlık geçirip kafalarından aşağı buzlu sular dökülerek uyandırılmıştı. Geri kalanlar ise yere uzanmış, hızla nefes alıp veriyorlardı. Eğitmen, bir sonraki dersin iki gün sonra olduğunu hatırlatıp alandan ayrılırken gözü birkaç saniye için Lilah'nın üzerinde gezindi fakat tek bir yorum yapmadan alandan uzaklaşıp gitti.

Öğrenciler, yerlerde sürünmeye devam etmek ile ayağa kalkmaya çalışmak arasında gidip geliyormuş gibi görünüyorlardı. Arada birkaçı kalkmak için hamle yapsa da inleyip kendini tekrar yere atıyordu.

"Canımızı çıkardı," diye söylenen kızıl saçlı kız, aralarında ayağa kalkan ilk kişi oldu.

Gerinerek kaslarını açmaya çalıştı ve etrafı incelerken onun da gözleri, bir duvarın üzerinde oturmuş olan Lilah'ya takıldı. Uzun adımlarla arkadaşlarının üzerinden atlayıp duvara yaklaşırken tek kaşını kaldırıp Lilah'dan sorumlu muhafıza baktı. "Ne iş?"

"Yeni öğrenci," dedi muhafız. Sesi ifadesizdi.

"Derslere katılmıyor mu?"

Muhafız, "Özel eğitimde," diye cevap verdi.

Kızın suratı asıldı. "Kimin özel eğitimi?"

"Bethany, uzatma. İkile." Muhafızın sesi sabrı taşmak üzereymiş gibi çıkmıştı.

Bethany, kızıl saçlarını yüzünden çekip, "Kimin özel eğitiminde?" diye sordu tekrar.

"Serasker'in özel eğitiminde. İkile, Bethany. Uzatma."

Cevabı sindirmeye çalışıp başarılı olamayınca, "Corridan mı?" diye sordu kız, yüzü allak bullak olurken. "Bunun neyi özel ki?" diye yüksek sesle itiraz etti. "Onu daha önce görmedim. Eğitimlerde ve seçmelerde yoktu. Neye göre özel?"

Başka biri Bethany'nin arkasından, "Seçildiği görev için özel," dedi.

Bethany, arkasını dönüp sesin sahibine baktı ve kim olduğunu görünce donup kaldı. Serasker, bir Bethany'ye, bir de duvarın üzerinde hiç bozuntuya vermeden oturan Lilah'ya baktı.

"Serasker," dedi Bethany, daha saygılı bir sesle. "Kızın neyi özel? Bundan sonraki görevi bana vereceğinizi söylemiştiniz. Söz vermiştiniz!"

"Bu görev senlik değil, Bethany," dedi Serasker. "Askerî disiplin içinde yetiştirilmemiş, daha çaylak birine ihtiyacımız var. Doğu halkı arasına karışabilecek birine."

"A-" dedi Bethany. "Çaylak. Anladım." Keyfi yerine geldi ve Lilah'ya tekrar bakıp gülümsedi. "İsterseniz onu bana verin. Ben eğiteyim."

"Olur."

Lilah, bu cevap üzerine Bethany mi daha çok şaşırdı yoksa kendisi mi bilemedi. Şaka yaptığını düşünerek Serasker'e baktı fakat o da oldukça ciddi görünüyordu. "Yarın akşam, beşte eğitim odasına gel. Birlikte bakalım, Lilah neler yapabiliyor. Yeteneklerini sana karşı kullanması daha iyi olur. Tekniğini yorumlarız."

Bethany'nin yüzünde resmen güller açtı, Lilah ise hâlâ sanki kendi üzerinden bir muhabbet dönmüyormuş gibi rahattı.

"Lilah'nın babası öğretmenmiş. Lilah'yı o eğitmiş. Nasıl olduğunu ben de merak ediyorum," dedi Serasker, soğuk bir ifadeyle gülümseyerek.

"Öyle mi?" Bethany'nin gözleri gururla parladı. "Ne şanslı," diye mırıldandı. Sesinde bariz bir acıma ve küçümseme vardı. "Baban ne öğretmeniydi, tatlım? Resim mi? Müzik mi?"

Lilah, sorusunu cevaplamak yerine omuz silkmekle yetindi. Cevap vermek zorunda olmadığını düşünüyordu.

Bethany, masum bir şekilde gülümseyip, "Canım benim," diye mırıldandı. Sesinde iğneleyici bir ton, aşırı derecede bir samimiyetsizlik vardı. "Merak etme, sana çok sert davranmam. Oldu mu, tatlım?"

Lilah, "Oldu," diye mırıldandı. Yüzü ifadesiz, canı sıkkındı, ancak bunun kızla alakası yoktu. Aklında ailesi vardı. Nerede ve nasıl olduklarını merak ediyordu.

Ama kız, Lilah'ın sessizliğini farklı yorumlayıp muhafıza doğru, "Zavallıcık gerildi," diye fısıldadı.

"Sen kendini düşün, kız cinayetten tutuklandı," diye araya girdi Serasker.

Bethany şaşırmadı. "Kötü bir yemek yapıp birini zehirlemiş olmalı," dedikten sonra arkasını dönüp neşeyle Hisar'a dönerken, Lilah ona yalnızca göz ucuyla baktı. Umurunda değildi. Geleceğe dair hiçbir şey şu an umurunda değildi. Hiçbir söz, hiçbir alay onu sinirlendiremezdi. Çünkü o alışkındı. Başını çevirdiğinde Serasker'in kendisini izlediğini gördü. Muhafızın yanlarında olduğunu hatırlayıp herhangi bir yorumda bulunmadı. Serasker'in etrafı daima muhafızlarla çevriliydi. Bu çok anlamsızdı, Lilah istese de ona bir şey yapamazdı. Hisar, adam için güvenli olmalıydı.

"Ya gerçekten çok uysal bir kızsın ya da..." dedi ama sözünün devamını getirmedi. İç geçirip başını iki yana salladı ve kendi kendine bir şeyler mırıldanıp gitti.

Muhafız, sanki boynunda iki tane başı varmış gibi Lilah'yı izliyordu. Lilah, yumuşak bir sesle, "Ne var?" diye sordu.

"Babanın ne öğretmeni olduğunu söylemedin," dedi muhafız. Sonunda hissiz, ruhsuz halinden sıyrılmıştı. Belki de artık Lilah'nın bir tehdit, belalı bir katil olmadığını düşünmeye başlamıştı.

Lilah, gülümsedi ve duvardan aşağı atladı. "Öyle mi?"

Muhafız cevap vermesini bekledi ama kızdan cevap alamayınca umudunu kesti. Başka soru sormadı. "Bugünün son işi, Mar Hapishanesi," diye bildirip, kıza demir kapıyı işaret etti. "Ondan sonra senden kurtuluyorum."

Lilah, şirin bir gülümsemeyle, "Benden sıkıldın mı?" diye sordu. "Ama ben seninle çok eğleniyordum." Bu sözü muhafızı şaşırtıp güldürdü. Lilah da onun gülümsemesinden cesaret alarak konuşmaya devam etti. "Adın ne bakalım?"

"Adımı ne yapacaksın?"

"Merak ettim. Adın, bilmemem gereken mühim bir sır mı ki?"

Muhafız tekrar güldü, ancak gülüşünde bir eksiklik vardı. Sanki nasıl güleceğini unutmuştu ve pratik yapıyordu. "Adım Henry."

Lilah da, "Lily," dedi. "Tanıştığımıza memnun oldum, Muhafız Henry. Şanslısın, benden kısa süre sonra tamamen kurtulacaksın. Ama sanırım o zamana kadar, arkadaş olacağız."

Muhafız, "Ben kimseyle arkadaş olmam," diye homurdandı.

Lilah, ellerini sevimli bir şekilde önünde birleştirip, "Eh, ben de herkesle arkadaş olurum," dedi. "Ne olacak şimdi? Garip bir durum."

Muhafız, omzunun üzerinden yan yan ona baktı. "Serasker'le arkadaş olmak istemez miydin? Ben bir işine yaramam."

"İşime yaraman da yaramaman da umurumda değil. Ayrıca cevabım; hayır. Serasker ile arkadaş olmak istemezdim. Aramızda kalsın ama Serasker fazla hesapçı. Hakkımda öğreneceği her şeyi bana karşı kullanabilecek biri."

"Benim senin hakkında öğrendiklerimi, doğrudan ona söylemediğimi düşünmene neden olan şey ne peki?"

Lilah'nın gülümsemesi büyüdü. "Hakkımda öğrendiğini düşündüğün şeylerin gerçek olduğunu nereden bileceksin ki?" diye sordu.

Muhafız Henry, buna yorum yapmadı. "Yine de söylerim. Serasker'e de, diğerlerine de."

Lilah, "Güzel," demekle yetindi. Merak ettiği cevabı almıştı, bu ona yeterdi. Hapishanede her söylediğine dikkat etmesi gerekecekti. Mar'a gidene kadar düşüncelerine daldı. Çok *kötü*, diye düşündü, yine o soğuk maske muhafızın yüzüne yapışmıştı ama artık eskisi kadar temkinli değildi. Hatta bakışları kesiştiğinde, Lilah orada bir sempati ifadesi yakaladı. Babası bir konuda haklıydı; Lilah'da şeytan tüyü vardı ya da olmalıydı. Başka türlü aklındaki planlarla, yürüyeceği yolda hayatta kalamazdı.

Ardel'in ünlü ölüm kampı Mar, karanlık zindanlarla dolu, Hisar'dan bile daha eski ve ürpertici bir hapishaneydi. Lilah yürürken ayaklarına yerden yapışkan sıvılar değiyor, her taraf pislik kokuyordu. Lilah, acı içinde etrafa baktı ve kendilerine yolu gösteren gardiyana, "Burada mı kalıyorlar?" diye sordu.

"Ne bekliyordun? Saray mı?"

"Hayır, saray beklemiyordum," diye cevap verdi gardiyana. "Ama pislik dolu bir çukur da beklemiyordum. Her yer böcek ve fare dolu. Hiç insani değil."

"Zaten buradakiler de insan değil. Hem neresi böcek ve fare dolu?!" diye söylendi gardiyan. Yaşlı ve muhtemelen kısmen kördü. "Her taraf mis gibi, tertemiz," dediği sırada, adım atmasıyla bir fareye çarpıp sendeledi, neredeyse düşüyordu. Fare ciyaklayarak diğer tarafa kaçtı.

Lilah öfkeyle soludu. "Kör bir bunaksın ama en azından çarptığın şeyin ne olduğunu biliyorsundur. Basbayağı bir fareydi."

"Hayır, değildi!" dedi gardiyan inatla ama konuşmayı sürdüremedi çünkü yerden başka bir ciyaklama sesi yükseldi.

Lilah, başını eğip yere baktığında gardiyanın ezdiği fareyi gördü. Bu görüntü karşısında midesi bulandı. Hayvan yerde can çekişiyordu. Burnundan soluyarak iç geçirip başka bir yöne döndü ve derin nefesler alarak sakin kalmaya çalıştı. Hayvanların acı çektiğini görmekten hoşlanmazdı.

"Tamam, işte bak," dedi gardiyan arsızca. "Bir tane varmış, o da öldü işte. Senin sorunun ne?"

Lilah, "Ya..." dedi alayla. "Bir tane vardı, o da öldü. Ne demezsin. Duvarların kenarında kaçışan şeyler de güvercindi."

Durum o kadar saçmaydı ki Lilah, gülmeli mi üzülmeli mi, bilemiyordu. Ailesinin burada olduğu aklına gelince bir anda ağlamak istedi ama kendini tuttu.

"Uyuz kız," dedi gardiyan öfkeyle. "Sen buraya kapatılmadığın için dua etmelisin. Katil." Elindeki bastonla muhafızı işaret etti. "Suçluları cezalandıramıyorsunuz, böyle tepemize çıkıyorlar."

Lilah, sonunda dayanamadı, zaten canı sıkkındı. Acısını öfkeye çevirip gardiyana odakladı, "Doğru konuş, adam," dedi. "Yoksa ikinci leşim sen olacaksın. Seni öldürsem ceza da almam, yerine genç birini koyarlar, olur biter."

Gardiyan, bastonla Lilah'ya vurmak için davrandı, ancak muhafız Henry, uzanıp bastonu Lilah'ya çarpmadan önce havada yakaladı. "Kız haklı," derken bastonu eliyle aşağı itti. "Bari kendin için temizlet şuraları, sen bu pislikte bunca yıl nasıl yaşadın?"

Lilah, "Bağışıklık kazanmış belli ki," diye mırıldandı. "Mikroplar onda ters etki yapıyor herhalde," durup burnunu kırıştırdı. "Aksi halde bu pisliğin içinde bunca yıl yaşaması imkânsız."

Gardiyan, ikisinin söylediği hiçbir sözü üstüne alınmadan kendi kendine söylenerek yola devam ederken, Lilah ve peşi sıra giden muhafız, yolun kalanı boyunca sessiz kaldılar.

Sıra sıra dizilmiş hücreleri geçip en sondaki hücrede durduklarında, gardiyan beş denemeden sonra hücrenin kapısını açmayı başardı. Adam bir kez daha başarısız olsaydı Lilah, *kenara çekil ben halledeyim*, diyerek çığlık atmaya başlayacağından emindi.

Gardiyan kapıdan kenara çekilince, Lilah nefesini tutup yavaş adımlarla içeri girdi ve etrafı inceledi. Bu hücre, diğer yerlere nazaran biraz daha iyi durumdaydı. İki yatak ve üzerlerindeki iki raf dışında içerisi tamamen boştu. İçeride ne bir pencere ne de bir kitap bulunuyordu. Oysa babası kitaplar olmadan yaşayamazdı.

"Lily!"

Annesi ve babası, aynı anda ona sarıldıklarında Lilah, gözlerini yumdu ve içini çekti. Annesi ağlayarak geri çekilirken, babası Lilah'nın yüzünü ellerinin arasına alıp, "Güzel kızım," dedi. "Yaşıyorsun. Seni öldürdüklerini sanıyorduk."

Lilah, "Öldürmediler," diye mırıldansa da içinden *şimdilik* diye ekledi.

"Neden?" diye sordu annesi.

Kahverengi saçları keçe gibi olmuştu, kahverengi gözleriyse bomboş bir ifadeyle doluydu. Ağlıyordu ama ifadesiz bir kabuk gibi görünüyordu. Kızının neden öldürülmediğini merak ediyor, daha fazlasını soramıyor, alacağı cevaptan korkuyordu. Kuralları, kanunları, o da tıpkı Lilah gibi çok iyi biliyordu. Kızının normal şartlarda ölmüş olması gerekiyordu. Olması gereken buydu.

"Biz... bir anlaşma yaptık. Kral'la."

"Ne anlaşması?" Babası elini çekip dikkatle onun yüzünü inceledi. "Lily, ne anlaşması? Yanlış bir şey yapayım deme. Sakın."

"Üzgünüm. Anne. Baba. Size anlatamam. Ama sizi buradan çıkaracağım. Söz veriyorum. Her şey yolunda gidecek."

"Lily..." Adamın sesi endişeliydi. "Yanlış bir şey yapma. Ne yapman gerektiğini biliyorsun. Sana öğrettim."

"Biliyorum. Biliyorum, hiç unutmadım. Elimden geleni yapacağım."

Babası Ivan, "Sana güveniyorum, güzel kızım," dedi kızına sarılarak.

Arkalarındaki muhafıza göz attı ve Lilah'nın kulağına eğilip hızla fısıldamaya başladı. "Kaçabilirsen ilk fırsatta kaç," dedi. "Bizi düşünme.

Eğer bir şansın olur da gidebilirsen, sakın ha geri dönme. Bizi umursama, asıl önemli olan senin hayatın. Bunu aklından çıkarma. Kendi hayatına odaklan."

Lilah dudağını ısırıp, "Yapamam," diye fısıldadı. "Bir söz verdim."

"Lily," dedi babası. Fısıltıları artık öfke ve çaresizlik doluydu. "Yapmak zorundasın. Sana söylediklerimi unutma. Sakın unutma. Bir an için bile. Senin unutma lüksün yok. Yapman gerekenleri, sana öğrettiklerimi yapmak ve ileri gitmek zorundasın. Kim olduğunu... ne için yaşadığını hatırlaman gerek. Bunu kimse için riske atma. Bizim için kendini tehlikeye atma. Kendini kurtarmalısın. Sen bizim kızımızsın, biz senin için yaşadık, gerekirse ölürüz." İç geçirip geri çekildi ve uzanıp titreyen elleriyle Lilah'nın yüzündeki saçları kenara çekti. Mavi gözleri özlem ve sevgiyle kızının yüzünde dolaştı. "Kelimeler güçlüdür, kızım," dedi. "Kitaplar ve kalemler de öyle. Onlar, silahlar ve kılıçlar kadar güçlüler. Ama umut denen bir şey var. O bütün bunların üstünde."

Lilah, yutkunup başını salladı. Muhafızdan dolayı açık konuşamıyor olsa da babasının ne anlatmak istediğini çok iyi anlamıştı. "Umut et, kızım ve *bekle*. Bizim zamanımızın, *senin* zamanının gelmesini BEKLE."

Lilah, başıyla tekrar onayladı, bir şey diyemezdi. Konuşmak tehlikeli, susmak güvenliydi. Hep böyle olmuştu. Hep beklemişti. Yine bekleyebilirdi. Sonunda Lilah, bir şey söylemeye karar verdiğinde, gardiyan araya girip, "Süre doldu," diye seslendi.

Lilah'nın ağzı çaresizce kapandı. Tek kelime etmedi, annesi ve babası da tek kelime etmedi. Kelimeler tehlikeliydi, düşünceler tehlikeliydi. Konuşmak da yazmak da tehlikeliydi. Bu yüzden üçü, yıllar boyunca sessiz konuşmayı öğrenmişti.

Ivan ve Elena, kızlarına, bir yabancıymış gibi yüreklendirircesine bir kez daha selam verdiler ve tekrar, "BEKLE," dediler.

BEKLE, BEKLE, BEKLE, BEKLE, BEKLE...

Bu kelime, ilk kez Lilah'ya umut değil, acı verdi.

BÖLÜM BEŞ

SÖYLENECEK ÇOK SÖZ VARDI

Ertesi gün akşam saat beşte Serasker Corridan Sandon, eğitim salonuna girdiğinde Lilah'yı yerde otururken buldu. Kahverengi, bol bir pantolon ve beyaz bir gömlek giymişti. Saçları balıksırtı şeklinde örülmüştü. Hemen önünde duran Bethany ise ayakta bekliyordu. Kollarını göğsünde kavuşturmuş, yüzünde kibirli bir ifadeyle bir şeyler anlatırken, Corridan'ın odaya girdiğini fark edip hemen sustu.

Corridan, tek kaşını havaya kaldırıp, "Neler oluyor?" diye sorduğu sırada, Lilah da ayağa kalkıp Bethany'nin yanında durdu. Keyfi istediğinde uyumlu biri olabiliyordu. Ama yalnızca keyfi istediğinde ya da başka bir seçenek göremediğinde.

"Hiçbir şey," diyerek soruyu yanıtlayan Bethany, masum bir ifade takınmaya çalışsa da hareketleri, bir şeyler olduğunu ele veriyordu. Serasker'in kızı tüm yeteneklerine rağmen bir göreve uygun bulmama sebeplerinden biri de buydu. Bethany'nin yüzü kitap gibiydi, hiçbir şeyi saklı tutamıyordu. Lilah ise… kapalı bir ansiklopediye benziyordu. Yazıları silinmiş, içindekiler hakkında hiçbir fikir vermeyen bir ansiklopedi.

"Lilah?" diyerek sorusunu bir de onun cevaplamasını istediğini belirtti.

Lilah, "Hiçbir şey olmuyor, Serasker," dedi sakin bir şekilde. Bu cevap Bethany'yi tatmin etmiş olsa da Corridan'ı etmemişti.

Bethany, "Yeni kız ile ilgili fikir edinmeye çalışıyordum," diye mırıldandı. Son kelimeyi söylerken sesi yumuşacık bir tonda çıkmıştı. Abartılı bir oyunculuk sergiliyordu. Lilah ise hiçbir şeyi ele vermiyordu.

Corridan, Bethany'ye yönelip, "Lilah hakkında bir fikir edinebildin mi?" diye sordu.

Bethany, başıyla onayladı. "Pek çok fikir edindim, Serasker."

Corridan, odanın ortasındaki siyah, metal masayı duvara doğru iterken, "Söyle bakalım," dedi. "İzlenimlerin neler?"

Bethany, "Öncelikle," derken kaşlarını indirip özür diler gibi Lilah'ya baktı.

Lilah'nın dudakları hiç kimsenin görmediği alaycı bir gülümseme ile kıvrıldı. Bethany'nin abartılı oyunculuğu, artık onun midesini bulandırmaya başlamıştı ama ilgisiz görünmeye karar vermişti. Belli etmese de Bethany'nin kendisi hakkındaki düşüncelerini büyük bir ilgiyle dinledi.

"Fazla sessiz ve bu, iki ihtimali mümkün kılıyor. Lilah, ya ürkek ve zayıf bir kız ya da duyguları üzerinde üst düzey kontrol sahibi. İkincisinin eğitimli bir askerin bile zor elde ettiği bir yetenek olduğunu düşünürsek... ben, ilk olasılığın doğruluğu üzerine bahse girerim."

Corridan, başıyla onayladı, aynı fikirde değildi ama yine de, "Devam et," dedi. "Onun hakkında başka ne tür fikirler edindin? Ancak unutma, bu senin için de bir sınav olacak. Eğer ki günün sonunda onun hakkında yanıldığını anlarsak, senin göreve çıkma işi uzun bir süreliğine rafa kalkacak." Kızın başarısız olacağından adı gibi emindi.

Bu söz Bethany'yi şaşırttı. "Ama-" diyerek itiraz edecek oldu.

Corridan, "Kes," diyerek onun konuşmasına engel oldu. *Ama* onun en nefret ettiği kelimeydi ve bunu özellikle de bir öğrenciden duymak, Corridan'ı sinir ederdi. "İzlenimlerini açıklamaya devam et."

Bethany, endişe ve özgüveni kaybolmuş bir şekilde tekrar kıza baktığında, kız onu tamamen şaşırtan bir şey yapıp Bethany'ye tatlı tatlı gülümsedi. *Çok pis bir hamle,* diye düşündü Corridan, gözlerini kısarak kızı daha dikkatli izlerken. Lilah'nın yeşil gözlerine tavandaki ışıklardan bir parıltı düşerken, dudaklarında sevimli bir ifade vardı. Bu hali Bethany'yi afallattı. Ne yorum yapacağını bilemez bir halde bir Corridan'a, bir Lilah'ya baktı.

Corridan, "Devam et," dedi Bethany'ye ama gözleri Lilah'nın üzerinden bir an olsun ayrılmadı.

Bethany, "Ben... Ben anlamıyorum," diye fısıldadı. "Çok doğal ve iyi görünüyor. Ama sessiz olduğu zamanlar da şüpheli. Yüz ifadesi çok kararlı. Yani ne söylersen söyle, bozuntuya vermiyor. Öfkelenmiyor, üzülmüyor. Hizmetçi olduğu dönemden kalma bir alışkanlık olduğunu tahmin ediyorum. Sürekli düşünceli oluşunu da ailesi için endişelendiğine verebilir miyiz?"

İç geçirip kollarını göğsünde kavuşturan Corridan, alaycı bir şekilde konuştu. "Bilmem, verebilir miyiz?"

Bethany, tamamen bocalamaya başladı. "Serasker," dedi. Lilah'ya karşı artık daha dikkatliydi. "Kızın hareketleri Doğulu bir hizmetçinin tavırlarına son derecede uygun. Ne dersem diyeyim umursamıyor, cevap vermiyor ama şimdi fark ettim ki bu, duymazdan gelme şeklinde değil. Sanki her şeyi aklına kaydediyor, hesaplaşma amacı taşıyor. Az önceki bakışında bariz bir meydan okuma vardı. Beni korkutmak, şüpheye düşürmek istedi. Meydan okuyacak, korku verecek cesareti varsa gücü de olmalı. Eğer bu ihtimal doğruysa bu kız, basit bir öğretmen tarafından yetiştirilmemiştir. Öyle bir eğitimle bu düzeyde profesyonel duygu kontrolü sağlaması mümkün değil."

"Yani?"

"Yani..." dedi Lilah'ya uzun uzun bakarak. "Bu kız eskiden hizmetçiymiş. Muhafızlara sordum, hakkında bilgi topladım. Cinayetten tutuklandığını söylediniz, sebebi yemek değilmiş. Oğlanın kafasını ezmiş. Demek ki hesaplaşma stili de bu. Her şeyi içine atan basit bir katil."

Lilah, kaşlarını çattı, neredeyse kahkaha atacaktı. Bethany'nin söyledikleri o kadar karmaşıktı ki, hiçbir şey anlamamıştı. Her ihtimalden ortaya biraz atmış, olabilecek en yanlış sonuca varmıştı. Düşünceli bir şekilde Corridan'a baktığında gözleri birleşti. Corridan da Bethany'nin anlattıklarından bir şey anlamamıştı. "Sen kendini nasıl tanımlarsın?" diye sorduğu sırada neredeyse eğlenmiş görünüyordu.

Lilah, ifadesiz bir şekilde Bethany'nin cevabını aynen tekrar etti. "Her şeyi içine atan basit bir katilim, Serasker, arkadaş doğru bildi."

"Öyle mi?" diye soran Corridan, masanın üzerindeki örtüyü çekip sıra sıra dizilmiş silahları gözler önüne serdi.

"O zaman bakalım ne kadar basit bir katilsin, baban sana neler öğretmiş?" Kızların ikisine de birer silah seçmesi için işaret etti.

Bethany, önce davranıp taşıyabileceği en ağır kılıcı seçti. Lilah ise gözlerini uzun süre masada gezdirip en ince ve en hafif kılıcı aldı. Bu seçimi Bethany'yi gülümsetti. Corridan'ı ise kesinlikle tatmin etmemişti. Kızlara ortaya çıkmalarını işaret etti ve kendinden beklenen cümleyi söyledi.

"Ayakta kalan kazanır."

Corridan sırtını masaya dayayıp olacakları izlemeye başladığında kızlar da birbirlerine baktılar.

Bethany, kılıcı iki eliyle kavrayıp yukarıda tutarken Lilah, tek eliyle tutup bacaklarının önünde tuttu. Corridan, bunun çok yanlış bir tutuş olduğunu biliyordu ve emindi ki Lilah da bunu biliyordu. Eline ilk kez kılıç alan insanlar bile kılıcın bu şekilde tutulmaması gerektiğini bilirdi. Çünkü Lilah'nın tuttuğu şekilde yukarıdan gelen bir darbeyi savuşturması için ekstra kuvvet ve çaba gerekirdi, üstten saldıran bu konumda oldukça avantajlı olurdu.

Her şey aynen böyle oldu. Lilah, Bethany, kılıcını üstten indirdiği anda elini yukarı kaldırsa da, üst üste gelen kılıçları sabit tutmak için gerekli olan denge ve güç eşit olamadı. Lilah'nın incecik kılıcı darbeleri bloke etmek konusunda oldukça başarısızdı. Bethany, kılıcı havaya kaldırıp yüksek hızla tekrar Lilah'nın kılıcına çarptığında, altta kalan kılıç sonunda ikiye ayrıldı.

Bethany, karnına attığı sert bir tekmeyle Lilah'yı yere serip elindeki kılıcı boynuna dayadı. Lilah, hiçbir şey yapmadan hızla soluklanırken Bethany, kılıcı yavaşça onun boynundan uzaklaştırdı ve hızlı bir hareketle arkasına geçirip karşında durdu. Mutlu görünüyordu, bir şeylerin yolunda gitmediğini fark etmemişti.

Lilah yerde kalmaya devam ederken odada çıt çıkmıyordu. Corridan şaşkındı, bu kadar çabuk olmasını beklemiyordu. Şaşkınlığı çabucak uçup yerini öfkeye bırakırken Lilah'ya, "Ayağa kalk," diye bağırdı.

Lilah iç geçirip yavaşça ayağa kalktı. Kırık olan kılıcın yarısı hâlâ elinde duruyordu. Corridan, Bethany'ye başıyla kapıyı işaret etti. "Dışarı çık ve uzaklaş, ben seni bulurum."

Kız ikiletmeden dışarı çıktığında, Corridan dikkatini tekrar Lilah'ya verdi. "Bu mudur?"

Cevap olarak zayıf bir baş sallama aldı.

Corridan, kızın üstüne gitmeye devam etti. "Baban sana bunu mu öğretti?" diye sordu tehditkâr bir fısıltıyla. "Bu mu yani?"

Kız, başıyla tekrar onayladı.

"Dışarıda ettiğin o büyük laflar neydi? *Her koşulda işe yarar, Serasker.* Sen daha kılıç seçmeyi beceremiyorsun. Tutma konusuna hiç değinmiyorum."

Lilah, başını kaldırıp Corridan'ın gözlerine baktığında yüzünden anlık bir öfke geçip gitti ama sessiz kalıp başını tekrar eğdi. Corridan, cebinden çıkardığı kâğıtları çıkarıp silah masasının üzerine attı. Lilah, onların ne olduğuna bakmayı reddetti.

Corridan, "Sana söyledim, eski krallık kayıtlarını araştırdım," diye açıkladı. "Seni ve aileni biliyorum. Baban, Kral'ın üst düzey askerlerini yetiştiren komutanlardan biri. İsyan sırasında esir edilmiş. Eminim sonrasını benden daha iyi biliyorsundur. Sen kendin anlattın. Eğitecek öğrenci kalmayınca on dört yıl boyunca seni eğitmiş. On dört yıl! Çok iyi bir asker tarafından eğitilerek geçen on dört yıl!"

Lilah, buna da cevap vermedi.

"Şimdi sen bana diyorsun ki on dört yıllık eğitim budur. Üst düzey bir asker, bana kılıç tutmayı bile öğretemedi. Yazık o adama, eğer on dört yıllık eseri buysa."

Corridan, ona doğru bir adım daha attı ve yüzünü kızın yüzüne yaklaştırdı. Fakat Lilah, geri çekilmek yerine sert bakışlarını onun gözlerine dikti.

Corridan öfkeyle bağırdı. "Ne yaptığını anlamıyorum mu sanıyorsun? Zayıf, eğitimsiz bir katil kız olarak, görevin daha basit olacaktı, değil mi? Senden beklentimiz düşük olacak. Kaçıp kurtulacaksın. Ne kadar tehlikeli olduğunu bilmezsek, seni o kadar da önemsemeyiz."

Lilah, isyan edercesine, "Basit mi?" diye sordu. Gözleri kararmıştı. "Babam Kral'a sadıktı. Prenses benim arkadaşımdı. Sen benden, arkadaşımı mahvetmek için sana yardım etmemi istiyorsun. Halkıma ihanet etmemi istiyorsun. Basit dediğin şey, senin için arkadaşını, tüm masumların umudunu satmak mı? Bu yeterince ağır bir bedel değilmiş gibi bir de bana daha fazlasını mı yaptıracaksın? Hani size deneyimsiz bir çaylak lazımdı?"

"Yalandı."

"Yalan…" Lilah neredeyse gülecekti. "Yalanlarla dolu bir oyun oynuyorsan, karşındakinden dürüstlük beklemeyeceksin o zaman!"

"Zayıf görünmek senin onuruna dokunmuyor mu?"

"Arkadaşımı satmak kadar dokunmuyor! Tüm Doğulu insanların köle olarak kullanıldığını görmek kadar canımı yakmıyor. Senin için yeterince iyi bir taş değil miyim? Hakkınızda hiçbir şey bilmiyorum. Bende hiçbir sırrınız yok. Beni Doğu Direnişi'ne bir casus olarak yollamak istiyorsunuz. Size ihanet etme şansım yok, beni ailemle tehdit ediyorsunuz. Daha ne istiyorsunuz? Benim yapabileceğim diğer şeyleri bilmek neyi değiştirecek?"

"Hiç belli olmaz," diyen Corridan, onu tekrar masanın önüne çekip, "Silah seç," diye uyardı. "Bu sefer gerçek bir silah seç. Yoksa aileni simyacılara denek yaparım."

"Yapamazsın, bir anlaşmamız var."

"O anlaşmanın şartları değişti."

"Canın her istediğinde şartları değiştireceksen sana nasıl güvenebilirim, Serasker? Bu adil değil!"

"Güvenme. Bana güvenme, kimseye güvenme. Sadece üzerine düşeni yap. Seni sadece bu, hayatta tutar."

"Her şey bittiğinde, yine şartlar değişti der ve ailemi bırakmazsan ne olacak? Kaldı ki bu gidişle benim görevim hiç bitmeyecek."

"Bitecek, merak etme. Sözümü tutacağım. Yemin ettim. Kral da söz verdi. Sadece bana ne kadar iyi olduğunu göster."

Lilah, gözlerini sımsıkı kapattı. "Tamam."

"Tamam mı?"

"Tamam, Serasker, tamam. Ne olur ki? En fazla ölürüm. Ne istersen yapacağım. Ne kadar iyi olduğumu mu görmek istiyorsun? Sana bunu da göstereceğim. Sana her konuda doğru söyleyeceğim. Sen bana sürekli yalanlarla gelsen bile!"

Bu cevabın üzerine Corridan, bir süre bekledi ve hızlı adımlarla dışarı çıkıp bir süre sonra yanında Bethany ile geri döndü. Onlar içeri girdiği sırada kapıda bekleyen muhafız, kısacık bir an Lilah'ya baktı. Sonra kapıları sıkıca kapattı.

Corridan, Bethany'ye "Burada daha önce olanları unutacaksın," dedi. "Bir şey düşünüyorsan, düşünme. Bir şey duyduysan unut. Kimse tek kelime bilmeyecek."

Bethany, zayıf bir sesle, "Ardel üzerine yemin ederim, hiçbir şey söylemeyeceğim," dedi. Az önce dövüşte kulandığı kılıç hâlâ elindeydi. Neler olduğunu anlamakta güçlük çekiyordu.

"Yeni bir düello olacak," dedi Serasker. "Lilah'nın ne kadar... işe yarar olabileceğini görmemiz için. Eğer yenilirse çok ağır bir eğitime girecek." Bakışları Lilah'nın üzerinde durdu. Bakışları âdeta *sıkıysa şimdi de numara yap* diyordu.

Lilah, ses çıkarmadan önündeki silahlara döndüğünde odada bir sessizlik oldu. Kız, silahlarını seçip Bethany'nin karşısına dikildiğinde Bethany, kısacık bir an geri adım atmak ister gibi bir ona, bir Corridan'a baktı ama bunu yapmadı, kararlı bir şekilde odanın ortasına doğru ilerledi. Başka şansı yoktu, geri adım atamazdı.

Lilah, ona soğuk bir gülümseme yollayıp Corridan'ın daha önceki sözlerini tekrar etti.

"Ayakta kalan kazanır."

BÖLÜM ALTI

VE YAZACAK ÇOK FAZLA HİKÂYE

Lilah, iki eline aldığı ikiz kılıçlarla Bethany'nin karşısına dikildi ve iki kılıcı da akıcı bir hareketle ellerinde çevirdi. Kılıçları yukarı bakacak şekilde tutup çaprazladı ve bir kalkan gibi kendine siper etti.

Bethany, bunu gördüğünde beti benzi attı, ilk hamle avantajını rakibine vermemek için hızla ileri atıldı ama, Lilah sağ elindeki kılıçla rakibinin kılıcını rahatlıkla bloke etti. Bethany, geriye doğru sendelerken de sol elindeki kılıcı yere sağ elindeki kılıcı tavana bakacak şekilde çevirdi. Hareketleri son derece profesyonel, çevik ve planlıydı. Doğduğu anda eline oyuncak yerine kılıç verilmiş gibi rahattı. Corridan, gizli gizli gülümseyip aklından *işte bu*, diye geçirdi.

Bethany, aşağıdan bir hamle yapmaya kalktığında Lilah, yere yakın tuttuğu kılıçla kızın hareketini savuşturup yukarıdakinin kabzası ile Bethany'nin çenesine sertçe vurdu. Bethany'nin ağzından sızan kan yere akarken Lilah, iki kılıcı tekrar önünde çaprazladı.

Bu hareketin üzerine Bethany'nin bir süre toparlanmasını bekledi. Bethany, kılıcını yukarı doğru savurdu, sonra da aşağı indirip Lilah'nın kılıcına sertçe kenetledi. Lilah'da tek kılıç olsaydı onu belki oyun dışı bırakabilirdi fakat Lilah, çift kılıçla dövüşüyordu ve iki kılıcıyla Bethany'nin kılıcını kapana kıstırdı.

Bethany, iki eliyle kavradığı kılıcını hızla geri çekip kıskaçtan kurtardı. O daha toparlanıp gardını alamadan, Lilah sağ elindeki kılıçla Bethany'ninkini odanın öteki tarafına fırlattı. Metal, taş zemine büyük bir gürültüyle düştüğünde Bethany, kısa bir şokla bir boş eline, bir de Lilah'nın yüzüne baktı.

Bu sırada Corridan, Lilah'nın durmasını beklemişti, ancak kız onu şaşırtarak karşı atağa devam etti. Bethany'nin ayağına taktığı bir çelmeyle kızı yere düşürüp diğer ayağını karnına indirdi ve elindeki kılıçlardan birini boğazına, diğerini kalbine doğrultup bekledi. Sonra hareket ederek kılıçlardan birini Corridan'a doğrulttu. İyi bir gösteriydi. Aynı anda iki rakibe iki ayrı ölümcül darbe indirmeye hazırmış gibi görünüyordu.

Bethany öksürüp başını yana eğdiği sırada, Lilah yavaşça geri çekildi ve elindeki kılıçları masanın üzerine âdeta fırlattı. Ateş gibi yanan gözlerle Corridan'ın karşısına dikildi. Birkaç ince saç tutamı, örgüsünden kurtulmuş, terli yüzüne yapışmıştı. Bu gösteriyi yapmak zorunda olmaktan nefret etmişti, Lilah birilerine bir şey kanıtlamak için dövüşmezdi. Yine de kendini iyi hissettiğini fark etti. Dövüşmek onu rahatlatmıştı. "Görmek istediğin bu muydu?" diye sorduğu sırada, Corridan kızın kahverengi pantolonunun ve üzerindeki beyaz gömleğin kanla lekelendiğini gördü. Muhtemelen kan Bethany'ye aitti ama Lilah, bunu umursuyor gibi görünmüyordu.

"Buydu."

"Peki neyi değiştirdi?" Sesi talepkâr çıkıyordu.

Corridan, uzun süre onun gözlerine baktı. Lilah, kılıçları kullanırken sakin ve rahat görünse de şu anda nefes nefeseydi. Göğsü aldığı nefeslerin hızıyla kalkıp iniyor ve gözlerindeki bakış öfkesini ele veriyordu.

Corridan, kızın çok güzel olduğunu düşündü. Aklının ucunda sürekli aynı sözler dönüp duruyordu: *Kız göreve hazır. Kız göreve hazır. Emin olmak zorundaydım. Her şeyin yakında biteceğinden emin olmak zorundaydım.*

Verdiği cevap aklından geçenden farklı oldu. "Çok şey değişti," derken arka tarafta sürünerek yavaşça ayağa kalkan Bethany dikkatini çekti ve bu, sözünü bitirmesini engelledi. "Senin şu görev işi..." dedi dikkatle Bethany'ye. "Uzun bir süre iptal."

Bethany, "Ama..." diyerek itiraz edecek oldu ama Corridan, "İptal dedim," diye sözünü kesti. "Çift kılıç eğitimine başla. Abartılı ifadeler takınmayı bırak. Çalışmaların bittiğinde sonuca göre durumunu tekrar düşünürler. Ben aradığımı bulduğum için artık burada olmam ama komutanlarına haber vereceğim. Şimdilik sana görev falan yok."

Bethany, yalnızca başını sallayarak kabullenmek zorunda kaldı.

"Tekrar hatırlatmakta fayda var: Eğer burada olanları birinden duyarsam..." derken odayı işaret etti. "O zaman görevi bir daha anca rüyanda görürsün. Duydun mu beni?"

Bethany, bitkin bir halde, "Duydum," dedi. "Zaten bunun neyini anlatacağım ki? Rezil oldum."

"Soran olursa kız ile ilgili bundan önceki izlenimlerini söyle," dedi kılıçları göstererek. "Onu kılıçta yendiğini söyle. Kral Kapanı'nda er olmaya uygun olduğunu söyle."

Bethany'nin yüzünde tereddüt dolu bir ifade belirse de başıyla onaylayıp kabul etti. "Er olmaya uygun biri. Yeteneksiz, ancak azimli ve gözü kara."

Corridan, kızın söylediklerini onaylayıp başıyla dışarı çıkmasını işaret ettiğinde Bethany, Lilah'ya son bir kez bakıp odayı terk etti.

Gözlerini Lilah'nın yüzüne çeviren Corridan, kızın artık son derece sakin olduğunu gördü. Kıza usulca gülümsediğinde, kız da onun gülümsemesine karşılık verdi.

"Sanırım fazla kendini beğenmiş biri olmaman iyi bir şey."

"Çok iyi bir şey, Serasker." Şimdi yüzünde bambaşka bir ifade vardı, ancak çabucak toparlandı. Kapıdaki gölgelere bakıp dışarıda bekleyen muhafızları kontrol etti.

Corridan, Kral'ı ve ona verdiği sözü düşünürken, "Şimdi..." diye mırıldandı. "Söyle bana, Lilah. Seninle ne yapacağız?"

"Anlaşma her neyse onu yapacağız Serasker," diye karşılık verdi Lilah. "Anlaşılan işe yarar olduğumu kanıtladım. Aradığınızı buldunuz."

Corridan, masanın arkasından bir sandalye çekip Lilah'ya oturmasını işaret etti ve kenardan bir şişe su alıp Lilah'ya uzattı. Kız hemen suyu kapıp bir dikişte tamamını bitirdi. Üstündeki kan kurumuştu, farkındaysa bile belli etmiyordu. "Yaralandın mı?"

Lilah, başını iki yana salladı. "Kan benim değil. Bethany'nin kolu kesildi. Hafif bir şey."

Corridan'ın merak ettiği detay cevap bulmuştu. "Hikâyen nedir, Lilah? Baban seni ne için eğitti?" diye sorarken sesinde, şüphe ve tereddüdün altında bir çaresizlik gizliydi. Sanki kızı bu göreve göndermek istemiyordu, ancak ondan başka seçeneği de yoktu.

Gözleri kapıya takıldı ve dalgın bir şekilde, "Bir şeyler öğretmeyi sevdiği için," dedi Lilah. "Başka ne olacaktı ki?"

Corridan, "Bilmem," deyip arkasındaki masaya yaslandı. Lilah'nın ruhunu görmek ister gibiydi, gözlerinin ardında dönen çarkları görüyordu sanki. "Birçok nedeni olabilir. Özellikle de tüm gün köle gibi çalışan kızını, sırf eğitmeyi sevdiği için daha da yorması ilginç geliyor."

"Babam benim güçlü olmamı istedi, Serasker Corridan. Kendimi koruyabilmemi istedi, çünkü Kral bizi korumuyordu. Ailelerin yanında çalışan Doğulu insanlara neler yapıldığı hakkında bir fikrin var mı? Bizi malları gibi görüyorlar, ben o insanlara ve yaşadıklarıma sadece o evdeki herkesi öldürebilecek güçte olduğumu, karşı çıkabilecek güce sahip olduğumu bilerek katlandığımı sana anlatırım. Ama sen anlar mısın? Sabah on dakika geç uyandın diye iki gün boyunca güneş görmeyen, karanlık bir odada aç bırakıldığın oldu mu senin?"

Corridan'ın nefesi kesildi. Buz kestiğini hissetti. Kızın hiçbir zaman bu kadar çok şey yaşamış olabileceğini düşünmemişti.

Lilah konuşmaya devam etti. "Eğer olsaydı, oradan kırk sekiz saatin sonunda, aklını kaçırmadan nasıl çıkabilirdin? Tüm o süre boyunca güçlü olduğundan başka hangi his ve düşünce seni ertesi gün hiçbir şey olmamış gibi ayakta tutabilirdi?"

Corridan, bu soruya bir cevap veremedi. Lilah istese bunları anlatmaz, saklardı. Bir anda bu kadar açık ve net olmasının bir sebebi vardı. Corridan'ı Kral'a ve Batılılara karşı dolduruyordu. Kim için ve ne için çalıştığını hatırlasın diye...

"Yaşadığın her şey için üzgünüm, Lilah, bilmiyordum. Bilsem..." Ağzına ilk gelen sözleri yuttu. Söylemek istediğinden başka bir şey söyledi. "Bu kadar üstüne gelmezdim."

Lilah'nın tek kaşı havaya kalktı. "Bana acıma, Serasker," diye fısıldadı. "Ben bu şeyleri yaşayan onca insanın en şanslı ve güçlü olanıydım. Diğerlerinin tek bir söz dışında sığınacak bir limanı bile yoktu. Onlara sadece bekle dediler. Prenses'in hazır olmasını bekle, o bir gün geri dönecek ve hepimizi kurtaracak... Prenses'ten nefret eden o kadar Doğulu var ki..." Lilah, susup başını iki yana salladı. "Biz bütün bunları yaşarken onun kaçıp saklandığını düşünenler var, Ardel tahtı için geri gelmeyeceğini söyleyenler var. Bunlar öfkeyle öylesine söylenmiş sözler de değil. Yine de o, herkesin son umudu. Sen beni öyle bir göreve gönderiyorsun ki... Bu, her şeyin sonu olacak. O insanlar için beklemek diye bir seçenek olmayacak."

Corridan, kedere kapıldığı anlaşılmasın diye konuyu değiştirdi. "Bir bakıyorum, agresif, her şeye muhalefetsin. Hiçbir soruya yanıt vermiyorsun. Bir bakıyorum, kendi kendine sorduğumdan fazlasına cevap veriyorsun. Seni anlamıyorum."

"Bir ihanete hazırlanıyorum. Babamdan böyle bir durumda nasıl bir tavır takınmam gerektiğine dair bir eğitim almadım. Bu konuyu gözden kaçırmış olmalı. Hâlbuki şu içinde bulunduğum durum o kadar olağan ki... Bana ilk önce, böyle bir şey başıma geldiğinde ne yapmam gerektiğini anlatmalıydı ve ben de ona göre davranmalıydım. Değil mi?"

Corridan, yarım bir gülümsemeyle silahların bulunduğu masayı incelemeye başladı ve kıza döndüğünde elinde bir bıçak vardı. "Umarım budur," diye mırıldandı. "Babanın amacı, senin olayın. Altından başka bir şey çıkarsa..."

Sözünü kesip, "Serasker," diye fısıldadı Lilah. "Beni ve ailemi yalnızca bir kez öldürebilirsiniz."

Corridan, kıza iyice yaklaşıp derin bir nefes aldı. Bu yeşil gözlü, kumral, ufak tefek kızın kan kokmasını bekliyordu ama o buram buram gül kokuyordu. "Ölümden kötü şeyler vardır, Lilah."

"Hayatın kendisi başlı başına ölümden daha kötü seçeneklerle dolu, Serasker Corridan. İhtimalleri düşünmeye başlamaktansa direkt ölelim daha iyi. Ama yaşamaya devam ediyoruz, tüm kötü ihtimallere rağmen hayatta kalmak için çabalıyoruz. Ölümden kötü tüm şeylere rağmen her gün güç ve cesaretle uyanıyoruz." Omuz silkti. "Berbat bir hayat yaşadım. Ölüm, acı, ihanetle dolu bir hayat. Her yeni günde, güzel olan ihtimallerden daha çok, kötü olanlar vardı. Ama bu, beni hiç durdurmadı."

Corridan, sessiz kaldı. Lilah'nın söylediklerinden etkilenmişti ama bunu belli etmedi. Bıçağı yavaşça ona uzatırken, "Arkana bakma," diye uyardı. "Orada bir hedef var. Ona hızlı bir şekilde atış yap."

Lilah, yutkunup bıçağı ondan aldı ve elinde tartarken ayağa kalktı, arkasındaki hedefi düşündü. Odaya geldiği ilk anda o hedef dikkatini çekmişti, ancak sağlam bir atış yapmak istemiyordu. Kendini tamamen açık etmekten hep endişelenmiş ve rahatsız olmuştu. Zayıflık iyi bir maskeydi. Bu maskeden kurtulması kolay olmayacaktı.

Hızla arkasına dönüp elini olması gerekenden daha aşağıda hareket ettirdi ve bıçağı hedefe atıp bekledi. Kıl payı, hedefi kenardan yakalamıştı.

Corridan, uzun bir süre sessizce hedefi inceledi. Kızın bilerek ıskaladığını biliyordu.

Yine de yüksek sesle, "İdare eder. Sanırım baban sana sadece fiziksel dövüş eğitimleri vermiş," dedi. "İçeri girdiğinde hedefi görmüş müydün?"

"Tam değil."

"Peki, yan duvarda asılı duran halı ne renk?"

Gri, diye düşündü Lilah. Cevap griydi ama bunu duvara bakmadan söylememesi gerekirdi. Bu, klasik bir dikkat testiydi. Cevabı bilmiyormuş gibi hızla başını çevirip duvara baktı. Tekrar önüne döndüğünde Corridan'ın yüzünde düşünceli bir ifade yakaladı.

"Gri."

Corridan, "Dikkatsizsin," dedi. "Seni bu konuda eğitmemiz lazım. Bir odaya girdiğinde ilk neye bakacağını, neleri değerlendireceğini bilmiyorsun. Benim odamda etrafı açık bir şekilde incelemenden de bunu anlamıştım."

Lilah, gözlerini kapatıp derin bir nefes almamak için kendini zorladı.

"Bu şekilde istediğin cevapları bulamazsın. Çevrene hâkim değilsin. Uygun bir casus da değilsin ama olmalısın."

"Batılı bir ailenin yanında çalışıyordum. Etrafı incelememiz hoş görülmüyordu. Bu yüzden babam bunu bana öğretmedi. Orada yapmaman gerekenleri yapmanın cezası ağır olurdu. Beni riske atmak istememiş olmalı."

Corridan, söylediklerini düşündü. "Mantıklı ama artık bu böyle olmaz," dedi. Muhafızlar duyabilsin ki bunu yaparken kıza engel olmasınlar istiyordu. "Bir iki gün Hisar'ı özgürce dolaş." Muhafızlara ayrıca bu konuda onu rahat bırakmaları için emir verecekti. "Oraları göze çarpmadan incele ve gizli saklı detaylar görürsen aklında tutup bekle. Sana bunları soracağım. Bu senin son sınavın olacak."

"Hisardan ne zaman ayrılacağım?"

"Gelecek hafta. Batı İstihbaratı takipte, Doğu Direnişi şehirde bir iz bıraktığı anda seni önlerine atacağız. Sonrası sana kalmış. Akıllıca davranırsan ailen kurtulur, aptallık yaparsan..." Sözünü tamamlamadı. "Şimdi git, biraz uyu," diye mırıldanıp odadan ayrıldı.

Lilah, onun yeterince uzaklaştığından emin olduktan sonra masaya yaklaşıp başka bir atış bıçağını eline aldı. Dengeli ve sağlamdı, parmaklarımın arasında bir kez döndürüp gözlerini kapattı, hızla arkasını döndü ve bıçağı hedefe fırlattı.

Bıçak sert bir *tak* sesiyle hedefe saplandığında yavaşça gözlerini açtı.

Bıçak, hedefin tam ortasında duruyordu ve sol taraftaki duvarda asılı duran gri halının üzerinde kılıca benzer bir gölge oluşturuyordu.

BÖLÜM YEDİ

ÇOK FAZLA ACI VARDI

Lilah, çocuk yaştan beri zihninde bir günce tutardı. Çünkü yazmak tehlikeliydi, yasaktı. Tek güvenli yer zihniydi, tek güvencesi ailesiydi. Diğer herkesten şüphe duyuyordu. Ama bir şekilde her şeyi hatırlamak zorundaydı, duyduğu ve gördüğü hiçbir şeyi unutmazdı; onları bir şekilde düzenlemesi ve kontrol etmesi gerekiyordu. İçsel karmaşalar tehlikeliydi, plansız ve odaksız düşünceler tehlikeliydi. Kontrol edilemeyen, her fırsatta şimdiye musallat olan bir geçmiş tehlikeliydi. İnsanı yer bitirir, kendine hapseder ve ileri gitmesini engellerdi.

Lilah, zihnini organize etmek zorundaydı. Kendisi üzerindeki kontrolü tam olmalıydı. Aksi halde düşmanlarının arasında ayakta kalamazdı. Zihninin içindeki her sayfa; hainlik, acı, öfke ve kayıp doluydu. Bu sebeple o soyut sayfalara *İhanet Günceleri* diyordu. Kendine, halkına yapılan her ihaneti, haksızlığı orada tutuyordu.

Hisar'ın alt katlarından birinde, bir duvarın kenarına oturmuş, o güncelere yeni bir sayfa ekliyordu. Bu sefer geçmişten bahsediyordu, aslında bir şeyleri tekrarlıyordu, hatırlamak için değil; aynı gücü ve azmi yeniden hissedebilmek için.

Hayatımın büyük bir kısmını görünmez olmayı dileyerek geçirdim. Bu yüzden her zaman göz önünde durmaktan, zirvede olmaktan çekinirim. Güç, dosttan çok düşman getirir; yalnızlık, zirvedekilerin kaderidir. Gizlenmek ve bir şeyleri gizlemek ise herkesin sahip olamayacağı bir kuvvettir. Büyük bir sabır ve irade gerektirir. Potansiyeli, apaçık güce tercih eden biriyim. Babamın beni bu şekilde yetiştirmiş olmasının elbette durumumda katkısı büyüktür, ancak sorgulayabilen insanlar için dersler bir noktaya kadar doğrudur.

Öğretiler üzerinde düşünen birinin, kendi fikir ve ideallerinin oluşması dünyadaki en doğal şeydir. Batılı bir ailenin yanında hizmetçi olarak çalışıp, aynı zamanda da geceleri bir asker gibi eğitilmek, bana çocuk yaşta ağır sorumluluklar yükledi; hangi role nerede gireceğini bilmek, duygularını kontrol edebilmek, büyük bir yetenektir ve babam, bana önce bunu öğretti. Aynı zamanda gizlenmeyi ve potansiyelimi gizlemeyi de öğretti.

Bu, çocukken nedenini anlayamadığım ve saçma bulduğum bir şeydi. Yanında çalıştığımız ailenin benden dört yaş büyük oğlunu susturabileceğimi bilirken susup geri çekilmek. Kendi topraklarımda, Batılı çocuklardan zorbalık görmek ve her türlü zorbalık karşısında gerilemek. Asla karşılılık verememek, daima haksız kabul edilmek, Doğulu çocuklar için çok zordur. Ama sonra herkes yerini kabullenir. Çocuklar masumdur, ama yanlış yönlendirme ve kibirle büyüklerden daha zorba ve acımasız olabilirler. Çocukken eve misafir olarak gelen çocukları eğlendirme görevi bana verilirdi. Çocukların eğlence anlayışları da ailelerininki kadar onur kırıcı ve can yakıcıydı. Alayları ve yaptıkları yüzünden babama, bana yalnızca bir fırsat vermesi için yalvardığımı çok net hatırlarım. Onlara istedikleri dersi vermek, onlara zayıf olmadığımı göstermek istediğimi.

Babam her zaman bu isteğimi aynı sözlerle geri çevirirdi. "Bekle," derdi. "Neler yapabildiğini görmelerine izin verme. Bırak kendilerini sana açık etsinler, bırak tüm zaaflarını gözlerinin önüne sersinler. Sen gerçeği biliyorsun, bu yeter."

Gerçekler. Kimsenin bilmediği gerçekler. Sırf bu yüzden geldiğimiz yerler, başkaları tarafından büyük bir mağlubiyet olarak görülebilir. Hapis, zorunlu görevler ve ölüm cezaları. Zincirleme bir halde üstümüze yağan bu belaların bizi nasıl bir amaca götüreceğini kim tahmin edilebilir? Kim diyebilir? Dışarıdan zayıf ve sakin görünen bu yorgun kızın içinde şiddetli bir fırtına gizlenir.

Babam bana her zaman aynı sözü hatırlatır. "Dalgalar yükselmeden önce dibe yaklaşır."

Bu Hisar'da eğitim görenlerin, hatta eğitmenlerin çok azı, benim bildiklerimi bilebilir. Gücünü belli edenlerin çok fazla düşmana sahip olduğu, ne kadar güç ve mevki sahibi isen onu korumanın da o derece zor olduğu bir dünyadayız ve bu dünyada, insan en güçlü darbeyi en yakınındakinden alır. Çünkü muhtemelen kendine rakip olabilecek tek kişi, onun etrafındadır. Onu izler, onun zayıf anını gözler.

Bu yüzden dışarıdan bana bakan biri, ayakta durmaya çalışan, basit, zayıf ve hırçın bir kız olduğumu söyler. Böyle düşünmeleri benim hoşuma gider. Çalıştığım eve gelen Batılı kadınlar, silah kaçakçıları, esnaflar, çalıştığım ailenin ve tanıdıklarının evindeki bekçiler, korumalar bana güvenirler. Şu Serasker Corridan gibi dikkatle inceleyip ekstra sınavlara sokmaya kalkmadıkları sürece çevremdeki herkes, Bethany'nin düştüğü tuzağa düşer.

Bu, benim elde edebileceğim görünmezliğin en üst seviyesidir. İnsanlar bana baktıklarında yalnızca boş bir kabuk görürler. O kabuk kendilerini sıkıp boğmaya başlayana kadar gerçeği göremezler.

Görsünler istemem. Çünkü bu İhanet Günceleri'nin özünde bir oyun var ve dürüstler, olduğu gibi görünenler, bu oyunu çok acı bir şekilde kaybederler.

Lilah düşüncelerinden sıyrılıp oturduğu duvar kenarından etrafı incelemeye başladı ve her bir detayı elindeki kahverengi parşömene aktardı. Bu tamamen formalite icabıydı. Lilah'nın hatırlamak için notlara, sayfalara ihtiyacı hiç olmamıştı. Onun hafızası bir kütüphaneydi. Her kitabını her satırıyla birlikte ezbere bildiği... Ama Serasker akşam, ondan yaptığı gözlemlere dair somut kanıtlar isteyecekti. Bu yüzden gördüklerinin yarısını not almayı seçti.

Bir fısıltı duyduğunda başını elindeki parşömenden kaldırıp etrafına göz attı. Ve yabancı iki kızın, Bethany'nin yanında durmuş, ona bakarak fısıldaştıklarını gördü. Her ne söylüyorlarsa Bethany bunlara gülüyordu.

Lilah'nın onlara baktığını gören esmer kız, uzaktan ona doğru, "Bu doğru mu?" diye seslendi. "Cidden Beth'e bir dakikadan az sürede yenildin mi?"

Gözlerini kırpıp önce o kıza, daha sonra Bethany'ye bakan Lilah bir an duraksadı. Beth'in gözlerinde ufak bir kıpırtı yakaladığında üçüncü kıza bakmadan dikkatini tekrar elindeki parşömene verdi.

Esmer tekrar konuşmaya başladığında tekrar ona bakmak zorunda kaldı. "Adım Karen," dedikten sonra duraksayıp yanlarında bulunan sarışın kızı işaret etti. "Bu da Ash."

Lilah, zayıf bir sesle kendi adını mırıldandı, birden gelen bu samimiyetten rahatsız olmuştu.

"Duyduk, Serasker'in özel kızıymışsın."

"Kızı mıymışım?" diye sordu Lilah, tek kaşını havaya kaldırarak. Sesi bu sefer sert ve net çıkmıştı. "Öğrencisi mi demek istedin? Çünkü benim babam başka biri."

Ash, "Vaaay," diye güldü ve ekledi: "Kelimelere takık biri."

Lilah ise sakin bir şekilde, "Kelimeler önemli," deyip elindeki parşömeni rulo yaptı ve ayağa kalktı. "Başka krallıklarda, kelimeler yüzünden cinayet işlendiğini duymuştum. Babam, onları dikkatli kullan derdi, özellikle de birinin kimliği ile ilgili bir tespitte bulunurken."

"Ne dedim ki?" diye sordu Ash, ayağa kalkan Lilah'ya bakarak.

"Birinin kızı demek, benim topraklarımda, gerçek baba anlamında kullanılmıyorsa 'metres' anlamına gelir."

"Senin topraklarında mı?" diye sordu Karen. "Sen Doğu halkından mısın?"

Lilah, "Evet," diyerek onayladı. Bu itiraf onları şaşırttığı için birbirlerine bakıp kaldılar, kaşlarını çatarak kızlara sordu. "Doğulular da askere alınıyor diye duydum, sizi şaşırtan nedir?"

Sorusunu cevaplayarak, "Evet ama buraya alınmazlar," diyen Bethany oldu. Demek ki ağzı gerçekten sıkıydı, Lilah'nın Doğulu olduğunu biliyordu ama kimseye söylememişti. "Onlar basit düzeyde eğitilirler, üst düzey eğitilmelerine Kral izin vermez. Ağır işlerde çalışırlar. Siper kazmak, silah taşımak gibi..."

Başıyla onaylayan Karen, "Seni özel kılan ne?" diye sordu.

Lilah omuz silkti. Kızlar tekrar birbirlerine bakıp aynı anda, "Bizimle gel..." dediler. "Yani... öğle yemeğine."

Lilah, önce onları reddetmeyi düşünse de sonra başıyla onayladı; kızlardan birkaç önemli bilgi öğrenebileceğini düşünüyordu. Ama onların peşinden hemen dışarı çıkmadı, önce odaya son bir kez bakış atıp aklına son bir detayı not aldı.

"Demek sadık bir ailenin yanında çalıştın?" diye sordu Karen. "Nasıl yani? Neler yapıyordun?"

"Basit şeyler," diye cevap verdi Lilah, önündeki tepsiyi iterek. "Getir götür işleri."

"Önce getir götür işlerini, sonra da çift el kılıç kullanmayı mı öğrendin yani?" diyen Bethany, ağzından ne kaçırdığını fark edince dilini ısırıp iç geçirdi.

Ash hemen bu cümleyi yakaladı. "Çift el kılıç mı kullanıyorsun?" derken bakışları Lilah'ya kaydı.

Lilah, Bethany'ye sert bir bakış atıp başıyla onayladı. "Biraz."

"Nasıl, kimden öğrendin ki?"

"Serasker Corridan," dedi Bethany'ye bakarak. "O öğretti. *Biraz*. Yeniyim. O yüzden Bethany'ye yenildim."

"O kısım doğru yani?" dedi Karen. Kahverengi gözleri sinsi bir ifadeyle Bethany ile Lilah arasında gezinirken tek eliyle siyah saçlarını yüzünden çekti.

Masadan aldığı bir elmayı elinde çeviren Lilah, "Doğru," diye mırıldandı.

"Ve bu seni rahatsız etmedi?" Bu sefer soran Ash'ti. Lilah'nın cevabını beklerken mavi gözleri neşeyle parladı.

"Ben değişken şeyleri dert etmem."

"Değişken derken? Düellolar önemli." Ash'in kaşları çatılmış, mavi gözlerini gölgelemişti.

Lilah, başını iki yana salladı ve "Amacına göre..." dedi elmayı elinde tekrar çevirerek. "Karşılığında iyi bir şey almayacaksan yenilgi ile zafer aynı şeydir. Bir şeyler öğretir. Önemli olan ne öğrendiğindir." Bakışları Bethany'ye kaydı. "Ya da ne kazandığın."

Kızlar yine şaşkınlıkla birbirlerine baktılar ve bir süre sessiz kaldılar. Sessizliği bozan Ash, gülümsedi ve kendi elmasından bir ısırık alıp, "Sevdim seni," diye itiraf etti.

Karen ve Bethany şaşkın görünüyorlardı, Ash sert bir sesle, "Ne?" dedi. "Kız haklı. Hem farkındaysan, çift el silah kullanmaya başlamış. Bu okulda kaç kişi o eğitimi alıyor ki?"

Bethany, "Ben," diye mırıldandığında, kızlar duraksadılar.

"Ne? Ne zamandır?"

Bethany, "Yeni başladım," derken dik dik Lilah'ya baktı.

Lilah, ona tatlı tatlı gülümsedi. "Senin adına *çok* sevindim."

"Eminim sevinmişsindir."

"Biz, çift el silah kullanmak ya da özel silahlar kullanmak gibi yeteneklere sahip olduğumuzda..." diye açıklamaya çalıştı Karen. "Bunu yapabilen kişi sayısının mümkün olduğu kadar az olmasını isteriz."

"Neden?" diye soran Lilah, görünüşte saflıkta zirveye oynuyordu ve bundan saçma bir şekilde keyif alıyordu.

"Çünkü böylesi bizi daha özel kılar."

Karen, uzanıp Lilah'nın elini sıvazladı ve "Burada fazla dayanamazsın," dedi. "Canım, biraz alçak gönüllüğü bırakmalısın."

Lilah içinden *tabii*, diye geçirdi. *Eğer tüm okları kendi üzerime çekmek, kendimi hedef tahtası haline getirmek istersem, aptalca bir kibirle ortalıkta salınırım ki Kral beni daha da sıkı araştırmaya başlasın.*

Lilah eğer bir Batılı olsaydı, bütün becerilerini yükselmek için kullanırdı, ancak Doğulu olduğu için güçlü bir asker, risk sayılırdı; en ufak hatasında ölüm cezası alırdı. O yüzden ona göre zararsız, kendi halinde küçük kız rolü iyiydi. Böylece kimse için risk olmaz, hayatta kalma şansı artardı.

"Söylesene ona, Beth," dedi Ash. "Kuralları anlat, kız bilmiyor."

Bethany, gülüp masaya doğru eğilerek Lilah'ya yaklaştı. "Canım," dedi iğneleyici bir yumuşaklıkla. Bu duruma gülmemeye çalıştığı belliydi. "Kızlar haklı, biraz daha sert olmalısın."

Onun gülümsemesine karşılık verip elindeki elmayı yavaşça masaya bırakan Lilah, "Peki," dedi.

Peki... diye düşündü. *Ne acınası bir cevap. Benim kendi planım yok, sen ne dersen o. Bir fikrim yok, senin istediğin olsun demek ile aynı şey.* Birini alaya almak istemiyorsa, bu kelimeyi kolay kolay kullanmazdı, çünkü onun daima kendi fikri olurdu. Lilah'nın hayatında 'peki' gibi kelimelere yer yoktu.

Salonda ani bir sessizlik olduğunda, gözüne kızların gergin bir şekilde ayağa kalkmaları takıldı. Onları taklit ederek usulca ayağa kalktı. Ne olduğunu merak etse de sormasına gerek kalmamıştı.

"Prenses Dewana," diyerek duyuru yaptı bir muhafız. "Hisaraltı'na öğrencileri ziyarete geldi. Ardel Kralı Docian'ın yasal temsilcisi ve vârisi olarak..."

"Ayrıca kendisi Serasker Corridan'ın nişanlısıdır," diye fısıldadı Karen, Lilah'ya doğru ve hemen ardından Prenses'e sırtı dönük durmamak için diğer kızlarla birlikte kapıya doğru döndü.

Lilah'nın kafasının içinde Corridan'ın nişanlısı ve Prenses Dewana isimleri dönerken, içini bir huzursuzluk ve nefret kapladı. Bakışları bir anlığına masanın üzerindeki meyve bıçağına kaydı ve tekrar ileriye baktığında Prenses'in arkasında Serasker'in durduğunu gördü. Serasker, Prenses'e doğru eğilip bir şeyler fısıldadı ve her ne dediyse, Prenses başını çevirip gözlerini Lilah'ya dikti.

BÖLÜM SEKİZ

AMA HİÇ NEŞE YOKTU

Lilah ayakta durmuş, sessizce etrafı inceliyordu. Hisar'da kralı ağırlamak için hazırlanmış, çoğu zaman kullanılmayan süslü odadaki gerilim inanılmaz derecede yüksekti.

Taş duvarları gizlemek için döşenmiş mor ve altın renkli, pahalı kumaşlara rağmen içeride zerre sıcaklık yoktu. Dewana ellerini karnında asil bir ifadeyle birleştirmiş, elbisesiyle aynı renk gözleri Lilah'nın üzerine odaklanmıştı. Kısa aralıklarla bir sağa bir sola gidiyor, koyu mavi elbisesinin uzun etekleri yerdeki taş zemini süpürüyordu. Sarı, kıvırcık saçları yüzünün etrafında inci tokalarla toplandığı için çıkık elmacık kemikleri daha fazla dikkat çekiyordu. Çok güzeldi, ancak karakteri ve ruhu aynı derecede çirkindi.

"Demek…" derken gözleri Lilah'ya yöneldi ve ona dik dik baktı. "Corridan'ın sözünü ettiği yeni *er* sensin."

Lilah, buna bir yorum yapmadı. Üzerindeki siyah pantolon, beyaz keten gömlek ile Dewana'nın tam zıddı bir haldeydi. Saçlarını da siyah bir bandanayla toplamıştı. Duruşunu iyi ayarlamıştı, ne asiydi ne de tamamen boyun eğmişti. Ne öfkeliydi ne de korkup sinmişti. Yeşil gözlerinden okunan ifadeden kolayca anlaşılacağı üzere tam anlamıyla fırtına önceki sessizlik halindeydi.

Dewana, Lilah'ya konuşması için biraz zaman tanıdı ve cevap gelmeyeceğini anlayınca beklemeyi kesip dikkatini Corridan'a odakladı. "*Bu* iyiymiş," dedi. Sanki Lilah'dan hiç cevap beklememiş gibi onunla konuşmaya başlayarak. "Tam anlamıyla Doğulu tarzı var," derken parmakları kısa bir an Corridan'ın koluna dolandı. Lilah'nın bakışları Dewana'nın ellerine kaydı. Yüzündeki ifade sertleşse de çok çabuk toparlandı. Dewana, elini usulca çekip, "Kimlerin karşısında susması gerektiğini biliyor," diye fısıldadı.

Sesi ve tavrı oldukça can sıkıcı, diye düşündü Lilah. Dewana kesinlikle çok kasıntıydı. Prenses'in yem olarak kullandığı bu söz omuzlarının gerilmesine yol açsa da sakin kalmaya devam etti.

Dewana başını çevirip Lilah'ya baksa, gözlerinde yanan ateşi görebilecekti, ancak kibirli bir şekilde ara vermeden konuşmaya devam etti. "Zayıf, ezilmiş..." İç geçirdi, göğsü yükselip kalkarken sarı kirpikleri gözlerini gölgeledi. Başını yan çevirip Lilah'yı yan gözle inceledi. "Doğu Direnişi onu çabucak kabul eder. Zayıf mizaçlı insanları severler." Gülümsedi ama gülümsemesi zehir gibiydi. Lilah, midesinin bulandığını hissetti. Sonrasında Serasker'den uzaklaşıp Lilah'ya doğru bir adım attı ve az önce onun koluna koyduğu beyaz parmaklarını, kızın kumral saçlarında dolaştırdı. Çenesini kavrayıp başını geriye itti ve gözlerini gözlerine dikti. "Ne hoş gözler," diye mırıldandı, kedi gibi. "Ama benimkiler kadar değil."

Corridan, bu olanları gergin bir şekilde izledi. Dewana, Lilah'nın çenesini sertçe bıraktığında kız, neredeyse gözlerini devirecekti. Dewana bir avcı gibi onun etrafında gezindiği sırada, Lilah'nın gözlerinde bir şeyler hareketlendi.

Dewana, yine yanlış tarafa verdiği dikkati nedeniyle bu hareketi de kaçırdı. Bugün avcı havasına girmişti ama onu yakından tanıyan herkes çok iyi biliyordu ki Prenses Dewana, biraz olsun avcı kumaşına sahip değildi. Bir gün, bir kraliçe olabilirdi. Güçlü komutanlara sahip kötü bir lider olabilirdi, ancak ondan stratejiden anlayan bir asker ya da avcı çıkmazdı.

Serasker Corridan, iki kadını yan yana gördüğünde dürüst bir kıyaslamada bulunmakta zorlanmadı. Lilah daha sağlamdı ve hâkimiyet sahibiydi. Dewana'nın tam zıddıydı. Sessiz, sinsi. Dewana'nın konuşarak ve hareket ederek sahip olamadığı tehlikeli imaja, sessiz ve hareketsiz haliyle bile sahipti. Konuşurken insanı daha da geren biriydi.

Corridan, Dewana'nın kızdaki sertliği görmemesi için kör olması gerektiğini düşündü. Belki de kibri, nişanlısını gerçekten de kör etmişti ama o bunun farkında değildi.

Dewana, Lilah'dan uzaklaşmadan önce kızın kulağına, "Benim küçük taştan askerim," diye fısıldadı. "Ben seni hangi yöne itersem, o tarafa gideceksin." Lilah'nın yüzünde en ufak bir duygu kıpırtısı yaşanmadı. Dewana, ondan ayrıldığında ince bir sesle ortaya öylesine bir soru attı. Sorunun amacını bilen Corridan, hiç bozuntuya vermeden sırtını duvara yasladı. "Şimdi bana kendinden bahset, hizmetçi."

Lilah'nın bakışları Corridan'a kaydı ve karşısındaki koltuğa abartılı bir hareketle oturan Dewana'ya geri döndü. Corridan, Lilah eğer akıllıysa bu soruyu yanıtsız bırakmaz, itaatkâr bir imaj yaratmak için çabalar diye düşündü. Soruyu cevaplamasını umuyordu ve Lilah da öyle yaptı.

"Dört yaşından beri çiftlik evlerinde yaşıyordum," dedi. Sesi güçlü ve kendinden emindi. Hiç çekimser değildi. Ama aynı zamanda konuşmasında dingin, başına gelenleri kabullenmiş bir kızın taşıdığı ağırlık da vardı. "Babam, ilhak öncesi bir öğretmendi."

"İlhak öncesi mi?" Dewana'nın sesi öfkeli bir hal aldı. "Ne dedin?"

Lilah, kendinden emin bir ifadeyle, "İlhak dedim," dedi. "Bu, bir ülkenin topraklarını zorla kendi topraklarına katmak demek. Babanız, topraklarımızı ilhak ettiğini ilan etmeden önce, babam bir öğretmendi. Sonrasında bir çiftçi oldu."

Dewana öfkeyle ayağa kalktığı sırada, Corridan uzanıp onun bileğini yakaladı ve kıza tokat atmasına engel oldu. Dewana, Corridan'a doğru döndüğünde bakışları anında yumuşadı. Bakışları bileğindeki eline odaklandı.

Corridan, "Ülkeyi bize bağışlamadılar, Dea," dedi yumuşak bir sesle. Lilah'nın gözleri irileşti. *Dea mı?* "Ne demesini bekliyordun?" Lilah'ya akıllı olması gerektiğini belirten sert bir bakış attı ve tekrar Dewana'ya odaklandı. "Kızı tutuklayıp ölüm görevine yolluyoruz, o kadar da öfkeli olma hakkı olsun. Bu kadar çabuk parlama."

Dewana, Corridan'ın söylediklerini düşünürken dudak büküp gülümsedi. Uysal bir sesle, "Olsun," dedi ve bileğini kurtarıp tekrar koltuğa yöneldi. Eteklerini düzeltip sırtı dik bir şekilde oturduktan sonra ellerini sandalyesinin iki yanına atıp delici bakışlarını yeniden Lilah'ya yöneltti. Göğüs dekoltesine oturttuğu pahalı mücevherleri, Lilah'nın gözünü alıyor ve onu sinirlendiriyordu.

"Affettiğim tek asiliğin bu olsun, köle."

Lilah, bir anda hizmetçilikten köleliğe indirildiğini fark etmişti. Dewana için insanların konumu, yeri arasındaki iniş ve çıkış bu kadar basitti. Tek bir cümlesi, birinin kurtulması için de mahvolması için de yeterliydi.

"Ama bir dahaki sefere, sana avluda yirmi bir kırbaç yedirir, bu görevi de sevgili nişanlıma veririm," diye devam etti.

Bu tehdit, hem Lilah'ya hem de onu korumaya kalkan Corridan'a yönelikti.

"Bir sonraki hatasında bunun olacağını garanti ederim, hayatım," dedi Corridan.

Dewana, ona aşk dolu bir gülümseme gönderdi. Lilah bu sefer gerçekten kusmak istedi.

"Neyse, köle kız geçmişini anlatmaya devam etsin. Ama... Bu hizmetlerinin karşılığında özgürlüğünü alacaksa... önce saygılı olmayı öğrensin. Bize bedavadan hizmet etmiyor. Hoş, istesek edebilirdi de. Sonuçta ölmek üzereydi. Doğru değil mi?"

"Prenses..." Lilah'nın sesi samimi ve yumuşaktı. "Ben size hizmet etmek istemedim. Bu talep nişanlınızdan geldi ve teklifi kabul etmem için kendisi ısrar etti. Eğer seçim hakkı benim olsaydı... Benim tercihim ölmekti."

Corridan, kollarını iki yanına serbest bırakıp *kes artık* dercesine bakışlarını Lilah'ya odakladı. Lilah'nın ortaya attığı, *'Ölümden korkmuyorum,'* mesajı çok açık bir tehditti. Ancak Ardel'in elinde ölümden daha ikna edici kozlar olduğu da bir gerçekti.

Corridan, "Ailen," diye hatırlattı usulca. "Ailen, Lilah, konu onlara geldiğinde, *'Görevi kabul ediyorum, ne isterseniz yaparım,'* diyen kız bu değildi."

Bu söz, Dewana'nın neşesini yerine getirdi ve aynı zamanda Lilah'nın da geri adım atmasına yetti. Corridan bir asker olarak iki orduyu savaşa sokabilir ya da savaştan vazgeçirebilirdi, ancak şu anda kadınları kontrol etmenin orduları kontrol etmekten bile daha zor olduğunu düşünüyordu. Özellikle kibirli bir kadın ile asi ruhlu bir başka kadın karşı karşıya geldiğinde, bu ikiliyi birbirinden ayrı tutmaya çalışmak... İşte bunu açıklayabileceği bir örnek yoktu. Ne yapması gerektiğini bilmiyordu.

"Güzel iş, Serasker," dedi Dewana, gözlerini Corridan'a çevirip yarım bir gülümsemeyle ona bakarken. Bir süre bekleyip Lilah'nın geri çekilişini izledi. "Ona kontrolün kimde olduğunu hatırlatman iyi. Haklıymışsın, ailesi bizde oldukça bu kız da bize köle olmaya devam edecek." Lilah'ya döndü ve "Doğu Direnişi seni sevecek, asi," dedi. "Bize bağlı bir asi... Her ne kadar ben buna pek inanmasam da Serasker senden ümitli. İşe yarayacağını söylüyor. Bana da ona güvenmek düşüyor. Kraliyet lisanını biliyormuşsun. Min odrey ille seti."

Doğu Kraliyet lisanında eklediği cümle, Lilah'nın dişlerini sıkmasına sebep oldu. Prenses'in ne aksanı ne de cümlesi doğruydu. "Min otra illa set," diye düzeltti cümleyi Lilah, elinde olmadan. *Çok sıkıldım*, demekti.

Dewana, kaşlarını çatıp bozuntuya vermemek için, "Seni denedim, köle," dedi. "Buraya babam adına, sana antlaşmanızı tanıdığımı söylemek için geldim. Eğer o bir türlü geberip gidemeyen isyancı kuzenimin ve Doğu Direnişi'nin merkezine sızıp istediğimiz bilgileri bize getirirsen, özgürlüğün ve ailen senindir."

Usulca ayağa kalktı ve Lilah'dan başka bir cevap beklemeden gitti. Lilah arkasından uzun bir süre boş kapıya bakıp önüne döndü.

"Şimdi nişanlının peşinden mi gitmen gerekiyor yani?"

Corridan, bakışlarını Lilah'nın yüzüne indirdiğinde kızın gözlerinde neşeli bir bakış buldu.

Lilah durmadı. "Cidden bununla mı nişanlısın?" diye başka bir soru daha sordu ve cevap beklemeden konuşmayı sürdürdü. Corridan, bugün çevresindeki tüm kadınların aralıksız konuşma hastalığına yakalandığını düşündü. "Hayatımda böyle acınası bir güç gösterisi görmedim, *hayatım*," diye mırıldandı Lilah, şansını iyice zorlayarak. "Hayal kırıklığına uğradım, Serasker."

"Neden?"

"Madem içi boş güç seni etkilemek için yeterliydi, beni neden bu kadar çok denemen gerekti? Sadece sorsan yeterdi. Dışarıdan bakıldığında ben bu kızdan daha mı zayıf görünüyorum yani?"

Corridan, "Uzatma, Lilah," diye burnundan soludu. "Ne anlatmaya çalışıyorsun?"

Lilah, "Hiç," derken omuz silkti. "Prenses olsaydım işler farklı olurdu sanırım. Yalnızca bağlılığının kıza mı, yoksa babasına mı olduğunu anlamaya çalışıyordum," diye fısıldadı ve Corridan'ın yüzündeki ifadeyi inceleyip, "Siz beni kovmadan ben giderim, Serasker," dedikten sonra bir prenses edasıyla reverans yaptı. Arkasına bakmadan odadan çıktı.

Corridan, kızın peşi sıra odadan çıkıp ona yarı yolda yetişti. Lilah onu görünce duraksadı ve adımlarını yavaşlattı.

"Bu sertliğini son aşamaya sakla, Lilah," dedi öfkeyle. "Seni Direniş'in bulması için gerekli aşamada ihtiyacın olacak." Öfkeyle burnundan soluyup Lilah'nın yanından geçip gitti. Yolun ilerisinde bekleyen muhafıza eliyle arkasını işaret etti ve "Kızı odasına götür," diye bağırdı.

Öfkeliydi ama öfkesinin sebebi Lilah değildi.

BÖLÜM DOKUZ

BEKLE DEDİLER... BEKLE

Zaman göz açıp kapayıncaya kadar geçti. Lilah, Corridan ile birlikte Direniş'e yönelik planlar ve önemli noktalar üzerinde çalışıp durdu. Odadan neredeyse hiç çıkmıyor, sürekli bazı detayların üzerinden geçiyorlardı. Bir gün çalışmak için Lilah, onu masanın önünde beklerken Corridan, aniden içeri daldı ve "Zamanı geldi," dedi.

Lilah, önce anlayamadı, sonra, "Direniş'ten bir iz mi var?" diye sordu.

Corridan başıyla onayladı. "Doğu Direnişi'nden birkaç kişinin şehirde görüldüğüne dair bir istihbarat aldık. Yarın sabaha karşı limandan üç gemi kalkacak. Onlardan biri ile geri dönecekler, ancak hangisi bilmiyoruz."

Lilah, düşünceli bir şekilde önündeki kâğıtlara baktı. "Beni bulmaları lazım," diye mırıldandı.

"Evet, bunun ne anlama geldiğini biliyorsun..."

Lilah, dudağını ısırdı. "Yaralı olmam gerek," dedi. "Direniş'ten biri o zaman beni burada bırakamaz. Bana güvenmezler ama en azından yapabiliyorken, tarafsız bölgelerden birine bırakmak için yanlarında götürürler. Bu onları ikna etmem için yeterli bir süre. En kötü ihtimalle Rodmir'e gider, şansımı orada denerim."

Corridan'ın dudaklarında bir gülümseme dolaştı. "Harika, Lilah, her şeyi kapmışsın."

Lilah, omuz silkmekle yetindi. "Üzerinde çok vakit harcadık, asla plandan sapmam. Yaralanma kısmını nasıl yapacağız? Onlara ikna edici bir şey vermemiz gerek."

Corridan'ın bakışlarında rahatsız olduğunu belli eden bir ifade belirdi. Neredeyse başka bir yolunu bulalım diyecekti, neredeyse... "Ne kadarına dayanabilirsin?"

"Çok fazlasına dayanabilirim," diye cevap verdi Lilah, bakışlarını masadaki haritalardan ayırmadan. "Tabii, bilincimi ne kadar erken kaybedersem o kadar iyi."

"Bunu en iyi aşağıdaki muhafızlar ayarlar," diye cevap verdi Corridan. "Ama önce eski birkaç yara izi lazım."

"Yanıklar ve kesikler," dedi Lilah, hâlâ Corridan ile göz göze gelmekten kaçınıyordu. "Simyacılarda onları birkaç haftalık hale getirecek şeyler var diye duymuştum. Bu, hikâyemize uyar."

Corridan, dalgın bir şekilde başını salladı. "Simyacılar başka konuda da işe yarar. Bu sorunu en acısız şekilde çözeceğiz, hiçbir şey hissetmeyeceksin."

"Sana güveniyorum, Serasker. Başka seçeneğim yok zaten."

"Aşağı inip seni hazırlamaya başlayalım."

Corridan oldukça isteksizdi. Lilah masadan uzaklaşırken ona eliyle kapıyı gösterdi. Odadan beraber çıkıp taş basamaklardan yavaşça aşağıya indiler. Hisarın altında bulunan, öğrenciler tarafından işkence odaları olarak anılan yerde, beş tane askerle birlikte durdular.

Lilah odaya ilk girdiğinde, dikkatini silahlar ve prangalarla dolu duvarlar çekmişti ama hepsini şöyle bir göz ucuyla incelemişti, sonrasında ise tüm dikkatini yeniden Corridan'a vermişti. Yüzünde herhangi bir korku ya da gerilim emaresi yoktu. Endişeliydi, ancak bunu hiç belli etmiyordu. Corridan sessiz bir şekilde askerlerle konuşurken, Lilah iç geçirip nefesini tuttu ve kendini olacaklara hazırladı. Bu saatten sonra geri dönüş yoktu, yapması gereken neyse yapacaktı.

BÖLÜM ON

HER ŞEY BİR GÜN APAÇIK YAZILACAK TARİHE

Grey Dust Yolu - Ardel

Son günlerde Hisar hiç olmadığı kadar sessiz ve sakin, diye düşündü Doğu Direnişi Subayı Noah Harrison. Gözlemci ve casuslar, Prenses Dewana'nın kampa yaptığı ziyaretin amacını hâlen kavrayamadığını ve Serasker Corridan'ın da son günlerde hiç ortalarda görünmediğini söylemişlerdi. Sağdan soldan Serasker'in hiç olmadığı kadar suratsız olduğu yönünde söylentiler de kulağına geliyordu. Harrison, suratsızlıkta kendi ününü yaratmış olan Corridan için dahi bu kadarı fazla diye düşünüyordu.

Başını kaldırıp etrafı inceledi, buraya son geldiği zamandan beri merkezde değişen çok az şey vardı. Kendi kabuğuna çekilmiş olan Hisar, bu değişikliklerden en mühim olanıydı.

Sokaklar, acemi acemi devriye gezen birkaç ayyaş muhafız dışında boş ve ıslaktı. Yağmur sularının biriktiği yollar, sessiz olmayı zorlaştırıyordu. Her adımda yankılanan su sesi, Harrison için büyük bir problem sayılırdı. Tabii, eğer muhafızlar içip içip kendilerinden geçmiş olmasalardı.

Anlaşılan Corridan bu hafta işleri boşlamış, diye düşündü Harrison. Diğer türlü muhafızlar kendilerini bu duruma sokacak cesarete sahip olamazlardı.

Gecenin geç saatleri olduğu için tüm evlerin ışıkları kapalıydı. Karanlığı aydınlatan tek şey, ay ışığı ve sokağın sonundaki Güz Hanı'nın tabelasındaki beyaz parıltılardı. Şehirde uyanık olan tek şey Güz Hanı ve içerisindeki kalabalıktı.

Harrison, sokağın sonuna doğru hızlı adımlarla ilerleyip hana girdiğinde, leş gibi alkol ve sigara kokusu etrafını sardı. Öksürmemek için kendini tutup hanın içinde sessizce ilerledi ve boş bir sandalyeye oturup etrafı izledi. Her zamanki gibi yüksek sesli müziğin altında kaybolan konuşmalar, boğuk bir gürültü olarak kalıyordu. Dışarıda yağan yağmura rağmen içerisi sıcak ve kuruydu.

Islak ceketini çıkarıp sandalyenin arkasına astığı sırada bir kadın gelip tam karşısına oturdu. Burada çalışan kadınlardan hiçbir farkı yoktu. Harrison kadının kabartılmış sarı saçlarını, kırmızıya boyalı dudaklarını ve gri elbisesini ilgisizce inceledi. Masaya handaki diğer kadınlar gibi sıradan şeyler konuşmaya gelmiş gibi görünüyordu, ancak Harrison onun gerçek amacını biliyordu. Saçındaki suları silkeleyip, "Selam Ellie," diye mırıldandı.

Kadın, "Selam," derken gülümsedi ve masaya doğru eğildi. Ses tonunda hareketleriyle uyumsuz duran bir gerginlik gizliydi. "Geç kaldın. Gemi limana günler önce geldi."

"Ve bu sabah geri dönüyor. Esthet'teydik. Simyacıların etrafında dolandık. Uğraşmamaları gereken şeylerle uğraştıklarını duyduk."

Ellie'nin yüzü bembeyaz oldu. "Ne gibi?"

"Altın ve ölümsüzlük deneylerinin yanı sıra kitlesel imha için zehirler ve hastalıklar üzerinde de çalışmaya başlamışlar diyorlar. Bunlara dair bir ipucu yakalayamadık gerçi…"

Ellie, "Bu korkunç," derken neşeli görünmeye dikkat etti ama bakışları korku doluydu.

"Bence her ne peşindelerse onlar bundan daha da korkunç," dedi Harrison ve kadına doğru eğilip "Peki, burada durumlar nasıl?" diye sordu, onunla flört ediyormuş gibi görünmeye dikkat ediyordu.

Ellie, başını iki yana salladı ve Harrison'a biraz daha yaklaşıp, "İyi değil," diye fısıldadı.

"Nasıl iyi değil?"

Ellie iç geçirdi. Saçlarıyla oynayıp sağa sola kısa bakışlar atarak, "Haber yok," diye mırıldandı. "Hiç asker gelmiyor, öğrenci de yok. Muhafız da. İkinci bir emre kadar Hisar kapatılmış diye duydum."

Harrison, derin bir nefes alırken gözlerini kıstı. "Neden olduğu hakkında bir tahminin var mı?"

Ellie, tekrar dudağını ısırdı ve tam bir cevap vermek üzereyken arkada bir cam kırılması ve bağırış sesi duyulunca irkilip geriye, kavga eden adamlara kısa bir bakış attı. İki adam, esmer bir kadın için birbirlerine girmişti. Kel bir adamın kafasında bir şişe daha kırıldı, adam masanın üzerine yığılıp kaldı ve üç adam, baygın adamla kavgaya karışan diğerini zorla handan çıkardı. Esmer kadın, dudaklarını büküp içkisini içmeye devam etti.

Ellie, tekrar Harrison'a dönüp, "Yok," diye mırıldandı. "Prenses buraya gelmiş diye duydum. İlk Saray'dan ayrıldığına göre, Kral'dan resmî bir haber getirmiş olmalı ki bu da direnişe karşı bir plan hazırlığında oldukları anlamına gelir. Planları her neyse, Prenses A ile ilgili olabilir. Hatta bence kesinlikle öyle."

Harrison, oflayıp sırtını geriye yasladı. "Hiç yardımcı olmadın, Ellie," dedi. "Buraya bunun için gelmedim. Duydumlar ve benceler ile yürümüyor bu iş."

"Bu kadar talepkâr olma, komutan," derken Ellie'nin sesinde bir öfke belirdi. "Elimden gelenin en iyisini yapıyorum. Ama bazen... bilgiye ulaşmanın yolu olmuyor, tamam mı? Daha fazla yapabileceğim bir şey yok. Askerler gidip gelirken bile bilgi koparmak yeterince zordu, şimdi ise neredeyse imkânsız. Büyük fedakârlıklar yapıyorum ben."

Harrison, "Hepimiz yapıyoruz," dedi. "Hepimiz fedakârlıklar yapıyoruz, Ellie. Senin yaptıklarını küçük görmüyorum ama en azından sen özgür bir hayat yaşıyorsun."

"Özgür mü?" diye sordu kadın, alayla. "Bu mu özgürlük?" derken ellerini açıp etrafına baktı.

"Rahat rahat gün ışığına çıkabiliyorsun, Ellie. Bu Direniş'te yer alanlar için ne kadar mühim bir şey, sen biliyor musun? Hepimiz zihinsel ve fiziksel olarak acı çekiyoruz. Halkımız her gün aşağılanıyor. Mar, masum tutsaklarla dolu. Bir de simyacılar var... Onlar kurtulana dek fedakârlık yapmaya devam edeceğiz. Bizim en azından direnecek gücümüz var. Ve gücü olmadan boyun eğmek zorunda olanlar için savaşmaya devam edeceğiz. Daha fazlasını yapmak zorundasın. Daha fazlasını yapmak zorundayız." Uzanıp kadının elini tuttu ve sıktı. "Ne demek istediğimi anlıyor musun?"

Ellie, gözlerini kırpıştırıp başını salladı. "Anlıyorum," deyip gözlerinin önüne dökülen kabarık bukleleri oradan uzaklaştırdı. Başını çevirip han tezgâhına baktığında han çalışanının sorgulayan bakışlarıyla karşılaştı ve adama gülümseyip tekrar Harrison'a döndü. "Bir dahaki sefere sen gelme, Harrison," diye mırıldandı. "Dikkat çekmeye başladın. Drew'u gönder. O burada senden... daha az dikkat çekiyor. Sen çok iş odaklısın. Fazla talepkârsın. Uyum sağlaman zor. Drew daha..."

"Alaycı ve sempatik," diyerek sözünü tamamladı Harrison ve elini geri çekti. "Haklısın. Bir dahaki sefer onu gönderirim. Ama sen söylediklerimi unutma, olur mu Ellie? Biz hakkımız olanı geri almak zorundayız. Hangi yolla olursa olsun. Bedeli ne olursa olsun."

Ellie, "Bedeli ne olursa olsun," diye tekrar ederken boş kalan eline baktı ve gözlerini tekrar adama odakladı. Mavi irisleri kararmıştı. Yorgun ve solgun görünüyordu.

"İyisin ya?"

"Bu soru biraz geç geldi ama olsun. İyiyim." Sahte bir kahkaha atıp kollarını masaya yasladı. "Ne yapıyorsunuz şimdi?"

"Drew ile birlikte Güney'e, Mindwell'e doğru yola çıkacağız."

"Peki ya Rodmir?"

"Ne olmuş Rodmir'e?"

"İşlerin orada yoğunlaştığını duydum."

Harrison "Hayır," dedi. "Rodmir çok açık bir hale geldi. Yer değiştiriyoruz." Söylediklerinin yarısı yalandı. Arkasında bilgi bırakamazdı. Merkez ile ilgili her şey gizli kalmalıydı. Ama uzaktakiler de gelişmelerden haberdar olmak istiyordu ve onlara sizi ilgilendirmiyor demek hoş karşılanmıyordu. Herkes umut içindeydi, en ufak bir çaba ve ilerleme belirtisi onlara neşe veriyordu.

Ellie dalgın dalgın, "Drew nerede?" diye sordu.

"Limanda, yolculuk için son ayarlamaları yapıyor."

"Güzel... Dikkatli olun, Harrison. Serasker şu dönem fazlaca temkinli. Onu endişelendiren bir şeyler var. "

Harrison, "Düğün tarihi yaklaşıyor, ondandır," dedi keyifle. "Dewana denen uyuza iyi dayandığı bile söylenebilir."

Ellie sırıttı. "Dewana... Prenses'le kuzen olduklarına kim inanır?" dedi başını iki yana sallayarak. "Audra ne kadar alçak gönüllü ve tatlı."

Harrison, alaycı bir şekilde güldü. Neredeyse *'Sen gel bir de Drew'a sor onu,'* diyecekti ama kendini tuttu. Prenses Audra da Dewana kadar zorlu bir insandı. Ama Harrison bir yorum yapmadı, birkaç kısa sohbetten sonra sonunda başıyla onaylayıp yavaşça ayağa kalktı. "Saat geç oldu, artık gitmem lazım."

"Tamam," derken ayağa kalkan Ellie, yavaşça elini uzattı. Harrison, kadının avucuna birkaç gümüş para bırakıp yanından ayrılmadan önce, "Sen de dikkatli ol," diye fısıldadı.

Ellie aralarındaki mesafeyi kapatıp Harrison'a sarıldı ama çok oyalanmadan uzaklaştı. "Peki."

Harrison, etrafa birkaç kez göz atıp kapıya doğru yürümeye başladı ve çıkmadan önce içeriye son kez baktı, ceketinin başlığını yüzüne doğru indirerek sonunda handan ayrıldı.

Hiçbir şey öğrenemediği için sinirli olsa da ekstra temkinli olmalarına yetecek birkaç gizemden haberdar olmuştu.

Limana doğru yol alırken bir takırtı duydu ve belindeki bıçağı çekip etrafını gözlemeye koyuldu. Bir kadın hıçkırığı duyduğunda sesin geldiği yöne doğru yavaş adımlarla ilerledi.

Acı dolu bir inleme sesi yükseldiğinde, adımlarını hızlandırıp boş bir barakanın kenarında yatan kızı gördü.

Elindeki bıçağı bırakmadan hızla kıza yaklaştı ve kan içindeki yüzüne, yanmış ellerine bakarak ne olduğunu anlamaya çalıştı. "İyi misin?" diye sordu temkinli bir şekilde.

Kız, derin bir soluk alıp ağzını açtı, baskın bir Doğu aksanıyla, "Yardım et," dedi ve bayıldı.

Harrison'ın onu burada bırakması ve yoluna devam etmesi gerekiyordu; onu merkeze götürmesi mümkün değildi ama burada bırakmaya da vicdanı el vermiyordu, çünkü kızın hali içler acısı görünüyordu. İç geçirip etrafına bakındı ve ne yapacağını düşünmeye başladı.

Harrison'ın limana kucağında yaralı ve baygın bir kızla girdiğini gören Drew, şaşkın bir şekilde ellerini ceplerinden çıkardı ve sırtını yasladığı ağaçtan ayrılıp şok içinde arkadaşına baktı.

"Bu ne? Ne yaptın?" diye sordu telaş içinde.

Harrison, "Ben yapmadım," diye cevap verirken sesi nefes nefese çıkmıştı. "Kızı yolun üzerinde buldum."

Drew'un kaşları çatıldı. "Ve alıp direkt buraya mı getirdin?" diye sordu. Kulaklarına inanamıyordu.

Harrison, ona başıyla işaret edip, "Gel şuna bak," dedi.

Drew, istemeye istemeye de olsa yanına gidip kızın üzerindeki ceketi kaldırdı ve hemen bir ıslık çaldı. "Ne yapmışlar bu kıza böyle?!"

Harrison nefes nefese, "Bilmiyorum," diye fısıldadı. "Ama onu burada bırakamayız."

"Ne demek bırakamayız? Sen kafayı mı yedin, Harrison? Nesin sen, acemi mi?"

Harrison, başını iki yana salladı. "Kız bizden biri," dedi. "Doğu aksanı ile sayıkladı. Yardım et, dedi. Onu bırakamayız."

Drew, kararsız bir şekilde ona bakıp iç geçirdi. "Bu fazla tesadüf değil mi?" diye sordu. "Tuzak olmasın?"

Harrison inatla, "Bu bir kız," dedi. "Yaralı bir kız. Ne yapabilir?"

"Bilemiyorum... Hep en sıkı darbeleri o *ne yapabilir ki* dediklerimizden yemiyor muyuz? Ya tuzaksa?"

Harrison, "Ya masumsa?" diye sordu karşılık olarak. "Bu kız bizden biri, bu lanet heriflerin eline geçerse... üstelik yaralı halde... ona neler yaparlar sence? Zaten yeterince şey yapmışlar. Onu ölüme mi terk edelim yani?"

Drew sessiz kaldı. Düşünüyordu. Ne kızı bırakalım diyebiliyordu ne de yanlarında götürme fikrine sıcak bakıyordu. Tereddüt etmekte haklıydı. Harrison eğilip kıza baktı, onu burada bırakırsa kim bilir daha kötü neler yaşamak zorunda kalırdı. Riskleri biliyordu ama masum olma ihtimali varken de bir kızı böylece ortada bırakmaya yüreği el vermiyordu.

"Tamam," diye mırıldandı bakışlarını kızdan ayırmadan. "Ona kim olduğumuzu, ne yaptığımızı söylemeyiz. Sahte kimliğimizi kullanırız. Rodmir aksanı ile konuşup kıza tüccar olduğumuzu söyleriz. Direniş'e götürmeyiz. Müttefik ailelerden birinin yanına bırakırız. Ya da... tarafsız bölgelerden birinde, bir limanda bırakırız. Her yer buradan daha güvenlidir, bize zararı olmaz. Cebine para koyarız, yeni bir hayata başlama fırsatı olur. Nasıl?"

Drew, düşünüp planı değerlendirdi ve tamam dercesine başıyla onayladı. Harrison, ondan daha yüksek rütbeliydi, ancak çok yakın arkadaşlardı. Bu yüzden Drew'un fikirlerine değer verirdi. Kızı sıkıca tutup göğsüne bastırarak limanda sessizce ilerledi ve arkasında Drew ile sessizce gemiye bindi.

Bir yük gemisi olan Darcilla'nın içerisi sessizdi. İki kaptan ve birkaç kişilik mürettebat dışında kimse yoktu. Yardımcı kaptan kızı gördü, ancak ne soru sordu ne de adamları durdurdu. Yalnızca mürettebata, "Gitme vakti geldi," diye bildirip yanlarından uzaklaştı.

Gemi limandan demir aldığı sırada, yanlarındaki iki farklı gemide de aynı telaş vardı. Harrison, kızı kendine ait odadaki boş yatağa yatırdı. Drew odadan dışarı çıktı ve sıcak su dolu bir kap ile geri döndü, elinde parça parça olmuş birkaç bez vardı.

Kıza doğru yaklaşıp su dolu kabı kenara bıraktı. Eliyle saçlarını okşayıp, "Zavallı," diye fısıldadı. "Resmen canını çıkarmışlar." Fısıltısını gemiden yükselen şiddetli bir ses bastırdı.

Önce motorların çalıştığını, daha sonra pervanelerin suları dövmeye başladığını duydular. Ardından gemi yavaş yavaş limandan ayrıldı. Odanın tavanında asılı tahta süs sağa sola sallanırken, Drew az kalsın başını ona çarpacaktı.

Gemi limandan yeterince uzaklaştıktan sonra Harrison, kızın yanına gidip yüzüne yapışmış saçları kenara çekti. Hâlâ baygındı, üzerini aradı ve hiç silah ya da kim olduğunu belirten bir belge olmadığını gördü. Yüzündeki ve ellerindeki kanlı çiziklerin yanı sıra, morluklar da vardı. Harrison, sıcak suyla ıslattığı bez ile onun ellerindeki kanı temizlediği sırada, Drew arkasından, "Bunu kim yapmış olabilir?" diye sordu. Rengi bembeyaz olmuştu.

Harrison, "Seçenek o kadar çok ki…" dedi kızın elindeki kesikleri incelerken. Bazıları çok yeniydi, bazıları ise birkaç günlük görünüyordu. Boynunda haftalar önceden kalmış gibi görünen yanık izleri de mevcuttu. Sanki biri üstüne kaynar suyu öylece döküvermişti.

"Bu kız günlerdir işkence görüyormuş," dedi Drew, kızın yüzündeki morlukları incelerken. Göğsünün hemen üzerinde uzun bir kesik vardı.

Harrison, "Bana sanki dövüş izleri gibi göründü," dediğinde Drew, şaşkınlıkla Harrison'a baktı. Harrison, kızın kolundaki uzun yara izini işaret etti. "Çok hızlı bir darbe, kılıç izi kadar uzun ama diğerlerinden çok daha eski. Nereden baksan birkaç yıllık var."

Drew, dikkatle izi inceledi. "Belki de Hisar'da eğitimde kullandılar kızı, sonra da işe yaramaz hale gelince kenara attılar."

"Pek mümkün değil, eğitimlerde işkence yoktur. Ama yanında çalıştığı aile yapmış olabilir, çocuklarına kılıç kullanmayı öğretirken Doğuluları kullandıklarını duymuştum. Ellerine birer tahta sopa verip, karşılarına gerçek kılıçlı çocuklarını çıkarıyorlarmış. Sonra bunu keyifle izliyorlarmış. Batılılardan çok sayıda sadist çıkıyor."

Drew, öfkeyle soludu ve üzerinde oturduğu yatağa yumruk attı. "Böyle şeyleri görmek… nefretimi iyice arttırıyor, Harrison. O duvarların arkasında, bu kız gibi onlarcasının olduğunu bilmek… Beklemek zorunda olmak…"

Harrison hemen yorum yapmadı, dikkatini topladı. "Hepimiz için aynı şeyler geçerli," dedi. "Ellie de o kızlardan biri. Bu da, diğerleri de…"

"Ellie," diye tekrar eden Drew'un sesi fısıltı halindeydi. "Bir de o var. Ellie'nin durumu da hiç hoşuma gitmiyor."

Harrison, "Benim de ama başka çaremiz yok," derken kızın ellerini karnının üzerine yavaşça bırakıp yüzüne geçti. Yüzünde yara izi çok daha azdı. Gözlerinin altındaki kurumuş kanı ıslak bezle silerken, kızın eli pat diye adamın bileğine dolandı. Tutuşu o kadar güçlüydü ki Harrison şaşkınlıktan donup kaldı. Harrison, elinde bezle öylece kıza bakakaldı.

Kızın iri iri açılan yeşil gözlerinden panik dolu bir ifade geçti, hızla soluyarak yatakta doğruldu ve etrafını inceledi. Olanları algılamaya çalışırken nefes alış verişi hızlandı ve elini yavaşça Harrison'ın bileğinden çekip arkasındaki duvara yaslandı. Ayaklarını karnına çekip, "Ne?" diye sorarken dudaklarını ıslatıp bir Harrison'a, bir Drew'a baktı. Sesi yumuşak ve uykulu çıkıyordu. "Neredeyim?"

Harrison, kızın sorusunu, "Darcilla. Bir ticaret gemisindesin," diye cevapladı. Kusursuz bir Rodmir aksanıyla konuşuyordu. Kız bunu fark edince duraksadı. "Seni liman yolunda baygın halde bulduk. Orada bırakmak istemediğimiz için yanımıza aldık. Güney'e gidiyoruz," diyerek konuşmasını bir yalanla bitirdi. Aslında Rodmir'in başkenti Milanid'e gidiyorlardı.

Kız, "Başka bir ülkeye mi?" derken sesindeki panik arttı. Gözlerini kısıp düşündü, gözünün önünde bir şeyi canlandırmaya çalışır gibi bir süre duvara boş boş baktı. "Güney dedin. Yoksa... Yoksa Mindwell'e mi gidiyoruz? Otrana da olabilir..."

Drew ile Harrison, ağır bir hareketle birbirlerine baktılar. Sorduğu soru kızın kim olduğunu merak etmelerine sebep olmuştu. Güneydeki iki ülkenin adını söylemişti. Doğulu kızlar arasında coğrafya bilenlerin sayısı azdı. Onlar da Direniş tarafından eğitilmiş olurlardı ve bu kız kesinlikle Direniş üyesi gibi durmuyordu.

Harrison, "Evet," dedi dikkatle. "Mindwell'e gidiyoruz."

Kız, derin bir nefes alıp bıraktı. Ne yapacağını bilemiyormuş gibi kamaranın içindeki ufak, yuvarlak camdan dışarı baktı. Gözleri uzaklara daldı. Sanki suya atlayıp yüzerek geri dönmeyi planlıyormuş gibi bir hali vardı.

"Benim geri dönmem gerek!" derken hızla ayağa kalktı ama başı dönmüş olacak ki gözlerini kapatıp eliyle duvara tutunarak ayakta kalmaya çalıştı. "Geri dönmem lazım. Geri dönmem lazım."

Art arda aynı sözleri tekrarlarken, Drew ile Harrison şaşkınlıkla kızı izliyorlardı. Ne diyeceklerini, ne yapacaklarını bilmiyorlardı, hatta bu konu hakkında en ufak fikirleri dahi yoktu. Sonunda kızın tekrarlanan sözlerini bozan Drew oldu.

"Neredeyse öldüğün yere mi geri dönmen lazım?" diye sordu agresif bir şekilde. "İstediğin şey ölmekse, bunu biz de halledebiliriz, küçük kız. Ya da kendin yap. Atla suya gitsin. Köpek balıkları sana Batı Ardellilerden daha iyi davranır."

Harrison, Drew'a sert bir bakış attığında Drew, gözlerini ondan kaçırıp kıza odakladı.

Kız, 'küçük kız' sözüne takılmadı. Drew'un söylediklerini umursamadı bile. Hiçbirini duymamış gibi aynı şeyleri tekrar tekrar söylemeye devam ediyordu. Transa girmiş gibiydi. "Geri dönmem lazım!"

Harrison sonunda dayanamayıp, "Neden?" diye sordu.

Bir anda transtan çıkmış gibi irkilip ona baktı. Gözlerinde anlaşılmaz bir ifade vardı. Derin bir nefes alıp verirken uçları lüle lüle olan kumral saçları, gözlerinden birinin önünü tıpkı bir perde gibi kapattı.

Harrison, "Neden geri dönmem lazım?" diye sordu tekrar. Kız ilk seferde onu anlamamış gibi görünüyordu.

Önce Drew'a, sonra Harison'a dikkatle bakıp sözcükleri toparlamaya çalıştı. Dışarıya sesli bir nefes verince gözlerinin önündeki saçlar kenara uçtu. "Çünkü..." derken sesi çatladı ve bu onun susmasına sebep oldu. Biraz güç toplamak için gözlerini kapatıp birkaç derin nefes daha aldı ve gözlerini tekrar açıp ateş gibi yanan bakışlarını doğrudan Harrison'ın gözlerine odakladı. Güçlü ve kendinden emin bir sesle soruyu cevapladı.

"Çünkü benim Direniş'i bulmam lazım."

BÖLÜM ON BİR

TÜM O SUSKUNLUK BİR BEDELDİ, ÖDENDİ

"Benim, Direniş'i bulmam lazım," diye tekrar etti Lilah. Cümlesini bitirdiği anda iki adamın da yüzünde büyük bir şaşkınlık yakaladı. Çabucak toparlansalar da birbirlerine attıkları temkinli bakış, onların Direniş'ten olup olmadığını merak etmesine sebep oldu. Kusursuz Rodmir aksanları da şüphesini arttırıyordu. Lilah oranın tarafsız bölge olduğunu ve Direniş için önemini biliyordu. Orada geçen on dört yıl, böyle bir aksana sahip olmak için yeter de artardı.

"Sen Direniş'i ne yapacaksın?"

Soruyu kumral, kahverengi gözlü olan adam sormuştu. Konu Direniş olunca bir anda Rodmir aksanı yok olmuş, yerini Ardel aksanına bırakmıştı. R ve L harfini vurgulu ve sert bir biçimde söylüyordu.

Sarışın, daha uzun boylu olan adam, ona ters bir bakış atarak yayık bir Rodmir aksanı ile, "Biz tüccarız," diye mırıldandı. Gri gözlerindeki bakış keskin ve kararlıydı. "Sizin iç savaşınıza dahil olamayız. Eğer tarafsız bölgeye gitmek istersen yardımcı oluruz. Ama seni Direniş'e ulaştıramayız. Nerede olduklarını bilmiyoruz, bilsek ve sana yardım etsek bu Ardel ile ticari ilişkilerimize zarar verir."

"Harrison haklı," diye cevap verdi diğeri.

Bir anlık panik duygusu içini kaplarken Lilah, ne yapacağını bilemez bir halde etrafına bakındı. Gemi limandan her saniye daha da uzaklaşırken sahiden de denize atlamayı düşündü. Ama içinde *'burada kalmalısın'* diye direten hisse uyup olduğu yerde kalmaya karar verdi. Genelde hislerinde yanılmazdı.

"Bakın, Ardel Kralı, Prenses Audra'yı öldürmek için plan hazırlıyor. Benim onu, durumdan haberdar etmem lazım. Direniş'e casus sokmuşlar. Her şey risk altında."

Kumral olanın gözleri fal taşı gibi açılırken, sarışın olan kayıtsız bir ifadeyle kollarını göğsünde kavuşturdu. Yüzünden hiçbir şey belli olmuyordu.

"Bundan bize ne?"

Lilah önce ona, sonra da diğerine baktı. Zayıf noktalarını ya da kendisine empati duymalarını sağlayacak ufacık bir nokta yakalamaya çalışarak onları inceledi.

"Siz arkadaşsınız, değil mi?" diye sordu heyecanla. Ayağa kalkıp ikisinin karşısında durarak başını yana eğdi, gözlerini kocaman açıp bir cevap bekledi.

İkisi de buna bir yorum yapmadı. Lilah'ya sert sert bakmayı sürdürdüler. Temkinli davranıyorlardı. Bu, tüccar olan iki adama çok da uygun bir tavır sayılmazdı. Elbette onu para karşılığında Kral'a teslim etmeyi düşünüyorlarsa durum başkaydı. Lilah duraksayıp adamları daha da dikkatle inceledi. Kaslı vücutları ve bellerindeki bıçakları ile pek de tüccara benzemiyorlardı. Daha çok asker arkadaşı gibi bir havaları vardı. "Arkadaşsınız," dedi. "Birbirinizi yarı yolda bırakır mıydınız?"

"Bunun, senin Direniş'i aramanla ilgisi ne?" diye sordu Harrison.

Baskın taraf oydu. Bu yüzden Lilah, elini kumral olana karşı oynamaya karar verdi. Zayıf halkaya, açık vermeye yatkın olan tarafa yöneldi. "Audra benim arkadaşım," dedi. "Yani arkadaşımdı... İlhak öncesinde."

"Biz de buna inandık." Kumral olan, yine Doğu Ardel aksanıyla konuştuğunun farkında değildi.

Lilah tek kaşını havaya kaldırdı. Konuşturabilirse onu konuştururdu, bunu biliyordu. Çünkü Harrison denen adam tıpkı bir kaya gibi olduğu yerde duruyor, söylediklerine en ufak bir tepki dahi vermiyordu. O aşılması zor bir duvardı, diğeri ise çatlaklarla doluydu. "Sizi inandırmak zorunda değilim," dedi. "Beni Direniş'e ulaşabilmem için en yakın limanda bırakın. Kendim geri dönerim. Sanırım Rodmir'e gitmem gerek. Direniş'i bulduğumda elimde onları ikna etmek için yeterli kanıtlarım var."

"Ne gibi kanıtlar bunlar?" diye sordu Harrison.

Lilah, bu sefer ona döndü. Harrison'ın yüzü kanıt kelimesinden sonra biraz daha yumuşamış olsa da hâlâ gardını indirmemiş, temkini elden bırakmamıştı. "Sana ne?" diye sordu. "Seni... *Sizi* ne ilgilendirir?" İki adama da bakıp başını iki yana salladı. "Daha önce hiç sizin gibi meraklı tüccarlar görmemiştim."

"Hayatında kaç tüccar gördün ki?"

Lilah, derin bir nefes aldı ve yavaşça bıraktı. "Tekrar ediyorum. Sana ne?"

"Bana ne olduğunu şöyle açıklayayım," dedi Harrison, ona doğru bir adım atarak. "Sen Ardel'e ihanet eden bir hainsin. Belki de kaçaksın. Seni boş yere dövüp sokağa atmamışlardır. Peşimize Ardel'in muhafızlarından birinin düşüp gemiyi alabora etmeyeceğini ya da seni oradan kaçırdığımızı düşünüp bizimle ticari ilişkilerini bitirmeyeceklerini nereden bilelim?"

Bir adım daha atıp kıza iyice yaklaştı. Neredeyse burun buruna duruyorlardı. Lilah nefes aldığında, burnuna deniz ve içki kokusu geldi.

"Bana öyle bir açıklama yap ki küçük kız, seni şimdi ellerini kollarını bağlayıp denize atmaktan vazgeçeyim. Peşinde askerler var mı? Söyle bana? Kimden, nasıl kaçtın? Neden bu durumdasın? Askerlerin planlarından nasıl haberdar oldun? Hayatımız senin yüzünden tehlikede mi?"

Lilah bir süre sessiz kalıp önce ona, sonra da kumral adama baktı. Şimdi, onu yarı yolda bırakmamaları için yepyeni bir hikâye yazacaktı. Kendini, farklı bir ruh haline geçmek için hazırladı ve tamam dercesine başını salladı.

"İyi, endişelenmek için haklı bir sebebiniz varmış. O halde tamam, size her şeyi anlatacağım."

Harrison, kıza oturmasını işaret edip yavaşça karşısındaki yatağa oturdu ve Drew'a da yanına oturmasını işaret etti.

"Anlat," derken Drew'a bir işaret verdi. İki yönlü sorgu yapacaklardı. Kız eğer soracakları sorulara ikna edici yanıtlar verirse, durumu daha sonra konuşup kararlaştıracaklardı. Her zaman böyle yaparlardı.

"Ben, bir ailenin yanında ailemle birlikte çalışıyordum. Öyle getir götür işleri falan..." diyen kız, doğrudan onun gözlerine baktı. Yalan söylemediğini kanıtlamak istiyordu, ancak zaten iyi bir yalanın başlangıcı, daima doğrulardan oluşurdu. Harrison bunu biliyordu.

"Bir gece, yanlarında çalıştığım ailenin oğlunu öldürdüm."

"Neden?" Drew'un bu sorusu kızın irkilmesine neden oldu.

Kız, ona kötü kötü bakıp, "Konu dışı," diye mırıldandı. "Sizi ilgilendiren sorulara ait bir cevap değil."

"Neden?"

Drew aynı soruyu tekrar sorduğunda, kızın dudakları düz bir çizgi halini aldı. Gözleri kısıldı, göğsü yavaş yavaş inip kalkmaya başladı. Dudaklarını ıslatıp, "Konu dışı dedim, Kumral," diye bağırdı.

Kumral kelimesi Harrison'ın gülmek istemesine neden oldu ama kendini tutup geriye doğru yaslandı. 'Neden' sorusunun cevabını az çok tahmin ediyordu, bu yüzden üstünde durmadı. Bu sırada Drew'un suratında hoşnutsuz bir ifade belirdi ama kız, Drew'u daha çok deli edecek başka bir şey söyledi.

"Soruları sarışın arkadaşın sorsun. O daha profesyonel."

Harrison öne doğru eğilip dirseklerini dizlerine yasladı ve uyarı dolu bir ifadeyle kızın iri gözlerine baktı. "Egomu okşayıp sana daha yüzeysel sorular sormamı hedefliyorsan yanılıyorsun, ucunun bize dokunduğunu düşündüğüm her şeyi sorarım, *yeşil gözlü*," dedi, kızın onlara taktığı Kumral ve Sarışın lakaplarının ne kadar sinir bozucu olduğunu anlaması için son iki kelimeye baskı yaparak. "Ayrıca, manipüle edebileceğin seviyede biri değilim."

Kızın tek kaşı havaya kalktı. Alayla Drew'a baktı. "Bak," dedi. "Sana onun daha profesyonel olduğunu söylemiştim."

Drew'un öfkeden yanakları kıpkırmızı oldu, gözleri kısılıp elleri yumruk haline geldi ve hırıltılı bir şekilde konuşarak, "Boş versene," dedi. "Biz bu kızı doğrudan denize atalım. İyice sinirimi bozmaya başladı."

Kız gülümsedi. İki yanağında da derin birer gamze belirdi, yeşil gözleri kısıldı ve gözbebekleri derinleşti. "Şşş," diye fısıldadı. "Sakin ol, Kızıl. Sarışın, hikâyemi merak ediyor." Tek kaşını kaldırıp, "Öyle değil mi?" diyerek Harrison'a tatlı tatlı baktı.

"Sen az önce yarı baygındın," dedi Drew inanamayarak. "Nereden geliyor bu enerjinin kaynağı? Bir anda turp gibi oldun, hayret."

Kızın gülümsemesi soldu. "Bilmiyorum, sanırım simyacı işleri," dedi. "Üzerimde o kadar deney yaptılar ki…"

Harrison ve Drew tekrar bakıştılar. Aralarında sözsüz bir diyalog geçti. *'Böyle bir şey mümkün olabilir mi?'* diye sordu Drew gözleriyle. Harrison, *bilemiyorum,* der gibi baktı ona.

"Neyse, Kızıl konuyu dağıtmazsa hikâyeyi anlatmaya devam ederim. Belki birbirinizle sözsüz halde sürdürdüğünüz konuşmaların cevabını da bulursunuz."

Drew tekrar öfkeyle soludu. "İnan bana ufaklık, boyuna göre adamlara sataşman daha hayrına olur. O parlak yeşil gözler, mutlu gülümsemeler, sana sempati duyup seni yanımızda tutmamızı sağlamaz. Aksine şirinliğin, bende sana tekmeyi basma isteği oluşturuyor."

Kız, kınayan bir ifadeyle Drew'a uzun uzun baktı ve Harrison'a dönüp, "Neyse," dedi tekrar. "Evin genç oğlunu öldürdüm. Sonra askerler ailemi tutukladı. Hepsini hapse attı. Beni de simyacılara teslim etmek için zincirleyip Hisar'ın avlusuna götürdüler." Duraksadı. Bir anda neşeli hali yerini kasvetli ve rahatsızlık dolu bir sessizliğe bıraktı. Gözlerinde kederli bir ifade oluşmuştu.

"Bir tek benim ellerimi zincire vurmuşlardı, öleceğimden emindim. Serasker Corridan ile orada karşılaştık..." Sustu ve bir süre sessiz kaldı, başını eğip yırtık gömleği ile oynamaya başladı. "Beni kendi himayesine aldı."

Drew'un gözleri açıldı. Merakla fısıldadı. "Neden?"

Kızın gözleri hızla yukarı kalktı ve Drew'a odaklandı. İri gözleri dökülmemiş yaşlar yüzünden parlaklaşmıştı. Konuştuğunda sesi görüntüsüyle tamamen zıt idi. Öfkeyle Drew'a doğru soludu ve "Sen başka soru bilmiyor musun?" diye bağırdı.

Harrison, bakışlarını Drew'a odakladı ve susması için net bir işaret verip tekrar kıza odaklandı.

"Beni evine götürdü. Tüm süre boyunca orada kaldım. Corridan'ın evine ara sıra misafirler gelirdi. Özel konuşmalar ve toplantılar için... Duymuşsunuzdur belki, Hisar son günlerde kapatılmıştı."

Bu son söz, iki adamın onu daha dikkatli dinlemesine sebep oldu.

"Bütün bunlar bir ay önce planlandı," dedi kız, bitkin bir sesle. "Benden kimsenin haberi yoktu. Corridan dışında. Ben gizlice dinliyordum," deyip Drew'a yan bir bakış attı. "Sen *neden* diye sormadan önce söyleyeyim. Meraktan. Söyledim; Audra arkadaşımdı. Onun hakkında konuştuklarını duydum. Direniş'e bir şekilde bir haber ulaştırabileceğimi umdum. Dewana, Hisar'a gitmiş, önemli bir görev için..."

Harrison başıyla onayladı. Bu bilgiyi elbette daha önce almıştı. Hisar'ın kapatılması ve Prenses'in ziyareti hakkında bildikleri kıza iki puan kazandırmıştı. Hikâye mantığına yatkındı. "Sana bunu Corridan mı yaptı?" diye sordu yaralarını işaret ederek.

Kız, "Bazılarını," derken Harrison'ın gözlerinin içine baktı.

"Onun evinden mi kaçtın?"

"Evet," dedi. "Ama öncesinde... Beni yakaladı... konuşmalarını dinlerken. Buna çok kızdı. Beni simyacılara verdi. Gözümü korkutmak, kimseye konuşmayacağımdan emin olmak istedi."

Drew araya girdi. "Simyacılara verilip daha sonra Corridan'ın evinden nasıl kaçtın? Bu çok saçma."

"Corridan beni geri aldı."

"Dur bir saniye," diyen Drew, kafası karışmış bir halde gözlerini kızın yüzünde dolaştırdı. "Corridan önce seni simyacılara verdi, daha sonra seni onlardan kurtardı mı yani? Bu ne biçim saçmalık? Neden direkt öldürmedi?"

Kız, "Corridan... Beni sevdi sanırım," diye mırıldanırken ellerini dizlerine yasladı. "Cezamı çektiğimi düşünmüş olmalı. Ne kadar ağır yaralandığımı bilmiyordu, uzun bir süre uyanmayacağımı düşündü herhalde. Belki de dayanamazdım. Simyacılar ölmemem için her ne yaptıysa bana biraz olsun yardımcı oldu. Corridan, beni evde öylece bırakıp gitti. Hayal meyal hatırlıyorum o kısımları. Ben ikinci katın penceresinden çarşaflara tutunarak kaçtım. Sonra limana yakın bir yerde bayılmışım. Ne aradığımı, nereye gideceğimi bile bilmiyordum. Gemi kaptanlarından birinden beni Rodmir'e götürmesini isteyecektim. Orası tarafsız bölge. Direniş'in orada adamları var diye duydum."

Harrison, Rodmir adını duyunca tekrar gerildi. İlk seferde pek üstünde durmamıştı ama kız, Rodmir konusunda ısrarcıydı.

"Bu hikâyede seni yanımızda tutmamıza yardımı dokunacak tek bir detay dahi yok," dedi Drew, aksi bir sesle. Hâlbuki itiraf etmeyecek olsa da vardı. Eğer kızın anlattıkları doğruysa ve Corridan'ın gizli toplantılarına tanık olduysa, bu kız Direniş için altın kaplamalı bir kılıçtı. Fakat iki tüccar için bir işe yaramazdı.

"Vardı," diye diretti kız. "Size sorunuzun cevabını verdim. Peşimde kimse yok, asker ya da muhafız yok. Beni aramazlar."

"O kadar emin olma bakalım," dedi Drew. "Corridan seni sevdiyse peşini bırakmaz."

Yüzüne dökülen saçları eliyle geri itip, "Hangi sıfatla bırakmaz?" diye sordu kız. "Sence Dewana ile nişanlı olduğu herkes tarafından bilinirken, beni hangi sıfatla ve sebeple arar? Beni onca zaman evinde tutmasını nasıl açıklar? Simyacılara bile beni, askerî öğrenci olduğumu, cezalandırılmam gerektiğini söyleyerek teslim etti. Bu şekilde hayatta kalacağımdan emin oldu. Yaptığı her şey baştan sona ihanetti. Eğer duyulursa, Dewana onu hayatta bırakır mı? Tamamen güvendesiniz, çocuklar. Beni en yakın limana bırakın, ben de yoluma bakayım, tamam mı? Sizden başka bir şey istemiyorum."

Drew ile Harrison birbirlerine baktılar. Kızın anlattıkları akıllarına yatmıştı, yine de limana varana dek kıza Direniş ile ilgili hiçbir şey anlatmamaya karar verdiler. Yol boyunca onu yakın takipte tutup, söylediklerinin doğruluğundan emin olduktan sonra ne yapacaklarına karar vereceklerdi.

Drew ıslık çalıp kıza baktı, onun gerçekten güzel olduğunu düşündü. "Vay şerefsiz, Corridan," diye mırıldandı. "Şimdi onu ifşa etmek vardı. Hem son ticarette bizden fazla vergi aldırdı."

"Bunu yaparsanız beni de öldürürler. Lütfen yapmayın..." Kızın sesi kararsız çıktı. Bir süre sessiz kaldı ve "Adım Lilah," diye fısıldadı. "Belki bilmek istersiniz."

Harrison ve Drew isimlerini söylediklerinde, kız tek kaşını havaya kaldırıp Drew'a baktı. "Umurumda değil, Kızılcık," diye şakıdı.

"Ben kızıl değilim."

"Senin istediğin gibi olsun, kumral çocuk."

Drew, yine sinirden kıpkırmızı oldu ve kız, *işte* der gibi elini ona doğru uzatıp başını iki yana salladı.

"Resmen çocuk bu. Senin dengeni Corridan mı bozdu, yoksa hep böyle sorunlu muydun?"

Drew, belden aşağı vurduğunun farkına varıp hemen sustu. Ama Lilah, söylediklerini çok net duymuştu. Gözlerini kırptı, sessizleşip duraksadı, başını aşağı eğdi ve omuzlarını düşürdü. Ağlayacakmış gibi görünüyordu, gözleri dolu dolu olmuştu.

Harrison, Drew'a sert bir bakış attı ama o zaten kırdığı potun farkına varmıştı. Panik içinde durumu düzeltmeye çalıştı. "Bak... Lilah, özür dilerim. Eşeklik ettim. Lafın nereye gideceğini bilemedim."

Kız, bir anda başını kaldırıp Drew'a baktı ve önce yavaşça dudakları kıvrıldı. Ardından neşeyle kahkaha attı. "Sorun değil, ben imaları dert etmem. Sadece canını sıkmak istedim."

Drew'un yüzünde yumruk yemiş gibi bir ifade oluşurken, Harrison elinde olmadan güldü ve Drew'un omzuna bir tane patlattı. Kıza bakarak, "Anlaşılan yolculuk çok eğlenceli geçecek," diye mırıldandı.

Drew, suratını buruşturup, "Ya," diyerek burnundan soludu. "Çok eğlenceli geçecek."

"*Neden?*" Kızın gözleri Drew'un üzerindeydi ve yönelttiği soru doğrudan ona gitmişti.

Drew, yavaş yavaş ona dönüp kıza baktı. "Sırf bu yüzden, değil mi?" diye sordu kısık bir sesle. "Sırf cevaplamak istemediğin bir soruyu yineledim durdum diye beni gıcık edip durdun. Sırf beni pişman etmek için az kalsın ağlayacaktın da..." Ağzından nefes alıp verdi ve Harrison'a doğru dönüp konuşmaya devam etti. "Gemiye yılan almışız. Hem de çıngıraklı yılan... Bana ne yaptığını gördün mü? Bana yaptığı onca şeyden sonra, bir de kendinden özür diletti."

Harrison, buna cevap vermek yerine gülümsemekle yetindi. En azından kız saf ve yardıma muhtaç numarasına yatmıyor, kendi karakterini açıkça ortaya koyuyordu. Bu da anlattığı hikâyeye uygun bir karakterde olduğunu doğruluyordu. Birini öldüren, gizlice askerî görüşmelerin yapıldığı odanın kapısını dinleyip Doğu Direnişi'ne haber ulaştırma planları yapan, bu yüzden Serasker'in evinden kaçan bir kızdı Lilah. Başka türlü davransa, Harrison daha çok endişelenirdi. Tavırları ile amaçları aynı doğrultudaydı. Bu onun açısından bir artıydı.

"Corridan seninle nasıl başa çıktı?" diye soran Drew'a, sorusunun cevabını Harrison da çok rahatlıklar verebilirdi. Ama Lilah tam da durumu özetleyerek ve her kelimesinden keyif alarak bu soruyu kendisi cevapladı.

"Başa çıkamadı."

BÖLÜM ON İKİ

SENDEN ALINAN NE VARSA GERİ ALMA VAKTİN GELDİ

Lydwell Denizi
Ardel Açıkları

Lilah, kamaradaki konuşmadan sonra üç gün boyunca kendine tam olarak gelememişti. Bir an çok enerjik olup Drew'a sataşırken, başka bir an yorgunluktan bitap düşüp saatlerce uyuyordu. Bu durum da simyacıların kızın üzerinde yaptıkları deneylerinin eseriydi.

Harrison, kıza acımadan edemiyor, arada yaralarına pansuman yapmasına yardımcı oluyordu. Bu ufak yardımlar, Harrison'ın kızla sohbet etme fırsatı bulmasını sağlamıştı. Bu kısa sohbetler sırasında Harrison, Lilah'ya sempati duymaya başlamıştı. Kızın karakteri hakkında hâlâ net bir şey söyleyemiyordu, yaralarını sardığı anlarda kızın minnet dolu bakışlarını görmezden geliyordu çünkü o zaman aralarında bir bağ oluşmuş gibi geliyordu. Saçmaydı, fakat Harrison böyle hissediyordu.

Drew ise tam tersi bir durumdaydı. "Bu kıza aşırı gıcığım," dedi, önündeki yemeği kaşıklarken bir yandan da ekmeğini ısırarak. Kumral saçları nemden ıslanmıştı. Dalgalar geminin gövdesine çarptıkça deniz suları, bazen başlarından aşağıya yağmur gibi dökülüyordu. "Bence tam bir oyuncu," diyerek konuşmaya devam eden Drew, bir yandan da ağzına yemek tıkmakla meşguldü.

"Kendine gelmekte zorluk çekiyor, yaraları tam iyileşmedi."

"Ona diyecek sözüm yok. Oyuncu derken bundan bahsetmediğimi biliyorsun. Kız numara yapıyor diyorum."

Harrison, "Tüm Doğulular öyle yapıyor," dedi, kendi önündeki tabağa bakarak. "Bu beni şaşırtmaz. Hepimiz çok iyi oyuncu olduk, başka türlü hayatta kalamazdık. Bence kızın hikâyesi mantıklı. Corridan, gelecekteki kral adayı. Metres muhabbeti, o tarz adamlarda çok yaygın."

"Peki, sence bu kız, o tarzda bir kız mı?" diye sordu Drew. Gözlerinden hayır cevabını beklediği belliydi. Ağzını silerken başını iki yana sallayıp iç geçirdi.

Harrison, "Bilemiyorum," dedi. "Değil gibi... Kız zaten durumdan mutlu görünmüyordu. Başka seçeneği yokmuş, ilk fırsatta kaçmış. Görmüyor musun halini? Bir ayık bir baygın geçiyor günleri."

Drew, yine de *önemsiz* der gibi omuz silkti. "Corridan hikâyesi bana çok inandırıcı gelmedi. O adam kale gibidir, defalarca yanına bir casus sokmayı denedik ve başarılı olamadık."

"Belki de o casusların istekli oluşu yolumuza taş koydu. Serasker ile ilgili bildiğim şey şu, sen onun peşine düşmeyeceksin. Ulaşamazsın. Ama yeterince beklersen, o sana gelir. Hazırlıklı olmak gerekir."

"Bu kızın, Serasker'in bize gelme şekli olmadığı ne malum? Bence tüm o hikâye Direniş'e kendini kabul ettirmek için uydurduğu bir bahane. Casus olabilir."

"Bu da mümkün, gözüm kızın üstünde. Daha hiçbir şeye inanmış ya da inanmamış değilim. Bekleyeceğiz. Hayatını kurtardık, bu kadarla kalırız."

"Bence kızın dediğini yapalım; ilk limanda bırakalım, defolsun gitsin. Risk almaya gerek yok."

"Risk almaya değer ihtimallerden söz etti. Corridan ile ilgili diğer söyleyeceklerini de duymayı isterim. Ayrıca eğer aralarında geçenler doğruysa, kız bizim için Serasker karşısında büyük bir koz olabilir. Serasker'e şantaj yapabiliriz."

Drew sinirle güldü. "Bu doğru olsaydı, Serasker kızın peşine düşerdi. Onu ortadan kaldırmak için her şeyi yapardı. Kız haklıysa ve aksine inanacak kadar safsa, bu onun sorunu."

"Bilmiyorum. Kafam çok karışık. Kız Rodmir'e gitmeyi aklına koymuş. Er ya da geç Direniş'e ulaşır bu azimle. Sonuç aynı olacaksa geciktirmenin ne gereği var ki? Çabuk silip atabileceğimiz biri değil Lilah. Biraz daha izleyelim sonra karar verelim." Harrison sustu ve kızın kamaradan dışarı çıktığını gördüğünde dikkatini ona verdi. Lilah, iyi ve canlı göründüğü anlardan birindeydi, kızın birkaç saat sonra yine tükenip tükenmeyeceğini merak etti, şimdiye iyileşmiş olması gerekirdi.

Lilah saçlarını iki yandan örmüştü. Üzerinde Harrison'a ait keten gömleklerden biri vardı. Dizlerine kadar uzanan gömleğin kollarını Harrison'a sormadan doğramış, beline bir yerlerden bulduğu deri bir kayışı kemer gibi dolamış ve kendine kısa kollu elbise yapmıştı. Harrison iç geçirdi. *Garip bir kız,* diye düşündü. Bazen çocuk gibi oluyordu, bazen ise yüz yaşında gibi konuşuyordu. Ruh hali çabuk değişiyordu. Onu çözmek zordu. Gelgitli bir tipe benziyordu.

Lilah, elinde bir kâse çorba ve bir kaşıkla sallana sallana yanlarına doğru yürüdü ve davet beklemeden pat diye Drew'un hemen dibine oturdu.

Drew, kaşığı ağzına götürmek üzereyken dondu kaldı ve kıza yan yan baktı. "Ne demek, canım? Otur tabii, sorman hata."

Kız, "Teşekkür ederim," dedi Drew'a bakarken. "İzin istememiş olsam da... Hoş karşılandığımı bilmek güzel."

"Çocuk musun sen?" diye sordu Drew, elindeki kaşığı bırakırken.

"Çocukluğumu yaşayamadım," dedi kız, çorbasından bir kaşık alırken. "Yanınızda çocuk olasım geliyor."

Drew, *deli bu* dercesine Harrison'a baktı. Kıza gıcık olduğunu söylese de onunla atışmaktan keyif alıyordu. Bunu saklayamıyordu.

"İçimden bir ses, sizin de çocukluğunuzu yaşayamadığınızı söylüyor ama görünüşe göre bununla bir sorununuz yok."

"İçimden bir ses, senin çok sinsi bir yılan olduğunu, bu tatlı kız havalarının da yalan olduğunu söylüyor ve benim bununla bir sorunum var," dedi Drew.

"Neye istersen ona inan," dedi Lilah. "Seni aksine inandıramam, ki birine bir etiketi yapıştırdığında onu ancak yine sen kaldırabilirsin, Drew. Bana olan önyargılarını silmek için bir şey yapamam. Ne yapsam sahte gelir sana çünkü bende aradığın şey neyse, bulduğun şey de o olacak."

Harrison kıza hak verdi. Drew normalde asla bu kadar şüpheci değildi ama nedense bu kıza karşı bir şüphesi vardı. Sonunda ya iyi arkadaş olacaklardı ya da düşman olarak kalacaklardı. Drew ile her ilişkinin başlangıcında nefret olurdu, Harrison yıllar süren arkadaşlıkları sayesinde bunu öğrenmişti. Eğer Lilah ile ikisi anlaşmanın bir yolunu bulursa -ya da kız o kadar yanlarında kalırsa- ikisi bir arada hiç çekilmez, diye düşünmeden edemedi. Lilah'nın alaycı, neşeli halleri, Drew'un doğal haline o kadar benziyordu ki...

Bir süre devam eden sessizlikten sonra Lilah konuştu. "Audra'nın Silver adında bir tayı vardı," dedi dalgın bir şekilde. "Acaba öldü mü?"

Drew ile Harrison göz göze geldiler. Evet, Audra'nın Silver adında beyaz bir safkan atı vardı. Bunu bilen çok kişi yoktu.

"Ne alaka şimdi bu?" diye sordu Drew, ters ters.

"Hiç, birden aklıma geldi."

Harrison, kızın Audra ile arkadaşlığı konusunda söyledikleri acaba doğru muydu diye düşündü. Diğer türlü böyle önemsiz bir şeyi nasıl bilebilirdi? Ardel casusları, Prenses'in atıyla ilgileniyor olamazlardı.

Lilah, çorbasını içerken suskunluğa gömüldü, bu yüzden de Harrison aklındaki sorulara bir cevap alamadı.

Bir dalga yükselip yemeğine deniz suyu sıçrattığında Drew, kaşlarını çatıp önündeki tabağa baktı. "Zaten tuzsuzdu," diye mırıldanıp tekrar yemeğe gömüldü.

Drew, kızın son söylediğini duymazdan gelmeyi başaramadı ve konunun üzerine gitti. "Prenses'in Silver adında bir atı var mı yok mu bilmiyoruz," diye yalan söyledi. "Sen de bilemezsin."

Kız, yemekten başını kaldırıp gözlerini ona dikti. "Bilirim. Silver'ın babası, Kral'ın atı Storm'du. Silver doğduğunda, Kral onu Prenses'e hediye etti. Umarım bir gün Prenses ile karşılaşır, ona sorarsın," iç geçirdi. "Ama bunu yapamayacaksan, üzgünüm... Bu durumda sözüme güvenmek zorundasın."

Harrison elinde olmadan gülümseyerek Drew'a baktı. Kızda resmen şeytan tüyü vardı. Ama dikkat edilmesi gereken bir nokta da vardı. Silver, doğruluğundan emin oldukları bir detaydı. Birkaç ufak detay daha elde ederse ve onay alabilirse Harrison, kızı Direniş'e götürmek konusunda daha iyi bir karara varırdı. "Bana Audra'dan bahset," dedi, kaşığını masaya bırakıp dikkatini Lilah'ya odaklayarak. "Nasıl tanıştınız?"

"Eğitim alanında," diye mırıldandı Lilah, yemek yemeye devam ederek. "Babam askerleri eğitiyordu, Prenses de Kral ile birlikte eğitimleri izlemeye geldi. O gün tanıştık."

"Baban kim?"

"Ivan Tiernan."

Harrison'ın kaşları çatıldı. Bu adı daha önce hiç duymamıştı. Ama zaten ilhak sırasında o daha sekiz yaşındaydı. Duysa bile hatırlamazdı. Harrison, sadece Direniş'teki askerleri tanırdı.

Drew, lokmasını yutup konuştu. "Kral'ı da tanıyordun yani? Ne de mühimmişsin. İlhak sırasında nasıl oldu da hayatta kaldınız?"

"Ufak bir harf oyunu, soyadımızı değiştirdik. Belki ona ihanet eden arkadaşları sorun olmayacağını düşünüp bunu görmezden geldiler, belki Batılılar kim olduğunu bilmiyorlardı. O ünlü ve önemli generallerden biri değildi ama müthiş bir eğitmendi, çok iyi asker yetiştirirdi. Yetiştirecek askerleri olmayan bir eğitim komutanını önemsemediler belki..." Bilemiyorum der gibi başını eğdi.

Harrison, kısa bir an düşündü: Bu kız, başkaydı. Ya çok yetenekliydi ve rol yapmak konusunda eğitilmişti ya da göründüğü gibi çocuksu, neşeli ve keder dolu biriydi. İkinci seçenek doğruysa Direniş ona iyi gelmezdi. Birinci ihtimal doğruysa Direniş'in yakınından geçmemesi gerekirdi çünkü tehlikeliydi. "Audra'yı en son ne zaman gördün?" diye sordu.

"İlhaktan bir gün önce. Kış bahçesinde. Kırmızı bir elbise vardı üstünde. Başında da incilerle dolu bir taç. Kraliçe de yanındaydı, Kraliçe'nin boynunda kan damlasına benzeyen sıralı yakutlardan oluşan bir kolye vardı. Babam bu kolyeyi unutmamam için her gün sorardı bana. Bir gün bu detay hayatını kurtaracak dedi." Omuz silkip gülümsedi. "Yakut kolye detayı nasıl hayatımı kurtaracaksa... Ama belli mi olur?"

Harrison, düşünceli bir şekilde, "Olmaz tabii," diye mırıldandı.

O sırada yemeğini bitirmiş olan Drew, tabağını pat diye yere bırakınca Lilah, irkilip olduğu yerde sıçradı. Harrison kısmen ikna olmuşsa da o olmamıştı. Kıza ters ters baktı. "Seninle bir anlaşma yapalım. Yalancının tekisin. Başımızı belaya sokacağın kesin. Bana kalsa seni çoktan Corridan'a teslim ederdim ama hiçbir şey için geç kalmış değiliz. Bela istemiyoruz."

Kız iç geçirip kaşığını kenara bıraktı. Yüzü bembeyaz olmuş, gözleri kısılmıştı. Harrison suratını buruşturdu. Kesinlikle ikinci ihtimal gerçekti.

"Şimdi seninle bir anlaşma yapalım. Sen sadece sana sorulan soruları cevapla, ben de seni ilk limanda Ardel'e ispiyonlamayayım." Drew konuşmaya o kadar dalmıştı ki kızın yüz ifadesini görmedi. Ama Harrison, her bir detayı görüyordu. Ne çocuksuluk ne neşe ne de keder vardı kızın yüzünde. Artık sadece saf öfkeden ibaretti.

"Tehdit mi bu?" diye fısıldadı Lilah.

"Olacaklar bu," dedi Drew.

Kızın dudakları düz bir çizgi halini alırken, "Doğu Ardel aksanın var," diye mırıldandı.

Drew, ne diyeceğini bilemeden ona bakakaldı. "Ne?"

"Doğu Ardel aksanın var," diye tekrar etti Lilah dikkatle.

Harrison'ın eli belindeki bıçağa gitti ama saldırıya geçmeden önce kızın konuşmayı bitirmesini ya da saldırmasını bekledi. "Tüccar falan değilsin sen. Kaçaksın. Muhtemelen Doğu Ardel'in ilhakı sırasında kaçtın. Ya da dur, diğer ihtimali de ekleyeyim: Sen ya Direniş'tensin ya da bir kaçaksın. Rodmir dilini çok iyi konuşuyorsun ve ben, Rodmir'de Direniş'e ait bir merkezin bulunduğunu biliyorum."

Drew, yüzü kıpkırmızı olmuş bir halde Harrison'a bakarken o, başını iki yana salladı. Kız, yapbozun parçalarını iyi bir şekilde toplamıştı, inkâr etmek anlamsızdı.

"Direniş'ten isen beni oraya götür, hayır değilim dersen benimle uğraşıp durma. Ayrıca unutma, beni Ardel'e ihbar edersen, ben de seni ele veririm. Onlar için iki ihtimal de senin sonunu getirmeye yeter. Kaçak ya da direnişçi fark etmez. Bu yüzden, *arkadaşım*, bana savurduğun tehditlerin nereye yol aldığını anla."

Drew'un bakışları kararırken, kız Harrison'a doğru döndü. "O bıçağı ya tamamen çek ya da elini oradan çek!" diye patladı sonunda. Harrison, Lilah'nın bu kontrollü hareketi nasıl gözden kaçırmadığını merak etti. Drew ile tartışırken elinin bıçağa gittiğini nasıl görebilmişti?

"Beni öldürmeye çalışırsan da bunu gerçekten başarabileceğinden emin ol," diye devam etti, Harrison'a bakmadan. "Bir daha buna fırsatın olmaz. Sana babamın kral için asker yetiştirdiğini söyledim. Sence on dört yıl boyunca ondan neler öğrendim? Başından beri yalan söylediniz ama benden hep dürüst olmamı istediniz. Bunun neresi adil?"

Harrison, elini bıçağından usulca çekip hiç bozuntuya vermedi. Ama taşlar şimdi yerine oturmuştu. "Bu kadar zeki olduğuna göre, neden yalan söylemek zorunda olduğumuzu, neden endişe ve şüphe dolu olduğumuzu da anlarsın, Lilah."

"Elbette anlıyorum!" dedi kız. "Gerçekten anlıyorum, size kızmıyorum. Direniş'in zararına olan her şey benim de zararımadır."

"Umarım gerçek öyledir."

Drew, Harrison'ın dolaylı itiraflarından ötürü rahatsız olmuştu, kız ne kadar emin olsa da Direniş ile bağlantılarını ölümüne reddetmeleri gerektiğini düşünüyordu ama Harrison, bunun kendini kandırmaktan başka bir işe yaramayacağını biliyordu. Lilah her şeyi çözdüğü halde Drew onu tehdit edene dek sessiz kalmıştı, kızın başka neleri çözdüğünü anlamalıydı.

Drew, önündeki tabağı ileri itip kızın yüzüne bakmadan ve tek kelime yorum yapmadan ikisinin yanından ayrıldı. Lilah, uzun uzun onun arkasından baktı ve Harrison'a döndü. "Derdi ne?" Oldukça üzgün görünüyordu.

Harrison, "Güvensiz," dedi önündeki tabağı iterek. İştahı kaçmıştı. "Kaybedecek çok şeyin varsa risk almak zordur."

"Bir Doğu Ardellinin canından başka kaybedecek neyi kalmış olabilir ki?"

"Umudu."

Lilah, yeşil gözlerinden âdeta ateş saçarak, "Umut etmek, çabalamayı ve risk almayı da gerektirir," diye cevap verdi. "Arkadaşın mucize bekliyor. Ama bu hayatta mucize, kaderin çabalayan insanlara verdiği ödüldür. Önündeki yollara girme cesareti olmayan korkaklar mucizelerle karşılaşamaz."

Harrison başıyla onayladı. Drew'a aynı şeyi o da söylemişti, ancak mükemmeliyetçi bir adam olduğundan kusursuzluk takıntısı vardı. Ne yazık ki kusursuzu arayanlar, daima kusurla karşılaşırdı. Drew'un olayı da buydu.

"Bana güvenmenizi istedim mi sizden?" diye sordu Lilah. "Bana güvenin dedim mi? Beni Direniş'e götürün dedim mi? Tüm yalanlarınıza rağmen sizden şüphe ettim mi? Bakın, başka çarem yok. Bir denizin ortasında, her hareketimi yargılayan ve tehditler savuran iki adamla kaldım. Bir de bana sürekli beni yiyecekmiş gibi bakan gemi mürettebatı var. Direniş'i bulmam lazım ve bunu nasıl yapacağım hakkında en ufak fikrim yok ama bir yolunu bulurum. Her şeye rağmen önümü göremediğim bir yolda yürümeye çalışıyorum. Arkadaşına bu kadar takılma sebebim bu. Onun iki adım ileri giderken beş adım geri gittiğini görüyorum. Yüzünde arada gördüğüm o gülüş bir maske. Endişesini ve korkusunu gizlemek için kullanıyor onu. Benden de aynısını yapmamı bekliyor ama sadece ileriye baktığımı görmek, onun benden nefret etmesini neden oluyor."

"Senden nefret etmiyor," diyerek arkadaşını korumaya geçti Harrison. "Tam olarak nefret değil, sana karşı hissettiği şey şüphe."

"Şüphe iyidir ama birine sürekli -açık açık- şüpheyle bakmak, onu ekstra tedbir almaya iter. Bunu size kimse söylemedi mi?"

"Söylediğin gibi, Drew iletişim konusunda profesyonel değil. Tanıdıklarının yanında rahattır. Esprilidir, ama rakip gördüğü ve güvenmediği insanlara karşı iyi değildir."

"Gerçekten Direniş'tensiniz," dedi Lilah. "Ve bahse varım ki Drew bir suikastçı. Bir keskin nişancı. İnsanların arasına karışmakta usta fakat bire bir diyaloglarda problemli. Her an etrafı gözlüyor, bir tehdit arıyor."

Harrison'ın bakışları daha dikkatli bir hal aldı. "Sen çok şey biliyorsun."

"Babam, Doğu Ardel'in en ünlü askerlerini yetiştirdi," dedi tekrar. "Daha önce de söyledim. Tek öğrencisi bendim."

"Örnek ver."

"Yeterince örnek verdiğimi düşünüyorum. Bir sürü şey söyledim."

Harrison duraksadı. "Bana seni Direniş'e götürmem için daha desteklenebilir bir neden ver," dedi. "Teyit edebileceğimiz bir şey olsun. Bir isim... Baban gerçekten söylediğin kişiyse, eskilerden onu tanıyanlar çıkacaktır."

Lilah düşüncelere daldı, sonunda, "General Hector Guzman," dedi. "Şu an Prenses'in yaveri ve stratejik danışmanı. Beni tanır."

Kız, Hector Guzman dediği anda Harrison, duraksadı ve kaşlarını çattı. O Direniş'in en yüksek rütbeli askeri idi. Prenses'in yaveri, Direniş'in seraskeri... "Demek Hector seni tanır," derken artık kıza karşı ekstra temkinli davranıyordu.

"Evet," diyen Lilah, bir an olsun tereddüt etmedi.

"Peki, bunu kanıtlayabilir misin?"

"Ne gibi bir kanıt istiyorsun?"

"Sen söyle," dedi Harrison. "Beni ikna et."

"General solaktır." Lilah duraksadı ve başka ne söyleyebileceğini düşündü. Verdiği örnek, düşmanlardan çok çabuk edinilebilecek bir detaydı. "Marianna var, herkesten sakladığı kız kardeşi. Üvey. Ona Anna der. Prenses ise Maria. Daha kişisel ne söyleyebilirim?"

Harrison yutkundu. Marianna üç yıl önce hastalıktan ölmüştü ama bu konuya değinmedi. "Babanın adı ne demiştin?"

"Ivan Tiernan."

Harrison, bu ismi tekrar düşündü. İsim ona yine bir şey ifade etmedi. "Sen de Lilah Tiernan mı oluyorsun?"

"Doğal olarak," diye cevap verdi kız.

Harrison, artık bir karar vermesi gerektiğini anladı. Kızı yarı yolda bırakamazdı. Eğer söylediği gibiyse Hector, kızı görmek isteyecekti. Gözlerini kapatıp kızın tüm anlattıklarını baştan sona gözünün önünden geçirdi ve bildikleriyle kıyasladı.

Prenses'in Marianna ile olan diyaloglarını gözden geçirdi. Ona Maria diye seslendiğini bir iki kez duymuştu.

En sonunda, "Tamam," dedi. "Biraz daha düşünmeye ihtiyacım var. Dürüst olduğuna inanırsam, senden Hector'a bahsederim, seni görmek isterse ona götürürüm. Eğer iddia ettiğin gibi seni tanırsa Direniş'e ulaşırsın. Tanımazsa... Kendi yoluna gidersin. Ama şunu bil; eğer şüphe çekersen, Direniş'in seni yargılama ve sonunda infaz etme ihtimali de var."

Lilah, bu yola girecekse olabilecekleri bilmeliydi. Direniş kimseyi kolay kabul etmezdi. Eğer kızdan şüphelenirlerse kızın başına gelecekler, simyacıların ona yaptıklarından daha beter olurdu.

Lilah'nın gözleri parladı ve tekrar başıyla onayladı. "Hector'ı tanıyor musun?" derken dudaklarında bir gülümseme dolaştı. Gözleri heyecanla parlamıştı.

"Nerelerde takıldığını biliyorum. Önce bunu Drew'la konuşmam lazım."

Harrison yanından ayrıldığında, Lilah tek başına kaldı, bir süre yerdeki tabaklara baktı ve sonunda ayağa kalkıp tırabzanlara yaslandı, mavi suları izlerken elini uzatıp sulara dokunmak istedi ama gemi bunun için çok yüksekti.

Harrison neredeyse bir saat sonra geri döndüğünde, yanında pansuman malzemeleri de getirmişti, Lilah, tırabzandan uzaklaşıp ona baktı. Harrison'ın sarı saçları ve sakalları uzamıştı. Gri gözlerinde yorgun bir bakış vardı. "Şu yaralarına bakalım," dediğinde Lilah başıyla onay verdi ve tekrar yere oturdu.

Harrison, tek dizinin üstüne çöküp kızın sargılarını tek tek çıkardı. Kırmızı sıvıyı bir pamuğa döküp dikkatle kızın boynundaki yaraya sürdü, iyice temizledi. "Enfeksiyon denen şeyin ne kadar can aldığını tahmin bile edemezsin," dedi pamuğu kenara koyarken. "Açık yaralara çok dikkat etmek gerekir." Yavaşça yeni bir gazlı bezi kızın boynuna yapıştırıp kollarındaki kesiklere geçti. Bu sırada bakışları Lilah'nın yüzünde gezindi. "Sen şanslısın, yaraların hızlı iyileşiyor."

"Yaa, çok şanslıyım." Lilah, bunu söylerken neredeyse gülecekti.

"Dalga geçiyorsun ama gerçekten şanslısın," diyen Harrison, pansumanları bitirip malzemeleri topladı ve kenardaki çöp kutusuna attı. "Herkesin simyacılardan kurtulma şansı olmaz."

"Orası öyle... Eee, konuştun mu Drew ile?"

"Hector ile ilgili kısım ilgisini çekti ama henüz tam karar veremedik."

"Neden?"

Harrison, kendi ellerini ıslak bir bezle silerken kızın gözlerine bakmadı. "Anlattığın gibi olsa, Corridan senin peşini bırakmazdı. Kapı dinlerken yakalandın. Bir sürü sırrını biliyorsun, Prenses'i aldattığının kanıtısın. Ve ölüm cezası almıştın. Ne hakla beni arıyor mu demiştin? İşte bu hakla arar. Firar etmiş bir suçlunun peşine düşer, söyleyeceğin her şeyi iftira olarak gösterir ve Batılılardan kimse sana inanmaz. İnansa bile umurlarında olmaz, koskoca Serasker bir Doğulu kızla yattı diye idam cezasını bırak, kınama bile almaz. Olan sana olur ama günlerdir yoldayız, seni ne arayan var ne soran. Şüpheli bir durum."

Lilah bir süre sessiz kaldı. "Corridan peşime düşmediyse bu benim suçum değil." Sesi oldukça bitkin ve umutsuz çıkmıştı. "Bu yüzden mi ben yalancı oluyorum?"

"Senin suçun demiyoruz, yalancısın da demiyoruz. Sadece durumun şüpheli olduğuna dikkat çekiyoruz. Hiçbir adam, özellikle de serasker gibi bir konuma sahip bir adam, kendisi için tehdit olabilecek birinin peşini bırakmaz. Seni öldürmek için peşine düşer."

"Ama düşmedi, o zaman şimdi bana ne olacak?"

"Yolculuk bitene dek bir karara varacağız sanırım. Umarım-"

Harrison, cümlesini tamamlayamadan arkalarında gürültü koptu ve Drew, koşarak dışarı çıktı. "Ardel," diye bağırdı. "Ona ait bir gemi buraya yaklaşıyor."

Drew ve Harrison, Ardel gemilerini gördükten sonra hemen kılık değiştirdiler, saçlarına siyah peruklar; gözlerine de gözlük taktılar ve Lilah'yı da depolardan birine, bir buğday fıçısının içine sakladılar. Kızın üzerine ince bir plaka yerleştirip, onun üstüne de buğday doldurdular ki biri fıçının kapağını açtığında içindeki buğdayları görüp uzaklaşsın.

Muhafızların tek tek tüm fıçıları aramadan Lilah'yı bulmalarına imkan da yoktu. Güzel bir saklanma yolu olsa da çok da başarılı bir yöntem değildi. Yine de şimdilik eldekilerin en iyisi ve en hızlısıydı. Lilah, karanlıkta top gibi kıvrılmış, sessizce bekliyordu. Dışarıdaki konuşmaları ise bölük pörçük duyuyordu.

Corridan'ın, "Bizden önemli bir tutsak kaçtı," dediğini duydu. Harrison ve Drew da müthiş akıcı bir Rodmir lisanıyla bir şeyler söylediler. Corridan onların söylediğini aynı dilde cevapladı ve muhafızların etrafı aramak istediğini bildirdi. Geminin kaptanı, yüklere zarar geleceğini düşünüp bunu reddetti.

Bunun üzerine Corridan, eğer kendisine izin verilmezse, bu geminin ve kaptanın bir daha hiçbir Ardel limanına giremeyeceğini belirtti, mallar konusunda dikkatli davranacağını garantiledi ve kaptan sonunda Corridan'a tek başına gemiyi arama izni verdi.

Corridan, tüm muhafızların gemi mürettebatı ve tüccarlar ile kalmasını söyleyip tek tek kamaraları gezmeye başladı, boş boş dolanıp çıktığı kamaralarda bir süre dışarıda oyalandı ve en sonunda Lilah'nın saklandığı deponun kapısı açıldı. Lilah, hiç beklemeden ayağa kalkıp üzerindeki buğday tepsisini havaya kaldırdı ve adama baktı.

Corridan, onu gördüğünde yüzünde bir gülümseme belirdi. Başıyla onu selamladı ve uzanıp elindeki tepsiyi alarak usulca yere bıraktı. Lilah, rahatlayarak derin bir nefes aldı, tepsi ağır değildi ama uzun süre havada tutmak onu yormuştu. Zaten fıçının içinde iki büklüm durmaktan kemikleri de ağrımaya başlamıştı. Birkaç saniye hareket ederek kaslarını gevşetmeye çalıştı.

Corridan, gözlerini Lilah'nın üzerinde dolaştırdığında, giydiği keten, erkek gömleğini görünce ifadesi sertleşti ve tek kaşını havaya kaldırdı. "Burada hoş karşılanıyorsun anlaşılan. Peki, işler nasıl gidiyor?" Fısıltısını duymak neredeyse imkânsızdı.

Lilah, "Eh işte..." derken kaşınmamaya çalıştı. Her yerine buğday dolmuştu ve onu inanılmaz derecede rahatsız ediyordu.

"Durumlar ne? Seni buradan götürelim mi?"

Corridan ile, onu Direniş'in değil de başka birilerinin bulması ve Harrison'ın 'Anlattığın gibi olsa Corridan peşini bırakmazdı' deme ihtimaline karşın böyle bir plan yapmışlardı. Eğer düzgün ipuçları bulamamış olsaydı, Lilah yakalanmış gibi Corridan ve diğer muhafızlarla buradan ayrılacaktı. Fakat istediği kanıtı bulmuştu.

"Hayır," diye fısıldadı. "Beni General Hector'a götürecekler. Bu ikisi Direniş'ten. Kısa boylu tüccar, ara sıra kusursuz Doğu Ardel aksanıyla konuşuyor. Ve ikisi de çok iyi Rodmir lisanı biliyor."

Corridan, Rodmir ismini duyduğunda dudaklarında bir gülümseme belirdi. "Fark ettim," derken odada bir ileri bir geri gitti geldi.

Lilah, başını sallayıp sessiz kaldı sonra, "Ferdem noey di sliva..." diye mırıldandı "En ordes eta Rodriti." *Ne tesadüf, ben de biliyorum Rodmir dilini.*

Corridan, içini çekip gözlerini kızın yüzünde dolaştırdı. "En ordes eta Rodriti di," diye tekrarladı son cümleyi. Kusursuz bir Rodmir aksanıyla konuşmuştu.

Lilah, dalgın bir şekilde başını salladı. Ne diyeceğimi bilemiyordu ama Serasker'i görmek onu rahatlatmıştı. Neredeyse adamın boynuna sarılmak gibi bir hata yapacaktı.

Corridan da benzer durumda görünüyordu. "İyi denk gelmiş öyleyse," dedi. Sonra, "Hector demek..." diye fısıldadı. Odanın içinde ileri geri dolanmaya devam etti. Sonunda durup çenesini sıvazlayarak, "Güzel," dedi. "İşler tahmin ettiğimizden iyi gidiyor. Bu kadar hızlı olacağını düşünmemiştim, şansımız varmış."

"Evet," diye onayladı Lilah. "Beni Direniş'in merkezine götürecek kişi kesinlikle Hector. Prenses'e de öyle."

"Seni tanır mı?" diye sordu.

"Hector mu? Yıllar geçti. Bence beni gördüğüne sevinir, Prenses ise... Beni görmekten hoşlanacağını pek sanmıyorum, ona pek iyi şeyler hatırlatmam. Ama annemi ve babamı seviyordu, onlara neler olduğunu merak edecektir."

"Hector stratejik deha. Seni hemen içeri almaz. Her ihtimali düşünür ve senin, sen olduğundan emin olmak ister."

"Biliyorum," dedi Lilah. "O konuyu halledeceğim. Dediğin gibi, hemen sırları açık etmez. Güvenini kazanmam için beni dener. Hatta merkezden uzak tutar."

Corridan durumu tarttı. "Pekâlâ, sen yapman gerekenleri yap. Gerisini biz hallederiz," dedi ve tepsiyi, Lilah'nın içinde bulunduğu fıçının üzerinde tuttu. "Görevleri başarman için ne gerekirse yap. Bana nasıl mesaj bırakacağını, neler yapacağını biliyorsun."

Kız başını salladı. Kapak üstüne kapanmadan önce, fıçının içinde iki büklüm olup başını öne eğdi ve Corridan'ın ayak sesleri odadan uzaklaşırken iç geçirdi.

Çok büyük bir oyun oynuyordu. İki tarafa da doğrulttuğu ihanet okları şu an için hedefe odaklanmıştı, ancak her an şiddetli bir rüzgâr dengeleri sarsabilirdi ve kendini okların ucunda bulabilirdi. Aşırı dikkatli olmalıydı. O zaman bu oyunu kazanabilirdi.

Bu ihanet güncelerinde rolüm kukla olmak gibi görünebilirdi, ancak ipler başlangıçtan itibaren bendeydi, diye yazdı zihnindeki günceye. *Yalnızca asıl kuklalar, olanlardan haberdar değil.*

Babasının ezberlettiği bir yemin, Lilah'nın rehberiydi. İçinden bunu tekrarladı durdu: *İnsanları seni yönettiklerine inandır, yapacaklarının sorumluluklarını onlara yükle. Bedelleri karşı tarafa ödet, kendin dışındaki her şeyi feda et. Kukla gibi hareket et, Tanrı gibi yönet.*

Sonunda ona bir ömür gibi gelen bir sürenin ardından Lilah'nın içinde durduğu fıçının kapağı açıldı ve Harrison, başını uzatıp içeri baktı. "Gittiler," dedi. "Artık dışarı çıkabilirsin."

Lilah, başını yukarı kaldırıp, "Beni ilk limanda bırakacak mısınız?" diye sordu usulca. Korkmuş görünmek için elinden geleni yaptı. "Görünen o ki sen haklıymışsın, o peşimi bırakmayacak, tek başıma çok fazla dayanamam. Beni bulduğu ilk yerde öldürür."

"Hayır," dedi Harrison. "Seni ilk limanda bırakmayacağız, General Hector'a ulaştıracağız."

İçinde büyük bir rahatlama dalgası yükselirken Lilah başıyla onayladı, her şey plana uygun ilerliyordu, inanılmaz derecede rahatlamıştı ama ayağa kalktığı sırada korkmuş, başı belada zavallı kız numarasını sürdürmeye karar verdi. Biraz acıma ve empati duygusu kazanması işine gelirdi.

Lilah, sahte bir titremeyle ve iri açılmış korku dolu gözlerle dışarı çıktı, Harrison elini kızın sırtına koyup onu bir sandalyeye oturttu. Hava bir anda soğumuştu, denizden sıçrayan sular kızın saçlarını ıslattığında, Drew bir battaniye getirip kızın sırtını örttü.

Önünde diz çöküp Lilah'nın battaniyesinin önünü sıkıca kapattı. "Korkma, geçti," dedi büyük bir anlayış ile. "Biz varken o herif sana hiçbir şey yapamaz."

Lilah, Drew'daki bu hızlı değişime şaşırmıştı, başını kaldırıp onun ela gözlerine baktı. "Teşekkürler," diye mırıldandı.

Drew, önemsiz der gibi elini sallayıp geri çekildi, yere oturdu ve kızı inceledi. Harrison bir bardak su uzattığında, Lilah titreyen elleriyle onu alıp içti. "Şey…" Boş bardağı Harrison'a uzatıp özür diler gibi ona baktı. "Normalde daha güçlüyümdür. Gerçekten. Ama yaşanan onca şeyden sonra Corridan beni korkutuyor. Bana çok kötü şeyler yaşattı. Güvenilir ülkelerden birinde olsak sorun olmazdı, onunla başa çıkabilirdim gerçekten…" Bakışlarını Drew'a çevirdi. "Ama burada… Açık denizde bana istediğini yapabilirdi. Beni geri götürür, size neler anlattığımı öğrenmek için simyacılara teslim ederdi. Onlar da…" Yalandan ürperdi. Sesi kısıldı. "Ya da direkt öldürürdü. Umarım, öyle bir şey olursa, hemen öldürür. Diğer ihtimal çok kötü…"

Harrison, güven verircesine ona baktı. "Hiçbir şey yapamazdı, biz seni ona vermezdik. Orada yakalasa bile. Yanında çok fazla adam getirmemişti."

"İşler çok karışırdı."

"İşler uzun zamandır çok karışık." Harrison omuz silkti. "Daha fazla kargaşa çok fark yaratmazdı."

"Ama beni bir buğday fıçısına soktunuz, ben sandım ki beni bulursa, '*Haberimiz yoktu, oraya girmiş,*' diyerek beni ona vereceksiniz…"

"Öyle bir şey olmazdı. Onu sadece olaylar uzamasın diye yaptık. Seni bulsaydı, ona meydan okurduk."

"Siz sadece tüccarsınız," dedi onların sahte yalanlarını dile getiren Lilah. "Onunla başa çıkamazsınız." Söylenmemiş sözleri şunlardı: *İfşa olursunuz, başınız ve göreviniz tehlikeye girer.*

Drew omuz silkti ve alayla sırıttı. "Tüccar sırlarımız var, tatlım," dedi. "Ne hikâyeler ne hikâyeler… Duysan şaşırırsın." Kızı korku içinde görmek, onu kıza karşı biraz yumuşatmıştı. Lilah bir kez daha kazandığını anladı. Boş boş ona baktı ve sessiz kaldı.

Bir süre kimse konuşmadı, gerginlik o kadar büyüdü ki âdeta birer dalga gibi onlara çarpmaya başladı. Geçen her saniye ile birlikte, daha büyük bir şiddetle. Lilah kendini role öyle bir kaptırmıştı ki dokunsalar çığlık atıp ağlamaya başlardı. Ama Drew bambaşka bir şey yaptı.

"Bir keresinde Kan Denizi'nden geçtim," dedi.

Lilah bir anda sırtını dikleştirdi, dikkatini tekrar Drew'a verdi. Onun amacının gayet farkındaydı, aklını başka yere çekmek istiyordu. Lilah, adamın çabası işe yarasın diye ona uyum sağlamakta karar kıldı. "Şaka yapıyorsun, değil mi?"

Drew, kollarını göğsünde kavuşturup, "Gayet ciddiyim," dedi. Alınmış gibiydi. "Ne var yani? Geçemem mi?"

Lilah, dudaklarını büktü. "Yani... Bu pek mümkün değil. Çünkü Kan Denizi, Brian sınırının ötesindeki Deryel Denizi'nin, çocukları korkutmak için anlatılan hikâyelerdeki adı," dedi. "Öyle bir yer yok."

"Sen öyle san," dedi Drew. "Deryel'den geçtim, doğrudur. Ama Kan Denizi onun bile doğusunda kalır." Ellerini havaya kaldırıp yumruklarını birkaç kez sıktı ve açtı. "Deniz fokur fokur sirenlerle doluydu."

Lilah, dudaklarını büküp, "Siren?" dedi. "Şu seslerden mi bahsediyorsun?"

"Hayır, insan yiyen kuyruklu, balık hatunlardan söz ediyorum."

"Balık hatun mu?"

"Evet. Denizin her köşesi onlarla doluydu. O yüzden geri dönmek zorunda kaldık."

"Bu durumda Kan Denizi'ni geçmiş sayılmıyorsun ki," dedi Lilah.

"İnan bana, tatlım, geçmiş kadar oldum. Ne maceraydı ama."

Lilah, "Benimle alay ediyorsun," diye diretti. "Dalga geçme."

"Hiç de değil," diyen Drew, Harrison'a baktı. "Arkadaşım Derek'i sirenler yedi."

Lilah, onay bekler gibi Harrison'a baktı. Harrison, gergin bir ifadeyle, "O görevde ben yoktum," dedi. "Herkes Derek'in suya düşüp kaybolduğunu söyledi."

Drew, "Hah!" diye bağırdı. "Sanki olanları gördüler. Zilzurna sarhoştu hepsi. Sızıp kalmışlardı. Derek ve ben ayaktaydık... Sonra bir şarkı duyduk ve aşağı bakınca, dünyadaki en güzel kızları gördük. İki taneydiler, bize bakarak şarkı söylediler. Gözleri pembe renkteydi, saçları buz mavisi."

Lilah, sonunda korkmuş kız rolünden tamamen çıkmıştı, dayanamayıp kahkaha attı. Harrison da başını iki yana salladı. Ama Drew, hikâyeyi anlatmaya devam etti.

"Ben Derek'i uyardım, bu işte bir iş var dedim. Denizin ortasında kızların ne işi var? Ortada ne bir kara parçası var ne de başka gemi. Ama Derek dinlemedi, denize atladı, sonra bir daha da yukarı çıkamadı."

"Sirenler hakkında bir şeyler okumuştum," dedi Lilah alayla. Bu muhabbet gerçekten de kafasını dağıtmıştı, rol yapmasına gerek kalmamıştı. "Masal kitaplarında, dikkatini çekerim. Her neyse, derler ki sirenlerin şarkısını duyan biri kendini kaybeder. Adını bile unutur. Sen nasıl oldu da 'Bu işte bir iş var,' diye düşünebildin? Seni tanıdığım kadarıyla pek de aklı başında biri olmadığını söyleyebilirim." Aslında tanımıyordu ama Harrison, adamın doğal halinin Lilah'nın alaycı haline benzediğini söylemişti. Bunun, yerinde bir çıkarım olması gerekirdi.

Harrison, kahkaha attı. "Haklı."

Lilah sırıttı. Yanılmamıştı.

Drew sadece homurdanmakla yetindi. "Birincisi, sen beni tanımıyorsun. İkincisi... Boş versene. Bununla ilgili konuşmamam gerektiğini biliyordum. Hep aynı şey oluyor. Ama madem bu kadar bilgilisiniz, o zaman neden kimsenin Kan Denizi'ni geçemediğini bana açıklayın."

Harrison ağzını açtı, Lilah izin ister gibi tek elini havaya kaldırdı.

Drew, Lilah'ya ters ters baktı. "Söyle, ukala şey."

"Deryel Denizi -aslında bir okyanus- korsan yuvasıdır," dedi Lilah. "Zaten adalar topluluğunda yaşayanlarla bu kıta arasında problem var. Hiçbir şekilde ticaret de yapılmaz, seyahat de olmaz. Ama güneyden oraya sürekli gidiş-geliş yaparlar. Özellikle Mindwell'den."

Drew kaşlarını çatınca, Lilah konuşmayı sürdürdü. "Nasıl da işine hâkim bir tüccarsın ama..." diye dalga geçti onunla. "Deryel Denizi ticareti, ticaret korsanlarının elinde. Bu sebeple sürekli çoğu gemi ve kaptan, cesaret edip içeri giremesin diye bu tür hikâyeler yayarlar."

Harrison, Lilah'ya katılmak için başını salladı. "Bu korsanların en ünlüsü Lamar'dır. Kan Denizi Kalkanı derler ona. Bazı limanlarda bu efsanelerle dalga geçtiğini çok duydum."

Lilah, şaşkınlıkla Harrison'a döndü. "Lamar hakkında bir şeyler duymuştum, sen onu gerçekten gördün mü?"

Harrison, başıyla onayladı. "Orta yaşlı, sürekli içen, ağzı bozuk bir adamdı."

Lilah'nın yüzünde kimsenin anlamlandıramadığı bir ifade belirdi. Sadece, "İlginç," demekle yetindi.

"Off!" diye bağırdı Drew. "Sizin dediğiniz gibi olsun. Daha da bu konuyu açarsam ne olayım."

"Ben hikâye dinlemeyi severim," dedi Lilah. Tekrar durgunlaşmıştı. "Başka Kan Denizi maceraların varsa onları da dinlemek isterim. Yolculuk uzun."

Drew, "Yok sana hikâye falan," dese de Lilah ısrarlarını sürdürdü.

"Hiç wyvern gördün mü?"

Drew, ona ters ters baktı.

"Peki ya... nymph?"

"Görmedim."

"Kappa?"

"Git başkasıyla dalga geç."

"Kan Denizi'ni geçemediysen Boaltek ve Morina'ya da gidememişsindir. Acaba..."

Drew homurdandı.

"Sadece merak..."

"Size anlatanda kabahat..." Drew sonunda dayanamayıp oturduğu yerden ayağa kalkıp ağır ağır, ayaklarını yere vura vura ilerledi ve kamaraya girdi.

Harrison ve Lilah, onun arkasından baktılar ve ortam tekrar sessizleşti. Duyulabilen tek şey geminin motorlarının ve denizdeki dalgaların sesiydi. Lilah sirenleri düşündü. "Sirenler gerçekten olsaydı, ben onlarla tanışmak isterdim," dedi bir süre sonra.

Sessizliğe kendini kaptırmış olan Harrison, tek kaşını havaya kaldırıp ona baktı. "Ne?"

"Nasıl hissettiklerini sormak isterdim," dedi Lilah, kendi kendine. Sanki sesli olarak düşünüyordu. "Sirenler, güzellikleri ve tatlı şarkılarıyla adamları kandırıp suya çekerler ve öldürürler," diye mırıldandı ufka bakarak. "Ben de öyle yaptım. Adı Orland'dı. Pisliğin tekiydi ama... Yine de son anı, bir gün unutup unutmayacağımı merak ediyorum. Onlara bunu sorardım."

Harrison, Orland'ın kim olduğunu sormadı ya da Lilah'nın onu nasıl öldürdüğünü. İlhak sonrası köleleştirilmiş her Doğulunun kendine has, gizli acıları vardı. Bunları söylemek de zordu, içinde tutmak da. Bir Doğuluya acısının ne olduğunu sormak da...

Harrison, gece uyku tutmadığı için kamarasından çıkıp gemide dolanmaya başladı. Başını kaldırıp yukarıda nöbet tutan görevlilere baktı. Adamlar ufka bakıyorlardı, her an uyuyup kalacak gibiydiler.

Ana güverteye doğru ilerlerken uç kısmında bir karartı dikkatini çekti. Battaniyeye sarıldığı için oldukça iri görünüyordu ama dolunayın ışığında uçuşan saçlarından onun kim olduğunu anladı. Kendini durduramadan hemen önce kızın yanına çoktan varmıştı.

Lilah, tepesinde dikilenin kim olduğunu görmek için başını usulca kaldırdı. Harrison'ı görünce gözlerini kırpıştırdı ve "Sen de mi uyuyamadın?" diye sordu. Sesi uykulu gelse de hiç öyle görünmüyordu.

Harrison, onun yanına usulca oturup, "Uyuyamadım," dedi.

"Neden?"

"Nedeni yok. Senin uyuyamamanın bir nedeni var mı?"

Lilah, omuz silkti. "Kâbus gördüm," dedi. "Hep görürüm. Bir de… Gökyüzüne ve denize özgürce tekrar bakmak istedim. Bu, bana huzur veriyor."

Harrison, kızın ne gördüğünü görmek ister gibi denize ve gökyüzüne baktı ama hiçbir şey göremedi. Huzur yoktu, alt tarafı gökyüzü ve denizdi işte.

Lilah, onun aklından geçenleri görmüş gibi gülümsedi. "Sonsuzluk," diye açıkladı. "Bu koca boşluk… Her şeyi yutmaya meyilli bir yerdeyiz. Şu karanlık sular, çok fazla şeyi yutar. Bizden çok şeyi almışlar ama bu dünyadan hiçbir şeyi alamamışlar. Zafer sandıkları şey, kan ve acıdan başka bir şey değilmiş. Küçük evimizde yaşarken dünyanın oradan ibaret olduğunu sanırdım, çocukken onların çok güçlü olduğunu düşündüğüm olurdu, çünkü dünyamın yönetimi onlardaydı. Şimdi ise… Dünyanın, sandığımdan daha büyük olduğunu görüyorum; haritalarda gördüklerimden büyük, anlatılanlardan daha büyük. Düşmanlarımız artık bana çok küçük görünüyor. Bir fırtınaya yenilebilir, şu sularda yok olabilirler. Onlar aslında bir hiçler." Başını kaldırıp gökyüzüne baktı. "Babam yıldızların yaşadığımız dünyadan çok daha büyük olduğunu söylerdi, buradan bakınca nokta gibi görünüyorlar. O halde biz insanlar neyiz? Kral Docian ne? Bir toz zerresinin bu kadar katliam yapması, kendini bu denli büyük görmesi mantıksız. Sıradan bir insanın bir kraldan daha azı olduğuna inanması anlamsız. Hepimizin gücü ve yeri aynı. En azından somut olarak böyle."

Harrison, uyanır uyanmaz bu kadar felsefeyle karşı karşıya kalmayı beklemiyordu, o yüzden bir süre şaşkınlıkla kıza bakakaldı. Söylediklerini düşündü ve onun haklı olduğunu gördü.

Lilah, neşesiz bir şekilde güldü. "Çok konuştum," dedi kendi kendine. "Bu yeni bir şey. Yani, kendi isteğimle uzun bir süre konuşmak... Aklımdan geçenleri anlatmak... Bu da garip bir özgürlükmüş. Bilmiyordum. Hoşuma gitti. Kusura bakma."

"Kusur falan yok ortada," dedi Harrison. "Düşündüklerin hoşuma gitti. Sanki karmaşık olan her şey, bir anda ufak bir yün yumağına dönüştü. Açık konuşmak gerekirse bu beni biraz rahatlattı."

"Tüm bunların içinde," derken Lilah, eliyle etrafını işaret etti. "Ufacık bir yerin olduğunu bilmek mi?"

"Saçma belki ama öyle. Sırtımdaki yük bazen bana dünyadan daha ağır gelirdi."

"Fiziksel olarak imkânsız ama ruhumuz için mümkündür belki. Yani yükümüz, dünyadan daha ağırdır."

Harrison, düşündü ve yine hak verdi. "Belki de öyledir," dedi. "Bu, tüm o berbat hisleri açıklar. Acıyı, öfkeyi, özlemi, her şeyi."

"Koca evrendeki ufacık, önemsiz bir toz zerresinin bu kadar büyük yük olması haksızlık ama düzelecek her şey. Buna gerçekten inanıyorum. İnanmak zorundayım. Aksi halde başaramam, tüm bu yaşananların altından kalkamam."

"Ben de inanıyorum," diye itiraf etti Harrison. "Kötüler kazanamaz. Her zaman olmaz. Bir gün kaybedecekler."

"Çoktan kaybettiler."

Harrison, onun bu söylediğini duymadı. Lilah, iç geçirip derin bir nefes aldı. Kendini serin sulara atmak, yüzmek istedi. Sonra güvertede koşmak, gökyüzüne doğru saçma sapan şeyler haykırmak. Kısa bir süre için de olsa kazanmıştı. Ailesinin durumu neredeyse aklından uçup gidiyordu, kendini bir çeşit özgürlük sarhoşluğuna kaptırmıştı. Her şeyi yapabilirmiş gibi hissediyordu ama sorun aslında özgür olmamasıydı. Özgür değildi, bunu çok iyi biliyordu. O halde nasıl oluyordu da özgürmüş gibi hissediyordu? Belki de o kadar iyi bir yalancıydı ki artık kendini bile kandırmaya başlamıştı. Hayatta küçük mutlu yalanlar oluşturup kendini ona kaptırıyordu, yaşayabildiği kadar yaşıyordu hayatı. Anı yaşamak dedikleri, bu olmalıydı.

"Direniş nasıldır?" diye sordu merakla. "Yani... Orada büyüseydim nasıl olacağımı merak ediyorum. Neler yapardı oradaki çocuklar? Direniş kurtarabildiği kadarını kurtarmış. Ulaşabildiği kimseyi ardında bırakmamış. Ben bazı günler... Yani bir şeyleri kavrayana dek, Direniş'in benim için de geleceğini düşünürdüm. Öyle sanırdım. Ama sonra öğrendim ki benim ona gitmem gerekmiş. Bir şeylerin bitmesi için yani."

Harrison, kızın sorusunun normal olduğunu düşündü, Doğu Ardelliler için Direniş bir efsaneydi. Kızın onları merak etmesi normaldi. Çok mühim detaylara girmeden, ona Direniş'ten bahsetmeye karar verdi. "İlhak resmîleşene dek, Batı Ardel yağmacılık yaptı. Ben, Drew ve çoğu çocuk, o yağmalama sırasında ailelerimizi kaybettik, Direniş ulaşabildiği çocukları gemilere bindirdi. Tarafsız ülkelere yerleştirildik, birkaç ay mülteci olarak kamplarda yaşadık. Sonra da başka yerlere götürüldük. Oralarda eğitim almaya başladık."

"Eğitimler zor muydu?"

"Hem de nasıl... Ama bir yönden de eğlenceliydi. Çocuklar bazı şeylerin ciddiyetini kavrayamıyor, ya da çabuk unutuyorlar. Antrenmanlar biterdi, biz oyunlar oynardık."

Oyun kısmı, Lilah'nın hayal ettikleriyle hiç uyuşmuyordu. O, diğer çocukların da kendi hayatı gibi bir hayat yaşadıklarını sanmıştı. Tamamen çalışma ve eğitim odaklı bir hayat.

"Drew ile nasıl tanıştınız?"

"Onunla ilhak öncesinde komşuyduk. Birbirimize gıcık olurduk, Andrew'un ailesi çok zengindi. Onu kıskanırdım ama sonra kendimizi aynı yerde bulduk. Birbirimizden başka kimseyi tanımıyorduk. Sonrasında çok kişiyle tanışsak da Drew ile hep daha yakın olduk. Kardeş gibi." Lilah, onu ilgiyle dinliyordu. "Drew, sana başlangıçta sert davransa da güvenini kazanıp dost olursan neşeli ve sadık bir dosttur. Senin için ölür, dahası öldürür. Gözünü bile kırpmaz. Alaycıdır, çoğu şeyi ciddiye almaz ama Direniş..."

"Onun için ciddi bir meseledir," diyerek sözünü tamamladı Lilah.

Harrison başıyla onayladı ve boş bulunup, "Peki ya sen?" diye sordu. "Senin hayatın nasıl geçti?" Ama bu soruyu sorduğu anda pişman oldu. Lilah'nın anlatacak pek bir şeyi yok gibi görünüyordu.

Lilah, gözlerini gökyüzündeki parlak aya dikti. "Benim hiç arkadaşım olmadı," dedi. "Ben zaten ilhak öncesini de pek hatırlamıyorum. Babam anlatırdı sarayı, orada olanları. Bir gün kendimi üzerimde eski bir elbise ile bir kapının önünde buldum. 'Bunlar yeni hizmetçileriniz,' dedi adamın biri, bizi işaret ederek. Doğulular birbirleriyle görüştürülmez, konuşturulmazdı. İsyan çıkarmamızdan korkuyorlardı. Sanki yapabilirmişiz gibi. İsyan çıkarmak için ruhunda biraz ateş kalması gerek, uzaktan gördüğüm kadarıyla söylüyorum, bizde köz bile bırakmamışlardı. Hiç değilse gözlerinde biraz cesaret, destek görmek isterdim. Tüm başkaldırıları tek bir kelimeden ibaretti. Sessizce *bekle* deyip duruyorlardı. Beklemekle bir şey kazanılsa şu kayalar dünyayı yönetirdi, zira var oldukları tüm süre boyunca bekleyip duruyorlar."

Harrison, bu son söze neredeyse gülecekti. Oysa kızın dile getirdiği şeyler apaçık bir dramdan ibaretti. Halkının yaşadıkları ve dönüştükleri kişiler... Dönüşmek zorunda bırakıldıkları kişiler...

"Doğu halkının çoğu, Prenses'ten nefret ediyor. Tüm bu süre boyunca hiçbir şey yapmadığı için ona öfke dolular ve haklılar."

"Prenses'in büyümesi gerekiyordu, tahtı alması için." Harrison'ın içinde Audra'yı savunma ihtiyacı oluştu.

"Bu da ayrı mesele ya, neyse," dedi Lilah. "Prenses nasıldır, beklediğimize değecek biri mi?"

"Buna karar vermek bana düşmez ama Prenses iyidir. Başlangıçta aramızda dolaşır, bizimle otururdu, çocukken risk değildik onun için ama büyüdükçe bizden ayrı tutmaya başladılar. Güvenliği için dediler. Ailesi öldürüldükten sonra bir süre çok ağladı, her şeyini kaybetmişti. Dört yaşındaydı, neler olduğunu anlayamıyordu. Uzun zaman annesi ve babasının döneceğini söyleyip durdu. Onlar ölmedi diye diretti. Sonra öldükleri gerçeğini kabullendi. Hepimiz gibi."

Lilah, içinde bir suçluluk hissetti. Aklına annesi ve babası geldiğinde nefesi kesildi ve gözlerini kapatıp bir süre rüzgârın sesini dinledi, kendini huzursuz eden düşünceler tamamen dağılana kadar bekledi. Sonunda gözlerini açtığında, biraz daha iyiydi.

"Her şey düzelecek," diye söz verdi Harrison.

Lilah, "Her şey düzelecek," derken gülümsedi ve o sırada bir ışığın hareketi gözlerine takıldı. "Aaa, yıldız kaydı," dedi yukarıyı işaret ederken. Harrison başını kaldırıp gökyüzüne baktı ama geç kalmıştı. "Dilek dilesem kabul olur mu acaba?" dedi Lilah alayla. Ortamı yumuşatmaya çalışıyordu, artık kötü hissetmek istemiyordu. Bu his boğucuydu. Anı yaşama işine geri dönmek istiyordu çünkü yaşayabileceği anlar sınırlıydı.

Harrison, büyük bir ciddiyetle, "Şansını bir dene," dedi. "Hayatta her şey zaten bir kumardan ibaret, olur ya da olmaz. Kaybedecek bir şeyin yok."

Lilah, dudaklarını birbirine bastırıp bakışlarını yıldızın geçtiği yere dikti. Harrison, yüzünde oluşan hafif bir gülümsemeyle kızın, tuttuğu nefesiyle sanki içinden destan okuyormuş gibi ciddi bir şekilde dileğini dilemesini seyretti. "Bu kadar hırsla ne diledin?" diye sordu merakla.

Lilah, nefesini bırakıp bakışlarını gökyüzünden Harrison'ın yüzüne indirdi. "Gerçekleşirse söylerim."

BÖLÜM ON ÜÇ

SUSMAK ZOR

Rodmir / Milanid Şehri
Ariannell Limanı

Günler süren yolculuk, Lilah için oldukça yorucu geçti. Direniş'e götürülme kararı verildikten ve Harrison ile olan sohbetlerinden sonra, Lilah her şeyin bittiğini sanmıştı, oysa her şey daha yeni başlamıştı ve bunu zor bir yoldan anlamıştı.

Yolculuğun kalanı boyunca Harrison ve Drew tarafından her an ve her yerde sorguya çekilmiş, sürekli açığı aranmıştı. Ara sıra çapraz sorgulara maruz kalmıştı, kafasını karıştırmak için her yolu denemişlerdi. Onu sarhoş etmeye çalışmaları da bu denemelere dahildi, Lilah onlara içki içmediğini söyleyip içki teklifini reddetmişti.

Hisar'da güven kazanmak, Direniş'te güven kazanmaktan daha kolaydı. Tabii bunda, Serasker'in elinde Lilah'ya karşı kullanılacak müthiş iki kozun olması ve Lilah'nın tüm bilgilerine kolayca ulaşması etkili bir noktaydı. Aksi halde, orada da oldukça zorlu bir süreç geçireceğinden emindi.

Direniş'e ulaşmak için Lilah'nın kusursuz bir performans sergilemesi gerekiyordu, bu yüzden daima diken üstündeydi ama nihayetinde zorlu da olsa yolculuk bitmişti. Hector'un bir şeyleri çözebileceğini umuyor, ona güveniyordu.

Gemi limana yanaştığı sırada, saatler gece yarısını çoktan geçmişti. Lilah, kıyıya yanaştıklarını duyduğunda koşarak kamarasından çıktı ve tırabzanlara tutunup ışıl ışıl parlayan şehre baktı. Gözleri etrafta dolaşırken yüzünde öyle bir heyecan oluştu ki uzaktan onu gözlemleyen Harrison'ın da dudakları ufak bir gülümsemeyle kıvrıldı. Kızın heyecanı ona garip ve büyüleyici geldi. Hayatında hiç böyle bir şey görmemişti.

"Rodmir bayrağı!" diye bağırdı Lilah. Turuncu, desenli bir R harfinin işlendiği güzel bordo bayrağı tanımıştı. Dalga dalga saçları rüzgârın etkisiyle yüzüne doğru savrulduğunda, tek eliyle onları kenara attı. "Milanid şehri! Gerçekten buradayız." Sesi dalgalar tarafından bastırılsa da Harrison onu duymuştu. Kız, hevesle genç adama döndü. "Bu rüya gibi," dedi.

Harrison, bir an için kızın ayaklarının üzerinde tepineceğini ve ellerini çırpacağını zannetti.

"Hayatım boyunca hep buraya gelmek istedim ben!" Lilah büyülenmiş gibiydi. Bu şehri, kendi ülkesini tanıdığı kadar iyi tanıyordu. Babası, o hatırlamasa da ilhaktan önce çok kez buraya geldiklerini söylemiş, şehrin resimlerini ona göstermiş ve Rodmir dilini öğretmişti. Direniş'in en önemli merkezinin Milanid'de olduğunu anlatmış, bu bilgilerin bir gün işine yarayacağını söylemişti.

Limanın uzak köşelerinde yükselen otuz metrelik surlarıyla, sokaklarındaki meşe ağaçlarıyla ünlü, taş şehir olarak anılan Milanid şehri...

Lilah yalan söylemiyordu, gerçekten de yaşadığı neredeyse her gün, bir şekilde buraya geri gelmeyi istemişti. Çocukken gece yatağına yatıp bir mucize olmasını ve sabah Milanid'de uyanmış olmayı dilerdi. Çünkü Milanid, tarafsız ülkelerden biri olan Rodmir'in ticaret merkeziydi. Burada Doğu Ardel halkı iyi karşılanır, korunur ve Kral'a teslim edilmezdi. Güvenli bir sığınma bölgesiydi. Burada acı yoktu. Buraya ulaşabilse, kurtulmuş demekti. Babası böyle söylemişti. *'Milanid'e ulaştığında her şey bitecek, Lilah,'* diye tekrar etti babasının sözlerini.

Gemiden indiklerinde hevesi birden uçup gitti. Dikkatle etrafını incelerken Lilah, artık kendini kurtulmuş değil, daha da kapana kısılmış hissediyordu. Nereye gideceğini, ne yapacağını bilmiyordu. Sanki bildiği her şeyi bir anda unutmuştu. Harrison ve Drew onu şimdi bıraksalar ne yapardı? Milanid şehri beklediğinden çok ama çok daha büyüktü ve Lilah, kendini bildi bileli Novastra'daydı. Harrison ve Drew'un ona yardımcı olmaktan vazgeçmeleri ihtimaline karşı aklından bir anda silinen bilgileri tekrar hatırlamaya çalıştı.

Yıllar önce, o henüz çok küçükken bir ders sırasında, babası Lilah'ya Direniş'in ufak gruplar halinde birden fazla şehirde konumlandığını anlatmıştı. *Küçük direniş üsleri, şehrin, hatta ülkenin her yerinde var,* demişti. *Ama onları bulamazsın, onlar seni bulurlar.*

Lilah, neden bölündüklerini merak etmişti. *'Birlikte daha güçlü olmazlar mı?'* demişti.

Babası da *'Hayır,'* cevabını vermişti. *'Bir arada olurlarsa dikkat çekmesi de kolay olur. Her yerden haberdar olamazlar. Koloniler halinde olmaları iyi, böylelikle Direniş'in her yerde gözü kulağı var. Direniş'i tamamen yok etmek için tüm merkezlere eş zamanlı bir baskın gerekli fakat Ardel bunu yapamaz. Direniş'in istihbarat ağları çok güçlü ve sistemli.'*

Söylediği her şey güzeldi fakat sanki bir şeyler eksikti. Lilah, meraklı bir şekilde, *'Peki neden bekliyorlar?'* diye sormuştu. *'Madem bu kadar güçlü ve planlı bir grup, neden Prenses'i bekliyorlar? Bu savaşı onsuz da kazanırlar. Biz neden bekliyoruz? Burada, bu insanlar bize iyi davranmıyorlar.'*

Babası da ona gülümsemiş ve *'Her şeyin bir zamanı var,'* demişti. *'Müttefik... Ardel'in müttefikleri var. Direniş'e baskın yapmazlar, barış zamanı bu gibi işlere karışmazlar. Fakat Direniş, Ardel'e saldırırsa müttefikleri savaşa dahil olurlar. Direniş, birden fazla ülkeyle savaşmak zorunda kalır.'*

'O halde Direniş de müttefik bulsun.'

Babası, usulca başını iki yana sallamıştı. *'Komutanlar müttefik bulamıyor. Bulamazlar. Ülkeler arası politika karmaşıktır, kızım. Anlaşmalar imzalanması, Direniş'in müttefik kazanması ve şartların eşitlenmesi için hanedandan, tahtı talep etme hakkı olan bir prens ya da prenses başta olmalı. Ancak o zaman diğer krallıklar Direniş'e yardım ederler.'*

'Öylece ederler mi?' diye sormuştu Lilah, çocuk saflığıyla. Umut böyle bir şeydi işte, insan herkesi iyi sanıyordu. Bir şeyleri sırf doğru olan o olduğu için yapar insanlar, karşılık da beklemezler diye düşünüyordu. Büyüdükçe ne kadar yanıldığını anladı. Babasına, *'Bize yapılan adaletsizlikten onlar da rahatsız, değil mi?'* dediğinde, Ivan'ın cevabı fazlaca kırıcı gelmişti. Bu onun en güzel özelliğiydi. Acı da verse, çoğu zaman doğruları söylerdi. Çoğu zaman...

'Kızım... Hiçbir ülke, başka bir ülkenin adaletini umursamaz. İnan bana, onların sorunlardan fayda sağlamak dışında bir isteği olamaz. Prenses meydana çıkıp diğer krallıklarla ittifak kurmak istediğinde, hepsi Prenses'ten bir şeyler talep edecekler. En iyi ihtimalle sadece para, zalimce bir taleple evlilik... Ya da alçakça bir cüretle toprak... Prenses olmanın sadece hayali güzeldir. Yaşam, prensesler için büyük sorumluluklar ve acılarla doludur. Hiçbiri sanıldığı kadar özgür değildir. Hiç özgür değillerdir, hiçbir zaman olamazlar. Toprak talebi...'

Lilah, iç geçirip babasının ondan duymak istediği şeyi söyledi. *'Bir avuç dahi olsa toprak verilmez. Fakat diğerleri düşünülebilir.'*

Babası da *'Aynen öyle...'* diye söze başlayıp, *'Toprak verilmez. Fakat diğerleri düşünülebilir,'* diyerek Lilah'nın söylediklerini tekrar ederken kızına bakıp gururla gülümserdi. Lilah, bu gülümsemeyi çok severdi. O gururu babasının yüzünde çok sık görürdü. Bir dövüşte Ivan'ı zorladığında, yaptığı tarih sınavlarından yüksek puan aldığında, annesinin önüne attığı elmaları bıçaklarla gözü kapalı vurduğunda... Lilah ile hep gurur duyardı. Hep gurur duydu.

Lilah, kendi kendine, *'Peki ya şimdi?'* diye sordu. *Ne ile görevlendirildiğimi bilse ne düşünürdü? Hayal kırıklığının boyutu ne kadar büyük olurdu? Benim hissettiğim kadar ağır mı? Korkularım kadar derin mi? Hislerim kadar şiddetli mi? Yoksa geçmişi düşündüğümde hissettiğim kadar acı verici mi? Yutkunurken boğazımda oluşan yumru gibi rahatsız edici mi? Benim yaşadığım dünyada, halkın sorumlulukları da prenseslerinki kadar ağır ve acı verici. Bizden de çok şey aldılar ve karşılığında hiçbir şey vermediler. Ne bir dost ne müttefik... Tüm acılar ve fedakârlıklar hiç uğrunaydı. Hiçlik. Bir hiçe dönüşme. İçten içe yanarken daha da boyun eğme. Ya da boyun eğmiş gibi görünme. Kafanın içindeki sesler çığlık çığlığa tüm dünyaya meydan okurken bile.*

Mesela ailem... Onlar da benim kadar çaresiz ve kapana kısılmış hissediyor muydu kendini? Büyük bir ihtimalle. Peki ya içinde bulunduğu duruma rağmen benim kadar inançlı? Umutsuzluk denizinde boğulduğunu zannettiği anlardan hemen sonra bile bu kadar umut dolu? Canları yandığında benim yaptığım gibi birbirlerine yalan mı söylerlerdi? Dudakları acımadı derken zihinlerinde ateşler içinde kaldıklarına dair düşünceler mi belirirdi?

Lilah'nın düşünceleri, hisleri o kadar parça parçaydı ki... Hepsi zihnine saplanmış cam kırıkları gibiydi, çıkarmaya çalışsa daha çok kan akacak ama orada bıraksa da hep batacaktı. Eğer yalnız kalırsa, Direniş'ten birilerini bulmak için koca şehirde bir ava çıkmak zorunda kalacaktı. Bu durumda bir sonuca varması belki de aylar alırdı.

Drew ve Harrison'ın peşi sıra sersem ve kederli bir halde yürüdü tüm yolu. Yıllarca kurduğu hayal gerçek olmuştu ama istediği şekilde değil. Heyecanı yitip yerini keskin bir farkındalığa bıraktığında neredeyse sersem bir hale gelmişti. O kadar üzgündü ki ne etrafına bakabiliyor ne de mantıklı bir şey düşünebiliyordu. Sorulardan oluşan cam kırıklarıyla doluydu aklı. Onlardan bir türlü kurtulamıyordu. Belli ki Harrison ve Drew, onu bırakmayacaklardı. Diğer ihtimali düşünmektense asıl yapması gerekene odaklanmalıydı. Kendi kendine başını salladı ve "Toparlan," diye mırıldandı. "Nesin sen? Eğitimsiz bir kukla mı? İplere ihtiyacın yok senin. Her şeyi halledersin."

"Ne dedin?" Harrison durup ona baktı.

"Hiç," dedi hemen. "Kendi kendime konuşuyorum. Önemli bir şey değil."

Harrison'ın kaşları havaya kalktı. Harrison, ona inanmamıştı ama yine de üstelemedi.

Lilah uzun, siyah elbisesinin başlığını düzeltip karanlıkta yok olmayı diledi. Harrison'a bu elbiseyi nereden bulduğunu sormamıştı. Elbise, Otranalı dindar bir kadına aitmiş gibi görünüyordu, tamamen kapalıydı. Boynundan aşağıya kadar uzanan siyah kadife düğmeleri vardı. Başlığı da burnuna kadar iniyordu, önünü görmek için onu sürekli geriye çekmek zorunda kalıyordu. Taşlarla döşeli yollarının kenarları çiçeklerle dolu Milanid'i bu kadar görmek istemese bunu o kadar umursamazdı.

Harrison, sessiz sedasız uzun bir yürüyüşten sonra, "Kız gergin," dedi Drew'a.

Drew, alayla konuştu. "Ne oldu, Hector seni tanımaz diye mi endişelisin?"

Lilah, hemen cevap veremedi. Zihnini toparlaması biraz zaman aldı. Ama yine de gülümsedi. Drew'a zoraki bir küçümsemeyle bakarak, "Sen de pek bir rahatsın," dedi. "Nasıl bu kadar rahat konuşabilirsin? Burada Ardel casusları olmadığı düşüncesinde misin?"

Harrison, Drew'a ters bir bakış attı. "Dikkatli ol."

"Bir şey söylemedim," diye savunmaya geçti Drew. "Hector adında herhangi birinden söz etmiş olabilirim."

Lilah gözlerini devirdiğinde, Drew sırıttı. Corridan gelip gittiğinden beri Lilah ile ikisi birbirlerine bayılıyordu doğrusu. Sürekli ağız dalaşına girdikleri için Harrison artık onların arasına girmeyi bırakmıştı. En son net bir şekilde, "Ne haliniz varsa görün, yiyin birbirinizi," demiş ve o ikiliyle konuşmayı kesmişti. Garip bir şekilde o da şehre indiğinden beri sessizdi. O da Lilah kadar gergin ve düşünceliydi.

Yine de bozuk saat Drew, bugün ilk doğrusunu söyledi, haklıydı; Hector yüzünden endişeliyim, diye düşündü Lilah. Hector'ı görmeyeli yıllar olmuştu. Hector'ın kendisini gördüğünde tanıyıp tanımayacağından ya da karşısında aynı adamı bulup bulamayacağından endişeliydi.

Yaşadıkları yenilgi herkesi değiştirmişti. Kimse yıllar önce olduğu kişi değildi. Lilah değildi, emindi ki Hector da değildi. Adamı genel olarak babasının anlattığı hikâyelerden hatırlıyordu.

Sessiz, karanlık sokakları hızla geçip dar bir patika yoldan bakımsız otlarla dolu bir tepeyi tırmandılar ve eski görünümlü, ürpertici bir hanın önünde durdular. Üzerinde Sauria Hanı yazıyordu. Tabelanın hemen köşesinde de yeşile boyanmış bir sürüngen resmi duruyordu.

Harrison, Lilah'ya bakmadan Drew'a döndü. Hector'ın kızı tanımamasından, kızın başına bir iş gelmesinden korkuyordu. İtiraf etmese de kıza alışmıştı. "Onunla kal," diye fısıldadı. "Ben Hector'la konuşacağım."

Drew başıyla onayladı ve ellerini cebine koyup Lilah'ya baktı. "Kaldık mı baş başa? Küçük yalancı."

"Ne yalanımı gördün?" diye sordu Lilah, ters ters.

Drew yüzünü buruşturdu. "Senin her şeyin yalan."

Lilah, iç geçirip onun bakışlarına karşılık vermek yerine hana arkasını döndü ve tepenin aşağısında kalan şehri izledi. Drew, ona gerçekten hiç güvenmiyordu ama yine de Lilah'dan hoşlandığı için onu yanında tutuyordu. Lilah, bunu saçma buluyordu.

İnsanlar, mantık ve duygu savaşını çoğunlukla kaybediyorlardı ve sonra bile bile kandıkları -kanmayı tercih ettikleri- yalanlar yüzünden yalan söyleyen insanı suçluyorlardı. İnsanlar birilerine yalan söyleyebilirlerdi ama karşısındaki de o yalana inanmak zorunda değildi. İnanmak bir seçimdi ve yanlış kişiye inanmak da inanan kişinin problemiydi. Drew, göz göre göre büyük bir hata yapıyordu ama Lilah, bunu ona söyleyecek değildi. Eğer sonunda Drew ona, 'bizi kandırdın' diye gelirse, Lilah ona, 'Ve sen bunu başından beri biliyordun,' diyecekti. *Bu durumda kim daha suçlu? Yalan söyleyen ben mi? Yalan söylediğimi bile bile buna göz yuman ve bana empati duyan sen mi?*

Acımasızcaydı. Hatta düpedüz nankörlüktü. Ama zaten gerçekler hep acımasız olurdu. Hayatın kanunu buydu. Çocuk yaşta büyümek zorunda kalan insanlar bunu bilir, kabul ederdi. Aksi halde tüm bunlarla baş edemezlerdi. İhanet, adaletsizlik, korku, ölüm... Hayatın karanlık tarafıydı bunlar ve aydınlık tarafı kadar gerçeklerdi. Barış vardı, savaş da... Dürüst insanlar vardı, yalancılar da. Her iki tarafa karşı da hazırlıklı olmak bir *zorunluluktu*.

Lilah, aşağıda kalan şehri izlemeyi sürdürdü, birkaç evin yanan ışığı ve üç beş sokak lambası dışında her yer karanlıktı. Ay, gökyüzünde bulutların arkasına saklanmıştı. Yıldızlar ise sanki yaşanacak olan karşılaşmaya şahit olmamak için kaçmıştı. Lilah'nın kalbi acıdı. Gökyüzünü izlerken özgürlük hasreti ruhunu sardı. İki taraf arasında sıkışıp kalmıştı. Çok tehlikeli bir oyun oynuyordu ve ufak bir hatası bile ortalığı iyice karıştırır, Direniş'in yıllarca emek verdiği her şeyi mahvederdi. Ya da ailesini. Kaçak yıldızlara doğru derin bir *ah* çekti, peşinden düşünceler zihnine yağmur gibi döküldü. Kendini ilk defa bu kadar yalnız hissediyordu. Bu işin nasıl biteceğini merak ediyor, kendine bunu soruyordu. Soruların sonu da cevabı da yoktu.

Kendi zihninde, kendi kendiyle konuşurdu çoğu zaman. Sorular sorardı durmadan ama bir tanesine bile cevap bulamazdı. On dört yılın sonunda cevap aramayı bırakmalıydı ama hâlâ umutla sorup duruyordu. Kim bilir? Belki bir gün öyle bir cevap bulurdu ki cevapsız kalan tüm soruların telafisi olurdu. Her zaman ısrarla bu ihtimale tutunuyordu.

Biri omzuna dokununca irkildi, boş bulunarak hemen o ele yapıştı ve kolu hızla aşağı doğru büktü. Acı dolu bir küfür işitince elini hızla geri çekti ve kolunu tutarak dizlerinin üstüne çöken Drew'a baktı. "Özür dilerim," dedi tiz bir sesle. "Sen olduğunu fark etmedim. Düşüncelere dalmıştım!"

Drew, bir küfür daha savurup, "Sanki fark etseydin yapmazdın," dedi Lilah'nın sesini taklit edip öfkeli ve sık bir şekilde soluyarak. "Az kalsın bileğimi kıracaktın. Bunu yapmayı da nereden öğrendin?"

"Babamdan," dedi. Bu son zamanlarda kendisine yöneltilen bir soruya verdiği nadir doğru cevaplardan biriydi.

Yalanlarla dolu bir halde geçen yıllardan sonra bir yalan makinesine benzemişti. Her durumda, kesintisiz yalan söyleyebiliyordu. Övünülecek bir yetenek olup olmadığı tartışılırdı fakat hayatını kurtarmasına yardımcı olduğu aşikârdı.

"Hadi be," dedi Drew. Resmen sinirden köpürüyordu. Yavaşça ayağa kalktı ama bir eliyle Lilah'nın incittiği kolunu karnına bastırmaya devam etti. "Babası kızı Direniş askeri gibi yetiştirmiş, şu işe bak."

Lilah, omuz silkti. "Babam da içten içe Direniş askeriydi. Kusura bakma."

Drew'un gözleri şaşkınlıkla açıldı. Alaycı bir yorum yapmak için hazırlanmıştı ki Harrison'ın sesi duyuldu.

"Lilah?"

Başını çevirip sesin geldiği yere, hanın kapısına baktı. Gözleri endişeyle kısıldı.

Harrison, kapıya yaslanmış bir şekilde duruyordu, başıyla arka tarafı işaret etti. "Seni bekliyor."

Lilah, çabucak başıyla onayladı. Drew'a doğru eğilip, "Tekrar kusura bakma," diye mırıldandı.

"Sen kusura bakma, tatlım," dedi Drew, yüzünü kızın yüzüne yaklaştırarak. "Ama yaptığın ilk yanlışta seni boğacağım. Sonra da balıklar o güzel gözlerini yesin diye seni denize atacağım."

Bir hata daha, diye düşündü Lilah. *Yapacağım ilk hatanın ne derece büyük olacağını, onlara nasıl bir zarar vereceğini bilmeden bunu yapmamı bekliyor. Olacağından oldukça emin ama yine de bana fırsat sunuyor.* Başını iki yana salladı ve sevimli bir şekilde gülümsedi. "Bence sen her şeye rağmen beni sevdin ve bana zarar vermezsin." *Bir şeyler için çok geç olana dek...*

"Yaa," dedi Drew. Bileğini havaya kaldırıp gözlerinin önünde tutarak. "Özellikle bileğim, deli gibi sevdi seni. Beni biraz bıraksan da suratına şiddetli bir şekilde çarpsam diyor."

Lilah, uzanıp parmağıyla bileğine dokundu. "Özür dilerim ama söz aramızı düzeltiriz," deyip sonra Drew'a baktı. "Oldu mu?"

Drew'un kaşları çatıldı. "Git hadi, git," diye söylendi. "Şeytan seni."

Lilah, sırıtarak Drew'a arkasını dönüp Harrison'a doğru yürüdü.

Harrison onu beklerken, "Yaptığını gördüm," dedi ifadesiz bir sesle. "Yeteneklisin. Umarım yalan söylememişsindir çünkü Direniş'te işe yararsın."

Lilah bir şey diyemeden Harrison yürümeye başladı ve Lilah da onu takip etmek zorunda kaldı. Han, girişteki çalışanlara ait bölüm ve alt kattaki yemekhane hariç tamamen uzun koridorlardan oluşuyordu. Koridorlar kapalı kapılarla doluydu. Üçüncü kata çıkıp yirmi dört numaralı odanın önünde durdular. Lekeli gri duvarlar tüm şehir gibi taştandı.

Harrison boğazını temizleyip Lilah'nın dikkatini kendine çekti. "Kendini hızlı bir şekilde tanıt. Hector sabırsız bir adamdır. Eğer seni tanımazsa ne olur ben de bilmiyorum. O yüzden dua et tansın."

"Anladım. Çok hızlı olacağım ve kendimi iyi bir şekilde tanıtacağım. Çok iyi bir şekilde..."

Harrison, "Aynen öyle," diye fısıldadıktan sonra uzanıp kapıyı açtı ve onun geçmesi için tuttu.

Lilah içeri girdiğinde peşinden o da içeri girdi ve kapıyı arkasından kapattı.

Odada üç adam vardı. Bir tanesi kaslı, genç bir adamdı. Açık kahverengi gözleri ve kahverengi saçları vardı. *Hector'un koruması*, diye düşündü Lilah. Adam her an kızın suratına bıçak fırlatacakmış gibi görünüyordu.

Bir diğeri otuzlu yaşlarda, kel kafalı bir adamdı. Yüzü ifadesizdi, baştan aşağı simsiyah giyinmişti. O da korumaydı.

Lilah'nın bakışları en son odanın uzak köşesinde duran ellili yaşlardaki uzun boylu, uzun saçlarının bir kısmı kırlaşmış, yapılı adama kaydı. Üstünde gri bir gömlek, kahverengi bol bir pantolon vardı. Lilah onu hemen tanıdı, son gördüğü günden beri hem çok değişmiş hem de hiç değişmemişti. Saçlarının uzunluğu aynıydı. Kıza bakarken kısılan kahverengi gözleri aynı. Dudağının üstündeki kesik aynı... Ama kalan her şey ve yüzüne yerleşmiş kırışıklıklar farklıydı.

Lilah, gözlerini adamın gözlerine dikti ve "Hector," diye fısıldadı.

Hector, iki adım öne çıktı ve dikkatle Lilah'nın yüzüne baktı. Daha doğrusu gözlerine... Kızın yeşil gözlerine uzunca bir süre baktı ve bekledi. Kızın bir şeyler daha söylemesini istiyordu. Ama Lilah kendinden bekleneni yapmadı, kendini tanıtmadı. Ne yapacağına daha ilk anda karar vermişti ama bu, çıkmaz sokaktan önceki son patikaydı. Bakışları odada son bir kez dolaştı ve tekrar Hector'ın üzerinde durdu. Sonra sessizliği tek bir cümle ile bozdu.

"Hector... Mirdave, non ferke."

Odada keskin bir sessizlik oldu. Herkes susup şaşkın bir şekilde birbirine baktı. Kimse onun ne olduğunu, ne söylediğini anlamadı. Bir kişi dışında... Hector'ın ağzı şaşkınlıkla açıldı.

Lilah, diğer adamlardan birinin, "Ne dedi?" diye fısıldadığını duydu.

Bir diğeri, "Ben de bilmiyorum," diye cevap verdi.

Herkes, kısa bir süre tekrar sessizleşti ve sessizliği bozan Harrison oldu. Arkadaşı Audra'nın bu dilde konuştuğunu daha önce birkaç kez duymuştu. "Bu, Doğu Ardel'in kraliyet lisanı," diye açıkladı diğerlerine. "Şifreli saray lisanı. Biz anlayamayız."

Sesinde kimsenin ne olduğunu çözemediği garip bir tını vardı, Lilah rahatlayarak nefesini bıraktı. Lisan olması gerektiği gibi sır olarak kalmıştı, bu güzeldi. Hoş, ne söylediğini anlasalar bile bu, diğerleri için bir anlam ifade eder miydi, emin değildi. Bu bir çeşit şifreydi.

Diğerleri konuşup ne dediği hakkında tartışırken, Hector donup kalmıştı. Sonunda sessizliğini bozup, "Eura?" diye sordu. Diğerleri tekrar sustu.

Lilah, başıyla net bir şekilde onayladı. "Ve. Min fera."

Hector yutkundu. Uzun bir süre yüzü acıyla çarpıldı. "Dışarı," dedi. Odadaki herkes birbirine baktı. "Hepiniz dışarı."

Odadakiler anlaşılmaz ifadelerle yavaşça odayı terk ettiler. Geriye sadece Harrison kaldı.

Hector dikkatle, "Sen de Harrison," dedi.

Harrison şaşkınlıkla Lilah'ya baktı ama lafı ikiletmeden dışarı çıktı. Kapı arkalarından tekrar kapandığında bir süre bekleyip dışarıdakilerin uzaklaşmasını beklediler. Ayak sesleri merdivenlerde kesilince Hector, tekrar Lilah'ya döndü.

"Adım Lilah."

Hector dalgın dalgın, "Lilah," diye tekrar etti. "Hatırlıyorum. Eura. Je di sera?"

Lilah, "Ve, min fera." diye tekrar etti ikinci defa. "Lerdi. Min fera leila. Novi."

Hector, derin bir nefes aldı, yavaşça geri bıraktı. Başıyla dalgın bir şekilde onayladı. Ama Lilah'yı mı, yoksa düşüncelerini mi onaylamıştı, kendisi de bilmiyordu. "Annenle baban nasıl?"

Lilah dudaklarını ıslattı, bir anda boğazı kurumuştu. "Ardel onları yakaladı. Mar'a attı."

"Neden?"

"Hizmet ettiğimiz ailenin oğlunu öldürmekten suçlu bulundum. Benim yüzümden onlar da ceza aldılar. Onlara bir şey yapmazlar zannetmiştim."

"Elbette yaparlar. Sen sıradan bir suçlu değilsin, Doğuluları bu şekilde zapt ediyorlar. Bir kişinin hatasını tüm aileye ödeterek."

"Babam bunu söylememişti," diye mırıldandı Lilah.

"Nedenini tahmin edebiliyorum, elini kolunu iyice bağlamak istememiştir. Oğlanı neden öldürdün?"

Lilah, bu soru karşısında duraksadı. Kelimeler dudaklarından dökülemedi, içinde kaldı.

Hector, anlayışla ona bakıp başını iki yana salladı. "Ah güzel kızım," diye mırıldandı. "Her şey için özür dilerim."

Lilah, başıyla dalgın dalgın onaylarken elleri yumruk oldu. Kendini sıktığını fark ettiği anda hemen gevşemeye çalıştı. Bir an on dört yılda susmaya nasıl da alıştığına şaşırdı. Egosunu nasıl sindirdiğine, her şeyi tolere edebildiğine, kelimelerin zihnine hapsolmasına alışabildiğine şaşırdı. Garipti. Gerçekten çok garipti.

"Peki sen... buraya nasıl geldin? Harrison bir şeyler anlattı ama inanamadım."

Hector'ın sorusu onu tekrar kendine getirdi. Kelimeler zihninde dönerken nefesini tuttu. Neyi nasıl söylemesi gerektiğini bilmiyordu. Son çıkış buydu. Bir yol, bir taraf seçmesi gerekiyordu. Hector'ın gözlerine bakmakta zorlandığını fark etti ama yine de bakışlarını geri çekmedi.

Hiçbir yolu da tarafı da seçmedi. Zaten seçmek zorunda değildi. Her şeyi, işler daha da karışmadan itiraf etmek en iyisiydi. Dudaklarını yalayıp gerçekleri söyledi.

"Ben... Direniş aleyhinde casusluk yapmak ve sonunda da Prenses Audra'yı öldürmekle görevlendirildim."

BÖLÜM ON DÖRT

KONUŞMAK YASAK

Bütün masumların, hayatın hiç de masum olmadığını anladıkları bir an vardır. Acımasız gerçeklerle yüzleşmek zorunda kaldıkları ve her şeyi kabullendikleri bir an. İnsanların karanlık taraflarını tanıdıkları ve ondan korkmaya başladıkları bir an. Güçlü durmanın bir seçim değil, zorunluluk olduğunu anladıkları bir an.

Benim hayatım bunun gibi anlarla dolu. Her biri beni başka bir yola saptırdı. Bana başka bir kişilik kazandırdı. Mesela bir daha asla, herhangi bir darbe ile yere düşmemeyi, daima ayakta kalmayı kendime kural edindiğimde yaşım sekizdi. Çok net hatırlıyorum. Hatırladıkça da öfke doluyorum.

Hizmetçi olarak verildiğimiz ikinci evdi. Daha önceki evde yaşlı bir çift için çalışmıştık. İyi insanlar sayılırlardı. Seracılıkla uğraşıyorlardı. Bana hiç vurmamış, kötü söz söylememişlerdi. Ufak bir köpekleri vardı, onu sevmeme izin verirlerdi. Bahçedeki güllerden yeteri kadar topladığım sürece. Ellerim güllerin dikenleri yüzünden kan içinde kalırdı, umursamazlardı. Yine de bana başka bir zararları olmadı. Sonra bir gün yaşlı kadın hastalıktan öldü. Kocası da acısına uzun süre dayanamadı, karısının yanına uçtu. Gökyüzüne. Buna inanıyordum, çünkü annem ölenler gökyüzüne gider diyordu. Babam bir daha bu kadar şanslı olamayacağız dediğinde ne demek istediğini anlamamıştım, çocukluk işte. Fakat yeni ev sahibimiz ile tanıştığım gün, neden öyle dediğini anlamıştım.

Babam önde, annemle ben arkada, elimizde ufacık bir çanta, taşlı yolları yalpalayarak geçtik. Babam güçlü durmaya çalışsa da zorluk çektiği belliydi. Yırtık gömleğinin altında kolları sıcakta çalışmaktan yanmıştı. Yüzü kıpkırmızıydı, eski bir askerdi. Eskiden daha güçlü ve iriydi. Ama bize az yemek verildiği için artık eskisi gibi değildi. Zayıflamıştı. Yine de benim için dünyadaki en güçlü adamdı. Ne biliyorsam bana o öğretti. Beni korudu, elinden geldiğince gizledi.

Çakıllı yolları geçip iki katlı bir malikânenin önünde durduğunda dönüp bizi izledi. Annem, ona güç vermek istercesine gülümsedi. Onu taklit ettim. Zoraki bir şekilde gülümsedim. Babam da bize gülümsedi. Gülümsemek herkesi mutlu eder sanıyordum. Ama ruhu kararan insanların karanlığını kesermiş gülümseme. Onlar bundan nefret edermiş. Nereden bilebilirdim? Neyse ki kısa zamanda öğrendim.

Biz uzun bir süre kapıda bekledik ve sonunda içeriden bir adam çıkıp babama baktı. Adam, göbekli ve kısa boyluydu. Saçlarının yarısı dökülmüştü. Kalanını tarayıp diğer tarafa doğru yatırarak açıklığı örtmeye çalışmıştı. Bu bana komik geldiği için güldüm. Tam bir şey söylemek üzereyken kaşları çatık bir halde bana döndü. "Neye gülüyorsun?"

Hemen sustum ve yardım istercesine anneme baktım. Gergin bir şekilde elimi sıktı.

"Bana mı güldün?" Adamın sorusu bana bir adım geri attırdı, annemin arkasına kısmen saklandım. Adamın bakışlarında kötü bir şeyler vardı. Yüzümü annemin eteğine gömüp görünmez olmaya çalıştım.

Adam, "Sen bana mı güldün?" diyerek babamı geçip bana yaklaştı. Babam önünü kesmek için hamle yaptı ama evden çıkan bir asker babama engel oldu. Adam bir adım daha yaklaşıp beni kolumdan tuttuğu gibi saklandığım yerden çıkardı, ne olduğunu anlayamadan yüzüme öyle şiddetle vurdu ki annem elimi tuttuğu halde dizlerimin üstüne düştüm. Yerdeki taşlar dizlerimi ve elimi kesti, sonrasını pek hatırlamıyorum. Annem, bize verilen eski ahırdan dönme kulübede dizimdeki ve ağzımdaki kanı silerken, 'Sanırım şok geçirdi,' dediğini hatırlıyorum.

Babamın köşede oturup sessiz kaldığını. Adalet dedikleri şey bu olmamalıydı. Hiçbir insan, başka bir insan üzerinde şiddet uygulayacak hakka sahip olmamalıydı. Hele de bir çocuğa. Bu büyük bir suç olmalıydı ama değildi. Ülkenizi kaybettiğinizde, insanlığınızı da kaybedersiniz. Öyle derler. İşgalciler sizi bir birey olarak görmezler; size saygı göstermezler. Ruhunuzu ve duygularınızı incitmeyi dert etmezler. Ama yine de insansınızdır. Bunun farkındalığı canınızı yakar, sizi isyana sürükler. Bu ufak isyanlar size büyük dersler verir. Yavaş yavaş beklemeyi öğrenirsiniz ve başka şeyleri de.

Bana komik gelen şeylere susmayı o gün öğrendim. Yüzüme gelen bir tokadı nasıl engelleyeceğimi iki gün sonra. Yerleri kusursuz bir biçimde silmeyi bir yıl sonra öğrendim. Evin genç oğlundan uzak durmam gerektiğini bir yıl iki ay sonra. Sonra zaman tutamaz oldum. Sürekli bir şeyler öğreniyordum. Cam silmeyi, bıçak kullanmayı, bahçedeki gülleri dikenleri elimi kesmeden toplamayı, ufak bir dal parçasını uzun menzilli bir silah sayarak silah kullanmayı da öğretti babam. Duvar boyamayı, denizci düğümü atmayı. Ağaçlara tırmanıp elma toplamayı, çift el kılıç kullanmayı. Bana tokat atmak isteyen kim olursa elini kırmayı. Ve güçlü olmayı ama bu gücü saklamayı. Egomu ve kibrimi yutmayı. Beklemeyi ve daha çok beklemeyi. Adeta bir sabır abidesi kesilmeyi.

Ev ile ilgili öğrenilecekler az olsa da dövüş, silahlar ve diğer şeyler ile ilgili sürekli yeni bir şeyler vardı. İnsan vücudu mesela çok hassastı. Aynı zamanda da çok güçlü. Tarih karmaşıktı, coğrafya eğlenceli. Kraliyet lisanı yasaktı ama babam, geceleri bana bir iki şarkı söylemem için izin verirdi. Zaman böyle böyle geçti. Geçti.

Geçti demek kolay. Sanki çabucak geçmiş gibi ama yaşarken sanki her an, bin yıl gibiydi. Yine de geçiyor işte. İnsan her şeye alışıyor. Bir tek tutsak olmaya alışamıyor. Bir tek özgürlük arzusundan vazgeçilmiyor. Bir de şunu öğrendim; insanı en son umut terk ediyor.

Hector, hikâyesini duymak istediğini söylediğinde Lilah, ona işte tam da bunları anlattı. Hector'ın omuzları her bir cümle ile daha da çöktü. Her bir gün, sanki onun sırtına da bir yüktü.

Sorun olup olmayacağını sorup bir kadeh içki doldurdu ve tek seferde içti. İçki, acıları bastırmak için olabilecek en kötü seçimdi. Lilah, *'Onun etkisi geçtiğinde kime sığınacaksın, Hector?'* demek istedi. *Bize, yaşadıklarımızı ölüm dışında bir şey unutturabilir mi? Kaldı ki ölüm de iyi bir son değil ki. Ölüler gökyüzüne uçmaz, toprağa gömülürler. Annemin o konuda söylediği her şey yalanmış.* Ama her zamanki gibi içinden geçenleri orada tutmayı becerdi. Bu soruları sormak, Hector'a iyi gelmezdi, aksine içindeki yaraları iyice deşerdi. Lilah'nın içindeki yaralar kabuk bağlamıştı, deşilecek bir tarafı kalmamıştı.

"Lilah," dedi. "Ne yapacaksın?"

"Ne yapmalıyım?" diye sordu. "Her şey öyle karmaşık ki. Hiç böyle hayal etmemiştim. Annemle babamı kurtarabilseydim… her şey daha kolay olurdu. Bu, elimi kolumu bağlıyor."

"Kurtarmayı deneriz."

Lilah, başını iki yana salladı. "Stratejik intihar. Sence bunu beklemezler mi? Koskoca Direniş, basit bir kızın ailesini kurtarmak için neden risk alsın?"

Hector bir şey demedi çünkü Lilah haklıydı. Böyle bir şey dikkat çekerdi. "Peki, ne yapmalı? Prenses'i öldürecek misin?"

Lilah iç geçirdi. "Bunu düşündüm," dedi. "Tek istedikleri bu olsaydı… her şey kolay olurdu. Ama sadece bir süre için… Keşke annemle babam ölseydi. Daha az acı çekerlerdi." Bunu söylediği için kendinden nefret etti ama bu bir gerçekti.

"Simyacılardan korkuyorsun…" Hector cümlesini tamamlamadı, tamamlanması gereken bir cümle değildi. Yarım halde de yeterince anlam barındırıyordu.

"Simyacıların ellerine düşmelerinden korkuyorum, evet. Orada olmalarındansa toprağın altında olmalarını tercih ederim. Bunu söylemek benim berbat biri olduğumu kanıtlıyor ama ne diyebilirim ki? Berbat biriyim. Yalancı bir katilim, ülkeme ihanet etmem için düşmanlarımın maşası haline geldim. Şimdi de çocukluk arkadaşımı öldürmekten söz ediyorum. Nasıl bir insan bunları yapar?"

"Bunları yapmaya mecbur bırakılan bir insan."

"Kendimi çok kötü hissediyorum, Hector, çok kötü. Berbat bir durum. Hiç bana uygun değil, normalde kendimden daha çok emin olurdum."

"Normalde Ardel'e öfke doluydun ve bu öfke seni ayakta tutuyordu. Şu an ise onlardan korkuyorsun. Ailene yapabileceklerinden korkuyorsun."

"Korku benlik bir duygu değil, Hector," diye fısıldadı Lilah. "Bu duyguyu tanımıyorum. Bununla başa çıkamıyorum. Bu duyguyu kendime yakıştıramıyorum."

"Sakin ol."

Lilah, başını iki yana salladı. "Yıllar süren sessizlikten sonra konuşmaya başlayınca, içinde tuttukların bir bardaktan boşalan suya dönüşüyor."

Hector, acı bir şekilde gülümsedi. "Ben senin durumuna daha çok taşan bir nehir derdim," dedi ve oflayıp bir kadeh daha doldurdu. Bu sefer daha yavaş içti. "Ne yapacağız şimdi?"

"Bana mı soruyorsun?"

Hector, başını hafifçe öne eğdi. "Babana sözüm var."

"Audra'nın babasına da sözün var."

"O beni anlar ve affeder." Bardağından bir yudum daha aldı. "Umarım."

Lilah, gözlerini ellerine dikip bir süre parmaklarını inceledi. "Bir planım var," diye fısıldadı Hector'a. "Ama…"

"Söyle. Aması falan yok. Ben kılıfına uydururum. Ne yapmak istiyorsun? Seni yeterince yüzüstü bıraktım."

"Beni yüzüstü bırakmadın."

"Bakış açısı…" diye mırıldanıp elindeki boş kadehi masaya bıraktı. "Söyle bakalım. Ne yapmak istiyorsun?"

Lilah usulca, "Corridan'ın planına uymak istiyorum," dedi. "Onunkisi şimdilik en garantisi."

Hector reddetmedi. "Bu ifşalar, yok edilecek anlaşmalar onlara yeter mi dersin?"

"Yetmesi gerek. Zaman kazanalım yeter. Prenses ne durumda?"

Hector, başını iki yana salladı. "Nasıl olması gerekiyorsa öyle," dedi. "Ke non sera Eura. Je sera."

Lilah perişan bir halde, "Min fera Lyah," diye mırıldandı. "Novi. Je non itas."

Hector, acı acı güldü. "Min itas."

Lilah, "Güzel," diye mırıldanırken gözleri, Hector'ın arkasındaki pencereye kaydı. Gökyüzü hâlâ zifirî karanlıktı. Karanlık bazıları için korkunç ve güvenilmez olabilirdi. Ancak Lilah için ifade ettiği şey bunların tam tersiydi. Karanlık güvende olmak demekti, gece özgürlük anlamına gelirdi. Hayatı boyunca hep o zaman hizmet ettiği için gündüzlerden nefret ederdi. Ama şimdi… güneş doğsun istiyordu. Böylelikle artık gerçek bir şeyler yapmaya başlayabilirdi. Dikkatini tekrar odanın içine, Hector'a verdi. "Şimdi… Sana planlardan bahsetmem lazım."

BÖLÜM ON BEŞ

VE ÇOK AĞIR HER ŞEYİ İÇİNDE TUTMAK

Harrison oldukça düşünceliydi.

"Demek kraliyet lisanı ile konuştu, ha?" diye soran Drew, oturduğu taburenin üzerinde ona doğru eğildi. "Şifreli kraliyet lisanı, ha?" Islık çaldı. "Vay be!"

Harrison, darmaduman olmuş bir vaziyette, "Evet," dedi ve elindeki kadehi inceledi. "Çok garipti. Audra'nın konuştuğunu defalarca duyduğum dil ama bu kızın kelimeleri kullanış şekli... Çok garipti."

"Nasıl garip?"

"Çok güçlü ve dile hâkimmiş gibi. Söylediği şeyi, söylemek için yıllarca beklemiş gibiydi."

"İlginç. Sence kız hanedandan biri mi?"

"Olabilir. Hatta öyle olması gerekir."

Drew, kaşlarını çatıp bir süre düşündü. "Audra ile arkadaşım demişti," diye mırıldandı. "Ondan öğrenmiş de olabilir."

Harrison, başını iki yana salladı. "Hayır, olamaz," diye mırıldandı. "Kraliyet lisanı çok gizlidir. Öyle çoluğa çocuğa öğretilmez. Direniş'te Prenses haricinde bu lisanı bilen bir kişi var: Hector."

Drew omuz silkti. "Belki de üç beş kelime biliyordur, söylediği şey bir şifredir. Babasının eski bir asker olduğunu söylemişti."

"Dile hâkim gibi dedim ama... Bak işte bu olabilir, belki de sadece aralarında bir şifredir," diyen Harrison, rahatlayarak iç geçirdi. Bu ihtimal her şeyi yerli yerine oturtmaya yeterdi ama diğer türlü, ortada garip bir olay dönüyor demekti.

"Kız doğru söylemiş. General Hector onu görür görmez tanıdı. Hepimizi dışarı çıkardı."

"Kız, Hector'ın kızı falan olmasın?" diye sordu Drew birden. "Bilirsin, üst rütbeli generallerin evlenmesi yasaktı. Vatana hizmet önceliği falan. Bir asker kolaylıkla kızı sahiplenmeyi kabul etmiş olabilir. Sonuçta generalin kızı! Kim hayır diyebilir? Hector delidir, eğer kafası atarsa adamın hayatını bitirir."

Harrison'ın tek kaşı havaya kalktı. "Sır ortaya çıkarsa da kendi hayatı biter ama yine de mümkün. Hatta çok mantıklı, kıza bakışlarını gördüğümde bundan şüphelenmiştim zaten. Acı çekiyormuş gibi bir ifadesi vardı önce. Sonra çabucak toparlandı. Her neyse, en azından kız güvenilirmiş. Bu kadarı yeter bize. Gerisini irdelemeyelim."

"Evet," dedi Drew. "Güvenilir olması iyi bir şey. O yılana asla itiraf etmeyecek olsam da sevdim onu. Sevimli biri. Hele sinirlenince nasıl da tatlı oluyor…"

"Sen sinirlenince gözlerine bakıyor musun? Gözlerinden resmen ateş çıkıyor. Neresi sevimli?"

Drew, "Hayır," dedi. "Dudaklarına bakıyorum. Büzüyor, sanki kelimeleri yutuyormuş gibi. Yanağından makas alıp saçını okşayasım geliyor."

Harrison, "Bir daha sinirlenirse," dedi gergin bir şekilde. Neden gerildiğini anlayamıyordu ama Drew'un kızla bu kadar ilgili olması onun moralini bozuyordu. "Gözlerine bak. Ağzı susarken onlar konuşuyor çünkü."

Kaşları çatılırken, kızın yeşil gözlerini ve kumral saçlarını düşündü. Sevimli bir görünüş çizmek için kendini zorluyordu. Ama içinde cehennem alevleri yanıyormuş gibi bakıyordu. Sanki o alevler dışarı taşsın istemiyordu, zapt etmek için savaşıp duruyordu.

"Güzel de kız," dedi Drew.

"Âşık mı oldun?" Harrison, soruyu o kadar asabi bir şekilde sordu ki kendine şaşırdı.

Drew güldü. "Benim kalbimde Katherine var. Senin için söylüyorum. Senin kızlarla aran iyidir. Ona karşı fazla ketumsun. Bu da ondan hoşlandığın anlamına geliyor. Ben seni tanıyorum."

Harrison, elindeki kadehi kafasına dikip içindekini bitirdi ve bardağı gürültüyle masaya bıraktı. "Eksik olsun."

"Böyle diyenden korkulur, biliyorsun. Bak şu işe. Prenses orada dururken ve sonunda bir kral olmak varken sıradan bir katile gönlünü kaptırıyorsun."

"Prenses'in kenarda durduğu yok. Kimseye gönlümü kaptırdığım da yok. Kes sesini. Başımızı belaya sokacaksın."

"Kaptırıyorsun dedim, kaptırdın demedim, neden öfkelendin?"

Bilmiş bakışları Harrison'ı sinirlendirdi. "Drew senin..." diye söze başladı ama tam devam edecekken General Hector'ın sesini duydu ve konuşmayı kesti.

"Harrison?"

İkisi birlikte ayağa kalktı ve Hector ile Lilah'yı gördüler.

Lilah'nın uzun dalgalı saçları başlığının içinden omuzlarına dökülmüştü. Yeşil gözleri loş ışıkta kahverengi gibi görünüyordu. Gözleri kızarmıştı. Solgun görünüyordu. Ağlamış gibiydi.

Hector boğazını temizleyince, Harrison bakışlarını kızdan zar zor çekip ona yöneltti.

"Lilah'yı müttefik evlerden birine yerleştirelim, Harrison."

Müttefik evler, Rodmir halkından olan ailelerdi. Direniş o ailelere bir miktar para verip evlerine geçici misafirler yerleştirirdi. Bu aileler, direnişçiyi çevreye akrabaları olarak tanıtırlardı. Böylece direnişçi dikkat çekmezdi. Hector'ın bu hamlesi mantıklıydı. Kız, Direniş ile ilgili çok fazla şey de öğrenmemiş olur, halka karışırdı. Harrison başıyla onayladı.

"Prenses'le görüşmek istediğini söylemişti," dedi Drew.

"Prenses meşgul," diye kestirip attı Hector. "Müttefik bulmak için tarafsız ülkelerden birine gitti. Döndüğünde konuşur. O zamana kadar Lilah'nın halka karışması lazım. Şehirde dikkatleri üzerine toplayıp Direniş'i hedef yapmasın."

Harrison boğazını temizledi. "Kız yetenekli ve bilgili, onu hızlı bir Direniş eğitimine alıp sahaya sürebiliriz."

"Hayır," dedi Hector. Gayet netti, tavrı herhangi bir öneri istemediğini belirtiyordu.

Drew, "Tamamdır," diye araya girdi. "Biz hallederiz."

"Sürekli birbirinizden haberdar olun," diyen Hector, bir Harrison'a bir Drew'a baktı. "Ama ortalık alanda çok konuşmayın, yakın durmayın. Burada toplanalım. Toplantıları burada yapalım. Lilah önce Rodmir halkına alışsın, sonra belki ona Direniş'te bir görev veririz."

Belki kelimesini üzerine iyice basarak söylemişti. Harrison'ın gözleri yine Lilah'ya kaydı. "Corridan peşinde."

Hector, "Bana her şeyi anlattı, biliyorum," dedi. "Rodmir vatandaşlık belgesi almaya çalışacağız kendisine. Sahte olması mühim değil. Ardel tarafından sorgulanmasını, götürülmesini engellesin yeter. Bunun için Madison ile konuşacağım."

"Peki, biz ne yapacağız?" diye sordu Drew. "Diğer görevlere devam etmemiz lazım."

"Şimdilik o görevleri askıya almamız gerekiyor."

Harrison ve Drew, şaşkınlıkla birbirlerine baktılar.

"Sadece onu mu takipte tutacağız?" diye sordu Drew. Bu bir ilkti ve iyi eğitimli iki asker için verilmesi uygun olmayan bir görevdi. Direniş, bir kızın arkasını kollayabilecek bir sürü çaylakla doluydu.

"Bir göreve gideceksiniz, geri döndüğünüzde bir süre için, evet; işiniz onu korumak olacak. Lilah'yı müttefik eve bırakıp dönün. Daha detaylı konuşuruz."

Harrison ve Drew, aynı anda başlarıyla onayladılar ve yanlarında Lilah ile handan ayrıldılar. İkisi de görev hakkındaki şaşkınlıklarını gizlemeye özen gösterdi. Drew şüpheyle kıza baktı. Hector onun güvenliğini neden bu kadar umursuyordu, bunu anlamaya çalışıyordu. "Hector ile yakın görünüyorsunuz."

Lilah, dudağını ısırıp başıyla onayladı. "Babamla çok yakınlardı. Beni kızı gibi görür."

"Belli." Harrison, Drew'a sert bir bakış atınca, Drew konuyu değiştirdi. "R5 evi boşta, değil mi?"

Harrison, başlangıçta, "Evet," dedi fakat sonra bir anda vazgeçti. "Ama orası olmaz," diye düzeltti.

"Neden?" diye sordu Drew, kaşlarını çatarak.

Harrison, "Olmaz," diye kestirip attı. R5 evinde genç bir delikanlı vardı. Kızı oraya bırakmak istemiyordu. Kız zaten önceki evde bir oğlanla sorun yaşamıştı. Orada rahat edemeyebilirdi.

"R4'e gidiyoruz. Evde onun yaşlarında bir kız var. Şehri tanımasına yarar, arkadaş olurlar."

"Haaa…" dedi Drew. "Mantıklı."

Başını çevirip Lilah'ya baktı. "Bak şimdi," dedi ciddi ciddi. "O evdeki kız, normal bir kız. İnsan o."

Lilah duraksadı, başını kaldırıp Drew'a bakınca başlığı geriye kaydı, uzun saçları rüzgârda havalandı. Saçlarından Harrison'ın olduğu tarafa taze gül kokusu yayıldı. "Ne demeye çalışıyorsun?" diye sordu ters bir ifadeyle.

"Yani diyorum ki… Kıza kötü örnek olma."

"Ne?" diye sordu Lilah şaşkınlıkla.

Harrison, kız rol mü yapıyordu yoksa cidden şaşırmış mıydı, anlayamıyordu. "Seninle kafa buluyor," dedi gergin bir şekilde ve o görmeden Drew'a susmasını işaret etti.

Lilah, "Onu anladım," diye cevap verdi. "Bana ne demeye çalıştığını anlamadım. İmalar üzerinden hareket etmiyorum. Açık açık söylesin, ona göre saldıracağım."

Harrison, başını eğip Drew'a baktı. "Geçen sefer kazaydı, kurtuldun. Bu sefer bileğini bile isteye kıracak gibi, dikkatli ol."

Drew sırıttı. "Geçen sefer boş bulundum. Bir daha bu oyuna gelmem."

"Oyun oynamadım ki," dedi Lilah, yürümeye yeniden devam ederken. "Gayet ciddi bir hamleydi."

Adamlar da onunla birlikte tekrar yürümeye başladılar. Harrison durduklarını bile fark etmemişti.

Lilah konuşmaya devam etti. "Ben hayatımda hiç oyun oynamadım ama oyun anlayışın seni yere yapıştırmamsa, her zaman oynamaya varım, Kızılcık."

"Ben kızıl de-" Drew konuşmayı kesip ofladı.

Harrison, "Sen kaşındın," dedi yarım bir sırıtışla.

Drew, Lilah'ya yan yan bakarken, "Bayılıyor bana ya," dedi.

Lilah, sırıtarak ona göz kırptı. "Evet ama sinirden," dedi.

İkisinin iletişimi bir garipti. Bir an birbirlerini yiyip başka bir an şakalaşıyorlardı. Birbirlerinden hoşlandıkları kesindi ama başka bir şey de vardı. Harrison kaşlarını çatarak Drew'a baktı.

Dudaklarını oynatarak, "Ne oluyor?" diye sordu.

Drew, Harrison'a sırıtarak baktı ve "Lilah," diye seslendi.

"Ne var?"

"*Ne var* mı? Biraz kibar olur insan."

"İnsan değildim ya hani? Neden çabalayayım ki?"

Harrison, bu sefer gerçekten güldü. Drew şanssız günündeydi. Lilah sayamadığı bir puanla öne geçmişti.

"Aman be," dedi Drew, alaycı bir şekilde. "Seninle konuşulmuyor."

"Her laf yediğinde aynı şeyi söyleyip ortadan kaçıyorsun. Keskin nişancıymışsın bir de, keskin nişancılar daha soğuk ve sert olur benim bildiğim."

"Kaç tane keskin nişancı tanıdın ki?"

Lilah, düşünüyormuş gibi yapıp sonunda, "Üç," dedi.

Drew buna şaşırdı. "Nasıl yani?"

Lilah omuz silkti ve keskin nişancılık konusunda bir tartışma başladı.

Müttefik eve gidene dek ikisi âdeta birbirini yedi. Atışıp durdular. "Ben senin hayatında silah gördüğünden bile şüpheliyim," dedi Drew.

"Corridan'da vardı."

Drew kahkaha attı, Lilah neden güldüğünü anlayamadı. "Sende de var ve sen Harrison gibi onları saklama gereği duymuyorsun."

"Neden öyle bir şeye gerek duyayım ki?"

"Bilmem. Herkes neden gerek duyuyor?"

Drew ve Lilah'nın silahlar üzerindeki tartışması bir süre daha devam etti. Harrison ise tüm bu süre boyunca sessiz kaldı. Anlayamadığı şeyler vardı. Lilah'da kesinlikle garip bir şeyler vardı. Ve General Hector, bu gariplikten haberdardı. Hatta belki de o bu gariplığın baş sebebiydi.

R4 evinin önüne geldiklerinde hava yavaş yavaş ışımaya başlamıştı. Kapıda durup üçü de birbirlerine baktılar. Lilah, başını yana eğip tek katlı beyaz evi inceledi. Bakışları bahçedeki tavuk kümesine kaydı, sonra gözleri kapıya odaklandı.

Drew öne çıkıp gürültüyle kapıyı çalınca bir süre beklediler, sonunda yaşlı bir adam kapıyı açtı ve Harrison'ı hemen tanıdı.

"Nasılsınız?" diye sordu Drew, sabahın köründe evin kapısına dayanmamış gibi rahat rahat. Adam ona ters ters baktı. Oldukça sert ve öfkeli görünüyordu.

Harrison, öne çıkıp Drew'un yanında durdu ve "Merhaba," dedi kibarca. "Size bir misafir getirdik. Müsait misiniz?"

Yaşlı adam, adamların arkasına bakmaya çalıştığında, ikisi birden yana kayıp Lilah'yı ortaya çıkardılar.

Kız, şimdiye dek yüzünde hiç görmedikleri bir gülümsemeyle ev sahibine baktı. Yeşil gözleri hafif ışıkla parladı, gamzeleri ortaya çıkmıştı, saçları birkaç iri lüle halinde omuzlarından aşağı inmişti.

Drew, ağzı açık bir şekilde Lilah'ya bakakaldı. Adamın yüzü de anında yumuşadı ve kıza yumuşak bir gülümseme gönderdi. "Tabii," dedikten sonra başını içeri uzatıp, "Marla!" diye bağırdı. "Marla!"

Lilah'nın yaşlarında bir kız, uzun beyaz geceliği ve dağınık, siyah, kıvırcık saçları ile kapıya çıktı. Kızın saçları resmen bir asiydi. Tüm teller havaya kalkmış, âdeta bağımsızlığını ilan etmişti. Kahverengi gözleri, uyku yüzünden şişmişti. Kapıdakileri görünce ani bir panikle geri çekildi. Sonra Lilah'yı fark edip rahatlayarak öne çıktı.

Harrison, "Lilah bizden biri," dedi Marla'ya.

"Yani Doğulu mu?" diye sordu Marla.

Harrison başıyla onayladı. Lilah'ya dönüp, "Marla, diğer müttefik ailelerdeki herkes gibi Ardel lisanı biliyor," dedi. "Sana Rodmir lisanını öğretecek."

"Ben o dili zaten biliyorum," dedi Lilah, tatlı bir gülümsemeyle. Öne çıkıp Marla'ya elini uzattı. "Noyella. Noste vir deasin." *Merhaba, tanıştığımıza memnun oldum,* demişti.

Harrison ve Drew, artık bu kız hakkında daha fazla şaşıramayız dedikleri her seferde, ortaya şaşıracak bir şey daha çıkıyordu. Adamların soramadığı soruyu Marla sordu. Rodmir lisanında, "Dilimizi nereden öğrendin?" dedi.

Lilah, aynı dilde cevap verdi. "Babam yarı Rodmirli," dedi. Yalan mı yoksa doğru mu söylüyordu, kimse anlamıyordu.

"Çok tatlı bir aksanın var," dedi Marla, Lilah'ya. "Bunun üzerinde biraz çalışırız. Sen istersen tabii."

Lilah, bu sözleri bir kez daha duymuştu, o yüzden ne aksanı diye sormadan başıyla onayladı.

Yaşlı adam onlara, "Kapıda durmayın," diye bağırdı. "Dikkat çekecek bu saatte."

Harrison, "Doğru," dedi ve tedirgin bir şekilde etrafı inceledi. Acemi gibi davranıyorlardı. "Lilah'yı bırakıp gidelim biz. Yapacak işlerimiz var." Dönüp Lilah'ya baktı. "Soracağın bir şey var mı?"

Kız tatlı tatlı, "Yok," dedi. "Gidebilirsiniz."

Harrison, nefesini tuttu ve geri çekildi. Önce yaşlı adam içeri girdi. Sonra Marla, Lilah içeri girene kadar bekledi. Kapı kapanmadan önce

Lilah onlara son bir bakış attı. Harrison, kızın yüzünde endişeli bir ifade yakaladı ama o ifade çabucak kayboldu.

Kapı arkalarından kapandığında sokakta bir tek Drew ve Harrison kalmıştı.

"Kraliyet lisanı biliyor, Rodmirce biliyor, dövüşmeyi de biliyor," diye mırıldandı Drew. "Ne dersin? Keşfetmediğimiz başka bir yeteneği var mı?"

"İçimden bir ses çok daha fazlası olduğunu söylüyor. Bu kızda bir şey var ama çözemiyorum."

"Hepimizin geçmişi acı ve karanlık dolu," dedi Drew. Bu sefer kızı koruyup kollayan oydu. "Hepimiz ülkemizi kaybettik. Farklı yollardan geçtik. Hangimiz normaliz, hangimiz anormaliz bilemeyiz. Bunu sınıflandırmanın bir yolu yok ama bu kızda bir gariplik olduğunu fark etmemek için aptal olmak gerek."

Harrison, sonunda bakışlarını evden ayırmayı başarıp, "Aynı şeyi düşünüyorum," dedi. "Hadi gidip General'i tekrar ziyaret edelim. Belki bize bir şeyler anlatır."

Şafak tamamen sökerken geldikleri yolu tekrar geri dönmeye başladılar ve gizemli kızı kısa bir süreliğine arkalarında bıraktılar.

Kızda çözemedikleri bir şey vardı ve bu şeyin ne olduğunu tahmin bile edemezlerdi ama yakında *her şeyi* öğreneceklerdi.

BÖLÜM ON ALTI

TOPRAĞIN KAÇ İÇTİĞİNİ GÖRDÜK

Harrison ve Drew'un, Hector'ın verdiği görevden dönüp Lilah'yı tekrar görmeleri iki haftayı buldu. Bu süreçte Hector, Lilah'yı izleme görevini bizzat devralıp onları gerisin geriye Ardel'e yollamıştı.

Harrison, beş gün boyunca Drew ile Mar hapishanesi hakkında bilgi topladı. Değişen bir durum olup olmadığını öğrenmek için olan biteni sorguladılar. Altı günün sonunda da pek de iç açıcı olmayan haberlerle Milanid'e geri döndüler.

Gemiden indikleri anda, "Yeter," diye soludu Drew. "Eğer bir yolculuk daha çıkarsa, kendimi okyanusa atacağım. Bıktım."

"Başka bir görev mi isterdin?"

Drew, Harrison'a yorgun bir bakış atıp, "Tabii ki isterdim," dedi elinde ufak çantasıyla yürürken. "Keskin nişancıyım ben, suikastçıyım, bir şeyleri vurmak benim işim. İstihbaratçı değilim."

Harrison, "Ben de değilim," dedi. "Ama ben de aynı işlerin peşinde koşturuyorum. Görev beğenecek, şikâyet edecek durumda değiliz. Her şey netleşene kadar yapmamız gereken ne olursa onu yapacağız. Hoşumuza gitsin ya da gitmesin, bize uysun ya da uymasın."

Drew ofladı ve tam o anda yanlış yola girdiklerini fark etti. Şaşkın bir şekilde etrafı izlerken, Harrison hiç farkında değilmiş gibi yürümeye devam etti. Hana dönüp Hector'a bilgi vermeden önce Lilah'yı görmek istemişti. Bu yüzden yolu biraz uzatıp limandan sonra direkt R4 evine doğru yönelmişti. Drew bunu fark edene kadar yolu çoktan yarılamışlardı.

"Nereye?" diye sordu Drew. "Yanlış yoldan gidiyoruz, han diğer tarafta kaldı."

"Biliyorum."

"O zaman neden bu tarafa gidiyorsun?"

"Kızı görmek için."

"Haaa... Özledin, değil mi?" dedi Drew neşeyle. Harrison'ın beklediği gibi bir tepki vermemişti. Yolu uzattığı için olay çıkaracağını sanmıştı ama şaşırtıcı bir itirafta bulundu. "Ben de özledim, ne yalan söyleyeyim. Gıcık, şüpheli biri ama çok sevimli bir yılan o."

Kaşları çatılan Harrison, "Yılan mı?" diye sordu. "Bu nasıl bir sevgi sözü?"

"Öyle işte," dedi Drew. "Biz onunla düşman dostuz."

"Öyle mi? Peki onun dostluk kısmından haberi var mı?"

"Var tabii," dedi Drew. "Hislerimiz karşılıklı."

"Anladık. Koyu bir Lilah hayranısın."

"Senin kadar değilim, Noah," dedi önündeki uzun yola bakarak. "Bir haftadır kız ne durumdadır diye sorup durdun."

"Alakası yok, sadece merak ettim. Garip biri. Anlattığına göre berbat bir hikâyesi var, küçük yaşta cinayet işlemek zorunda kalmış. Onu harap bir halde bulduk ama çok çabuk toparlandı. Her şeye rağmen mutlu görünüyor."

"Ben de öyle görünüyorum," diye söylendi Drew. "Ama gel gör ki içimde ne dertler yatıyor. Her gördüğüne inanma, Harrison, özellikle de bu kızdaki şeylere. O, bizim ve Direniş'teki herkes kadar çok fazla acı çekmiş. Belli etmemek için uğraşıyor çünkü bir asker tarafından özel olarak yetiştirilmiş. Ne demek istediğimi anlıyor musun?"

Harrison başıyla onayladı, ama kalbi sıkıntıyla kasıldı; Drew'un neşeli görünüşü altındaki acıları düşündü ve sonra da Lilah'yı. *Çocukluğumu yaşayamadım, sizin yanınızda çocuk olasım geliyor,* demişti. Harrison'ın kıza karşı hissettiği bu merhamet ve koruma duygusu, içinde büyüdü de büyüdü. Bu çok yanlıştı. Zayıflıktı. Daha onu tam olarak tanımıyordu bile. Arkadaş bile sayılmazlardı.

R4 evine yakın bir yerde durdular ve evi izlemeye başladılar. Drew, yanında durup etrafı inceledi. Hector, uzaktan izleme görevi vermişti, zorunda olmadıkça kıza yaklaşmaları onu riske atardı.

Drew, "Ortalıkta görünmüyor. Sence nerede?" diye sordu.

"Ne bileyim," dedi etrafa göz atarak. "Bir süre bekleyelim."

Bir süre evi gözleyerek beklediler. Drew geçen her dakika ile birlikte daha fazla söylendi. Ofladı, küfür etti. Sonunda, "Böyle boş boş evi mi izleyeceğiz?" diye sitem etti. "Kapıyı çalıp soralım. Nerede öğrenelim."

"Sabah sabah?"

"Gece olsa evde olduğunu bilirdik, değil mi? Sabah olduğu için bilmiyoruz. Her yerde olabilir. Bence soralım öğrenelim."

"Hector uzak durmamızı istedi."

Drew, omuz silkip kapıya doğru bir adım atmıştı ki Lilah, evin yanındaki kümesten çıktı. Kümesin kapısını dikkatli bir şekilde kapatırken elindeki sepeti yere bıraktı. Bir süre kümesin kilidi ile uğraştı ve sonunda yumurta dolu sepeti koluna taktı.

Dizlerinin altına kadar inen lacivert bir elbise giymiş, kırmızı bir kurdele ile bağladığı saçları sırtında kocaman tek bir lüle halini almıştı.

Evin kapısından çıkan yaşlı bir kadın, Rodmirce, "Hah, tam zamanında!" diye seslendi ve uzanıp sepeti Lilah'nın elinden aldı. "Pazara gelmek istemediğinden emin misin?"

"Gelmeyeceğim," dedi Lilah, aynı dilde, yüksek sesle.

Drew, "Yaşlı kadının duyma güçlüğü çekmesi ilk defa işimize yaradı," diye mırıldandı. Bu kadın, Marla'nın büyükannesiydi. Onun da ev sahipliği yaptığı güvenli bir ev vardı, Harrison kadını tanıyordu, bu yüzden endişelenmesi gerekmedi.

O sırada Lilah, "Ben burada kalıp Marla'ya yardım ederim," diye bağırdı.

"Peki," dedi kadın ve Lilah'nın yanağına dokunup okşadı. Hemen sonra kolunda sepetiyle pazarın yolunu tuttu. Harrison ve Drew'un evi izlediğini gördü ama yorum yapmadı, buna alışkındı. Yıllardır Direniş'ten birçok insana ev sahipliği yapmıştı.

Lilah, birkaç dakika etrafta dolandı, çitleri kontrol etmeye başladı. Kırılan bir yer gözüne takılınca bir eliyle o çiti kavradı. Sert bir şekilde çekip bulunduğu yerden çıkardıktan sonra yere yavaşça bıraktı.

Birkaç adım geri çekildi. Ellerini beline yaslayıp, başını eğerek çiti biraz daha inceledi. Sonra dikkatini yamuk birkaç tahta çekince yamuk tahtaları da eliyle vura vura düzeltti. Bu gerçekten güç gerektiren bir şeydi.

"Yuh," diye yorum yaptı Drew, ıslık çalarak.

"Çiftlikte büyümüş," dedi Harrison.

"Doğru ya, öyle söyledi. Yıllarca bir ailenin yanında hizmetçi olarak çalışmışlar. Orada öğrenmiştir." Drew iç geçirdi.

Harrison, "Öyle," diyerek düşüncesini onayladı ve Lilah tekrar hareketlenince susup ona baktı.

Kız, lacivert elbisesinin eteklerini toplayıp dikkatle bir ağaç gölgesine oturdu. Başını kaldırıp ağaç yapraklarına baktı. Canı son derece sıkkın görünüyordu.

Harrison, acaba ona evde kötü mü davranıyorlar diye düşündü. Ama yaşlı kadın oldukça sevgi dolu görünüyordu. "Neye üzülmüş?" diye sordu gergin bir şekilde. "Bir problem mi var sence?"

Drew, şaşkın şaşkın ona baktı. Dudaklarında hafif bir tebessüm oluşmaya başladığında, Harrison ağzını açtığına pişman oldu. "Sorumu unut, sakın yorum yapma," diye uyardı.

Birkaç dakika daha kızı izlemeye devam ettiler, tam geri dönmeye karar vermişlerdi ki komşu evin kapısı açıldı ve genç bir delikanlı dışarı çıktı. Gergin bir şekilde etrafa bakınırken Lilah'yı gördü. Yüz ifadesi anında yumuşadı ve kızın yanına doğru yürümeye başladı. Adımları kararlıydı.

"Hey, Lily!" diye seslendi Lilah'ya doğru. "Nasılsın bakalım bugün?"

"Lily mi?"

"Drew, sus."

Drew susmadı. Lilah başını çevirip çocuğa baktığı sırada, Drew, "Bu tipsiz de kim?" diye mırıldandı.

Harrison, "R5 evindeki ailenin oğlu," diye cevap verdi.

Oğlanı tanıyordu, tipsiz biri değildi. Babası ile birlikte demircilik yapıyor ve Direniş'e silah satıyordu. Demir ocağında çalıştığı için fazla kaslı bir çocuktu. Kısa kahverengi saçları vardı ve Direniş'te birkaç kızın dediğine göre gözleri deniz mavisiydi. Lilah'ya bakışı, Harrison'ın tadını kaçırdı.

"O yüzden Lilah'yı oraya göndermek istemedin," diyerek kendi haklı çıkarımını yaptı Drew. "O evde bu oğlanın olduğunu biliyordun. Lilah'dan uzak tutmak istedin. Ama pek işe yaramadı sanki."

"Drew, ciddiyim, kes sesini."

"Al işte, kızı kaçırdın. Ben bu çocuğu hatırladım. Silah teslimatına gideceğim günlerde, Danielle benimle gelmek için kırk takla atıyor. Sırf bu çocuk için. Milanid'in çapkın serserisi."

"Drew, sus dedim." Harrison'ın sesi, bu sefer daha sert çıkmıştı. Lilah'nın çocukla ne konuştuğunu duymaya çalıştı. Ama duyamadı ve hızlı adımlarla göze batmadan çalılarla kaplı çitlerin etrafından dolaştı. Kızın oturduğu yerin yakınında durduğunda, Drew da arkasında bitti.

"Biliyor musun?" diye sordu çocuk, gülümseyerek. "Yakında Rodmir'in her şehrinde yapılacak çok ünlü bir kutlama var. Kutlamanın asıl merkezi de Milanid. Diğer ülkelerdeki başkentlerden de buraya gelenler olacak. Dünya Dostluk Günü kutlanacak."

"Evet, öyleymiş," dedi Lilah sıkıntıyla. "Duydum."

Cidden bir problemi var, diye düşündü Harrison, onun yüzünü incelerken. *Hector'a durumu anlattıktan sonra geri dönüp Lilah'ya sorunun ne olduğunu sormam lazım.*

"Eee, peki sen…" dedi çocuk, gergin bir şekilde Lilah'ya bakarken.

"Çocuğun ayarları bozulmuş," diye fısıldadı Drew. "Normalde ağzı iyi laf yapar. Sanırım o da bizim kıza tutulmuş."

Harrison, Drew'u yumruklamak istiyordu ama kendini tuttu. İçinde, çocuk sorusunu tamamlamadan önce araya girmek için bir dürtü oluşmuştu. Geride kalmak için tüm iradesini kullanmak zorunda kaldı. Araya girip de ne diyecekti? Aklına gelen bir şey olsa zaten çoktan harekete geçerdi.

"Benimle gelmek… ister misin?"

Lilah duraksadı, başını kaldırıp dikkatle çocuğa baktı.

Harrison başını iki yana salladı, kızın hayır diyeceğinden emindi. Aksi mümkün değildi. O, bir Doğu Ardelli, ayrıca da artık bir Direniş üyesiydi. Partilerle ilgilenmezdi. Hele de dostluk partisi… Dünya, onlara düşmandı; Doğu Ardel'e yapılan her şeye sessiz kalmıştı. Hepsi zalimlerin tarafını tutmuş, koruma anlaşmalarını hiçe saymıştı. Direniş için dünya ve dostluk kelimelerinin bir araya gelmesiyle oluşandan daha sinir bozucu ve sahte bir söz daha yoktu.

"Yuh," dedi Drew. "Çocuktaki cesarete bak, bizim kız ona henüz yumruk falan atmadı demek ki. Ama yakındır, bak şimdi…"

Drew cümlesini bitiremeden, Lilah kocaman gülümsedi. Herkesi şaşırtarak, "Olur," deyip çocuğun teklifini kabul etti. "Seninle oraya gitmeyi gerçekten çok isterim."

Harrison için zaman âdeta durdu. Şaşkındı. Ne yapacağını bilemedi.

"Hadi canım!" dedi Drew. "Gaipten cevaplar duyuyorum."

Harrison nefesini tuttu ve duyduğu cevabı öfkeli bir şekilde sindirmeye çalıştı.

Drew arkadaşının yüzüne yan bir bakış attı, orada nasıl bir ifade yakaladıysa, "Gaipten değil miydi yoksa?" diye mırıldandı. Sonra tekrar Lilah ve çocuğa baktı. "Yine mi ya? Ne buluyor bizim kızlar bu oğlanda?"

Harrison büyük bir hayal kırıklığıyla, "Gidelim," dedi sadece. Lilah'ya ve çocuğa arkasını dönüp hana doğru yürümeye başladığında, Drew her zamanki gibi peşinden geldi.

"Bence de gidelim," diye söylendi. "Ama Lilah'nın yanına gidelim. Diyelim ki kızım sen deli misin? Ne işin var partide? Bu Corridan şerefsizi senin peşinde. Bu ne rahatlık?"

Harrison, "Drew, az sakinleş," diye söylendi asabiyetle. "Hector'a soracağım."

"Neyi soracaksın? Ne bekliyorsun? Hector'ın *aferin, bırakın yakışıklı oğlanla partiye gitsin, azıcık eğlensin* diyeceğini mi?"

"Bilmiyorum."

"Lilah ile konuşamıyorsak ben oğlanla konuşayım. Adı Jared mı neydi? Tutayım yakasından, 'Hop, kardeş, senin yürümeye çalıştığın kız bizimle yürüyor,' diyeyim."

Harrison, nefesini bırakıp, "Drew, bir kez olsun saçmalama," dedi. Son derece gergindi. "Hector'a olanları bir söyleyelim. Bu meseleyi sonra hallederiz."

"İyi," dedi Drew. Sesi sinirli geliyordu. "Soralım, öyle hallederiz madem. Sonunda şu oğlanın ağzını burnunu kırıp rahatlayayım ben de."

Harrison sustu ve bir daha konuşmadı. O, hayatı boyunca öfkenin her türünü tatmıştı, ancak şu an hissettiği şeyi tanıyamıyordu. Bildiği tek şey, şu an hissettikleri hiçbir mantığa ve gerekçeye uymuyordu.

BÖLÜM ON YEDİ

VE YILDIZLARIN KAÇTIĞINI

Jared evine geri dönerken Lilah, oğlanın arkasından sessizce bakıp, "Şükürler olsun," diye mırıldandı. Ara sıra bahçede çalışırken ona yardımcı olan bu demirci çocuğun, onu nasıl bir sıkıntıdan kurtardığı hakkında en ufak bir fikri yoktu. Resmen Lilah'nın hayatını kurtarmıştı. Ve dolaylı olarak ailesinin de hayatını kurtarmıştı.

Usulca elbisesinin cebindeki kâğıdı çıkarıp tekrar okudu. Kâğıt sanki tonlarca ağırlıktaydı. Üzerindeki harfler büyük kayalar gibi omuzlarına, sırtına, başının üstüne yığılmıştı.

Kâğıtta yazanları yüzüncü kez okudu ama bu sefer Lilah'ya verdiği sıkıntı, Jared sayesinde biraz olsun azalmıştı.

Dostluk Bayramı'nda Milanid'dembüyük bir parti var.
Benimle orada buluş. Ailen iyi. Şimdilik. Öyle kalmasını istiyorsan,
bana güzel bir haber getir.
S.C.S.

Lilah, limana gidip kendi adına yazılmış bir şey var mı diye sorduğunda görevli, avucuna bu kâğıdı ve ailesiyle birlikte oldukları bir fotoğrafı bırakmıştı.

Lilah, fotoğrafa bakmaya cesaret edememiş, onu hemen katlayıp diğer cebine koymuştu. Ne yapacağını bilmiyordu. Boğulduğunu hissediyordu.

Ofladı. En azından bir dertten kurtulmuştu. O partiye gitmesi için Drew ve Harrison'ı ikna edecek bir sebep lazımdı. Bir şeylerin peşinde olmadığına ikna olacakları bir sebep... Onlara partiye gitmek için bir gerekçe sunmalıydı. Bu gerekçe de komşu evdeki Jared'dan gelmişti. Hector'a dün bu mesajı gösterdiğinde adamın canı sıkılmış, 'Bir şeylerin peşinde olduğunu düşündürmeden seni oraya göndermemizin yolu yok,' demişti. Bir davet, belki iyi bir neden değildi ama bu bile hiç yoktan iyiydi. Onu bir aptal gibi gösterecek olsa bile...

Corridan'la bir araya geldiklerinde onları kimsenin görmemesi gerekiyordu ve Hector, Direniş'i partiden uzak tutacağını söylemişti.

Ama eninde sonunda Drew ve Harrison partiye gittiğini mutlaka bir yerden öğrenecek ve bunun sebebini bilmek isteyeceklerdi. Jared, Lilah'yı tam zamanında kurtarmıştı.

Drew ve Harrison'ın kendisini izlediğini biliyordu. Onları kümesten çıktığında fark etmiş ama görmezden gelmişti. İçinden *umarım Jared'ın teklifini de duymuşlardır,* diye geçirdi.

Hector'a bunu söylerlerdi ve Hector da onlara partiye gitmesinin sorun olmayacağını söylerdi. Sorun da böylelikle çözülmüş olurdu. İşler yavaş yavaş yoluna giriyordu.

Lilah, ertesi gün akşama doğru evden ayrılıp meydana doğru yürümeye başladığında, Harrison'ın peşine takıldığının farkındaydı. Ama adam ona yaklaşıp nereye gittiğini hiç sormadı, sadece Lilah'nın peşinden yürümeye devam etti. Lilah, rengârenk vitrinleri olan dükkânların arasından geçti, her yer beyaz ve yeşil ağırlıklıydı. Kaldırımların kenarı envaiçeşit çiçeklerle doluydu. Milanid, güzel bir şehirdi. Lilah, sonunda merkez kütüphanesinin önünde durduğunda, Harrison da birkaç metre gerisinde durup bekledi ve korumakla görevlendirildiği kızı izledi.

Lilah, Milanid Şehir Kütüphanesi'nin müthiş bir yer olduğunu düşündü. Elinde sahte kimliği ve üzerinde beyaz elbisesiyle taş binanın heybetli görüntüsünü inceledi. Dudakları kocaman bir gülümseme ile genişledi. Elindeki kâğıdı sıkıp, koşarak binaya girerken saçları arkasından uçuşuyordu.

Harrison, onu izlerken kızın, bu kadar hevesli ve mutlu olma nedeni, sadece kütüphaneye olan sevgisi ve merakı mı yoksa Jared'la gideceği parti mi diye merak etti.

Lilah, gri üniformalı kütüphane görevlisine sahte kimliğini uzatırken Harrison, hızlı adımlarla yanına gelip kendi kimliğini görevliye uzattı.

Görevli önce Harrison Chase ve Lilah River isimlerine, sonra karşısındaki kıza ve oğlana baktı. Önündeki kayıt defterine isimleri not edip kimlikleri geri uzattı. Lilah ve Harrison, birbirlerini tanımıyormuş gibi rafların arasında kayboldular. Büyük kütüphane boştu, Lilah üst kata çıkarken, Harrison aşağıda biraz oyalanıp etrafı inceledi ve kimsenin olmadığını görünce Lilah'nın peşine takıldı.

Lilah, *Tarih* yazan rafın önünde durduğunda Harrison, onun yanına gitti, kaşlarını çatıp raflardaki kitapları inceledi.

"İki haftadır ortada yoktunuz," dedi Lilah, kısık sesle. "Dün geri döndünüz, sizi gördüm. Tüm gün bekledim ama yanıma gelmediniz."

Harrison, *tüm gün bekledim* kısmında birkaç saniye takıldı ve istemeye istemeye, "Şehir dışındaydık," dedi. "Döndüğümüzde de işlerimiz vardı."

"Anladım. Keşke gitmeden önce veda etseydiniz," diyen Lilah, parmak uçlarında yükselip üst raflardaki kitapları incelerken tüm dikkati Harrison'daydı. Harrison ona cevap vermedi. "Sizi merak ettim." Kızın sesi fısıltı halindeydi.

Harrison sessiz kalmayı sürdürdü.

Lilah, gözlerini kırpıştırıp ona baktı. "İyi misin? Bir sorun mu var? Neredeyse kızgın görünüyorsun."

Harrison, "Sorun yok," dedi, gözlerini raflardaki kitaplardan ayırmadan. "Ne arıyorsun?" diye sordu.

Lilah'nın kalbi kırılsa da bozuntuya vermemeye çalıştı. "Şey…" Başını çevirip kitaplara tekrar baktı. "Kenward Hanedanı," diye cevap verdi. "Rodmir kraliyet tarihi."

"Bunu neden okumak istiyorsun ki? Bizi ilgilendiren bir şey değil."

Lilah, elini deri bir cildin üzerinde gezdirdi. "Ben ilgileniyorum."

"Partide prensler olmayacak, Lilah. Eğer Kenwardları merak etme sebebin buysa boşuna uğraşma." Harrison o kadar öfkeliydi ki kendine hayret etti.

Lilah, şok içinde ona baktı. "Ben... Ne demek istediğini anlamıyorum. Neden böyle dedin ki şimdi?"

Harrison, oflayıp en üst raftaki lacivert ciltli kitabı raftan çıkardı. "Sen bana aldırma," dedi kitabı ona uzatırken. "Saçmalıyorum ben." Nedenini de bilmiyordu, bu çok tuhaftı.

Lilah, kitabı alıp göğsüne bastırdı. "Bu genel olarak Drew'un uzmanlık alanı değil mi? Saçmalamak yani, sen böyle şeyler yapmazdın."

Harrison, zoraki bir şekilde gülümsedi. Lilah, bunu fark etti ama bir şey demedi. "Drew'dan bulaştı sanırım."

"Anladım. Demek partiye gideceğimi duydun. Sizi evin önünde görmüştüm, duyup duymadığınızı merak ediyordum. Jared geldiği sırada yok olmuştunuz. Eğer orada olduğunuzu bilseydim, yanınıza gelirdim."

"Gelmene gerek yoktu. Ve evet, parti meselesini işittim."

Lilah, onun başka bir şey söylemesini bekledi ama bir cevap gelmedi. Sonunda beklemeyi bıraktı, kucağında kitapla rafların arasında dolaşıp bir köşedeki ahşap masadan bir sandalye çekti ve oturup kitabı okumaya başladı.

Birkaç dakika sonra Harrison, elinde başka bir kitapla gelip onun karşısına oturduğunda, elinde Ardel Elrod Hanedanı adlı bir kitap vardı. Lilah, göz ucuyla ona bakıp dikkatini önündeki kitapta yazılanlara verdi.

Kenward ailesine ait siyah beyaz bir resim, kitabın ilk sayfasına yerleştirilmişti. Rodmir Kralı Louis oldukça yaşlı ve iri yarı bir adamdı. Solunda Kraliçe Kaeli ve taht sırasında dördüncü olan kızı Prenses Irvin vardı. Sağında taht sırasına göre dizilmiş üç prens duruyordu. Kralın en yakınında Veliaht Prens Kyle, ortada Prens Salton ve en sonda Prens Adras duruyordu. Lilah gözlerini kısıp Harrison'a yan bir bakış attı ve onun söylediğini hatırladı. *'Partide prensler olmayacak, Lilah.'* Çatık kaşlarla eğildi ve prensleri inceledi. Kendi yaşına en yakın prens olan Adras ile biraz daha fazla ilgilendi, prens burada on yaşında olmalıydı. Sonra arka sayfayı çevirip yazılanları okumaya başladı.

"Çok garip, ben bunu bilmiyordum." Harrison birden konuşunca, Lilah neye bu kadar şaşırdığını merak ederek ona baktı. Harrison, "Kral Howard'ın bir oğlu daha varmış," diye mırıldandı kendi kendine.

Lilah buz kestiğini hissetti ve dikkatle dinledi.

"Taht sırasında birinciymiş, asıl veliaht oymuş ama bir suikaste kurban gitmiş. O ve eşi ölmüşler." Başını eğip hızlıca yazılanları okumaya devam etti. "Ama Prenses Lydia kayıpmış. Kaçırıldığı söyleniyor."

Lilah, boş bulunup masanın kenarını tuttu, boğazının kuruduğunu hissedince zorla yutkundu. "Bence çoktan ölmüştür," dedi kısık bir sesle. Kalbi âdeta ağzında atmaya başlamıştı.

Harrison onu duymadı. "Bu durumda Prenses Lydia hayattaysa... her iki tahtta da hakka sahip demektir." Harrison düşünceliydi. "Audra'nın ondan söz ettiğini hiç duymadım, Direniş'in de."

Lilah, Harrison onu dinlemese de, "Başka bir vâris ortaya çıkıp işleri daha da karışık bir hale getirmesin diyedir," diye yorum yaptı. Diken üzerindeydi.

Harrison, "Çok bencilce olacak ama umarım Prenses Lydia ölmüştür," dediğinde, Lilah dondu kaldı. "Yoksa bugüne dek akanın üç katı kan akar. Böyle bir taht kavgası her şeyi daha beter hale getirir."

Lilah sessizleşti. Tekrar kitabına dikkatini verdi ama Harrison bir süre sonra tekrar konuşmaya başladı.

"Prenses Audra'nın annesi Kraliçe Ledell, Erasid Prensesi'ymiş."

"Hmm..." dedi Lilah, başını kitaptan kaldırmadan.

"Erasid'in Batı'ya yakın olması çok kötü, değil mi? Doğu ile tek bağlantısının Kristal Çölü'nün olması ve deniz yolu üzerinde Batı Ardel müttefiki Gardner Adası olması çok kötü." Kendi kendine konuşuyordu ama Lilah'nın hoşuna gitmişti bu. Elini çenesinin altına yaslayıp onu dinlemeye başladı. "Çöl'den geçmek zor, Gardner'i etkisiz hale getirmeli deniz yolu ile..."

Lilah'nın bakışlarını üzerinde hissedince Harrison, susup önündeki kitabı kapattı. Rahatsız olmuş gibi olduğu yerde kıpırdanınca, Lilah bakışlarını tekrar önüne indirdi. Aralarındaki gerilimin nedenini bilmese de bu onun canını sıkıyordu.

"Hep biraz soğuk bir tiptin," dedi, önündeki kitabın zaten düz olan sayfalarını düzeltmeye çalışarak. "İyice buz kesmişsin, Komutan. Nedeni nedir?"

"Nedeni yok," dedi Harrison.

"Nasıl yani?"

"İşlerimiz var, Lilah. Aklımızdaki tek mesele sen değilsin, zaten sana gözcülük etme görevi yeterince zamanımızı alıyor. Bu sırada daha önemli işlerimizden oluyoruz."

"Üzüldüm. Sen ve Drew ile sohbet etmekten hoşlanıyordum," dedi Lilah, yeşil gözlerini Harrison'ın yüzünde dolaştırarak. "İşler daha önemli tabii, gerilmeniz doğal. Yine de sizi özledim. Siz benim arkadaşlarımsınız. Uzun zamandır..."

Lilah cümlesini tamamlayamadan, "Biz senin arkadaşın değiliz," diye araya girdi Harrison. Sesi buz gibiydi. "Senin hakkında hiçbir şey bilmiyoruz, sen de bizim hakkımızda hiçbir şey bilmiyorsun. Direniş'e faydan olur diye seni yanımızda getirdik ama buna her gün pişman oluyorum. Şimdiye dek sadece yük oldun."

Lilah'nın parmakları sayfaların üzerinde durduğunda, Harrison söylediği yalanlar için çoktan pişman olmuştu. Lilah'ya olan tavrının kızı yanında getirdiğine pişman olmasıyla bir ilgisi yoktu. Sadece Lilah için yaptıkları ve aldığı riskler karşısında beklediği son şey, kızın, çapkın adamın tekiyle bir partiye gitmesiydi. "Sözünü kestim," diye mırıldandı.

"Önemi yok," dedi Lilah, kısık bir sesle.

"Her zaman önemi vardır," dedi Harrison. "Söyleyeceklerini içinde tutma."

"İnan bana, bu sefer önemi yok."

Harrison, ısrarla ona bakmayı sürdürünce sonunda Lilah, tamam der gibi başını salladı. "Uzun zamandır sahip olduğum ilk arkadaşlarsınız diyecektim," dedi ve önündeki kitabı yavaşça kapattı.

Ayağa kalkıp raflara doğru yürüdü ve parmak uçlarında yükselerek elindeki kitabı yerine koymaya çalıştı. Birkaç dakika sonra Harrison, yanına gelip elindeki kitabı alarak rafına koydu. Lilah gergin bir şekilde uzaklaşıp araya mesafe koyduğunda, söylediği sözler için duyduğu pişmanlık iyice arttı. Aptalca bir kıskançlık yapmıştı, sanki buna hakkı varmış gibi. Böyle bir şey için sebep bile yoktu.

"Bak Lilah..." Kelimeleri bulmakta zorlandı. "Ben saçmalamak konusunda Drew'u geçtim. Seni kırdım, özür dilerim. Neden öyle söyledim, bilmiyorum."

"Sana kızmıyorum, doğruyu söyledin sen, Harrison. Biz arkadaş değiliz. Saçmalayan bendim çünkü bazen gereksiz duygusallıklara kapılıyorum. Çünkü ben on dört yıldır... nasıl desem..." Lilah'nın gözleri etrafı tarafı ve en son Harrison'ın arkasındaki pencereye ve oradaki deniz manzarasına odaklandı. Harrison'la göz göze gelmekten kaçınıyordu, duygularını çok iyi gizleyebilirdi ama gizlemek istemiyordu. "Ben uzun zamandır kimseyle doğru düzgün bir iletişim kurmadım. Arkadaşlığın ne demek olduğunu bilmemem normal. Sen bunu kafana takma. Haklıydın, beni daha tanımıyorsunuz bile. Ben de sizi tanımıyorum."

Kızın saklamaya gerek görmediği hüznü Harrison'a da yansıdı. Konuşmak için ağzını açtı ama ne diyeceğini bilemedi. Ne diyebilirdi ki? Ben aptalım mı? Seni tam tanımıyorum, birlikte doğru düzgün zaman bile geçirmedik ama nedensiz bir şekilde yine de seni kıskanıyorum mu?

Lilah, konuşmasına devam etti. "Başınıza bela olduğum ve bana yardım ettiğinize pişman olmanıza sebep olduğum için üzgünüm. Her neyse gitmem gerek, Marla'nın babasının kuralı var. Akşam altıda herkes yemek masasında olmak zorunda."

Arkasını döndü ve hiç beklemeden koşmaya başladı. Harrison hızlı adımlarla onu takip etti, kız kütüphane binasından rüzgâr gibi çıktı ve eve doğru koşmaya devam etti. Harrison, onu evin bahçe kapısına kadar takip etti. Eve girmesini bekledi ve kızın güvende olduğundan emin olduktan sonra geri döndü.

Yolda Drew ile karşılaşınca Drew, tek bakışta bir sorun olduğunu anladı. "Ne oldu?"

"Lilah." Tek kelime yetti.

"Ne yaptı?" diye sordu Drew endişeyle.

"O yapmadı, ben yaptım."

Drew sormadı, nasılsa anlatacağını biliyordu ve sadece Harrison'ın yanında yürümeye başladı.

"Bana uzun zamandır sahip olduğu ilk arkadaşlar olduğumuzu söyledi."

Drew gülümsedi. "Gerçekten mi? Buna mı üzüldün? Aşk itirafı falan mı bekliyordun ki?"

Harrison yutkundu. "Ona arkadaşımız olmadığını, onu yanımızda getirdiğimiz için pişman olduğumu ve bir işe yaramadığını söyledim."

Drew, adım atarken donup kaldı. "Ciddi olamazsın."

"Tam olarak bu kelimelerle değil ama benzer şeyler işte."

Drew, başını uzatıp arkalarında kalan yola baktı, sanki Lilah'yı görebilirmiş gibi, "Yazık," dedi. "Kıza görev bile vermediler ki, bir şeyler yapması için fırsat sunmadılar. Kendi kendine ne işe yaramasını bekliyorsun? Batı Ardel Sarayı'nı mı kundaklasın?"

"Partilere gitmese yeter."

"Gitsin, sana ne?" dedi Drew. "Hector'a sordum, sorun yok dedi. Sana ne oluyor?"

Harrison cevap vermedi.

Drew, "Sen tam bir ahmaksın," diye söylendi.

"Biliyorum."

"Kız üzülmüştür."

"Üzüldü."

Drew, ne diyeceğini bilemedi. "Benden hiç ders almadın mı sen?" diye sordu sonunda. "Kalbinde bir parça olsun sevgi taşıdığın birinden nasıl bu şekilde ayrılırsın. Ya yarın…"

"Yeter," dedi Harrison. "Bu dramlara hiç giremem, Drew."

"O dramları yaşamaktan iyidir, Harrison," dedi Drew. "Yaşamaktan yüz milyon kat iyidir. Sonrasında gelen vicdan azabıyla yaşamaktan çok daha iyidir. Umarım hiçbir zaman nasıl bir şey olduğunu anlamak zorunda kalmazsın." Cevap beklemeden oradan uzaklaştı.

Harrison, kendini on dört yaşında bir ergen ya da daha beteri bir aptal gibi hissederek yolun ortasında durup boşluğa baktı. Olanları anlamakta güçlük çekiyordu. Öfkeliydi. Ama bu, çektiği vicdan azabının yanında solda sıfır kalırdı.

Olanların üzerinden bir hafta geçmişti. Lilah, bir ağacın altında oturmuş, ayaklarını sallayarak hâlâ Harrison ile aralarında geçen konuşmaları düşünüyordu. Gemideki yolculukları boyunca çok fazla sohbet etme şansları olmamıştı, Lilah genelde iki saat uyanıksa dört saat uyuyordu. Simyacıların ona içirdiği şeylerin etkisinin geçmesi tüm yolculuk boyunca sürmüştü. Sonrasında da çok fazla bir araya gelmemişlerdi, gerçekten de arkadaş sayılmazlardı ama Lilah yine de onlarla bir şeyler paylaşmıştı. Harrison ve Drew'u özlemişti. Onlarla sohbet etmeyi, hatta yanlarında boş boş oturmayı bile özlemişti. Gerçekten de on dört yıl boyunca Lilah'nın sahip olduğu, arkadaşa en yakın şey, neredeyse hiç tanımadığı bu iki adamdı. Onları daha fazla tanımak, onlarla zaman geçirmek istemişti ama Harrison'ın söyledikleri çok ağır gelmişti.

'Bizim arkadaşımız değilsin,' demişti. 'Senin hakkında hiçbir şey bilmiyoruz, sen de bizim hakkımızda hiçbir şey bilmiyorsun. Direniş'e faydan olur diye seni yanımızda getirdik ama buna her gün pişman oluyorum. Şimdiye dek sadece yük oldun,' demişti. Her kelime Lilah'nın zihninde defalarca dönmüştü. Kendini çok yalnız hissetmişti. Ve aptal. Kim olduğunu bilmesi gerekirdi. Lilah, arkadaş sahip olabilecek biri değildi. Ama çok gençti, kayıp bir çocukluğu vardı ve normal, özgür bir kız olmanın nasıl bir şey olduğunu merak etmişti. Bir süre öyle biri olabileceğini ummuştu. Arkadaşlara sahip olabileceğini ya da belki… İşte asıl saçmalık buydu. Âşık olabileceğini ummuştu. Ne büyük bir hataydı. Bunun sonu en iyi ihtimalle kalp acısından başka bir şey olmazdı. En kötü ihtimalle ise bir felakete yol açardı. Can sıkıntısıyla iç geçirdi ve üzerine gölge düştüğünde, başını kaldırıp gölgenin sahibine baktı.

Marla ayakta durmuş, gülümseyerek ona bakıyordu. Kıvır kıvır siyah saçlarını yüzünden çekip gülümsedi. Kendi dilinde, "Bir haftadır çok üzgün görünüyorsun," dedi.

"Üzgün değilim." Lilah, verdiği cevaba kendi bile inanmadı.

Marla sırıttı. "Bugün ne yapmak istersin?" diye sordu. "Yapacak bir şey yok. Bugün tatil yapabiliriz. Ya da sen ne istersen. Gezebiliriz, meyve toplayabiliriz, pazara gidebiliriz. Sana yeni bir elbise alabiliriz. Parasını Direniş sonra öder. Ne yapmak istediğini söylemen yeter."

Ne yapmak istersin? Güzel bir soruydu. Ve de böylesi dolu seçenek varken, Lilah'ya dört yaşından beri hiç sorulmamış bir soruydu. Lilah ne yapmak isteyebilirdi ki? Onun hayatı çalışmaktan ibaretti. Tatilde ne yapılır bilmezdi. Bu şehirde en çok kütüphaneye gitmek istemişti, oraya giderken yol boyunca her adımı büyük bir hevesle atmıştı. Şimdi ise oraya gittiği için pişmandı. Eğer gitmeseydi, Harrison ona o lafları etme fırsatı bulmazdı. Bir de onun Prenses Lydia meselesinden haberi olmazdı. Lilah'nın üzüntüsü öfkeye dönerken dişlerini sıktı. "Ne yapmak isterim?" diye sordu kendi kendine ve Jared'ın evine doğru bakıp, "Yapmak istediğim bir şey var…" diye mırıldandı. "Ama uygun, boş bir alan lazım. Yakınlarda var mı?" Başını çevirip Marla'ya baktı. "Bizi kimsenin görmeyeceği, geniş bir alan."

Marla, bir an tereddüt etti. "Geniş alanda ne yapacaksın ki?"

Lilah, "Sen olup olmadığını söyle önce," dedi. Kederini, hislerini bastıracak bir tek yol vardı. Ne yapması gerektiğini çok iyi biliyordu.

Marla, yaptığı tekliften pişman olmuş gibi, "Ormanın diğer tarafında bir açık alan var," dedi. Endişeli görünüyordu. "Kimse gitmez. Tam olarak işine yarar mı bilmem. Ne yapmak istediğini söylersen..."

Lilah, "Harika," diyerek onun sözünü kesti. "Hadi gidelim." Hızlı adımlarla yürümeye başladığında içini bir heyecan kapladı.

Kafası karışan Marla, "Tamam?" dedi sorarcasına ama Lilah'nın onu beklemeden yürümeye başladığını görünce, "Bekle!" diye seslendi. Marla, onun arkasından delice koşturmaya başladı. "Orası Jared'ın evi, Lily!"

Lilah, arkasına bakmadan, "Biliyorum," diye cevap verdi.

"Orada ne yapacaksın ki?"

Lilah, bu sefer cevap vermedi.

Marla, "Lily! Bekle," dedi endişeyle. "Her ne yapacaksan... Bu kötü bir fikir!"

"Daha fikrin ne olduğunu bilmiyorsun bile."

"Bilmeme gerek kaldığını sanmıyorum! Gördüklerim bana yetiyor. Bu kötü bir fikir. Bekle!"

Lilah, son kelime karşısında iyice heyecanlandı. Beklemeyecekti, beklemekten nefret ediyordu; öfkesini çıkarmak zorundaydı. İçine atıp atıp kenarda oturmayacaktı. Harrison için asla. Herhangi bir şey için asla. Bunun şimdiye dek aklına gelmemesine şaşırarak Jared'ın evinin kapısına vardı ve kapıyı hızlı bir şekilde çalmaya başladı.

"Lily, dur lütfen, ne yapacaksın?"

"Birazdan anlarsın."

Marla ofladı. "Başımıza iş açma."

"Açmam."

"Öyle görünmüyor."

"Bana güven, Marla." Gülümseyerek kızın yüzüne baktı.

"Bana güven dediğine göre tehlikeli bir şey yapacaksın. Yoksa neden bunu söyleyesin ki? Aklında tehlikeli bir şey var, değil mi?"

Lilah, "Sayılır," diye mırıldanıp kapıyı tekrar çaldı.

Birkaç dakika sonra kapı açıldı ve Jared dışarı çıktı. Karşısında Lilah'yı görünce önce şaşırdı, sonra da gülümseyerek deniz mavisi gözleriyle kıza ve giydiği yeşil elbisesine baktı. "Hoş geldin?"

"Merhaba!" Lilah, ona en parlak gülümsemesini gösterdi. "Nasılsın?"

"Benimle o kutlamaya geleceğini söylediğinden beri çok iyiyim. Seni düşünüp duruyorum."

Lily, suratını buruşturmamak için ekstra bir çaba harcadı.

"Ne kutlaması..." diye mırıldandı Marla.

Jared, ona kısa bir bakış atıp dikkatini tekrar Lilah'ya verdi. "Bir şey mi isteyecektin?"

"Evet," dedi Lilah. Çocuğun teklifini kabul etmişti, bu Batı Ardel kanunlarına göre çocuğun da bir teklifi kabul etmek zorunda olduğu anlamına gelirdi. Batı Ardel kuralları tam bir saçmalıktı ama Lilah umursamadı. Şu an bu kural işine yarıyordu ve saçmalığını sorgulamayacaktı.

Jared, iç geçirip kollarını göğsünde kavuşturdu. "Seni dinliyorum." Kapıya yaslanıp başını hafifçe eğdi.

Şehirde Jared'ın yakışıklılığı dillere destandı. Kızlar bir an olsun susmuyor, hep ondan bahsediyorlardı ama Lilah, yakışıklılıkla değil başka şeylerle ilgileniyordu. Jared'ın adını duyduğu anda aklında beliren sadece bir şey oluyordu. Jared, onun ilgisini tek sebeple çekiyordu.

"Sen geçen gün ailem silah ticaretiyle uğraşıyor demiştin, değil mi?"

Jared duraksadı. Gözleri sorularla doldu. Lilah, oğlanın tedirginleştiğini hissediyordu. Ama Lilah, Jared'ın R5 evinde yaşadığını ve Direniş için çalıştığını da biliyordu. Bu yüzden ona güveniyordu. Şimdi ondan isteyeceği şeyi başka kimseden isteyemezdi. "Benim Marla'nın gerçek kuzeni olmadığımı biliyorsun, değil mi?" diye sordu usulca.

Jared, başıyla onaylarken dudakları düz bir çizgi halini aldı. "Evet, biliyorum," diye mırıldandı. "Doğu Direnişi'ndensin. Ardel'den."

"Peki sen?"

Marla öfkeyle soludu. "Yapma, Lily... Ne yapmak istediğini anladım. Bunu yapma."

"Biz de Direniş'le ticaret yapıyoruz, güvenli ev sağlıyoruz," dedi Jared.

Lilah gülümsedi. "Yani sana güvenebilirim?"

Jared, gözlerini onun gözlerinden ayırmadan, "Güvenebilirsin," dedi. "Seni tehlikeye atacak bir şey yapmam. Bu bana maddi ve manevi zarar verir." Bakışları kızın yüzünde dolaştı. "Daha çok manevi diyelim."

Lilah gülümsedi. "Tamam. Senden bir şey isteyeceğim. Çok önemli. Kimseye söylememen gerek. Babana bile. Bunu yapar mısın?"

Jared başıyla onayladı. Bakışları sertleşti, kapıdan ayrılıp kızın karşısında durdu. "Sen ne istersen yaparım."

Lilah, rahatlayıp nefesini bıraktı ve ona isteğinin ne olduğunu söyledi.

Jared'ın gözleri parlarken Marla, Lilah'nın yanında hayal kırıklığıyla soludu. Söyleyebildiği tek şey, "İşte ben de tam olarak bunun olmasından korkuyordum," oldu.

BÖLÜM ON SEKİZ

GÜNEŞ BİLE DÜŞMANDAN YANAYDI

Milanid - Rodmir
Greenhill Ormanı

Dört yaşında, ülkemiz ilhak edilmeden önce, hayatımın çok güzel olduğunu anlatırdı babam. Sarayda yaşadığımızı, annemin o zamanlar bir şair olduğunu söylerdi. Eğitimler için askerlerin yanında kaldığı günlerde onun şiirlerini okurmuş. Annem yazmayı o kadar severmiş ki her ay bir defter doldururmuş. Fakat ilhaktan sonra şiir yazmayı bırakmış. Bir daha eline hiç kalem kâğıt almamış. Çünkü o günden sonra ölüm ve acı dışında yazacak bir şey bulamamış. Bunları da yazmaktan kaçınmış, yazarsa tüm yaşananlar kalıcı olurmuş. Ve o yaşadıklarını unutmak istiyormuş. Her kalem tuttuğunda, kız kardeşinin kollarında öldüğünü anımsıyormuş. Mürekkep, kan kokuyormuş. Kâğıtlarsa toprak. Şairler için zormuş acıları unutmak.

Ama babam bana, onun birkaç şiirini okurdu ara sıra. Motivasyon kaynağım bu şiirlerdi. Zorlu eğitimlerden önce okunan bir iki mısra. Yetmiyordu bana güzel günleri hatırlatmaya ama umut veriyordu, işte o yetiyordu.

> Annem bir şiirinde şöyle diyordu:
>
> Ne sonsuz gece siler aydınlığı
> Ne de sonbahar öldürür ağaçları
> Belki yapraklar düşecek
> Ama bahar yeniden gelecek
> Karanlık güneşi boğduğunda
> Bu kez yıldızlar görünecek
>
> Sabret Lilah, bu karanlık gecelerin sonunda var her şeyi değiştirebilecek güçte bir sabah.
> Ben de şiirler yazabilmek isterdim ama benim konuşturabildiğim bir tek silahlar var.

"Sakın ha beni vurma!"

Lilah, düşüncelerinden sıyrılması biraz zaman alsa da gözlerini açıp dikkatle Marla'ya baktı. Siyah, kıvırcık saçları rüzgârda uçuşup yüzünü kapatıyordu. Tek eliyle saçlarını yüzünden çekmeye çalıştı ama saçları da kendisi gibi inatçıydı.

Lilah iç geçirdi. "Karşıya nişan aldım, sen ise sağımda duruyorsun, Marla. Söyler misin, seni nasıl vurabilirim?"

Marla, "Bilemem," deyip bir ağacın arkasına saklandı. "Belki oradan bu tarafa seker."

"Bu mümkün değil," diyen Lilah, "Üstelik ağacın arkasında saklanıyorsun," diye ekledi.

Marla, elleriyle ağacın gövdesine tutunup kafasını yana eğdi. "Ama gözlerini kapatıyordun."

"Ateş etmiyordum, düşüncelere dalmıştım."

Marla, başını iki yana sallayıp, "Bu güven vermiyor," diye mırıldandı.

"Gözlerim açık, rahatla."

"Rahatlayamam. O yüzden ben, tam da buradayım, haberin olsun."

Lilah yana dönüp silahı hızla ona doğrulttuğunda, Marla dehşet içinde bağırıp ağacın arkasına saklandı.

Diğer tarafta bir ağaca yaslanmış olan Jared güldü. "Bu korku ona yeter." Kollarını göğsünde kavuşturduğu için Lilah'nın elindeki silahı çenesiyle işaret etti. "Kullanmayı biliyorsun, değil mi?"

Lilah, "Sana bildiğimi söyledim," dedi. Doğu Ardelli oldukları için silahlara ulaşma imkanları yoktu, bu yüzden babası başlangıçta ona sadece ağaç dalları üzerinden işin teorik kısmını öğretmişti. Ve biri daha vardı. Ona kısaca A diyorlardı. Güvenilir biriydi, aylık izin günlerinde Lilah'ya gerçek bir silah getirir, onunla antrenman yapmasına izin verirdi. Onu çalıştırırdı ve babası tüm bu süre boyunca onları izlerdi.

Fakat artık durumlar değişmişti ve durum daha ciddiydi. İşini şansa, ağaç dallarından edindiği teorik bilgilere, ayda bir yapılan gerçek talimlere bırakamazdı. Pratiğe, gerçek silahlarla daha çok talim yapmaya ihtiyacı vardı.

Bu yüzden babasının ve A'nın ona öğrettikleri her şeyi içinden defalarca tekrar edip önce dengesini sağladı, fişeği yerleştirdi, tüfeği dikkatli bir şekilde kaldırdı. Omzuna düzgünce yerleştirip hafifçe üstüne yattı ve nişan aldı. Elini tetiğe atmadan önce biraz bekledi ve ateş etti. Ani bir patlama ile geriye doğru hafifçe sarsıldı. Kavanoz paramparça olup etrafa saçılırken, Marla korku dolu bir çığlık attı. Lilah, heyecan ile bağırmamak için kendini tutarak tüfeği yavaşça aşağı indirdi. *Başardım* diye çığlık atmak istiyordu. İçinden, *keşke babam da bunu görseydi,* dedi. Ivan, kızının gerçek silahlarda da ne kadar başarılı olduğunu her gördüğünde çok sevinirdi. Hele ki uzun süre ara verdikten sonra ilk seferde tam isabet yaptığı her sefer... Ona bakar, gururla gülümser ve *'Başardın, min lrena,'* diye fısıldardı Lilah'nın kulağına. A, ona bambaşka bir gözle bakardı, *'Harikasın,'* derdi.

Ama onların yerine Jared, arkasından ıslık çaldı. "Vay be, Direniş'teki kızları hiç silah kullanırken görmemiştim. Bu işte gayet iyiymişsiniz."

Lilah az kalsın, ben de görmedim diyecekti ama onun yerine dudağını ısırıp tüfeğe yeni bir fişek yerleştirdikten sonra tekrar nişan aldı. Aynı şeyleri tekrar ederek kavanozun sağındaki üç süt şişesini de üç atışla indirdi. Son atışı, birkaç metre daha ileride olan bir ağaçtaki elmaya attı. Elma havada parçalara ayrılarak yere düştü. Bu sefer buruk bir sevinç Lilah'nın yüreğine yük oldu. Başını yavaşça geriye çevirip

Jared'a bakmadan önce ayaklarının etrafında toplanan boşalmış fişeklere baktı.

"Sen denemek ister misin?"

Jared, başını iki yana sallayıp etraftaki kırık cam parçalarına ve uzakta duran ikiye ayrılmış elmaya baktı. "Şu manzaradan sonra mı? Hayır."

"Bu silahı sen yapıyorsun, çok iyi kullandığına eminim."

"Alakası yok. Yeteneğimi silahı yaparken kullanıyorum, o da para için." Sırıttı. "Görünüşe göre sen de nişan alıp atış yapmak için kullanmışsın."

Lilah, zoraki bir şekilde gülümsemekle yetindi. "Başka bir silaha da mı ilgin yok?" diye sordu. "Bıçaklar?"

Jared, başını iki yana salladı, gözleri kısıldı. "Ah, kesinlikle hayır."

"Kılıç, mızrak?"

"Hiçbiri?"

"Çok garip," diye mırıldandı Lilah. O silahlarla hep ilgilenmişti. Dört yaşında, ilhaktan önce bile askerlerin peşinde gezerdi.

"Ben de aynısını senin için söyleyecektim." Jared'a bir şey demeden ona doğru yürümeye başladı. "İnanılmaz yeteneklisin. Keskin nişancı olabilir misin?"

"Hayır. O kadar eğitimim yok ve keskin nişancılık süt şişelerini devirmeye benzemez. Bambaşka bir seviyedir. Onlar çok daha uzaktaki hedefleri saniyeler içinde vurabilirler. Benim konsantre olmam gerekiyor." Lilah'ya kalsa burada, bu silahlarla saatlerce zaman geçirebilirdi. Ama Jared'a burada saatlerce benimle kal diyemezdi. Silahı sadece bir kez kullanacağım diyerek istemişti. Evinin kapısında kocaman açtığı gözleriyle, ondan kullanmak için silah istediğinde, Jared son derece şaşırmıştı.

Lilah aceleyle, *'Hector ne kadar para istersen sana öder,'* demişti, Jared ise para istemediğini söylemişti. Tek bir şartı olmuştu; Lilah silahları sadece kısa bir süre kullanmalıydı. Eğer onları depoya geri götürmezse babası durumu öğrenirdi ve Jared'ın başı belaya girerdi.

Lilah şimdi yan çizerse, Jared ona bir daha asla güvenmez, silah getirmezdi.

"Bir dahakine daha küçük olanlardan getirebilir misin?" diye sordu Lilah, tüfeği namlusu yere çevrili halde Jared'a uzatırken.

Jared, "Tabanca mı istiyorsun?" diye sordu.

Lilah başıyla onayladı. "Onda da biraz çalışayım, uzun zamandır elime tabanca almadım. Teşekkür ederim, Jared. Çok yardımın dokundu."

"Pek fark yaratmışa benzemiyordu. Zaten iyisin. Yine de rica ederim." Gözleri Lilah'nın yüzündeydi. Ama silahı almak için uzanmadı. "Çok zaman olmadı, babam fark etmez, istiyorsan devam edebilirsin."

Lilah hemen, olur diye atlayacaktı ki kendini tuttu.

Jared, Lilah'nın yüzündeki çelişkiyi görmüştü. Onun devam etmek istediğini biliyordu. "Devam et," diye onu yüreklendirdi. "Yapacak başka işim yok. Bugün izin günüm. Seni izlemek, evde boş boş oturmaktan daha keyifli."

"Kendi adına konuş," diye söylendi Marla, diğer taraftan. Ona baktıklarında kızın, ağacın altına oturmuş olduğunu gördüler. Ayaklarını ileriye doğru uzatmış, kafasını ağacın gövdesine yaslamıştı. "Ben burada hiç keyif almıyorum."

"Çünkü korkuyorsun," dedi Jared, Marla'ya.

"Evet, korkuyorum," dedi Marla. "Kurşun yiyerek ölmek istemiyorum."

"Kız iyi nişancı, Marla. Bu kadar korkma."

"O benden korkmuyor, Jared. Doğrudan silahlardan korkuyor." Lilah, Marla'nın silah fobisi olduğunu fark etmişti. Onu korkutup kaçırmak için silahı doğrultmaya bile gerek yoktu. Hatta silahı doldurmaya bile gerek yoktu. Silahla aynı ortamda olmak dahi ona yetiyordu.

Kimse yorum yapmadı. Jared, Lilah'nın yanından geçip büyük kayanın üstüne yeni bir cam şişe yerleştirdi.

"Hadi bakalım, Lilah." Tam kenara çekildiği sırada Lilah'nın arkasından başka bir bir ses yükseldi.

"Aynen öyle. Hadi bakalım, Lilah. Neler yapabildiğini görmeyi çok isterim."

Lilah, yüzünü buruşturup hızla arkasını döndü. Drew, çatık kaşla alana girdi ve önce pis pis Jared'a baktı. Sonra alanı inceledi. En sonunda gözleri, Lilah'nın elindeki silaha ve oradan yüzüne çevrildi.

Lilah, "Ne arıyorsun burada?" diye sordu.

Drew, soruyu ona çevirdi. "Sen ne yapıyorsun burada?"

Jared öne çıktı. "Ne oluyor? Direniş ne zamandan beri misafirlerin peşine bu derece meraklı adamlar takıyor?"

Drew, derin bir nefes aldı. "Asıl sen söyle, velet," dedi. "Söyle de bilelim. Sen ne zamandan beri Direniş'in işlerini sorguluyorsun?" Jared'a doğru bir adım attı. "Yoksa Batı Ardel için mi çalışıyorsun? Ne oluyor?" Eli belindeki silaha gitti.

Jared, hareketsiz kaldı ama geri adım atmadı. Öfke dolu gözleri Drew'un gözlerine odaklanmıştı.

Lilah, şaşkınlıkla Drew'a baktı. "Saçmalama," dedi. "Ne yapıyorsun, Drew?"

"Sen ne yapıyorsun?"

Yine tek soruluk döngüye girmişlerdi ama Lilah, bu sefer cevap verdi. "Silah kullanmayı öğreniyordum."

"Bu mu öğretiyordu?" diye sordu alayla.

Lilah'nın bakışları Jared'a kaydı. *Lütfen idare et, bu deliyi benim başıma daha fazla dert etme* der gibi ona baktı.

Jared, onu umursamadı. "Ben öğretiyordum, sorun mu var?" diye meydan okudu. Lilah, hangisini yumruklamak istediğine karar veremedi. Jared mı, Drew mu? Belki de ikisinin de yüzüne birer yumruk indirmeli ve kendilerine gelmelerini söylemeliydi.

"Var," dedi Drew. "Bu kız Direniş'ten. Onu eğitmek gerekirse, bunu Direniş yapar. Senin haddin değil."

"O zaman Direniş eğitseydi. Demek ki yetersiz kalmışsınız ki kız bana geldi."

Lilah gözlerini devirirken, Drew kısık ve tehditkâr bir sesle Jared'a cevap verdi. "Az sonra da suratına, onu dağıtacak yeterlilikte bir yumruk gelecek, bekle."

Jared, meydan okumayı sürdürdü. "Durma, devam et."

Lilah, araya girip Drew'un havalanan yumruğunu yukarıda son anda yakaladığında, Drew şaşkınlıkla geriledi ve bileğindeki ele baktı. Bir an boş bulunup, "Yuh, o nasıl refleks?" dedi ve Jared'ı hatırlayıp anında ciddileşti. Elini yavaşça çekip parmağını Jared'a uzattı.

Marla, koşarak Jared'ın yanına geldi ve endişeyle Drew'a baktı. "Bir şey yapmıyorduk."

"Yapmamanız gerekiyordu, senin bu kıza sahip çıkman gerekiyordu."

Lilah, artık sinirlenmeye başlamıştı. "Neyim ben? Emanet süs köpeği mi?" diye sordu Drew'a. "Kimsenin bana sahip çıkmasına gerek yok. Ben kendi kendime sahip çıkıyorum."

Drew, onu duymazdan geldi. Jared'a pis bir bakış atarak Lilah'yı işaret edip, "Dua et..." dedi. "Ve bir daha gözüme görünme." Lilah'nın bileğine yapışıp onu da beraberinde çekerek alandan çıktı.

Marla ve Jared, engel olmak istermiş gibi hareketlendiler. Lilah, onlara doğru elini kaldırıp, sorun yok der gibi bir işaret yaptı. Kaşlarını çatıp Marla ve Jared'dan uzaklaşana kadar Drew'la gitti, sonra da inatla ayaklarını toprağa sımsıkı sabitleyip kaslarını kilitledi. Drew onu çektiğinde, ayağı toprakta bir iki santim kaydı ama sabit durmayı başardı. Drew sonunda oflayarak durdu.

Lilah, bileğindeki ele baktı. "O elini üstümden ben mi çekeyim, sen mi çekeceksin?"

Drew, elini geri çekip Lilah'ya bir adım yaklaştı ve burun buruna geldiler. "Sen ne yapıyorsun?" diye sordu yine. Bir soruya takıldığında gerçekten ondan kopamıyordu.

Lilah, düz bir ifadeyle sordu. "Seni ne ilgilendiriyor?"

Drew, alaycı bir kahkaha attı ve hemen toparlandı. Artık konuşurken sesi tehditkâr çıkıyordu. "Seni fitneci, küçük, mahşer midillisi; söylesene, sen kimsin? Ve senin amacın ne?"

Lilah cevap vermedi.

"İşte şimdi susuyorsun," dedi alaycı bir sesle. "Yakalanmamak, ufacık bir açık vermemek için hep böyle susuyorsun. Ama başka zamanlar o dilin papuç gibi. İşimizi zorlaştırıyorsun."

"Ben size bir şey yapmıyorum."

Drew iç geçirdi. "Yapmana gerek yok. Varlığın yetiyor ya. Bak, Harrison'la ikimize görev olarak sen verildin. İkimiz de çok donanımlıyız ve senin yüzünden, neye hizmet ettiği, kim olduğu bile belli olmayan, başa bela bir kızla uğraşıyoruz."

Lilah'nın içi öfkeyle doldu. "Harrison da aynı şeyleri söyledi! Benim suçum ne, ha? Ben mi istedim size görev olarak verilmeyi? Usta nişancıymış. Sanki benden önce Batı Ardel Hanedanı'na başarılı suikastler düzenliyordun da, ben gelip işini, düzenini bozdum. Ardel'e tüccar kılığında sızıp istihbarat toplamak dışında ne işiniz vardı ki sizin?"

"Görev çizelgemi sana teslim edip onayını almam gerektiğinden haberim yoktu."

"Benim de Direniş'in başına bu kadar dert olduğumdan haberim yoktu," dedi Lilah. "Beni rahat bırak. Sen ve o... o arkadaşın, beni rahat bırakın. Ben sizin başınıza bela falan olmadım, ben size bir şey yapmadım. Sizin daha büyük işler yerine bana bekçilik yapmakla görevlendirilmeniz, belki de sizin yetersizliğinizdendir!"

Drew, şaşkınlıkla ona baktı, ters bir cevap verecekti ama Lilah'nın gözlerindeki bakış onu durdurdu. Kız neredeyse ağlayacaktı.

"O arkadaşının bana bir *keşke ölseydin de kurtulsaydık* demediği kaldı. Şimdi aynı şeyleri söylüyorsun. Başımıza bela oldun, senin yüzünden saçma sapan işlerle uğraşıyoruz saçmalıkları... Nasıl emin olabiliyorsunuz, Drew?" diye sordu Lilah. "Nereden biliyorsunuz, belki de benim elimde bu savaşı bitirmeniz için gereken anahtar vardır. Belki de en büyük görev size verilendir."

"Abartma," dedi Drew. "Ayrıca Harrison'ın söylediklerini de ciddiye alma. O onları ciddi olarak söylemedi, çok pişman. Ben de ciddi değildim."

"Pişman olsaydı, gelip özür dilerdi."

"Dileyecekti, fırsatı olmadı. Harrison üst düzey generallerden biri olacak yakında. Çok yönlü görevlerde eş zamanlı çalışıyor. O yüzden fırsatı olmadı ama aklındasın. Söyledikleri için pişman."

"Umurumda değil. O kadar takılmıyorum."

"Çok belli."

"Beni sinir etme, Drew. Sana umurumda değil dedim."

"Bu iyi bir şey. Harrison'ı umursamaman yani. Üst düzey general olmanın ilk şartının ne olduğunu biliyor musun? Adanmışlık. Aşkevlilik yasak ona. Ardel'e adamalı hayatını."

Lilah, kaşlarını çattı. "Pekâlâ," diye mırıldandı. "Bu yersiz ve gereksiz açıklama tarzı uyarı için teşekkürler. Zaten Harrison'dan uzak duruyorum. Kafasını karıştırmam, görevine engel olacak bir şey yapmam mümkün değil."

"Ben yine de sana hatırlatayım dedim, o bazen unutmuş gibi görünüyor çünkü. Onunla eskiden dalga geçerdim ama bir şeylerin ciddileştiğini görebiliyorum." Drew kendi kendine konuşuyor gibiydi, Lilah anlamayarak ona baktı. "Her neyse, bir mesele daha var," diyen Drew, yerden bir ağaç dalı alıp onunla Lilah'nın omzunu dürttü.

Lilah, ifadesiz bir şekilde adamın yüzüne bakmaya devam etti. Drew'un kahverengi gözlerinde kendi yansımasını gördü. "Söyle ne söyleyeceksen."

"Bu parti meselesi, ne iş? Hector'a söyledik, sana engel olur falan diye; koskoca general, 'Bırakın gitsin,' dedi. Nedir bu olayın özü? Büyü mü yaptın herife?"

"Jared gelir misin dedi, ben de olur dedim."

"Çünkü Direniş'in özünde partilemek yatıyor, değil mi? Biz bunun için varız. Sen de Rodmir'e Direniş'i bulmaya partide coşmak için geldin."

Lilah ofladı. "Hector halka karış dedi, söylesene, daha iyi nasıl karışabilirim? Pazarda limoncularla konuşup yumurta satarak bir yere kadar iletişim kurabiliyorum. Ne oluyor? Neden korkuyorsun? Ben de mi general olacağım? Benim de erkeklerden uzak durmam mı gerekiyor?"

"Hah, sen ve generallik mi? Ancak rüyanda görürsün. Sadece o Jared'ı gözüm tutmuyor. Azıcık para için Direniş'i Batı'ya satacak karakterde biri. Ama el mahkûm, silah alacak başkası yok diye katlanıyoruz. Senin ise ona yaklaşmak için sebebin yok. Bu yüzden uzak dur o çocuktan."

Lilah, "Duramam," diye mırıldandı. "Benim antrenman yapmam, silahlarla çalışmam lazım. O silahları da bana Jared getiriyor. Direniş beni tıpkı Ardel gibi bir çiftlik evine tıktı, başka da bir iş vermiyor. Eğitim de alamıyorum. Bana çalışmam için silah getiren başka kimse yok."

"Getirmesin, çok mu lazım silah?"

Lilah, "Çok lazım," dedi kaşlarını indirip masum masum ona bakarak. "Hayati bir mesele."

Drew, "Neymiş acaba o hayati mesele?" dedi, kızın sesini taklit ederek. "Batı Ardel Hanedanı'na önemli suikastler mi düzenleyeceksin sanki?"

Lilah, daha az önce kendi kullandığı kelimeleri duyunca neredeyse gülecekti ama omuz silkmekle yetindi.

Drew oflayıp pufladı ve çatık kaşlarla kıza tepeden baktı. "Bana güzel bir neden sun, ben de sana yardım edecek daha güvenilir birini bulayım. Ama ikna edici olman gerek. Anladın mı? Şimdi anlat bakalım. Ne için istiyorsun atış talimi tapmayı?"

"Sadece atış talimi yapmak istemiyorum. Dövüşmek, bıçak ve silah kullanmak da istiyorum. Bir daha hayatımı ya da kaderimi kimsenin merhametine bırakmak zorunda kalmak istemiyorum," diye devam etti. "Corridan'dan ölesiye korkmak istemiyorum. Direniş'te sağlam bir

yerim ve görevim olsun istiyorum. Kimseye yük olmak istemiyorum."
Corridan'dan korkma kısmı yalandı ama geri kalan her şey konusunda dürüst davranıyordu. Gözlerini kaçırmadan Drew'un gözlerine baktı. "Ben sadece silah kullanmak da istemiyorum. Ben güçlü bir silah olmak istiyorum. Ağaç dallarıyla, korkuluklarla ya da un çuvallarıyla, bana kıyamayan babamla dövüşmek değil, gerçekten sınırlarımı zorlayabilecek ve görmemi sağlayacak biriyle çalışmak, babamın söylediği kişi olmak istiyorum."

'Sen bir silahsın,' diyordu babası ona. *'Koca bir orduya bedel mükemmel bir silah.'* Lilah, gerçekten öyle olduğundan emin olmak istiyordu. Kendini sınaması gerekiyordu. Ona sağlam sınavlar gerekiyordu ki durduğu noktadan hedeflediği noktaya güçlü adımlarla koşsun, her planı olması gerektiği gibi uygulayasın. Drew'a açıklayamayacağı şeyler vardı.

Drew, bekledi ve yutkunup başını salladı. "Tamam, şimdi ikna oldum. Beni takip et."

Lilah, onu yakaladığını anladı ve gülümseyip peşine takıldı. "Bana sen mi yardımcı olacaksın? Usta keskin nişancısın ya. Kesinlikle aradığım kişi sensin. Drew, çok teşekkür ederim!"

Drew, panik içinde araya girip, "Hayatta yapmam öyle bir şey," dedi. "Çaylak eğitmekle falan uğraşamam. Bende gram sabır yoktur, seni üçüncü dakikada boğarım."

Lilah dudak büktü. "Öncelikle, ben kesinlikle çaylak değilim. Ve ayrıca sen de beni boğamazsın." Sesi bal kadar tatlı çıkmıştı. "Silahlar konusunda beni geçebilirsin, ama boğmak… Onun için önce beni yakalaman gerekir."

"Ne kadar da kendinden eminsin. Babanın sana verdiği eğitime o kadar güvenme."

"O kadar güveniyorum ki, derecesini görsen şaşırırsın."

Drew kahkaha attı, kendi yanında ufak tefek kalan kıza dikkatle baktı. "Çok komiksin."

Lilah için bu küçümseme yeterliydi. "Sana meydan okuyorum o zaman. Bu sözümü unutma, yürüyen ego. Bir gün, hiç beklemediğin bir anda seni yüzüstü yere yapıştıracağım."

"Rüyanda görürsün."

"Rüyamda mı görürüm yoksa gerçekte mi, bırakalım da zaman konuşsun."

Drew, kıza yan bir bakış attı. "Bu bir iddia mı?"

Lilah omuz silkti. "Cesaretin varsa ben tamam derim."

"Sen kaşındın. Tamam. Beni yüzüstü yere yapıştırabilirsen benden bir istek hakkın olur. Ne istersen yaparım. Ama... Ben seni daha sen farkında olmadan yere yapıştırırsam, bana gerçekleri anlatırsın."

"Gerçekleri derken?"

"Gerçek hikâyeni, yalancı," dedi Drew. "Gerçek hikâyeni dinlemek istiyorum."

Lilah duraksadı.

Drew, "Korktun mu?" diye sordu. "Çok mu büyük bir sırrın var yoksa?"

Lilah yutkunup yürümeye devam ederken, "Bunu öğrenmek için kazanman gerekecek," dedi.

Drew'un keyfi yerine gelmişti. "Kızım, sen bittin. Suikastçıyım ben. Senin ruhun duymaz, bir bakarsın toprağı öpmüşsün."

Lilah, "Asıl sen çok komiksin," dedi alayla. "Seni öyle bir oyuna getiririm ki, gözünün içine baka baka yere indiririm. Bunu sabah uyanınca fark edersin."

Drew ıslık çaldı. "Güzel bir iddia. Sonucu görmek için sabırsızlanıyorum."

"Ben sonucun ne olacağını çok iyi biliyorum."

Lilah, yol boyunca konuşup durdukları için tam olarak nereye gittiklerini fark edememişti. Çarşıda ufak bir kafeye girdiklerini hayal meyal gördü ve Rodmirli bir kızla masaya oturmuş, sohbet eden Harrison'ı ise son anda fark etti.

Harrison, kapıya doğru öylesine bir bakış attığı sırada, içeri Lilah ve Drew'un girdiğini görünce gözleri hafifçe kısıldı ama çabucak toparlandı.

Drew, Lilah'yı kolundan çekerek onun tam karşısındaki masaya oturttu.

Kaşları çatık bir halde Harrison'ın oturduğu masaya bakan Lilah, "Kız kim?" diye mırıldandı onu inceleyerek.

Kızıl, dümdüz saçları olan, kahverengi gözlü, ince bir kızdı. Güzeldi ve mavi, çok güzel, pahalı olduğunu belli eden bir elbise giymişti. Zengindi. Hem de çok zengindi. Çünkü kolunda Lilah'nın çarşıda gördüğü ve çok beğendiği, aşırı pahalı, yeşil taşlı zümrüt bileklik vardı. Lilah, bilekliğin fiyatını duyunca mağazadan âdeta kaçmıştı.

"Aria Bennet. Milanid'in en zengin tekstil tüccarın kızı, bir tasarımcı," diye fısıldadı Drew. "Prenses Dewana'nın yakın arkadaşı. Onun kıyafetlerini tasarlıyor. Saray içi sırlara hâkim yani."

"Harrison da ondan bilgi mi topluyor? Ama aptala benzemiyor, bu kız bu bilgileri ona neden veriyor ki?"

Drew, "Çünkü Harrison'a âşık," diye fısıldadı. "Gözü kör olmuş, sırf onunla konuşabilmek için babasının tüm mal varlığını nerede tuttuğundan bile söz eder."

Kız, Drew'un sözünü onaylarcasına yüksek tonda bir kahkaha attı ve başını iki yana salladığında kızıl saçları ipek gibi sırtına aktı. O sırada Harrison, ona bir soru sordu ve kız, heyecanla bir şeyler anlatmaya başladı. Harrison, ilgili bir şekilde onu dinledi.

Drew, keyifli bir şekilde, "İşte..." dedi. "Hector'a bu akşam dolu saray sırrı aktarılacak."

Lilah, "Bu çok aptalca," diye mırıldandı surat asarak. "Ayrıca hoş bir şey değil."

"Gerekli bir şey olması önemli, hoş olması değil. Ondan Corridan ile ilgili sırları öğreniyoruz genelde, âşık kızlar geveze oluyorlar. Dewana ona ne anlatırsa, Aria aynısını Harrison'a aktarıyor."

"Corridan hakkında mı? Dewana onun hakkında ne anlatıyor olabilir ki?"

"Duysan şaşarsın. Serasker'de neler var neler..."

Lilah'nın suratı asıldı. "Saçma." Yine de merakı onu yedi bitirdi. "Ne yapıyormuş Serasker?"

"Neden merak ettin ki? Söylesene, kıskandın mı?"

"Kimi?"

"Serasker'i."

Lilah suratını astı. "Bu yaptığın çok kötü, ben onun yanında isteyerek kalmadım."

"Doğru, kusura bakma, aklımdan çıkmış."

Lilah uzatmadı. "Aria'nın her şeyi Harrison'a aktarması ahmaklık. Bunu anlayamıyorum."

"Hiç âşık olmadığın nasıl da belli."

"Nereden biliyorsun hiç âşık olmadığımı?"

Drew, ona yan bir bakış attı. "Oldun mu?"

Lilah'nın cevabı, "Bilmiyorum," oldu. "Aşk nasıl bir şey ki?" Oflayıp Harrison ve kızın konuşmasının bitmesini bekledi. Kız eliyle Harrison'ın saçlarına dokunduğunda sıkıntıyla iç geçirdi. Lilah, Harrison'a kızgındı ama bunun birçok sebebi vardı. Söylediği sözler, bu listenin en alt sırasında kalırdı. "Çok sıkıldım."

"Bekle, birazdan biter."

"Kıza sinir oldum." Lilah, bu söylediğinde ne kadar ciddi olduğunu hissedince bunu anlamlandıramadı. Ona pansuman yapan, yolda yaralı bir halde bulduğunda onu orada bırakmayan Harrison'ın, bu kızla bu kadar samimi olması canını sıkmıştı. Kendini aldatılmış gibi hissediyordu. Harrison, Lilah'ya arkadaşlığı bile çok görmüş, ona arkadaşım dediğinde kızın kalbi kırılmasın diye öyleymiş gibi davranmak yerine doğrudan arkadaş olmadıklarını söylemişti. Bu kıza, bir amaç uğruna da olsa yakın davranabiliyordu. Lilah, Aria'ya yapılanın daha kötü olduğunu düşündü. Harrison'a olan öfkesi daha da arttı.

Drew, sinsi bir edayla sırttı. "Nedenmiş?"

"Öylesine."

"Şiddete meyilli misin?"

"Galiba."

Kız bir şeyler anlatıp durdu, Harrison büyük bir ilgiyle ve gülümseyerek onu dinledi. Lilah da tüm bu süre boyunca Drew'un saçma yorumlarını dinlemek zorunda kaldı. Her şey işkence gibiydi. Lilah'a cehennem azabı gibi gelen bir süreden sonra kız, Harrison'ı yanağından öpüp gitti ve Harrison, on dakika bekleyip usulca yanlarına geldi.

Sarı saçlarını sol tarafa doğru taramıştı ve kurşun grisi gözleri iyice ortaya çıkmıştı. Çok güzel gözleri vardı ve bakışları Lilah'ya odaklandı. "Nasılsın?"

Lilah cevap vermeyince, Harrison bakışlarını Drew'a çevirdi. "Ne arıyorsunuz burada?" diye sordu. Onları burada görmekten son derece rahatsız olmuştu. Lilah'nın gönlünü almak istiyordu ama nasıl alacağını hiç bilmiyordu.

"Lilah'nın senden bir isteği var," dedi Drew alayla.

Harrison ve Lilah aynı anda, "Ne?" diye sordular.

Lilah'nın sorusu şaşkınlık doluydu, Harrison'ınki ise daha çok 'nedir isteği, yardımcı olayım' tarzı bir soruydu.

Drew, derin bir nefes alıp masaya eğildi ve Harrison'a gülümsedi. Dikkatli bir şekilde, "Lilah senden onu eğitmeni istiyor," dedi.

BÖLÜM ON DOKUZ

KAYBETTİĞİMİZ GÜN, ERKENDEN BATTI

Kitapları her zaman sevmiştim. Daha okuma yazma bilmezken bile parklar ve bahçeler yerine sarayın kütüphanesinde koştururdum. Haritaları inceler, bazı kitaplarda bulunan çizimlere dikkatle bakar, yazanları tahmin etmeye çalışırdım. Başka kitaplardaki resimlerden yola çıkarak bambaşka hikâyeler yaratırdım. Hiçbirinde ölüm ya da savaş olmazdı. Krallar ve kraliçeler halkının gözünün önünde idam edilmezler, prenses kaçırılmaz, halk ise korkunç bir kadere boyun eğmek zorunda bırakılmazdı.

Ama hayat, benim ülkeme kader olarak işte tam da bu hikâyeyi yazdı. Fakat görünenler aksini anlatsa da, aslında önümüze koyulan kadere boyun eğen kimse olmadı. On dört yıllık bir bekleyiş, tüm acılara ve kötülüklere rağmen büyük bir umudu büyüttü. Bu umudu kimse dile getirmedi ama kimse unutmadı da. Çünkü bir bilge, yıllar önce gerçeği fısıldamıştı halkıma: Gizli olan umut, en güçlü ve asla öldürülemeyecek olandır. Yüreğindekileri kimseye açma.

Babam bunu söylediği gün bir de sır vermişti bana, demiştik ki: her insanın bir mücadelesi olur şu hayatta. Bazı insanlar, kendi hayatları için savaşırlar. Onlar güçlü kişiler olarak anılırlar. Bazı insanlar ise diğerleri için mücadele verirler, o insanlara ise kahraman denir. İnsanlar kahramanları unutmaz ve unutturmazlar. Tarih onlara daima saygı duyar. Hatırlanmak istiyorsan kendi yaşadıklarına sızlanma, başkaları için yapacaklarını hayal et ve güç topla.

> Güç toplamam gerekiyordu ama bu, bulunduğum şartlarda her zaman çok zor oldu. Babam beni sürekli çalıştırsa da asla yeterli malzeme ve ortama sahip olamamıştık. Her şeyi genellikle teoriler üzerinden anlatmıştı, günlük hayatımda her şeyle mücadele edebilecek gücüm vardı. Fakat gelecekte bizi bekleyen savaş için bana daha fazlası lazımdı; teorik bilgileri pratikte de başarıyla uygulayabildiğimden tam olarak emin olmam gerekiyordu.

Lilah'nın Drew'a anlatmak istediği, emin olana dek çalışmaktı ama görünen o ki Drew'un tek derdi, Lilah'nın sinirlerini bozmak ve onun başını derde sokmaktı.

Lilah'nın Harrison'la çalışması imkânsızdı. Öncelikle aralarında anlayamadığı bir elektrik ve o elektrikten kaynaklı bir gerginlik vardı. Harrison, Lilah'nın gönlünü almak için bir iki başarısız deneme yapmış olsa da Lilah ona hâlâ kırgındı. Aslında söylenenleri hiç umursamazdı. Hem de hiç. Ama Lilah, Harrison ve Drew'a alışmış, onları arkadaş gibi görmeye başlamıştı. Bunun aptallık olduğunu, risklerini biliyordu. Yine de kendine engel olamıyordu. Kendini koruyacak güce sahip olsa da yine de ona 'Yanındayız, seni bırakmayacağız,' diyen birilerine ihtiyacı vardı. Çünkü Lilah'nın bunu diyecek kimsesi kalmamıştı. Yalnızlaşmak, yıkılmanın ilk adımıydı. Tek olursa çabuk kırılırdı.

Lilah, eve dönüş yolunda Drew'a çocuk gibi surat asıp durdu. O ise son derece keyifli görünüyordu. Lilah'yı sinir etmek nasıl da hoşuna gidiyordu. Kız, sonunda yürümeyi kesip durdu ve neredeyse isyan edercesine, "Bu yaptığına inanamıyorum!" dedi. "Sen benden ne istiyorsun? Amacın ne? Bunu neden yaptın?"

Drew, "Ne yapmışım ki?" diye sordu gıcık gıcık, yolda yanından geçtikleri bir ağaçtan kaptığı elmayı iştahla ısırdı.

Lilah, yüzünü buruşturup elmaya baktı. "Onu yıkaman gerekiyordu," dedi iğrenmiş bir ifadeyle.

Drew, elmadan bir ısırık daha aldı ve onu şapırdatarak yerken, "Vücudun mikroba da ihtiyacı var, bağışıklık güçlendirmek için," dedi.

Lilah ofladı ve yürümeye devam ettikleri sırada asıl meseleye döndü. "Sana güvenmemem gerektiğini biliyordum. Bu Harrison'la çalışma olayı senin fikrindi ama ona ben istiyormuşum gibi gösterdin."

"Yani?" Drew, elma koçanını ormana doğru fırlattı. Lilah, ona bunu yapmaması gerektiğini söyleyecekti ama bir işe yaramayacağını bildiği için bir şey demedi. Yine de ona onaylamayan gözlerle bakmayı ihmal etmedi.

"Az önce Harrison'a beni gösterdin ve *seninle konuşmam için yalvardı, ben de onu kolundan tuttum sana getirdim* dedin!"

"Tekrar ediyorum: Yani?"

"Ben senden öyle bir şey istemedim!" diye bağırdı Lilah, yumruklarını sıkarak. "Asla yalvarmadım! Yalvarmazdım da."

"Sen farkında değildin ama içten içe bunu istiyordun."

Lilah şaşkınlıkla ona bakakaldı. Derin bir nefes alıp sakin kalmaya çalıştı. "Hadi ordan," diye bağırdı. Drew'un tam karşısına geçip burnundan soludu. "Bu aklımın ucundan bile geçmedi."

"Evet, tam zihninin merkezindeydi."

"Ne yani? Zihin okuduğunu mu iddia ediyorsun? Bari inandırıcı iddialarda bulun da şüphe edeyim gerçekten mi diye! Alakası bile yoktu! Harrison'dan hoşlanmıyorum."

"Zihin okumuyorum. Kelimelerdeki söylenmemiş sırları çözüyorum, mesela son söylediğin kısım koca bir yalan. Ondan hoşlanmasan söylediklerini bu kadar umursamazdın."

Lilah dik dik ona baktı, ne yazık ki haklıydı.

"Sen bir silah olmak istediğini söylemedin mi bana?" Drew, soruyu yamuk bir sırıtışla dile getirdi.

"Evet, tam olarak bunu söyledim. *Harrison'la çalışmak istiyorum, ne olur beni kolumdan tutup ona götür* demedim."

"Ben o anlamı çıkardım söylediklerinden, ne olmuş yani? Senden bir silah yaratacak kabiliyetteki ulaşabileceğimiz tek kişi Harrison. Çünkü şu an öyleymiş gibi görünmese ve sana bekçilik yapmakla uğraşsa da o komutanlardan biri. Ve yakında general olacak. Bunun anlamını biliyorsundur."

Lilah, "Beş alanda üstün başarılı olduğunu kanıtladı demek," diye cevap verdi. "Biliyorum nasıl general olunduğunu, ahmak. Görev süresinin dolmasını bekliyor olmalı çünkü bu yaşlarda general olunmaz."

"Eh, o olacak ve Hector, adamı saçma sapan görevlerde kullanarak harcıyor. Üzerine alınma."

"Alınmadım. Ne derler bilirsin; olağanüstü şartlar, olağanüstü kuralları gerekli kılar. Herkese de her şey söylenmez."

Drew kaşlarını çattı. "Bu da ne demek?"

"Bilinmeyen anlamı kendin çıkar. Uzmansın ya hani? Harrison'dan uzak durmamı söylüyorsun, sonra bana ondan hoşlandığımı ima ediyorsun ve adama gidip, 'Lilah senden onu eğitmeni istedi,' diyorsun. Seni ruh hastası. Sen ne yapmaya çalışıyorsun?"

Drew ciddileşti ve "Öncelikle," derken parmağını Lilah'ya doğru salladı. "Ben sana uzak durmanı söylemedim. Sadece uyardım. Dikkat et, sonra pişman olma dedim."

Lilah kollarını göğsünde birleştirdi. "Öyle bir şey demedin."

"Söylediklerimin manası buydu."

"Başlatma manalarına. Yorum yeteneğimiz seninle çok ayrı yönlerdeymiş, anladık! Uzatma, kendi manalarına göre beni yönlendirmeye de çalışma."

"Niye böyle tepki verdiğini anlamıyorum."

Lilah, ona neyi nasıl anlatabilirdi ki? Drew sanki onu ifşa etmeye, her şeyi berbat etmeye yeminli gibiydi. Bu yüzden ona cevap vermeden yanından geçip gitti. "Peşimden gelme," diye bağırdı arkasına bakmadan. "Zaten yeterince dikkat çektik. Hector uzaktan izle dedi. Unuttun mu?"

"Arada işime gelmeyenleri unutuyorum."

"Beni deli ediyorsun," diye söylendi Lilah.

"Tam tersi olduğundan şüphe ediyorum. Bence sen beni deli ediyorsun." Hâlâ kızın peşinden gidiyordu.

Lilah sonunda bir ağacın altında durup ona doğru döndüğünde, Drew'un ayağı adım atmak üzereyken havada kaldı.

"Beni takip etmeye devam edersen çığlık atarım."

Drew, donakaldı. "Ne yaparsın?"

"Çığlık atarım, sapık olduğunu söylerim. Seni burada ormanın kenarında evire çevire döverler. Ben de keyifle izlerim. Sonra da pardon, yanlış anlaşılma oldu derim."

Drew'un gözleri kısıldı. "Sen manyaksın."

"*Andrew,* sana bir sır vereyim mi?"

Başıyla onayladı. Hâlâ yüz ifadesi alaycıydı.

"Ben onu öldürmeden önce, çalıştığımız evin sahibinin oğlu da aynı şeyi söylemişti." Lilah, ona doğru bir adım atıp kısık sesle fısıldadı. "Ne demek istediğimi anlıyor musun?"

Drew bekledi ve bir süre kızın yüzünü inceledi, ciddi olduğunu görünce suratı asıldı. "İyi, peki, tamam," diyerek diğer tarafa doğru yürümeye başladı. "Ne halin varsa gör. Yarın akşam söylediğimiz yere gelmeyi unutma ama!"

Lilah, ona cevap vermedi. Söylene söylene Marla'nın evine doğru yürüdü. Marla onu kümesin hemen önünde yakaladı. "Ne oldu?" diye sordu heyecanla. "Çok korktuk. Jared aşırı öfkelendi. Ama onu ikna etmeyi başardım. Babasının yanına gitti. Yoksa olay büyüyecekti. Bu hiç iyi olmazdı. Değil mi? Direniş çok sinirlenirdi. Senin de başın derde girerdi. Ona aynen bunları söyledim. O da sinirli bir şekilde silahları toplayıp gitti."

"İyi yapmışsın. Zaten bir şey olmadı, sadece konuştuk. Kimseye söylemedin, değil mi?"

Marla, "Söylemedim," deyip ekledi: "Ladria mo Na." Bu, Rodmir dilinde *şükürler olsun*, demekti.

Lilah, iç geçirmekle yetindi. Acaba aynı cümleyi o, yürekten ne zaman söyleyebilecekti?

"Endişelenme bu kadar. Direniş biraz işini sağlama almayı seviyor. Drew'un görevi de beni kontrol etmek. Başımızı belaya sokarım diye endişelenmiş."

"Yani... iyisin?"

Lilah gülümsedi. "İyiyim."

"Peki, öyleyse. Hadi eve gidelim."

Lilah başıyla onaylayıp dalgın bir şekilde Marla'yı takip etti. Ama aklının bir köşesinde hep yarın Harrison'la eğitimde ne yapacağı vardı. Nasıl bir yol izleyeceğini bilmiyordu. Artık bu yalanlarla gidebildiği yere kadar gidecekti. Başka yolu yoktu.

Lilah, ertesi gün akşamı Harrison'ın söz ettiği Direniş'in gizli çalışma merkezine doğru yol almaya başladı.

Burası şehrin dışında, ormana yakın bir ayakkabı tamir dükkânının altında kalan bir mahzende, kocaman, boş bir sığınaktı. Ortada antrenman minderleri, kenarlarda ise duvarlara dizilmiş silahlar ve hedef tahtaları vardı. Lilah, hayatında hiç böyle bir şey görmemişti. Büyülenmiş gibi etrafına baktı, cennette gibiydi.

Lilah'nın şaşkın şaşkın etrafı incelediğini gören Harrison, "Neden şaşırdın?" diye sordu. "Yukarıda antrenman yapmaya kalksak üç günde ifşa oluruz. Bize gizli bir alan lazımdı. Burası o alanlardan sadece biri."

Lilah, "Bunun gibi bir sürü yer mi var?" diye sorarken, kendi etrafında bir tur attı ve çaktırmadan Harrison'a baktı. Siyah, dar bir tişört ve antrenmanlarda Ardel askerlerinin giydiği kamuflaj desenli pantolondan giymişti. Kenarda durmuş, kızın tepkilerini inceliyordu.

"Lilah…" diye söze başladı Harrison ama Lilah ona izin vermedi.

Adamın sözünü kesip devam etmesini engelledi ve "Boş ver. Önemsemiyorum," dedi.

Harrison, "Ben önemsiyorum," dedi. "Bak…"

Lilah, ona baktı. Harrison'ın yüzünde kararsız bir ifade vardı. "Birbirimizi tanımıyoruz, evet, senin sırların var; herkes gibi. Zor bir hayatın oldu, bizim de öyle. Aynı amaç için yaşıyoruz. Yani… arkadaş değiliz derken yalan söylemedim. Arkadaş değiliz çünkü bundan daha fazlasıyız."

Lilah, gözlerini yüzüne diktiğinde Harrison, kıza birkaç adım yaklaşıp derin bir nefes aldı. "Arkadaşlık, çoğu zaman iyi sonuçlanmaz. Direniş'te büyürken bunu öğrendim. Arkadaşlar rakip ve tehdit olabilir. Can sıkabilir."

Bekledi ve gözleri, kızın ifadesiz yüzünde dolaştı. Lilah, ne hissettiğini hiç ele vermiyordu. Buz gibi bakıyordu ona, Harrison üzüntüsünün gözlerine yansımasına izin verdiğinde, Lilah biraz yumuşadı.

"Seninle bir yolculuk yaptık, hikâyeni dinledik, ben senin yaralarını sardım." Kısa bir an sessiz kaldı ve kelimeleri toplamaya çalıştı. "Senin çocuksu ve neşeli anlarına şahit oldum, sonra kederini gördüm ve hissettim. Bunlar, iki kişi arasında bağ kuran şeyler. Öfkeyle söylediklerim yüzünden üzgünüm. Bunlar seni önemsediğim için oldu, yoksa bu kadar sert çıkmazdım."

"Ben seni öfkelendirecek bir şey yapmadım."

Harrison, yaptın demedi. Konuyu değiştirmek için, "Drew, Jared'dan yardım istediğini söyledi," dedi. "Silah eğitimi için önce ona gitmişsin."

Lilah, "Jared arkadaşım," dedi hemen.

Harrison, kızın bir arkadaş arayışının, bir arkadaşa sahip olma isteğinin derinliğini o zaman gördü ve o söyledikleri için on kat pişman oldu. Lilah her yerde bir arkadaş arıyordu. Bir dost... Yanında duracak, belki de derdini paylaşacak biri.

Harrison, Lilah'nın kendi zihninde tuttuğu günlükler dışında derdini anlatacak, içini dökecek kimsesi olmadığını bilmiyordu. Ailesine dert yanmaz, yakınmazdı çünkü ailesinin derdi de fazlaydı. Lilah onlara hep güçlü, umursamaz görünürdü. Gece yattığında içinde birikenleri zihnindeki günceye aktarırdı. Ağlayarak uykuya dalardı.

"Tamam." Harrison, nefesini bırakıp etrafa bakındı. "Şimdi ben varım. Sana yardım edeceğim. Bir ihtiyacın olduğunda doğrudan Drew'a ya da bana gelmeni istiyorum. Anlaştık mı?"

Lilah kararsız bir ifadeyle ona baktı.

"Ben bir ahmaklık yaptım, unutmaya çalışıyorum. Sen de unut."

"Anlaştık."

Harrison gülümsedi. "Bana hâlâ kırgın mısın?"

"Hayır." Bu, Lilah'nın söylediği onca yalan arasında en masum olanıydı.

"Tamam... Babandan birkaç şey öğrendiğini söylemiştin."

Harrison ona doğru yürümeye başladığı sırada Lilah gerildi. "Öyle söyledim," dedi düz bir sesle.

Harrison, "Yani bir asker eğitmeni olan baban, seni on dört yıl boyunca eğitti. Gerçekten iyi olduğuna inanıyorum. Dikkatlisin, o gün bıçağıma dokunduğumu fark ettin." Bir ceylanın etrafında dolanan aslan edasıyla kızın etrafında dolaşmaya başladı.

Lilah'nın vücudu, yıllar süren alışkanlığın etkisiyle kendiliğinden tepki verdi, onun hareketine ayak uydurarak savunmaya geçti. Harrison'la karşı karşıya geldiler ve o hareket ettikçe konumunu korumak için savunmada kalmaya devam etti.

Harrison'ın dudakları belli belirsiz bir gülümsemeyle hafifçe kıvrıldı.

"Peki silahlar?"

"Kullanmayı Jared'dan öğrendim," diye yalan söyledi. En azından bu konuda da kendini kurtaracak ve şüphelerini biraz olsun azaltacak bir bahane bulmuştu. Bir Doğu Ardelli olarak silahlara nasıl ulaştığını anlatamaz, ona A'dan bahsedemezdi. "Hızlı öğrenirim."

Harrison gözlerini kısıp, "Göreceğiz," dedi düz bir sesle. Babasının Lilah'yı eğittiği zamanlarda olduğu gibi onun da sesi ve ifadesi sertleşmişti.

Lilah, gözlerini kapatmak zorunda kaldı. Çünkü ona baktığında çok net saldırı pozisyonunda olduğunu görüyordu ve bu, iyice gerilmesine sebep oluyor, içinde ondan önce saldıraya geçmek gibi bir dürtü oluşuyordu. Bunu yapmaması gerektiğini düşünüyordu, daha ders başlamamıştı. Öne atılıp Harrison'ın yüzüne yumruğunu geçirmesi hoş olmazdı.

Gözlerini kapalı tutmaya devam ederek alakasız şeyler düşünmeye başladı. Hizmet ettiği evde sürekli pişen, asla yemesine izin verilmeyen, o çok güzel elmalı kurabiyelerin kokusu... Sıcak kurabiyelerin üzerinde parıldayan şekerler, yanında soğuk süt ve reçel... Kitaplar...

Harrison'ın saldırıya geçtiğini hayal meyal duydu. Ne olduğunu fark etmeden kendini yerde, dizlerinin üstünde buldu. Tek eliyle Lilah'nın iki kolunu yakalayıp arkasında birleştirmişti.

Lilah gözlerini açtığında gördüğü ilk şey, şüpheyle kısılmış gri gözler oldu. Harrison, kollarını bırakıp Lilah'ya ayağa kalkmasını işaret etti.

Lilah, bir noktada çok büyük bir hata yapmıştı ve ikisi de bunun farkındaydı.

Harrison, karşısında durup ona baktı. "Gözlerin kapalı sana saldırmamı bekledin. Bu, en amatörlerin bile yapmayacağı bir yanlış. Kendini tutmak için öyle çaba harcıyorsun ki..." İç geçirdi. "Saklamaya çalıştığın her neyse, daha çok şüphe çekiyor."

Lilah, bileklerini ovuştururken, "Farkındayım," diye mırıldandı. A ile olan antrenmanlarını hatırladı. Harrison'ı A'nın yerine koymakta zorlanıyordu. Ve endişeleniyordu. Neden endişelendiğini Harrison anladı.

"Sen dövüşmeyi biliyorsun," diye hatırlattı ona. "Neden gerildiğini anlamıyorum. Kendini yıpratma ve boşuna hırpalatma. Nedenini, nasılını sorgulamayacağım. Asker olan babanın seni ne için hazırladığını düşünüp durmayacağım. Bu büyük bir ahmaklık ama Hector'a güvenip gerisini irdelemeyeceğim. Sadece bana neler yapabildiğini göster."

Lilah tereddüt içinde, adamın gri gözlerine baktı. Bir ayna gibiydi, az daha yaklaşsa orada kendi yansımasını görebilirdi.

"Hepimiz farklı yollardan, zor koşullardan geçtik," diye devam etti Harrison dikkatle. "Neyin normal, neyin anormal olduğunu bilmiyorum. Ama eğer sende cevher varsa -ki ben var olduğuna inanıyorumhangi alanda olursa olsun, dövüş ya da silah... Bu işimize yarar. Hector, seni sahaya göndermedi. Belki neler yapabildiğini bilmediği içindi. Eğer gerçekten iyiysen sana da görev vermesi için onu ikna ederim. Marla'nın tavuklarıyla uğraşıp durmaktan iyidir. Öyle değil mi?" Cesaret verircesine gülümsedi.

Lilah başını salladı. Hector ne kadar iyi olduğumu bilse de bana izin vermez, diyemedi. Beni asla sahaya çekmez, beni etrafımda kendi gözleri olmadan bir yere yollamaz, demedi.

"Drew, bana iddiadan bahsetti. Ona meydan okumuşsun."

"O fark etmeden onu yere yapıştırmak için," dedi Lilah, bu sefer o da gülümsedi. "Bir sarhoş olmasına bakar."

Harrison kahkaha attı, bir elini kızın omzuna koyup diğer eliyle gözlerinin üzerine düşen bir iki tutam saçı geriye itti. "Peki ya ayık olsa?" diye sordu.

Lilah, kalbi tekleyerek çok yakınında duran Harrison'ın bakışlarına karşılık verdi.

"Ya ayık olsa? Onu yine de yere indirebilir misin?"

Lilah başıyla onayladı.

Harrison usulca geri çekilip saldırı pozisyonu aldı ve kız anında savunmaya geçti. Aklındaki kurabiye kokusu ve şeker görüntüleri dağıldı. Onun yerine evin oğlunun, elinde bir kurabiyeyle yanına gelişi canlandı. Yaşı on beş ya da on altıydı. Oğlanın avucunda tuttuğu kurabiye ve ona karşılık Lilah'yı bir kez öpmek istediğini söyleyişi... Lilah'nın içinde yine aynı öfke, aynı kavga isteği yükseldi. Ama bu sefer öfkesini özgür bırakabileceği, sonunda ölüm cezasıyla yüzleşmek zorunda kalmayacağı bir hedef vardı ve ona, yapabildiği ne varsa göstermesini istiyordu.

Harrison, kızdaki değişimi hemen sezdi. O parlak gözlerindeki ışıklar bir anda sönmüş, yerini çelik soğukluğuna teslim etmişti. Dudakları düz bir çizgi haline gelmişti. Harrison'ın içini bir heyecan sardı. Esaslı bir rakibi gözlerinden tanırdı. Lilah'nın bakışları ona yeterince ipucu vermişti, fazlasına ihtiyacı yoktu.

Lilah, nefesini yavaşça bırakıp yumruklarını göğsüne doğru kaldırdı. Harrison, ilk hamlesini yaptığında onu savuşturdu. Yumruk atmayı denedi fakat Lilah, hızlı bir şekilde kaçtı.

Harrison, başlangıçta tamamen sınama amacıyla saldırdığı için hareketleri sert ya da güçlü değildi. Daha çok Lilah'nın reflekslerini kontrol ediyor gibiydi. Ama sonra kızın gerçekten dövüşebildiğini fark edince tempo değişti, gerçek bir kavgaya döndü. Uzun bir süre dans eder gibi hamlelere devam ettiler. İkisi de darbe almadı. Harrison, Lilah'nın gerçekten iyi olduğunu düşündü. Adama çok iyi tekmeler, kroşeler atıyordu ama hiçbiri isabet etmedi. İşin ilginç yanı, Harrison'ınkiler de isabet etmiyordu. Bu ikisi, sanki birbirine denkti. Bu, Harrison'a daha da ilginç geldi. Yıllarca Direniş'te askerî disiplinle eğitim almıştı, Lilah'dan yaş olarak da büyüktü, kızı çoktan yere indirmesi gerekiyordu ama kızın savunması güçlüydü. Çok hızlı hareket ediyordu. Onu yakalamak zordu.

Saldır, savun, saldır, savun... Zaman böyle geçti. Sonunda Lilah sıkılıp gardını düşürdüğü anda, Harrison onu ayak bileklerinden tutup hızla yere serdi.

Ayak bileklerini çapraz bir halde tutup kıskaca aldığı için bu hamle Lilah'ya acı veriyordu. Oflayarak nefesini bırakırken göğsü yükselip alçaldı. Ayaklarını geri çekmeye çalıştı fakat hareket edemedi, dirsekleri üzerinde doğrulup çapraz haldeki ayak bileklerine ve onları tutan ele baktı. Ter içindeki Harrison, tek eli kızın bileklerinde, dizleri üzerinde oturuyor ve bir hamle yapıp yapmayacağını görmek için Lilah'ya bakıyordu. Sarı saçları alnına yapışmıştı.

Lilah, nefes nefese kendini sırtüstü yere bırakıp, "Hoş olmadı bu," dedi. Atkuyruğu yaptığı saçları mindere dökülmüştü. Harrison bileklerini o kadar sıkı tutuyordu ki bacak kasları isyan ediyordu.

"Hoş olmadıysa kurtar kendini."

Lilah, "Bilemiyorum, böyle de rahatım," diye mırıldandı, dinlenme fırsatını kaçırmayarak.

"Bu durumu değiştirebiliriz," diyen Harrison, onun canını yakmak istemiyordu ama Lilah ona başka bir yol bırakmıyordu. Tek eliyle ayak bileklerini öyle bir sıktı ki Lilah, kemikleri iç içe geçti zannetti.

Ağzından derin bir nefes aldı. "Beni sinirlendiriyorsun."

Harrison, "Şu an sinirli misin?" diye sordu. "İşte bu ilginç çünkü hiç belli etmiyorsun." Bileklerini biraz daha sıktığında, Lilah'nın acıdan nefesi kesildi.

İçinden onu bu duruma düşüren Drew'a uzunca bir küfür etti ve dirseklerinin üzerinde durup Harrison'ın bileğini tutan eline tekrar baktı. "Aslında o halimi hiç görmemeni umuyordum," dedikten sonra kendini hızla sola doğru yuvarladı. Tüm vücudu ile birlikte ayakları da hareket edince, Harrison anlık bir şokla ellerini onun bileklerinden çekmek zorunda kaldı. Yoksa eli, kızın ayaklarının altında kalacaktı.

Lilah'nın ayağa kalkmadan önce sadece kısa bir zamanı vardı. Harrison'ın şaşkınlığından faydalanıp suratına bir tekme attı ve hızlı bir depar atarak ondan en uzak noktaya kaçtı.

Harrison, ayağa kalkıp uzak bir köşeden kıza baktı. Şaşkındı, Lilah'nın kendini kurtarmasını bekliyordu ama bunu başardığında suratına bir tekme atacağını düşünmemişti.

"Vur-kaç iyi bir taktik değildir," dedi, kıza doğru yaklaşırken. "Düşmana toparlanması için zaman vermek yerine vurmaya devam etmelisin. Aksi halde rakibin ayağa kalkar ve öfkeyle üstüne gelir."

Lilah ise "Doğru ama bir yandan da... Öfke, stratejik açıdan yenilgi sebebidir," diye cevap verdi. Babası ona bunu söylemişti. "Belki de düşmanın öfkeyle saldırmasını, peşimden gelmesini istiyorumdur? Belki durduğum noktada bir silah saklıyorumdur?" derken arkasındaki duvardan kaptığı bir kılıcı ortaya çıkardı.

Harrison, bu gece daha fazla şaşıramazdı, irileşen gözleriyle kılıca bakarken kaşları çatıldı ve hemen ardından güçlü bir kahkaha attı. "Çok iyi, Lilah, çok iyi." Tüm süre boyunca kız hakkındaki düşünceleri bundan ibaretti.

"Kas gücü yönünden şanslı olabilirsin, Komutan ama ben de adil bir dövüş olması için şartları eşitlemek zorundaydım. Bende o kadar kas yok ama akıl var, bu şartları dengelemeye yeter de artar."

Harrison, başını sallayarak Lilah'nın yanına geldi ve dikkatle elindeki kılıcı aldı. "Bu... sonra," diyerek onu tekrar duvara astı. "Önce seni de kas gücü yönünden daha *şanslı* yapmamız lazım." Kıza biraz daha yaklaştı. Lilah'nın burnuna çam ağaçları ve limon kokusu doldu. Harrison, ellerini uzatıp Lilah'nın tam arkasındaki duvara yasladı. Lilah bekledi ve arkasında gizli bir kapının ortaya çıktığını hissetti.

Harrison geri çekilirken, Lilah büyük bir hayretle arkasında beliren kapıya baktı. "Direniş sürprizlerle dolu, değil mi, Komutan?" diye sordu.

Harrison, "Her zaman," derken çenesiyle kapıyı işaret etti.

Lilah, büyük bir merak ve hevesle kapıdan içeri girdiğinde bir sürü kaba, metal aletin bulunduğu bir spor salonuyla daha karşılaştı. Harrison, salonun tüm ışıklarını tek tek yaktı. "Ağırlık çalışmaya başla bakalım."

Lilah duraksadı. "Ağırlık mı?" diye sorduğunda, Harrison ona bir yeri işaret etti.

"Otur."

Lilah, lafı ikiletmeden hemen yüksek siyah bir alana oturdu. Ayaklarını uzattığı yerde yumuşak bir şeyle sarılmış kalın bir silindir vardı. Harrison, onu tek eliyle kaldırıp Lilah'nın bacaklarının üzerine bıraktı ve kenardaki bir şeyi ayarladı.

"On beş kilo, üç set. Bacaklarını on beş kez kaldırıp indirdiğin her seferde bir set olacak. Yani bunu toplam kırk beş kez yapacaksın. Ondan sonra diğerlerinde çalışacaksın. Belli aralıklarla ağırlığı artıracağız. Dövüşlerle eş zamanlı olarak ağırlık da çalışacağız. Ama bir süre kasların ağrıyacağı için sadece bunlarla uğraşacaksın."

Lilah uysal bir şekilde başıyla onayladı. Ayağını üzerindeki ağırlıkla yavaşça kaldırıp indirdi. "Bu kolaymış," dedi şaşkın bir şekilde. "O kadar ağır değil."

Harrison, başka bir aletin kenarına yaslanıp, "Öyle mi dersin?" diye sordu. Yüzünde beliren muzip ifade Lilah'yı düşündürdü. "Bu çok güzel bir haber, Lilah. Devam et öyleyse."

Lilah, onun sesindeki alayın sebebini başlangıçta anlamadı. Sessizce hareketi yapmaya devam etti fakat art arda yaptıkça bir şeylerin ters gitmeye başladığını ve Harrison'ın neden eğlendiğini anladı; bunu yapmak gittikçe daha da zorlaşıyor, âdeta bacaklarını yakıyordu. Suratını buruşturup ses çıkarmamaya çalışarak Harrison'ın söylediğini yapmaya devam etti ama üçüncü setin sonlarına doğru bacakları acıdan titremeye başlamıştı. Ayağını bir santim daha kaldıracak hali kalmamıştı. Bacaklarındaki her bir kas isyan ediyor, sinir hücreleri artık durması için onu uyarıyordu.

Diğer tarafta kollarıyla bir ağırlığı kaldıran Harrison, ondan tarafa bakmadan, "Biraz zorlandın galiba?" diye seslendi.

Lilah, "Hiç... de... bile," dedi ama sesi, ecelini teslim etmeye on saniye kalmış gibi çıktı. Üç seti bitirip ayağa kalktığında bacakları onu taşımayacak hale gelmişti. Ayakları titredi ama aynı zamanda öyle bir rahatlama hissetti ki sevinçten ağlamak istedi.

Harrison, Lilah'yı başka bir aletin yanına çekti. Bu seferki, önünde de deri bir oturağı ile ona bağlı, göğüs hizasının biraz yukarısında iki tane tutma yeri olan bir aletti.

Lilah oraya oturduğunda, Harrison onun önünde durdu ve tepeden kıza baktı. "Buralara ellerini koyuyorsun," derken ellerini tutup yavaşça alete yerleştirdi. "Ve böyle göğsüne doğru çekip yavaşça geriye doğru itiyorsun." İlk seferi onunla birlikte yapıp geri çekildi ve tekrar, "On beş kilo, üç set," dedi. "Kolay gelsin."

Lilah, Harrison yanından uzaklaşana kadar bekledi ve söylediklerini yapmayı denedi. Hareketi yaptıkça anlamıştı ki bu seferki diğerinden daha beterdi. Elleri titremeye başladı, omuzları acıdı. Bunlar kesinlikle un çuvallarını, elma kasalarını taşımaya benzemiyordu.

Harrison, belirli aralıklarla gelip ona bakıyordu. "İyi gidiyorsun," dedi, üçüncü seti bitirmesini beklerken. "Yıllarca ev işi, temizlik falan yapmış bir kız için gayet iyi. Saldırı ve savunmada da iyisin. Kas gücünü de toparlarsan, çok rahat edersin."

Lilah hayatı boyunca sadece ev işi ve temizlik yapmamıştı. Babasıyla da ağaç dalları, un çuvalları, ağır elma çuvalları, kalın odunlar ile ağırlık çalışıyordu ama yiyecek sıkıntıları olduğu için bunu çok profesyonel bir şekilde yapamıyorlardı. Babası yeterli protein ve yağ alabilse çok daha iyi şeyler başarabileceğini söylüyordu. Ama ne yazık ki Lilah ve ailesinin hiç yeterli yiyeceği olmuyordu.

"Bir diyet uygulaman gerekecek," dedi Harrison, Lilah üçüncü seti de bitirdiği sırada. "Yumurta ve et ye. Buğday, mısır gibi şeyleri çok fazla tüketme. Bol su içmeyi de ihmal etme."

Lilah, başıyla onaylayıp yavaşça ayağa kalktı. "Bitti mi?"

Harrison, tek kaşını havaya kaldırdı. "Ne bitti mi?"

"Bugünlük çalışmamız?" Lilah uzun zamandır çalışma yapamadığı için kasları hamlamıştı. Şu an her bir hücresi yangınlar içindeymiş gibi hissediyordu.

Harrison gülümsedi. "Lilah," derken başını iki yana salladı. Kızın ne kadar zorlandığını görüyordu. Lilah yetersiz beslenmişti, kasları da kendisi gibi zayıftı ama ona acırsa bunun kıza faydası değil, zararı olurdu. "Daha yeni başladık, buradaki tüm aletlerde üç set tamamlamadan gitmek yok."

Lilah, başını çevirip odadaki aletlere uzun bir bakış attı. Daha üzerinde çalışmadığı bir sürü alet vardı. Derin bir iç çekti, aklından tek bir düşünce geçti. *Drew, beni çatıdan aşağı itse daha iyiydi.*

Hayır... Harrison, onu çatıdan aşağı atsa daha iyiydi.

Lilah, Marla'nın yatağının yanında yere uzanmış, nefes almaya çalışırken içinden sürekli bunu tekrar ediyordu. Çok yorulmuştu, nefes alırken karnı acıyordu. Bacakları, kolları ve sırtı sızlıyordu. Sıcak suyla banyo yapmanın da pek bir faydası olmamıştı. Harrison, iki gün sonra bu ağrıların daha da artacağını söylemişti.

Marla, endişeli bir şekilde onu izlerken, "Üzerinden at geçmiş gibi görünüyorsun," diye yorum yaptı.

Lilah, "Keşke at olsaydı," derken acıyla inledi. Her tarafı sızlıyordu. Kasları kemiklerinden sıyrılıyor gibiydi. Kesinlikle dövüş antrenmanları çok daha iyiydi.

Un ve elma çuvalları da öyle.

"Sana ne garezleri var ki?"

Lilah, nefesini bırakıp, "Onların bana garezi yok," diye mırıldandı baygın bir halde. "Ben kendim kaşındım."

Marla, "Nasıl?" dedi, onun neden bahsettiğini anlamamıştı.

Lilah, "Boş ver," deyip bir yastığı başının üstüne kapattı.

Harrison ona, yarın tekrar antrenmana gitmesini söylemişti. Lilah, ondan nefret ettiğine karar vermişti.

Drew ise apayrı bir seviyeydi. Lilah, onu kesinlikle öldürmek istiyordu. Antrenman bittiğinde onu görünce gülmüş, 'Kaçırdığım için üzgünüm ama söz, yarın ben de size katılacağım,' demişti.

Lilah, elindeki iki kilo ağırlığındaki şeyi Drew'un kafasına atmamak için kendini zor tutmuştu. Drew onunla düpedüz dalga geçip alay ediyordu.

Lilah uyumaya çalıştı ama ağrı yüzünden başaramadı, gözlerini kapatıp koyun saymaya başladı. Dört yüz on yedinci koyunu saymıştı ki kapının çaldığını duyup gözlerini araladı. Hayal meyal Marla'nın yattığı yerde doğrulup kapıya bakmak için odadan ayrıldığını gördü.

Dışarı doğru kulak kabarttı ve kimin geldiğini duymaya çalıştı. Marla'nın babası kapıyı açtı, her kim varsa onunla konuşmaya başladı. Konuşmanın arasında Lilah, Direniş kelimesini zar zor seçti ve hızla ayağa kalkıp odadan çıktı, dikkatle kapıya doğru yürüyüp kapıda duran kişiyi tanıyıp tanımadığına baktı.

Ne yazık ki onu tanıyordu. Drew'u görünce hızlı adımlarla yanlarına gitti. Bir anda heyecandan tüm ağrılarını unutuvermişti.

"Ne oldu, Drew?" diye sordu, Marla'nın babası Isaac'in arkasından.

Drew, aralık kapıdan bakıp Lilah'yı görünce eliyle sessiz bir gel işareti yaptı.

Lilah, hemen yanlarına gidip, "Ne oldu?" diye sordu, o kapıya doğru yaklaşırken Isaac soran gözlerle Lilah'ya baktı.

Lilah, "Sorun yok," dediğinde adam, başıyla onaylayıp kapıdan uzaklaştı.

Adamın kendi odasına girip kapıyı kapattığını duyana kadar beklediler. Marla da kendi odasına dönünce, Drew bir süre sessiz kaldı, sonra dudaklarını Lilah'nın kulağına doğru yaklaştırıp fısıldadı. "Prenses şehre geldi. Direniş, bir saat sonra gizli bir toplantı yapacak. Hector senin de orada olman gerektiğini söyledi."

BÖLÜM YİRMİ

AY BİR HİLALDİ,
IŞIĞINI SAKINDI

Lilah, üzerini değiştirip evden aceleyle çıktı. Drew, önce kolundaki saate, sonra da ona baktı. "Hızlısın."

Lilah, "Nasıl olmam gerekirdi ki?" diye sordu, kaşlarını çatıp etrafı inceleyerek. "Bir saatte hazırlanıp çıkacak değildim ya. Ayrıca Harrison nerede? Onu göremedim etrafta."

Drew, dudaklarını büzüp kıza baktı ve sorusunu cevapsız bırakarak önden önden yürümeye başladı. "Seni baygın bir halde bulmayı umuyordum, nasıl oldu da hemen canlandın?" diye sordu düş kırıklığı ile. "En son ölmüşsün de ağlayanın yokmuş gibiydi."

Lilah, "Hiç de değil," dedi suratını asarak. Heyecanı dindikçe ağrıları hissetmeye başlamıştı. "Ayrıca gayet iyiyim. Ağrım falan da yok benim."

Drew, "Öyle mi?" diye sordu alayla. "Ben ne gördüğümü çok iyi biliyorum. Hiç inkâr etme. Elimizde kalacaksın sandım."

Lilah, "Hayır, öyle değildi," dedi çocuk gibi. Drew nedense onu hep bu moda sokuyordu. Bu aşırı gıcık bir durumdu. Gözlerini kapatıp ona kadar saydı ve "Senden nefret ediyorum," diye mırıldandı Lilah. "İnanılmaz gıcık bir adamsın."

"Bir de bana sor, ben kendime hastayım."

Lilah, söyleyeceklerini yutup ofladı ve onun laflarını duymazdan gelmeye çalışarak yürümeye devam etti. Drew yol boyunca susmadı.

Lilah'nın yalvararak susmasını istemesine saniyeler kala, kızı bileğinden tutup eski püskü bir eve çekti. Ev, terk edilmiş gibiydi. İçerisi küf kokuyordu, etrafı görmeye çalıştığı sırada bir viyaklama sesi duydu ve ayaklarına bir şey dokunup hızla uzaklaştı.

"Burada bir şey var," diye bağırdı, Drew'a doğru. Oda dışarıdan gelen soluk ay ışığı dışında hiçbir şeyle aydınlatılmadığı için karanlıktı. Bu yüzden Drew'u görmesi de kolay olmadı. Lilah, "Burada bir şey var," diye tekrarlayarak ayağının altını görmeye çalıştı. "Tüylü bir şey."

"Korkma," dedi Drew. "Faredir."

"Kormadım," derken duraksadı ve farelerden birine çarpınca olduğu yerde sıçradı. "Ayy!" diye bağırıp kendini kırık mutfak tezgâhının üstüne attı. "Öldürdüm mü onu?"

Tezgâhta dizlerinin üzerinde durup elleriyle kenarlara tutundu ve aşağı baktı. Mar'dayken onları görebiliyor ve bu yüzden korkmuyordu. Ancak karanlıkta ayaklarının altında dolaşmaları rahatsız ediciydi, bir fareye basıp onu öldürmek istemiyordu.

Drew, tezgâhın önünde ellerini beline yaslayıp, Lilah'ya baktı, Lilah onun yüzündeki ifadeyi seçemese de Drew'un sesi alaycıydı. "Şu işe bak ya," dedi. "Cinayet sebebiyle ölüm cezası almış, herifin birini tanrısına kavuşturmuş ama bir fareyi öldürmekten korkuyor. Şaka gibi bir kız."

Lilah, "Tabii ki fareyi öldürmekten korkuyorum. Hem çok biliyorsun sen!" dedi gözlerini kısıp zayıf ışıkta etrafı tararken. "Ben hayatım ya da başka birinin hayatı söz konusu olmadıkça birini öldürmem. Hayvan, hiç öldürmem."

Drew, "Eeee?" diye sordu. "Nedir bu erdemli davranışın sebebi?"

"Haksız yere kan dökmekten korkarım ben. Annem bunun ruhu lanetlediğini söyler."

Drew güldü. "Ne biçim bir bakış açısı bu? Azize misin sen?"

"Seni ilgilendirmez. Hayat hayattır. Özellikle masumların hayatı, inanılmaz değerlidir. Haksız kan dökmenin cezası ağır olur." Yavaşça tezgâhtan aşağı atlayıp ayaklarını gürültüyle yere vurdu. Bu sayede farelerin kaçmasını umuyordu. "Eee, nereye gidiyoruz? Gidelim hadi."

Drew başını sallayıp yere uzandı ve eski bir kilimi kaldırıp altında gizlenen kapağı açtı. Odaya loş ışık yayıldı. Lilah başını uzatıp aşağı baktığında, yerin altına inen dimdik bir merdiven gördü.

"Hadi geç."

İçeri girdi ve merdivenlerden aşağı inmeye başladı. Drew arkasından gelip kapağı geri kapattı. Merdivenler dik bir şekilde aşağı doğru iniyordu. Lilah önde, Drew arkada, aşağıya inmeye devam ettiler. Dik merdivenlerde aşağı inmek zordu, Lilah yandaki duvara tutundu, diğer kısım boşluktu.

Lilah, "Burası çok... rahatsız edici," dedi. "Merdiven bir odaya iniyor sanmıştım, çok dik olan yüz tane basamak indik, hâlâ bitmedi. Hâlâ kenardan düşsem ölürüm."

"Yükseklik korkun da mı var?" diye sordu Drew. "Seni rahatsız etmeyen bir şey söyle."

"Seni öldürsem, bundan hiç rahatsız olmam mesela. Ruh sağlığım ve dolaylı yoldan hayatım için koca bir tehditsin... İyi mi?"

Drew, duraksamadı bile. "Hayır, değil."

"Tahmin etmiştim."

Merdivenlerin bittiği yerde uzun bir koridor ortaya çıktı. Her taraf beyaza boyanmış taştandı. Lilah, "Öff, ne biçim bir renk," diye söylendi. "Ölmüşüm de öteki tarafa koşuyormuşum gibi hissediyorum. Yolun sonundaki ışıktan kaçmalı mıyım?"

"Hayır, o ışığa doğru yol alacağız. Bu arada seni rahatsız etmeyen bir renkler kalmıştı. Onlara da kafayı taktın. Bakalım sonra hangi alakasız şeye saldıracaksın?"

Lilah, onu duymazdan gelerek beyaz koridoru inceledi, en uç kısmında ve diğer iki tarafta birer kapı vardı. "Burası neresi?" diye sordu Drew'a. İçerisi boştu ama en uç taraftaki odadan uğultu geliyordu.

"Gizli Milanid sığınağı," diye cevap verdi Drew. "Ne için yapılmış biz de bilmiyoruz ama Kral'a parasını veriyoruz, o da kullanmamıza izin veriyor."

"Rodmir'in tarafsızlığı da amma hoşmuş..." diye mırıldandı Lilah. "Batı Ardel'in aklına buraya bakmak hiç gelmiyor mu?"

"Geliyor tabii. Öncelikle burası tarafsız bölge, Batı bize bir şey yapamaz. İkincisi burada kalıcı değiliz biz. Bir gece, herhangi bir amaçla toplanır sonra uzun süre buraya yaklaşmayız. Mesela bugün tüccarlar toplantısı var. Hepimiz sahte iş adamları ve şirket sahipleri olarak tanınıyoruz. On dört yıl, Rodmir halkına karışmak için iyi bir zamandı. Yerin altında yaşamıyoruz biz, üzerindeyiz. Ticaret yapıyoruz, tarımla uğraşıyoruz, el sanatları icra ediyoruz..."

"Yani bir hayatınız var, özgür, mutlu bir yaşam fırsatı ama buna rağmen savaşmak istiyorsunuz? Başkası olsa kendimi kurtardım der, arkada kalanları umursamazdı. Siz neden umursuyorsunuz?"

Drew durgunlaştı. "Haklısın," diye mırıldandı kapıya doğru yürürken. "Ama biz umursuyoruz. Kaybettiklerimizin yasını tutuyoruz. On dört yıl hayata devam etmek için yeterli, ancak unutmak için yetersiz bir süre. Hem unutmak istemiyoruz, intikam almak istiyoruz. Ülkemizi onların eline bırakmayacağız. Çoğumuzun ailesinin bir kısmı orada kaldı. Kaybettiklerimize borçluyuz. Onlar için çalışıyoruz. Hayata devam etmekten daha önemli şeyler vardır, mesela onur. Adalet."

Lilah'nın boğazı düğümlendi. Yutkundu ve bir süre konuşamadı. Kapıdan içeri girmeden önce, "Direniş iyi insanlarla dolu," diye mırıldandı.

Drew, ona göz kırptı ve gülümsedi, eğer içinden geçenleri duyabilseydi gülümsemezdi.

Lilah, Direniş'in bir sırrını biliyordu; Direniş iyi insanlarla doluydu ama içinde hainler vardı.

U şeklinde beş kattan oluşan bir odaydı. Lilah'ya, kitaplarda gördüğü Fjanor'daki dövüş arenalarını ve Ardel'deki amfitiyatroları anımsattı. Başını kaldırıp odadaki kalabalığı izledi. Bu kadar çok Direniş üyesini bir arada görmek, ona kendini garip hissettirmişti. Alçakta kalan katlara Direniş üyeleri oturmuştu, daha yüksek bir platformda ise Prenses'in oturması için hazırlanan kırmızı bir koltuk vardı. Odanın tamamını rahatlıkla görebileceği bir noktadaydı. Lilah, oturduğu ikinci kattaki sıradan somurtarak Prenses'in koltuğuna baktı. Sonra da etrafı inceleyip Drew'a doğru fısıldadı. "Harrison nerede?"

Drew, sıkıntıyla iç geçirip ona bakmadan cevap verdi. Kumral saçları yüzünü kapattığı için Lilah onun gözlerini göremedi. "Sen bu Harrison'ı çok fazla mı merak etmeye başladın acaba?"

Lilah, ona cevap bile verme gereği duymadı. "Merak ediyorum çünkü bu durum çok garip. O normalde hep senin yanında olurdu."

"Normalde evet ama Prenses varken olmaz. Prenses, Harrison'ı yanında görmek istiyor."

Lilah duyduğuna şaşırmıştı, bir anda, "Ne?" diye sordu. "Neden ki?"

Drew, dirseklerini dizine yaslayıp öne doğru eğildi. Aşağıdan ona bakarak, "Direniş'te büyüdü Prenses. Tıpkı Harrison ve benim gibi," diye fısıldadı. Bunları Harrison zaten anlatmıştı. "Biz birbirimizden pek hoşlanmayız. Beni pek sevmez. Ama Harrison'a karşı hep fazla ilgili olmuştur."

"Nasıl ilgi?"

"İlgi işte," dedi Drew, asabi bir şekilde. "Duygusal anlamda."

"Şaka mı yapıyorsun? O bir prenses. Peki ya Harrison?"

"Ne olmuş Harrison'a?" diye sordu bu sefer. Siniri iyice bozulmuş gibiydi. Belli ki Lilah'nın soruları onu rahatsız etmişti.

"Yani... O da Prenses'e karşı ilgili mi?"

Drew, hemen doğruldu ve sırıtarak Lilah'nın suratına baktı. "Ona sadık. Ama hayır, o anlamda ilgili değil. Böyle bir şey yürümez."

Lilah, "Ama..." diye söze başladı.

Drew, "Şşş, geldiler," diyerek onu susturdu ve parmağıyla kapıyı işaret etti.

Bunu yapmaması gerekirdi, hanedanı parmakla işaret etmek hoş karşılanmazdı ama Lilah, bir şey söylemedi, iç geçirip kapıya doğru baktı ve Prenses'i gördü. Simsiyah uzun bir elbise giymişti. Belinde altın işlemeli kırmızı bir kemer vardı. Elbisenin yakaları altın işlemeliydi ve olması gerekenden çok daha fazla açıktı. Boynunda eskiden Kraliçe'ye ait olan zümrüt bir kolye vardı.

Lilah'nın bakışları kısa bir an kolyeye takıldı. Audra'nın kumral, uzun saçları kalın bir örgü halinde arkaya atılmıştı. Saçında ince bir elmas, zümrüt karışımı taç vardı. O tacı da eskiden Kraliçe takardı. Lilah, Kraliçe Ledell'e dair hayal meyal hatırladığı anılarda, o tacı da anımsıyordu.

Prenses yürümeye devam ederken soğuk bir gülümsemeyle odayı inceleyip ellerini karnında birleştirdi. Harrison hemen yanındaydı ve gergindi.

Koyu yeşil, resmî bir üniforma giymişti. Sarı saçları kısalmıştı, gri gözleri uzaktan siyah görünüyordu. Tüm salon ayağa kalktığında Drew, Lilah'yı da çekerek kendisiyle birlikte ayağa kaldırdı. Lilah gönülsüz bir şekilde ayağa kalktı.

Prenses ise yürüyerek önünden geçip giderken dümdüz ileri bakıyordu. Çok sert görünüyordu. Hareketleri ve tavrı Lilah'ya Dewana'yı anımsatıyordu. Audra birkaç adım uzaklaşıp Hector'ın karşısında durdu. Hector onu selamladı ve kenara çekilerek yer açtı. Prenses, en yüksekteki koltuğa oturup salonu gözden geçirdi. Dudakları düz bir çizgi haline gelmişti. Kaşları çatık, vücudu kaskatıydı. Harrison da onunla birlikte etrafı kontrol ediyordu. Bu nedensiz bir şekilde Lilah'nın canını sıktı.

"Nasıl?" diye sordu Drew, çenesiyle Prenses'i işaret ederek. "Audra hatırladığın gibi biri mi?"

Lilah başını iki yana salladı, tanıdığı kız bu değildi; çocuksu güzelliğini kaybetmiş, sert bakışlı ve ketum bir kız haline gelmişti. "Hayır, değil."

Drew, başıyla onaylarken sırıttı. "Arkadaş olması kolay biri değildir."

Lilah hayal kırıklığıyla, "Eskiden tam tersiydi," diye mırıldandı. "Belli ki şartlarla birlikte o da değişmiş."

Drew, başını iki yana salladı ve Prenses'e doğru baktı. Lilah'nın bakışları tekrar Harrison'a kaydı ve onun gözlerinin de kendi üzerinde olduğunu gördü. Başını hafifçe eğerek onu selamladı. Lilah'nın kalp atışları hızlandı. Bu Harrison, tanıdığı Harrison'dan çok farklıydı. Üniformasının içinde bambaşka biri gibi görünüyordu ve her zamankinden daha dikkatli ve sertti. Audra'nın neden onun yanında istediği, ona güvendiği belliydi.

Toplantının ilk aşamasında Prenses, Direniş ve Ardel'le ilgili katı bir konuşma yapıp, ardından beklentilerini sıraladı.

"Fedakârlıklarınız diğerlerini özgürlüğe kavuşturacak," derken gözlerinde ya da sözlerinde hiç samimiyet yoktu. "Doğu Direnişi'nin gücü Batı'ya korku veriyor…"

"Gücümüz çakalları ürkütüyor," diye mırıldandı Lilah, gözlerini devirerek.

Yanında oturan Drew, az kalsın kahkaha atacaktı. "Nasıl? Motive oldun mu bari?"

"Yaa, hem de nasıl," diye mırıldandı Lilah, Prenses'i dinlemeye devam ederken duyduklarına inanamadı. İnanılmaz bencilce bir konuşmaydı. Audra *sürekli sizin fedakârlığınız, sizin yaptıklarınız, sizin yapacaklarınız* deyip duruyordu. Lilah'nın anladığı kadarıyla kendisi hiçbir şey yapmıyordu. Çünkü kendi sorumluluklarını asla dile getirmiyordu. Sürekli Direniş'in Prenses'e karşı sorumluluklarından bahsedilmesi, Lilah'nın canını sıktı. Tam bir Direniş üyesi sayılmazdı ama kendini bir hizmetçilikten başka bir hizmetçiliğe geçiş yapmış gibi hissetti. Birden başına ağrı girdi, hiç böyle hayal etmemişti.

Sıra Direniş'in isteklerine geldiğinde Audra, Hector'a baktı. "Yalnızca üç kişi," dedi kibar bir şekilde. "Üç kişiyi dinleyeceğim, her zamanki gibi."

Lilah, konuşmak isteyenlerin ellerini kaldırmalarını ve Prenses'in onları inceleyip rastgele seçmesini şaşkınlıkla izledi. Her geçen dakika hayalleri daha da derin sulara gömülüyordu. "Hangisinin söyleyeceğinin daha önemli olduğunu nereden biliyor?" diye sordu Drew'a.

"Bilmiyor," diye cevap verdi Drew.

"Peki, önemli olanlar nasıl iletişim kuruyor? Ayrı bir toplantı veya yazılı mesajla mı?"

"İletişim kurmuyor," dedi Drew. "Sana Audra'yı sevmediğimi söylemiştim. O böyle biri. İşine geldiği gibi davranır."

"Peki neden başta o var?"

"Çünkü Prenses o, müttefik toplamamız için bize o gerekli. Onun şartlarına göre oynuyoruz. Biz de pek mutlu sayılmayız yani. Bir de Kral'a saygıdan…" Sesini iyice kıstı, Lilah ne dediğini zar zor duydu. "Bunu söylemem yanlış belki ama Harrison, Lydia adında birinden bahsetti. Kayıpmış ve Ardel tahtında hak talep etme imkânı varmış."

Lilah'nın dudakları düz bir çizgi haline geldi. "Prenses Lydia öldü," dedi.

Drew, kulağına eğilip tekrar fısıldadı. "Keşke ölmeseydi." Lilah, ona ters ters bakınca, "Ne?" diye sordu. "Eminim bundan iyidir."

Lilah onunla tartışmadı, çünkü o sırada şu Prenses Audra'yı gerçekten öldürmek istiyordu. Anlamıyordu, nasıl böyle bir şey olabilirdi? Bu kız, gerçekten onun ailesinden daha mı değerliydi? Kesinlikle alakası yoktu. Berbat bir liderdi. Bunu hemen anlamıştı. Kim bilir uzun zaman Direniş'te olsa daha ne hatalar ve yanlışlar yakalardı. *Babam benim bu gördüklerimi görse büyük hayal kırıklığına uğrardı,* diye düşündü.

Prenses, iki konuşmacı seçti, ikisinin de önerilerini kendi fikirleri ve istekleri doğrultusunda reddetti. Lilah öfkeden çıldırırken, Prenses gülümseyerek konuşması için genç kızlardan birini seçti.

Kız ayağa kalkıp, "Prenses Audra," diyerek reverans yaptı. Lilah'nın dikkatini, kızın sarı kıvırcık saçları çekti. Aklına Dewana geldi. "Biz Direniş'te bulunan kızlar, yeniden silahlı olarak görev almak istiyoruz. Uzun zamandır sizin söylediğiniz şekilde geri planda, istihbaratta kaldık. Artık körelmeye başladığımızı düşünüyoruz."

Prenses, garip bir gülümseme ile genç kıza baktı. Üzerinde eski bir asker üniforması vardı. Prenses, gördüğü görüntüden hoşlanmamış gibi başını iki yana salladı. "Ben genç hanımlara silahı ve savaşı yakıştırmıyorum."

Lilah, kısa bir an nefes almayı unuttu, tekrar hatırladığında neredeyse isyan edecek, çığlık çığlığa bağıracaktı. Bu nasıl mümkün olabilirdi? Bütün bunlar koca bir şaka olabilir mi diye merak etti. Onu hasta etmek için tüm bunlar kasten mi yapılıyordu? Bu bir sınav mıydı?

"Ama Prensesim, diğer her şeyi yapıyoruz. Biz bu şeylerin daha alçaltıcı olduğunu düşünü-"

Prenses, elini havaya kaldırıp, "Yeterli," dedi. Gülümsedi. Gülümsemesi, uzun süre maruz kalan herkesin zehirlenmesine sebep olacak kadar sahteydi. Audra, Dewana'dan daha berbattı. Drew haklıydı, rezil bir insandı. "Bu günlük bu kadar yeter. Toplantı bitmiştir."

Kız, ısrar etmeye devam etti. Bakışları yerdeydi, Prenses'e bakamıyordu. "Biz savaşçı olarak yetiştirildik," dedi. "Biz Direniş'teniz. Biz ön planda olmak istiyoruz."

Prenses cevap vermedi. Herkes sessizdi.

Lilah dayanamayıp yavaşça el kaldırdı, hareketsiz odada tüm dikkatler ona kaydı.

"Bugün üç kişiyi dinledim," dedi Prenses, ağdalı sesiyle.

Lilah, elini indirmedi. Ona cevap da vermedi. Hector, Prenses'e yaklaşıp kulağına bir şey fısıldadı. Prenses, iç geçirip asık bir suratla, "Peki, söyle bakalım," dedi.

Lilah ayağa kalktı, Hector ve Harrison'ın uyarı dolu bakışlarını görmezden gelip konuşmaya başladı. "Prenses Audra; sürekli talep ediyorsunuz. Sizden istediklerim, sizin feda etmeniz gerekenler, sizin yapmanız gerekenler... Hepimiz bunları dinledik ve anladık fakat siz bizim için aynı şeyi yapmaya çalışmıyorsunuz. Basit istekleri bile reddediyorsunuz."

Prenses donakaldı. Yavaşça Lilah'ya döndüğünde, gözlerindeki bakış öfke doluydu.

Lilah'nın gözlerini kaçırması, başını yere eğmesi gerekiyordu ama yapmadı. Zaten başına daha beter ne gelebilirdi ki? Böyle bir yerde kurtuluş umudu aramanın ne anlamı olabilirdi? Ailesini böyle bir saçmalık uğruna feda etmenin ne anlamı vardı? Böyle bir lidere umut bağlayan bu kadar insanın taşıdığı umudun ne anlamı vardı? Her şey anlamsızdı.

Prenses, "Ne demek istiyorsun?" diye sordu. Ses tonu çok düzgündü ama son hecede, çok hafif bir titreme vardı. Öfkelenmişti.

"Yalnızca siz talep edemezsiniz. Halkın da sizden bir şeyler talep etme hakkı var. Sizin de bir lider olarak bu talepleri gerçekleştirmeniz gerek. Keyfi bir şekilde reddetme hakkınız yok. Doğu Ardel kuralları gereği, ya geçerli bir sebep sunmak ya da halkın isteğini onaylamak zorundasınız."

"Geçerli nedenimi sundum."

Lilah, "Siz keyfi nedeninizi sundunuz," dedi. Ateşle oynuyordu ve bunu çok iyi biliyordu. "Kızlar savaşmak istiyorsa savaşmalılar. Savaşmaya uygun değillerse, geri planda kalırlar. Fakat buna karar veren siz değil, komutanlar olmalı. Kızların potansiyelini bilen kişi onlar."

Prenses konuşmadı. Odada çıt çıkmıyordu. Lilah, tüm bakışları üzerinde hissetti. Direniş'te ufak bir devrim yapıyordu ve bunu görebiliyordu.

Prenses, bir Lilah'ya, bir kalabalığa baktı; Lilah'nın gördüğü şeyi o da gördü. En son kaskatı bir halde Hector'a döndü. "Sen ne düşünüyorsun?"

"Savaşmak isteyenin savaşması gerektiğini," dedi Hector. "Ben kızları geri planda tutma taraftarı değilim. Bence sınav yapıp, başarılı olanları askerî sahaya yeniden çekelim."

Prenses'in yüzü gerildi. Hector onu destekler sanıyordu fakat Lilah'tan taraf olmuştu.

Lilah gülümsedi. Sinirden deliye dönmüştü, mantıklı düşünemiyordu.

Prenses, "Sen nasıl uygun görürsen öyle olsun, Hector," dedi güçlü bir sesle. "Askerî bilgine güvenirim."

Odada sessizlik devam ederken Prenses, Hector'a bir şeyler fısıldadı ve odadan çıktı. Drew, Prenses'in arkasından neredeyse duyulamayacak bir ıslık çalıp Lilah'ya baktı. "Sen aklını kaçırmışsın," diye mırıldandı. "Direniş içinde bir isyan mı çıkaracaksın?"

Lilah, içi kıpır kıpır bir halde, "Umurumda değil," diye mırıldandı.

Drew uzun bir süre sessiz kaldı. "Umarım başın belaya girmez ama cesaretine hayran kaldım. Ve Lilah, kesinlikle haklıydın. Biri sonunda ona gerçeği söyledi."

Lilah, ona bakıp, "Onayını almasam yaşayamazdım," dedi alayla. Sonra Hector, bir anda tepesinde bittiğinde başını kaldırıp ona baktı.

Hector'u öfkeli görmeyi bekliyordu ama onun suratında keyifli bir ifade vardı. "Prenses seni görmek istiyor."

Drew, "Tüh," demekle yetindi. "Başı belada mı?"

"Her zamankinden daha fazla değil, Andrew," derken, bakışları Lilah'nın üstündeydi. "Her zamankinden daha fazla değil..."

Drew'un, "Kelleni koru, Lilah," dediğini duyduğu sırada Lilah, dalgın bir halde Hector'ı takip ediyordu.

"Kelleni koru mu dedi o?" diye sordu.

Hector sıkıntılı bir edayla, "Senlik bir şey yok," diye mırıldandı.

Lilah, Hector'ın arkasından yürürken insanlar, arkasından endişeli bir ifadeyle onu seyrediyorlardı. Sarışın kız önlerine çıktı ve Lilah'ya baktı. "Teşekkürler," dedi ona. Gayet samimi görünüyordu. "Arkamızda durduğun için..."

"Önemli değil."

Kız, Lilah'ya gülümsedi. "Hayır, bizim için çok önemli," diye mırıldandı ve oradan ayrıldı.

Hector, Lilah'yı koridorun sonundaki diğer odaya soktu. Bir sandalye çekip, "Otur ve bekle," dedi. "Audra'yı alıp geleceğim."

Lilah cevap veremeden odadan çıktı ve bir süre sonra geri geldiğinde uzun uzun Lilah'ya baktı, ardından yavaşça kenara kaydı.

Audra, başını eğerek odaya girip asık bir suratla etrafı inceledi. "Burayı düzenleyelim de kişisel odam olarak kullanayım, Hector," diye mırıldandı. Hector, ona yorum yapmayınca, "Şuraya da bir koltuk koyarız," diye konuşmayı sürdürdü. İnce uzun parmağıyla boş bir köşeyi işaret etti.

Sonra bakışlarını aşağı indirip Lilah'nın tam karşısında durdu. Tek kaşını havaya kaldırarak hâlâ oturduğu için ona ters ters baktı. "Beni gördüğünde ayağa kalkacaksın."

Lilah, nefesini bırakıp, "Fhe dienne?" diye sorarak yavaşça ayağa kalktı ve Prenses'in karşısında durdu.

Hemen hemen aynı boydaydılar. Ancak Audra'nın yüzünün sağ tarafı yaralarla doluydu. Uzaktan belli olmuyordu, iyi bir şekilde kapatılmıştı ama yakından... Ten rengi pudraların altındaki hasar belli oluyordu. Sağ yanağındaki solgun, uzun, üç bıçak izi vardı. Elinde de bir yanık izi. Çok kez saldırıya uğramış, ölüm tehlikesi atlatmıştı. Lilah bir an onun hakkında düşündükleri için üzüldü. Belki de Audra kızları korumaya çalışıyordu, belki de soğuk olması ancak saygı kazanmasına sebep oluyordu. Ne yorum yapacağını bilemedi. Çok acele tepki vermişti, oysa sabretmek konusunda çok iyiydi. Audra bu kadar detaylı incelenmekten dolayı öfkelendi ama sonra Lilah'nın kraliyet lisanında konuştuğunu hatırlayıp duraksadı. Mavi-yeşil gözleri kısılıp onun yeşil gözlerine ve lüle lüle kumral saçlarına odaklandı. Özgüveni anında yerle bir oldu. "Eura?" derken sesi titredi.

Lilah, ellerini sırtında birleştirdi ve başıyla onayladı. "Min fera."

Prenses yutkundu, birkaç kez derin nefes alıp verdi ve bakışlarını gergin bir şekilde onları izleyen Hector'a çevirdi. "Bu da ne demek oluyor?"

"Sen söyle," dedi Hector. "Ne anlama geldiğini benim kadar iyi biliyorsun."

Prenses'in gözleri kısıldı ve bakışlarını Lilah'ya çevirdi. Yüzü allak bullak olmuştu. "Nasıl?" derken elini şaşkınlıkla başına götürdü. "Nasıl olur? Daha za-" Aniden konuşmayı kesip konuyu değiştirdi. "Annen ve baban nasıl?"

Lilah, "İyi değil," dedi kederle. "Corridan'ın gözü üstlerinde. Mar'a atıldılar. Bazı ihtimalleri düşündükçe ölmüş olmalarını umut ediyorum. Simyacılara verilmeleri söz konusu."

Audra, dalgın bir şekilde başıyla onaylarken elleriyle saçlarını düzelterek bir ileri bir geri yürümeye başladı. "O halde şu an simyacılara teslim edilmediler... Yani sana bir şart sunmuş olmaları gerek. Buraya bir şey için gönderildin."

Lilah, başıyla onayladı ama Audra pek de onun onayına ihtiyaç duymuyordu. Kendi çıkarımlarını hızlı bir şekilde yaptı. "Corridan, seni, beni öldürmen için yolladı. Ailenin özgürlüğü karşılığında," diye fısıldadı. Göründüğünden, davrandığından çok daha zekiydi demek ki. "Aksi halde sen burada olmazdın. Kral'dan izin ve onay aldın."

Lilah tekrar başıyla onayladı. "Ne yapacağız?" diye sordu. "Onlara yardım etmemiz lazım. İşkence görecekler. Ama bir şeyler yapmak dikkat de çeker ve..."

Audra, onun sözünü kesti. "Yapacak bir şeyim yok. Sen burada kalabilirsin," dedi omuz silkerek. "Ama bana yaklaşmayacaksın."

Lilah, "Fhe dienne?" diye sordu tekrar. *Gerçekten mi?* "Görmeyeli çok değişmişsin, Audra."

Audra, "Sen hiç değişmemişsin, Lilah" dedi dikkatle. "Hep fazla... hırslı, şımarık ve buyurgandın. Az önce beni çok zor durumda bıraktın.

O saçma meydan okuman beni küçük düşürdü. Söyle bana, otoritemi korumam için sana ne yapmam lazım?"

"Otoriteden önce hoşgörünü konuşturman lazım," dedi Lilah. "Beni cezalandırırsan senin hoşgörüsüz ve kimsenin düşüncelerine önem vermeyen, özgüveni düşük bir lider olduğunu düşünürler."

"Zeki, politika ustası Lilah," diye mırıldandı. "Ivan Tiernan seni iyi yetiştirmiş."

"Politika, bir amaca ulaşmak için düşündüğünden başka türlü davranmak demektir. Ben dürüst davranıyorum."

"Min otra ille ne sottre," dedi Audra gülerek. Şaşır*mad*ım, demişti. "Neredeyse kanacaktım. Neredeyse... Sen benim hayatımda gördüğüm en iyi yalancısın." Kızın yüzüne bakıp elini ona doğru uzattı, saçlarına dokundu. "Lilah," dedi ismi vurgulayarak. "Sen düşündüğünden başka türlü davranmasaydın bugün karşımda olmazdın."

Lilah, kendini geri çekti ve Prenses'in eli havada kaldı. "Ölmüş olurdum."

"Yazık olurdu. Her neyse, ailen için üzgünüm, yapılabilecek bir şey yok. Ayrıca... Sana güvenmiyorum. Bir karar aldık, plan yaptık. Ona uymam gerek. O zamana kadar bir daha buradaki toplantılara katılmanı da istemiyorum. Yapacağın ya da seni ilgilendiren bir şey olursa ben sana haber yollarım."

Lilah, "Je ve fiedre," dedi öfkeyle, aniden kraliyet lisanına geçmişti. "Min fera Eura."

Audra, "Novi?" diye sordu aynı dilde.

Lilah, "Başlatma şimdine," dedi halk diline dönerek. "Kafayı yemişsin sen. Bunu yapamazsın."

"Yapabilirim," diye mırıldandı. "Öyle değil mi, Hector?"

Hector hemen cevap vermedi.

"Hector?" diye tekrarladı Audra.

Hector, gözlerini Lilah'ya dikti. "Söyle, Audra."

"Bunu yapabilirim, değil mi, Hector?"

"Elbette, Prenses," dedi Hector, hoşnutsuz bir şekilde.

Audra'nın gözleri, Lilah'ya kaydı. "Aynen öyle... Başka bir şey var mı?"

Lilah, cevap vermedi. Sert bir şekilde Audra'nın yüzüne baktı. Ama Audra, onun bakışlarını görmezden gelerek eteklerini sürüye sürüye odadan çıktı ve kapıyı sert bir şekilde kapattı.

Lilah, "Prenses..." dedi, sinirden gülerek. "Onu öldüreceğim," diye söylendi arkasından. "Ciddiyim, şu anda bunu çok istiyorum."

"Sabret. O da planları ifşa etmenden korkuyor."

Lilah, "Sanki ifşa edecek doğru düzgün bir planı mı var?" diye sordu. "Olsaydı zaten şimdi burada olup halka boş nutuklar atmazdı. Ömür boyu Direniş'in güvenli kollarında şımartılmış. Başka da bir şey olmamış. Onda kibirden başka bir şey kalmamış."

"Ne yapmak istiyorsun?"

"Ne istediğimi sana zaten anlattım." Lilah, neredeyse isyan ediyordu. "Plana uymak zorundayım, başka yolu yok!"

Hector, "Aynen devam mı?" diye sordu usulca.

Lilah, başını iki yana salladı. "Hayır, artık birkaç değişiklik yapmamız lazım."

Lilah, sonunda Hector ile odadan çıktığında, boş koridorda Prenses'i Harrison ile konuşurken gördü. Prenses her ne anlatıyorsa, Harisson onu dikkatle dinliyordu.

Sonra Harrison, Lilah'nın kapıdan çıktığını görüp onu yanına çağırdı ve Audra şaşkınlıkla adama bakakaldı. Lilah yanlarına gittiğinde, iki kızın da yüzünde sinir dolu bir ifade belirmişti.

"Lilah, sizin eskiden arkadaş olduğunuzu söyledi," dedi Harrison, Lilah'yı bileğinden tutup biraz daha yakına çekerek.

Audra'nın gözleri, kızın bileğine ve Harrison'ın eline kaydı. "Eskiden," diye onayladı hoşnutsuzca. "Çocukken insan kimlerle arkadaşlık yapması gerektiğinin farkında olmuyor."

Harrison, beklemediği bu cevap karşısında ne diyeceğini bilemedi. Lilah odadan öyle elini kolunu sallayarak çıkınca, Prenses'in ona kızmadığını düşünmüş ama yanılmıştı. Gerçekten çok yakın arkadaş olduklarını sanmıştı ama Audra'nın gözlerinde sadece düşmanlık vardı. Ya da başka bir şey... Harrison'ın çözemediği bir şey. Kıskançlık mı diye düşündü Harrison kısa bir an.

Lilah, "Prenses haklı," derken gülümseyerek Audra'ya baktı. "Çocuklar hiyerarşi nedir bilmez. Arkadaşlarını mevkiye göre seçmezler. Sayı sıfatlarına veya unvanlara ihtiyaç duymazlar. İnsanlar büyüdükçe açlaşırlar."

Audra kaşlarını çattı. "Hayatımda hiç açlık çekmedim," dedi buz gibi bir sırıtışla.

Lilah, bunun üzerine, "Ben çektim," diye cevap verdi. "O yüzden hiçbir şeyi önemsemiyorum. İnsan et yiyerek de hayatta kalıyor, kuru ekmek yiyerek de. Önemli olan hayatta kalabilecek gücünün olup olmadığı. O gücü neyden aldığın değil."

Harrison'ın yüzünde gergin bir ifade belirdi. Neler olduğunu anlamaya çalıştı. Lilah, eski bir arkadaşa göre bile Audra karşısında oldukça fazla rahattı. Bir an için gizli bir hanedan üyesi olabilir mi diye düşündü. Belki gerçekten de Hector'ın kızıydı. Belki de... Aklına gelen diğer seçenek onu dehşete düşürdü. Hanedanın ilk iki veliaht prensi ve onların ailesinin bildiği Ardel Kraliyet Lisanı... Lilah'nın bu dili çok iyi konuşması, Harrison'a başka bir ihtimali düşündürdü. Mesela... Lilah'nın Prenses Lydia olması... Harrison kaşlarını daha da çattı. Audra ve Lilah arasındaki benzerliği düşündü. Kuzen olabilirlerdi. Bu çok da garip olmazdı.

Audra, buz gibi bir sesle, "Eminim öyledir," diye mırıldandığında, Harrison'ın düşünceleri dağıldı. "Hiç değişmemişsin, Lily, çocukken nasılsan şimdi de öylesin. Öyle de öleceksin galiba."

Lilah bunun karşılığında, "Keşke sen de değişmeseydin, Audra," diye mırıldandı usulca. "Ya da olumlu yönde gelişme gösterseydin. Belki bugün savaş bitmiş olurdu, ben de evime dönerdim. Görüyorum ki hâlâ sadece talepkârsın."

Harisson boğazını temizledi, Lilah şansını çok fena zorluyordu ve Audra, düpedüz sinir olmuş bir durumdaydı. "Ona Direniş kurallarını öğretmedin mi, Harrison?" Audra ellerini sıkıyordu.

Harrison'dan önce davranıp sorusunu Lilah cevapladı. "Ben geldiğim yeri de kuralları da asla unutmadım," dedi. "Bir şey öğretmesi gerekmiyordu bana. Ama sana Ardel saray kurallarını kimse öğretmemiş galiba."

Harrison'ın dili tutulmuştu. Lilah'yı uyarabilmek için onunla göz göze gelmeye çalıştı ama kız, gözlerini Audra'dan ayırmıyordu. Ardel saray kuralları demişti. İşler çok fena karışmak üzereydi.

Audra, "Şaşırmadım," demekle yetindi. "Hep fazla ukalaydın, hiç öğrenemiyorsun, Lilah."

"Ben bilmem gereken her şeyi öğrendim, Audra. Belki sana da öğretirim. Eski günlerdeki gibi..."

Harrison, sonunda dayanamadı ve "Bence gitmeliyiz, Lilah," diyerek araya girdi, kızı kolundan tutup çekiştirirken, Audra'yı selamlamayı da ihmal etmedi. Bu, Lilah'yı daha da deli etti. "Seni güvenli eve götüreyim."

"Bence de git, Lilah," diye mırıldandı Audra. "Biraz yemek ye, güçlen. İhtiyacın olacak. Bir dahaki sefere de düzgün bir şeyler giymeyi unutma. Tıpkı oğlan çocukları gibi giyiniyorsun."

Lilah, üstündeki siyah pantolona ve mavi gömleğe bakmamak için kendini zor tuttu. "Ömrüm boyunca Direniş'in gölgesinde saklanmadım ben," diye fısıldadı öfkeyle. "Dövüşmeyi, silah kullanmayı öğrendim. Bu yüzden bu halime alışsan iyi edersin. Çünkü bugünden sonra da böyle giyinmeye devam edeceğim. Ama ben sorununu çözdüm senin. Sen sahip olamadığı güce sahip herkesten nefret eden birisin. Bu yüzden kızları savaş alanından geri çektin."

Audra'nın gözleri irice açılırken, Lilah ona selam vermeden arkasını döndü ve kendini çekiştiren Harrison'dan kolunu kurtardı. Öfkeliydi.

Harrison, onun peşine takılırken gergin bir sesle, "Sen kafayı mı yedin?" diye sordu. "Bunu yapmamalıydın, Lilah!"

"Neden?" diye sordu bağırarak. "Sırf ona muhalefet oldum diye kellemi mi alır? Onu desteklemedim diye beni bir yere mi kapattırır? Prenses olması ona bizi ezme hakkı mı veriyor? Halkına verdiği değer bu olacaksa, Direniş'in bu savaşı kazanmasının bir anlamı yok. Ha Dewana, ha Audra. Ne farkları var?"

"Seni hain ilan ederse idam edilirsin. Direniş onu sorgulamaz bile."

Lilah öfkeden iyice deliye döndü, ellerini iki yana açıp, "Bu mu yani?!" diye bağırdı. Harrison etrafta kimse var mı diye aceleyle etrafa baktı, kimse olmadığını görünce rahatladı.

"Direniş bu mu? Sorgusuz idamlar, Prenses tarafından aşağılanmalar, küçümsenmeler. Söz hakkı yok. İcraat yok. Bunun için mi çalışıyorsunuz? Ben on dört yıl bunun için mi bekledim?! Ardel'de insanların umut ettikleri şey bu değil. Ölseler daha iyi!"

Harrison, sakin bir sesle konuştu. "Böyle konuşma." Lilah'ya anlatmaya çalışacaktı ama kız anlayacak gibi değildi. Hayal kırıklığı âdeta onu sarhoş etmişti. "Prenses olmazsa müttefik bulamayız."

"Bu kız müttefik falan bulamaz," dedi Lilah. "İnan bana, onu benden daha iyi tanımıyorsun. Biriyle birlikte büyümüş olman, onu tanıdığın anlamına gelmez. Onunla arkadaşmışsın. Senin sözlerini tekrar sana hatırlatayım öyleyse: Arkadaşlıklar çoğu zaman ihanetle biter."

Harrison, başını iki yana salladı. "Belki haklısındır, ancak bilmediğin şeyler var. Sen burada büyümedin, bu düzeni ve gerekliliği anlayamazsın."

"Anlayamam, haklısın. Çünkü burada bir düzen yok. Farkında değilsiniz ama sizin de anlayamadığınız şeyler var ve ben sizin onu anlamanızı sağlayacağım."

"Saçma sapan bir şey yapıp hayatını tehlikeye atma," dedi Harrison. "Seni öldürtür."

Lilah, "O bana hiçbir şey yapamaz," dedi usulca ve içinde tutmak istemediği her şeyi kraliyet lisanıyla dile getirdi. "Min fera sore Irena, Min fera sore Eura."

Harrison onun yüzüne baktı. Çok merak etse de, *'Sen Prenses Lydia mısın?'* diye sormak istemedi. Bu tahtta hakkının olup olmadığını sormak istemedi. Audra'ya gidip neden hiçbir kaynakta Prenses Lydia'nın geçmesine izin vermediğini sormak istemedi. Kütüphaneye tekrar gittiğinde, okuduğu kitabın neden bir anda yok olduğunu sormak istemedi. Doğruları duymak istediğinden emin değildi. Ardel tahtı için üçüncü bir vâris mücadeleye dahil olursa, ne kadar çok kan döküleceğini düşünmeyi tamamen reddetti.

BÖLÜM YİRMİ BİR

BİZ ÇOK KAYBETTİK

Lilah, Audra ile karşılaşmasından sonra haftalarca hiç aranmadı ve sorulmadı. Direniş onu tamamen gözden çıkarmış, umursamıyormuş gibi görünüyordu. Sanki Hector bile fevri tavırları yüzünden onu cezalandırıyordu. Görüşme talebini reddetti, bir sürü bahane uydurdu ve planları her neyse onlardan hiç bahsetmedi. Harrison ve Drew'a da sürekli görevler veriliyor, onlar sürekli şehir dışına gönderiliyordu. Annesi Isla da Marla'ya sürekli iş verip, onun Lilah ile zaman geçiremesine engel oluyordu. Lilah günden güne yalnızlaşıyordu.

Misafirliğinin birkaç haftası daha sorunsuz geçti ama sonra bu da bir cezaya dönüşmeye başladı. Marla'nın babası Isaac'in kendini misafir etmekten hiç hoşlanmadığını net bir şekilde fark ediyordu. Adam, o ne zaman sofraya oturursa homurdanıp duruyordu, Lilah sorunun ne olduğunu bilmiyordu, birkaç kez sordu ama cevap olarak yine bir homurtu aldı. Bu tatsız, istenilmediği belli edilen anlar yüzünden bazen sofraya oturmamak için aç olsa da tok olduğunu söylüyordu. Ama bugün yalan söyleyemeyecek kadar açtı.

Herkes yemek masasına oturduğu sırada, Lilah elinde tuttuğu ekmek sepetini nereye koyacağını bilemeyerek masaya baktı. Kimse onu fark etmemiş gibiydi, Isaac ile Isla birden yüksek sesle tartışmaya başlayınca, Lilah öylece kaldı.

"O parayı hemen almazsak zor durumda kalacağız," dedi Isaac, burnundan soluyarak çorbasına tuz atarken. "Direniş bu ay parayı geciktirdi," derken başını çevirip, ayakta bekleyen Lilah'yı ters ters inceledi. "Evde doyurulması gereken boğaz arttı ve gelir azaldı. Ardel destekçileri hakkımız olan parayı da vermez oldu. Hanemize âdeta kara bulutlar çöktü."

Suçlayan bakışları tekrar Lilah'nın üzerinde durdu. Ne demesi ya da ne yapması gerektiğini bilemiyordu. Güz Hanı'na iki kez gitti ama Hector'u orada bulamadı ve mecburen geri dönmek zorunda kaldı.

"Biz Direniş'e bunun için açmadık kapımızı."

Lilah bir ayağındaki ağırlığı diğerine verirken sessiz kaldı, elindeki sepeti tutan parmakları iyice gerilmişti.

Isla öfkeyle kocasına bakıp, "Bunu burada konuşmayalım," dedi ve özür dileyen bakışları Lilah'nınkileri buldu. "Neden ayakta duruyorsun, kızım? Otursana." Kendi tabağını Marla'nın tabağına yaklaştırdığında, Lilah sepeti usulca oraya bıraktı ve Marla'nın yanındaki sandalyesini çekip oturdu.

Marla da özür diler gibi gülümseyerek tabağa bir kepçe sebze çorbası koydu. İkinciyi koyamadan, "Yeter," diyen Isaac onu durdurdu.

Marla, babasına ters ters baksa da tencerenin kapağını kapattı. Lilah, tabağını tekrar önüne koyarken sessiz kalmayı sürdürdü. Sabırlı bir insandı, en azından eskiden öyleydi. Ne yazık ki artık bir şeylere karşı sabır göstermekte zorlandığını fark etmişti. Özgürlük hissi, yanında tahammülsüzlük de getiriyordu. Lilah bu hisse alışkın değildi ve kendini zapt etmekte güçlük çekiyordu.

"Direniş verdiği sözü tutmadığı gibi…" diyerek tekrar söze başladı Isaac, sepetten aldığı bir ekmeği öfkeyle ısırırken. Lilah, adamın yapabilse sırf hıncını alabilmek için kendisinin kolunu da öyle ısıracağını hissetti. "Bir de Ardel'in casuslarını üzerimize saldı. Direniş'le bağlantımız olduğunu biliyorlar. Bizi zorluyorlar. Direniş tüm paraları silaha yatırıyor, Dawson ailesi paraya para demiyor, bize düşen de işte bu!"

Tutup kaldırdığı çorba tabağını hızla masaya vurduğunda metal tabağın içindeki çorba etrafa saçıldı. Marla ve Isla, Isaac'i durdurmak için hareketlendiler ama adam onları görmezden geldi.

Lilah, eline sıçrayan sıcak çorbayı dikkatle silip bakışlarını bir kaşık bile yemediği çorbasına çevirdi. "Direniş ile konuşacağım," derken diğer iki kadının aksine oldukça sakindi. En azından dışarıdan öyleymiş gibi görünüyordu. Isaac'in haklı olduğunu görüyordu. Direniş sözünü tutmamış, adamı zor durumda bırakmıştı. Adama sinirlenmemesi gerekiyordu. Sorunu da kendisi çözmeye karar verdi. "Paranızı fazlasıyla alacaksınız."

Isaac, burnundan soludu. "Seni dinleyeceklerini mi sanıyorsun, kızım? İşe yarar biri olsan seni burada mı bırakırlardı?" İnce dudakları alaycı bir sırıtışla genişledi. "Direniş'te verilebilecek onca görev varken hem de? Arayıp sormuyorlar bile. Artık o adamlar da gelmiyor ziyarete. Tamamen gözden çıkarıldın."

Lilah, başını kaldırıp Isaac ile göz göze geldi ama bir şey demedi. Kızın suskunluğundan daha da güç alan Isaac, konuşmaya devam etti. "Seni bir Rodmirliye verecekler evlen diye, kurtulacaklar senden. O da eski bir köleyi alacak salak biri çıkarsa tabii. Kim bilir başına neler geldi senin, Batılıların Doğululara neler yaptığını işittim. Eğer şanslıysan seni alacak dul bir adam çıkar. Daha fazlası olacağını sanma sakın!"

Lilah, elinde sıktığı kaşığı yavaşça tabağının kenarına bıraktı, yoksa adamı kaşıkla dövmek gibi saçma bir işe kalkışacaktı. Adamın kahverengi gözlerine bakıp dümdüz bir sesle sordu. "Borcunu ödemeyen Ardelli tüccar kim?"

Isaac'in yüzünde bir sırıtış belirdi. "Ne yapacaksın?"

"Borcunu alacağım. Hemen şimdi."

"Sana vereceklerini mi sanıyorsun?" diye sordu adam sırıtarak. Sonra Lilah'yı dikkatle süzdü. "Ama belki parayı almanın başka bir yolunu bulursun."

Lilah'nın içindeki öfke, bu iğrenç ima yüzünden öyle bir yükseldi ki neredeyse masadaki çatalı adamın gözüne saplayıverecekti. Masanın üzerinden hafifçe eğilerek adama yaklaşıp buz gibi bir sesle, "Dilini kopartırım senin," dedi. "Ne dediğine dikkat et, yoksa söylediğin son şey o olur."

Adamın yüzündeki sırıtış yavaşça silindi, Lilah'nın ürpertici ifadesi yüzünden kenara sinmiş olan karısına ve kızına yan bir bakış attıktan sonra öksürüp, "Şaka," dedi. "Sadece şakaydı, kızım."

Lilah, adamın söylediğini duymazdan geldi. "Borcu ödemeyen kim?"

Adam bir karısına, bir Lilah'ya baktı, söyleyip söylememek konusunda kararsız kalmıştı ama sonunda dayanamadı. "Meydandaki Altın Köşe Hanı'nda kalıyor," dedi. "Eric Vanderson diye bir adam. Ama tek değil, yanında iki kişi daha var. Silahlılar. Parayı vermeyeceklerini net bir şekilde dile getirdiler."

"Ne parası bu?" Kelimeleri Rodmir lisanında toplamaya çalıştı. "Neyi tahsil etmen gerekiyor?"

"Elma şarabı," dedi adam, kızın gözlerinde gördüğü ifade ve ses tonu onu tamamen sindirmişti. Bu, haftalardır yanında kalan uysal kıza hiç uymayan bir şeydi. "Elma şarabı sattım onlara."

Lilah, masadan yavaşça kalkıp mutfağa yöneldi ve çekmeceleri karıştırıp bir et bıçağı buldu. Bıçağı elinde tartıp başıyla kendi kendine onayladıktan sonra, elbisesinin kuşağına tıkıştırıp kahverengi pelerinini üstüne geçirdi.

Isaac içeriden, "Onlarla başa çıkamazsın," diye seslendi. "Seni öldürürler."

Lilah adamı dinlemedi, masanın etrafından dolaşıp dış kapıya doğru yöneldi. Cilalı, eski tahtalar her adımında âdeta yüksek sesle inledi. Lilah, hiç beklemeden kapıdan dışarı çıkıp geceye karıştı.

Hava çoktan kararmıştı, sokaklarda sadece ayyaşlar ve evsizler kalmıştı. Fakat meydana yaklaştıkça insan sayısı artmaya başladı. Kapalı da olsa loş ışıklarla aydınlatılmış dükkânların sıra sıra dizildiği caddenin sonunda Altın Köşe Hanı vardı.

Hana girdiğinde bir görevli ona baktı. "Eric Vanderson'ı arıyorum," diye bildirdi, kel kafalı orta yaşlı adama.

Adam, Lilah'ya şöyle bir bakıp bilmiş bilmiş sırıttı ve "Üst katta," dedi. "On iki numaralı oda."

Yine duraksamadan yürümeye devam etti. Hanın eğlence salonuna açılan büyük kapısının yanından geçip merdivenlere yöneldi. Onu kimse durdurmadı, muhtemelen bir kız olduğu için tehdit olarak görmüyorlardı ya da birilerinin gönlünü eğlendirmek için burada olduğunu düşünüyorlardı. İki türlü de yanılıyorlardı.

On iki numaralı kapının önünde, sadece yazıyı okuyup doğru yerde olduğundan emin olmak için duraksadı ve kapıyı çalmadan açıp içeri daldı. Ahmaklar, kilitleme zahmetinde bile bulunmamışlardı.

İçeri fırtına gibi girdiğinde, adamlar yatağın üzerinde oturmuş, kâğıt oynuyorlardı. Kapı açılınca içeri girenin kim olduğunu görmek için başlarını uzatıp baktılar. Ortadaki adamın suratı pis bir sırıtışla aydınlandı.

"Seni biz çağırmadık ama iyi ki geldin," dedi, ağzındaki kürdanı çıkarıp kenara atarken.

Lilah, kapıyı arkasından kapatıp kilitlediğinde, adamların yüzünde şaşkın bir ifade belirdi.

"Eric hanginiz?" diye sordu hiç lafı dolaştırmadan.

Adamlar birbirlerine baktığı sırada ortadaki kızıl kafalı ayağa kalktı. "Benim."

"Isaac adına buradayım, elma şaraplarının parasını vermeyi unutmuşsun."

"Ne yapmışım?" Eric kahkaha atınca diğerleri de ona katıldı. "Hayır, tatlım, unutmadık," dedi, yoğun bir Batı Ardel aksanıyla. "Ona parayı vermeyeceğimizi söyledik. O Direniş denen pisliğe yardımcı olmaya devam ederlerse, ellerinden kaçan tek şey elma şarapları olmayacak."

Lilah, tek kaşını havaya kaldırdı. "Ya ne olacak?"

"O ev, içindekilerle birlikte yanacak."

Lilah'nın dudakları düz bir çizgi halini aldı. "Rodmir'de bir Rodmir vatandaşının evini ateşe verirseniz cezası ağır olur."

"Umursamıyoruz desek gücüne mi gider?" dedi Eric, pis pis sırıtarak. "Biz kendi kandaşlarımızın evlerini yakıp yıktık, ülkelerini dağıttık. Burayı sence ne kadar umursarız? Kral bizi korur."

Lilah dişlerini sıktı, ters bir şey söylememek için kendini tutup asıl meseleye döndü. "Şarapların parası," dedi tekrar. "Onları ödemelisiniz, hemen şimdi."

İki adam, ayağa kalkıp tepeden Lilah'ya baktı. "Yoksa ne olur?" Sesleri tehditkârdı.

"Muhtemelen çok kan akar," dedi Lilah ve ekledi. "Sizden."

Adamlar tekrar gülüp ona yaklaştılar. Lilah geri adım atarsa duvar ile adamların arasında sıkışıp kalacaktı, o yüzden hareketsiz bir şekilde geniş alanda kalmayı seçti ve ona dokunmak için elini uzatan ilk adamın elinden kaçınıp suratına yumruğunu geçirdi. Adam boş bulunup sendelerken, diğer adamın kafasına köşeden kaptığı bir şamdanı indirdi. Şimdi işler kızışmıştı, adamlar öfkeliydiler, bu yüzden hata üstüne hata yaptılar. Her hamleleri boşa çıktı ve Lilah hızlıydı. Eğilip tüm darbelerden kaçtı fakat hantal adamlar aynısını yapamadılar. Yumruklar ve tekmeler havada uçuştu, komodinlerden biri devrildi, duvardaki ayna yere düşüp kırıldı. Adamlardan biri, ayna parçalarından birini Lilah'nın yüzüne fırlatınca ayna, Lilah'nın dudağını ve yanağını sıyırıp geçti. Çenesine doğru sızan kanı hissetse de bu onu durdurmadı. Adamların arasından geçip ileri atıldı, belinden çıkardığı bıçağı hızlıca çevirip, kenarda şaşkınca olanları izleyen Eric'in boynuna dayadı ve sıkıca bastırdı. Eric yutkunup kıza şok içinde baktı.

"Adamlarına söyle, geri çekilsinler," diye fısıldarken bıçağı birazcık geri çekti. Eric yutkunup eliyle adamlarına işaret verdi.

"Onlara duvara yaslanmalarını söyle." Adamlar hareket ettiği sırada, "Soldaki duvara!" dedi. Sağ tarafta, bir sandığın içinde duran silahları görebiliyordu, adamların oraya yaklaşmasına izin vermeyecekti.

Eric'in bir şey söyleyemesine gerek kalmadan adamlar geri çekilip soldaki duvara yaslandılar. "Kimsin sen?" diye sordu Eric. Gözlerindeki bakıştan korku içinde olduğu belli oluyordu. "Doğulu musun? Direniş'ten misin?"

"Bu seni hiç ilgilendirmez. Asıl konuya dönelim, şarapların parası."

"Önce beni bırak, parayı sonra alırsın."

Lilah, başını hafifçe yana eğdi. "Önce parayı alayım, sonra seni bırakırım."

"Kendine güvenmiyor musun?" diye sordu Eric, dişlerini göstererek.

"Sana güvenmiyorum," diye cevap verdi Lilah. "Bu bıçağı kaldırırsam adamların tekrar üstüme gelirler."

"Parayı aldıktan sonra da bu söylediklerin olabilir."

Lilah iç geçirdi. "Parayı aldıktan sonra önceliğim buradan defolup gitmek olacak. Eğer aynı hatayı tekrar yaparsanız, tereddüt etmem. Bu bıçağı gerçekten kullanırım. Adamların silahsız, silahlarının odanın diğer tarafında durduğunu görebiliyorum. Beni öyle hafife aldılar ki öylece üzerime atladılar."

"Hatayı nerede yaptıklarının gayet farkındalar-"

"Yeter!" Lilah, adamın lafını kesti. "Beni oyalamaya çalışma." Konuşmayı kesip adamın boynundaki madalyona baktı. Benzer bir şey onda da vardı. Lilah, tek elini boynuna götürüp kolyesindeki kare şeklinde ucu ortaya çıkardı. Onu açıp içindekini Eric'in gözlerinin hizasında tuttu. "Bu ne, biliyor musun?" diye sordu, kusursuz bir Batı Ardel aksanıyla. Eric daha da şaşırmış bir halde başıyla onayladı. Batı Hanedanı armasını elbette tanımıştı, aynısı kendi boynunda da vardı.

"Kral Docian için çalışıyorum, Serasker Corridan'ın emrindeyim."

Eric, rahat bir nefes alıp, "Ben de," dedi. "Beni bırak. Özür dilerim, bilmiyordum."

Lilah, tereddüt etti.

"Bizden birisin, sana zarar vermeyiz."

Lilah usulca geri çekilirken, Eric iki büklüm olup hızla soluk alıp verdi.

"Parasını verin." Eric, adamlara işaret verdiğinde ikisi de koşarak duvarda asılı duran çantadan para çıkarmaya gittiler. "Ödeyeceğinizin iki katı olsun," dedi Lilah.

Adamın soran gözleri Eric'i buldu, Eric onay verdi. "Kız bizden," dedi. "Ne istiyorsa ver gitsin. İş uzamasın. Belli ki işin içinde bir iş var. Kral'ı kızdırmayalım."

Sanki tek sebep buymuş gibi davranmak istiyorsa sorun değildi, bu tesadüf Lilah'nın işine yaramıştı. Bıçağını tekrar kuşağına yerleştirirken umursamaz bir tavırla konuştu. "Beni şikâyet etmeyeceğinizi varsayıyorum."

Eric, boynunu ovuştururken ters ters ona baktı. "Aynı şekilde," diye mırıldandı. "Bu olayın duyulması iki tarafın da işlerine zarar verir."

Lilah başıyla onayladı.

"Ama anlamadığım nokta var," dedi Eric. "O aile, Direniş için çalışıyordu."

"Benim de onlardan olduğumu sanıyorlar."

Eric sırıttı. "İyi," derken, adamlardan biri dikkatle yanına yaklaşıp Lilah'ya parayı uzattı. Lilah parayı alırken, Eric konuşmayı sürdürdü. "Sorgulamayacağım. Kral'ın işlerine karışmayız. Yoksa canımız yanar. Ama itiraf etmek lazım, iyi dövüşçüsün." Eliyle çenesini sıvazlayıp kızı inceledi. "Hâlbuki hiç belli etmiyorsun. Söylesene, böyle dövüşmeyi nereden öğrendin?"

"Novastra Merkez Hisarı," dedi hemen Lilah. Bir an bile duraksamadı.

"Ooo..." diyen Eric'in gözleri bu cevapla parladı. "Kraliyet casusu var karşımızda, saygıda kusur etmeyelim, çocuklar. Kendimizi affettirelim." Başıyla odanın arka tarafındaki şişeleri işaret etti. "Elma şarabı içer misin? Tanışmamıza o sebep oldu."

"Kalsın. Geri dönmem gerek."

Eric, başıyla onayladı. "Olanlar için kusura bakma, bir süre daha buralardayız. Bir şey lazım olursa gel, Batı Ardelliler birbirlerini kollar."

Lilah, istemeye istemeye de olsa, "Batı Ardelliler birbirlerini kollar," diyerek sözleri tekrar etti ve kapıya yöneldi. Kilidi açtığı sırada adamlardan birinin Eric'e, "Kıza eşlik edelim mi?" dediğini duydu.

Eric'in cevabı ise, "Asıl o size eşlik etsin, işe yaramaz gerzekler," diye çemkirmek oldu. "Dakikalar içinde haşat etti sizi."

Lilah gülümsemedi, buz gibi bir ifade ile odadan çıktı. Koridorda gürültüden dolayı toplanmış olan kalabalık hafifçe dağıldı, ne yapacağını bilemeyen görevliler, Lilah'nın yüzündeki kanı görünce on iki numaralı odaya doğru koşmaya başladılar. Bu sırada Lilah sessizce Altın Köşe Hanı'nı terk etti. Kimse ona soru sormadı ya da engel olmaya çalışmadı.

Sonunda eve girdiğinde, sofranın bir kısmını toplanmış olarak buldu ama Lilah'nın dokunulmamış çorbası hâlâ masada duruyordu, yanında da bir kırmızı elma vardı. Isaac koşarak odaya girdi ve Lilah'yı incelediğinde kızın yüzünde oluşan kesikleri gördü, çenesindeki kan izine bakarken pişmanlık ve utanç ile başını öne eğip sustu.

Lilah hiçbir şey demedi, avucundaki parayı yaşlı adama uzattı.

Adam tereddüt içinde karısına ve kızına baktı. İkisi de öfke dolu bir ifadeyle onun bakışlarına kaşılık verdi. Lilah'nın bakışları ise bıçak gibi keskindi. Adam, o bıçağın kendi vücuduna da utanç ve pişmanlık dolu kesikler attığını hissedebiliyordu ama yine de uzanıp kızın avucundaki parayı aldı. Bunu yapmaktan başka bir seçeneği olmadığını anlamıştı. Bu kızla uğraşılmaz, diye düşünüyordu ve aklının bir köşesine, ona iyi davranması gerektiğini not almıştı. Kız göründüğünün ve davrandığının aksine, belalı bir tipti. Adam, bunu bu gece anlamış ve ucuz atlatmıştı. Şansım varmış derken parmakları para kesesini sıktı.

Lilah, soğuk bir tavırla, "Şarapların parası ve Direniş'in payı," diye açıkladı, sonra da masanın ve adamın yanından fırtına gibi geçip Marla ile paylaştığı odaya girdi.

Kapıyı arkasından kapatıp üzerindeki pelerini çıkardı ve kenara fırlattı. Yatağa uzandığında yüzünde, ellerinde ve üstünde kan vardı. Onları silmekle ya da temizlemekle uğraşacak havada değildi. Marla odaya girdiğinde, yüzünü duvara dönüp uyumuş gibi yaptı ama düşünüyordu. Aç olması umurunda değildi, bugün yaşananlar umurunda değildi. Isaac'in sözleri ve düşünceleri bile umurunda değildi.

Kendini garip bir şekilde mutlu hissediyordu. Her şeye rağmen mutlu. Çünkü artık bazı şeyler için de olsa beklemek zorunda olmadığını biliyordu. Uzun zamandır ilk defa kendini özgür ve kontrol sahibi hissediyordu.

Ve bu duyguyu bir daha tadamayacağından ölesiye korkuyordu.

Günlerdir ziyarete gidemeyen Harrison, sonunda onu ziyaret ettiğinde Lilah'yı bahçede toprağa oturmuş, fidan ekerken buldu. Kız, iki yandan ördüğü iki ince saç tutamını başının arkasında birleştirmiş, beyaz kurdele ile bağlamıştı, açık kalan saçları kalın lüleler halinde beline doğru dökülüyordu. Harrison, kızın bu halini sevimli buldu. Ufak, beyaz elleriyle çukura yerleştirdiği fidanın etrafını toprakla örttü ve yanındaki testiden üzerine su döktü. Bu süre boyunca Harrison'a bakmadı, tek kelime bile etmedi. Günlerdir onu ziyaret etmemesinden dolayı adama kırgındı.

"Çalışmana gerek yok," dedi Harrison, dikkatle onu izlerken. "Sen bu evde misafirsin."

Lilah, neredeyse bu söze gülecekti ama dilini ısırıp aklına ilk gelen şeyleri söylememeyi başardı. İlgisiz bir şekilde, "Canım sıkılıyor," demekle yetinse de Harrison'ın geri dönmesi onu mutlu etmişti. Ve söylediği tam olarak doğruydu, Lilah'nın gerçekten canı sıkılıyordu. Marla onunla konuşmak istese de Lilah kızdan uzak duruyordu, ona ne zaman baksa babasının kendi hakkındaki düşünceleri aklına geliyordu ve bu onu sinirlendiriyordu.

Isaac, o günden beri Lilah'ya daha sıcak davranıyordu, resmî olarak özür dilemese de her hareketi pişmanlık duyduğunu belli ediyordu. Bu yumuşamanın Isaac'in kendisine karşı duyduğu korkudan mı yoksa Direniş'ten çekinmesinden mi kaynaklı olduğunu Lilah merak ediyordu.

Ellerindeki toprağı silkeleyip testideki kalan suyla ellerini yıkadı ve ayağa kalktı. Yeşil, uzun elbisesine çekidüzen verdi. Sonunda Harrison'ın yüzüne baktığında, adam bir anda nefesini tuttu. Lilah, o ana dek yüzündeki yara izlerini unutmuştu.

Harrison, uzanıp bir süre izin ister gibi bekledi ve Lilah'dan tepki gelmeyince kızın yüzüne dokundu. "Kim yaptı bunu?" diye sorarken sesi öfke doluydu. "Nasıl oldu?"

Lilah içini çekip bir adım geri attığında, Harrison'ın eli yanağından kaydı. "Önemli bir şey değil," diye mırıldandı. "Birkaç oğlanla takıştık."

Isaac'in yaşananları Direniş'e anlatmayacağından emindi. Lilah, Eric ve yardımcılarını ele verirse kendi başı da belaya girebilirdi, bu yüzden her şeyi gizli tutmaya karar verdi.

"Ne oldu ki?" Harrison ısrar edince, Lilah her zaman yaptığı gibi yalanlara sarıldı. Eğer insan olmasaydı muhtemelen çok iyi bir yalan makinesi olurdu, sürekli aklına bu geliyordu. Aralıksız yalan üreten bir makine.

"Oğlanlar laf attı," dedi. "Ben de birine yumruk attım, ortalık karıştı." Harrison'ın kaşları çatıldı. "Kaç kişilerdi?"

"Üç."

"Üç kişiyle kavga ettin ve tüm yaran bu mu? Dudağındaki ve yanağındaki mi?"

Lilah, başıyla onayladı. "Çevredekiler araya girdi."

"Bu normalde kulağıma gelirdi, hiç haberim olmadı. Onlar da bir şey demediler," derken öfkeyle soluyarak çenesiyle evi işaret etti. "Bu aptalların gözünü senin üstünde tutmaları ve başının belaya girmesine engel olmaları gerekiyordu. Biz burada değilken senin yanında olmaları gerekiyordu. Bunun için para alıyorlar."

Lilah, omuz silkmekle yetindi. Para alma kısmıydı zaten problemin merkezi. "Senin burada olmaman lazım," dedi lafı değiştirmek için. "Bir arada uzun süre görülmememiz gerekiyor."

Harrison, umursamaz bir tavırla başını iki yana salladı. "Sorun olmaz. Nasıl gidiyor?"

Lilah, bu soruyu gerçekten düşündü. "Ailemin durumunu düşünürsek kötü, kendi halimi düşünürsek... daha kötü günlerim olmuştu."

Harrison anlıyormuş gibi başını salladı ve bu lafın üstünde çok durmadı. "Canın çok yandı mı?"

Lilah, bu soru karşısında kendine engel olamadı ve kahkaha attı. "Hayır," dedi. "Canım yanmadı, Harrison. Hissetmedim bile. Sanırım fiziksel şeyleri umursamayı yıllar önce aştım ben. Bazen bu tür şeylere karşı hissizleştiğimi düşünüyorum, bence ruhumdakiler ağır bastığından kalan her şey anlamsız geliyor. Belirsiz ve hissedilemeyecek kadar silik. Endişelenme." Bakışlarını ellerine çevirdi, işaret parmağında ufak bir çamur lekesi kalmıştı. Ovuşturarak onu elinden çıkardı. "Sen nasılsın?"

Harrison bu soruyu beklemiyordu, o yüzden ne cevap vereceğini bilemedi. "Her zamanki gibiyim," dedi.

Lilah, cevabı düşünürken dudaklarını büzdü. Harrison'ın gözleri kurşun kadar soğuktu. Ne düşündüğünü hiç ele vermiyordu. "Günlerdir yoksunuz."

"Direniş yoğundu, gelemedik," dedi ve detay vermekten kaçınarak bir anda Lilah'nın hiç beklemediği bir teklifte bulundu. "Kültür paylaşımı ya da tanıtımı, ne olduğunu tam anlayamadığım bir şey için bir şenlik alanı kurmuşlar," dedi birden. "Şehrin diğer tarafına. Maylane Gölü'nün hemen kenarına."

Lilah'nın söyleyebildiği tek şey, "Yaa..." oldu. Şenlik haberi ilgisini çekmişti ama bu yeni bilginin konuyu nereye götüreceğini merak ediyordu.

"Benimle oraya gelmek ister misin?"

Lilah'nın gözleri iri iri açıldı. "Gerçekten mi?" diye sordu çocuksu bir merakla. "Bu... şey... yani sorun olmaz mı?"

"Sorun olsa ne olur ki? Daha beter ne olabilir? Zaten beni tanıyan, her hareketimi de izliyordur. Senin yanına gelip duruyorum."

"Gelip duruyordun," diye düzeltti Lilah. "Uzun zamandır ortalıkta yoksun."

Harrison, söylediklerini duymazdan gelip konuşmaya devam etti. "Bir sır varsa bile çoktan açık olmuştur. Antrenmanlarda gerçekten çok iyi gidiyordun."

"Öyle mi? Bu gerçekten güzel, çünkü haftalardır çalışmalara gelmiyorsun."

Harrison konuşmayı kesti. "Benim elimde olsaydı, her gün gelirdim ama..."

"Direniş yoğundu, işlerin vardı, gelemedin. Tamam, anladım." Lilah iç geçirdi.

"Artık serbest olduğuma göre çalışmalarını yeniden başlatmayı, hatta daha da sıklaştırmayı planlıyorum. Biraz eğlenmenin sana bir zararı olmaz. Hem... bunu kütüphanedeki kötü sözlerim için de bir özür daveti say."

Lilah, kaşlarını çatarak Harrison'a baktı. "Onun üzerinden çok zaman geçti. Seni çoktan affettim."

"Kimseyi bu kadar kolay affetmemelisin."

"Çıkar ve bir şey karşılığında affetmekten iyidir, beklentisiz affetmek."

Harrison, başını iki yana salladı. "Hayır, değildir. İnsanlar yaptıkları hatanın bedelini ödemeli. Sana kendimi tamamen affettireceğim, sana kötü davrandım. Sen şimdi bana, gelmek isteyip istemediğini söyle."

Lilah gülümsedi. "İstiyorum, tabii ki istiyorum," derken yüzüne yansıyan heyecan, Harrison'ın kalp atışlarını hızlandırdı. Kızın mutluluğu ona yansıdı. Harrison görev için sürekli şenliklere, kutlamalara katılırdı ama onun için hiçbir anlamı olmazdı. Yıllardır hepsine alışmıştı fakat bu Lilah için yeni bir şeydi, sesindeki ve gözlerindeki hevesten belliydi, yine de kız tüm oraya gitme arzusuna rağmen kendini dizginledi. "Ama doğru olur mu? Yani..."

"Oraya devriyeye gidecektim zaten," diyerek durumu açıkladı Harrison. "Böyle yerlerde Batı Ardel lehine propagandalar yapılabiliyor, olanlardan haberdar olmak için kalabalığa karışmam gerek. Senin gelmende sakınca olmaz. Zor günler geçirdin, ne zaman görsem düşünceli bir haldesin. Ben tek başıma dikkat çekerim. Senin de gelmen faydalı olur."

Lilah, bir ağaç dalına astığı lacivert pelerini kucağına alıp Harrison'a baktı. "Ne zaman gideceğiz?"

"Şimdi. Hanın oradan bir at alıp atla gidebiliriz, çok uzakta değil."

"Yürüyerek gidelim," dedi Lilah, pelerini sırtına geçirip gümüş iplerini fiyonk şeklinde bağlarken.

Harrison, "At binmekten korkuyor musun?" diye sordu.

Lilah, bu soru karşısında bir an duraksasa da, "Hayır," diye cevapladı. "Sadece... Zamanı uzatmak istiyorum. At sırtında konuşmak pek mümkün olmuyor. Ben birileriyle konuşmayı özledim."

"Marla seninle konuşmuyor mu?" Harrison yürümeye başladığında, Lilah hızlı adımlarla ona katıldı.

"Genelde meşgul oluyor o. Jared da Drew ona her ne söylediyse bana çok yaklaşmıyor." Yine de Drew'un tüm tehditlerine rağmen parti davetini geri almamıştı, Lilah çocuğun cesaretini ve inadını takdir ediyordu bu yüzden. Drew, inanılmaz inatçı bir adamdı ve birini bir şeye ikna etmesi çok zor olmazdı.

"Yani hiç arkadaşın kalmadı," diye mırıldandı Harrison.

"Hiç kalmadı. Yine eskisi gibi her şey. Ev işleri, sessizlik. Ev işleri, sessizlik. Bu döngüye bir kez girince çıkmak zor oluyor." Lilah, bakışlarını yere odakladı. "Bu arada bu gittiğimiz şey nasıl bir şey tam olarak?"

Harrison, "Rodmir'e ara sıra diğer krallıklardan tüccarlar gelip kendi mallarını satarlar," diye açıkladı. "Erasid'den ipekler, Fjanor'dan çelikler, Mindwell'den çeşitli doğal taşlar falan. Bir de bazı kültürel giysiler, yiyecekler, dans gösterileri oluyor."

"Ardel'den de gelecekler vardır o halde."

"Evet, bizim gözlemleyeceğimiz de onlar."

Lilah düşüncelere daldı. "Erasid hakkında bir şeyler okumuştum," dedi. "Kraliçe Ledell, Erasid Prensesi demiştin."

Harrison, başını sallayarak onayladı. "Direniş'i destekleyecek cesareti yok ne yazık ki Erasid'in," derken sesi oldukça kırgın çıktı ve Lilah buna şaşırmadı. "Tarafsız kalacağını net bir şekilde belirtti. Ardel güçlü bir ticaret ortağı. Kimse çıkarları varken ona karşı çıkmıyor. En azından resmî olarak."

"Çok saçma çünkü Ardel'i oyalayan ve durduran tek şey Direniş," dedi Lilah. "Direniş kaybederse diğerleri de kaybeder. Kral Docian, doyumsuz bir adam. Tahttaki yerini garantiledikten sonra hiç durmayacaktır."

"Kesinlikle haklısın," diyerek ona katıldı Harrison. "Dünyanın sorunu bu, biliyor musun? Kendi canları yanana kadar yapılan yanlışlara göz yummaları. Sıranın kendilerine gelmeyeceğine inanırlar ama er ya da geç gelir."

Lilah, önünde uzanan dar yolu izledi, güneş batmak üzereydi. "Çıkarlar konuşunca herkes susuyor ama asla iki krallığın çıkarları sonsuza dek denk olmaz. Çıkarlar susunca da silahlar konuşmaya başlar derdi babam. Herkes bu ihtimale hazır olduğunu düşünürmüş ama daima yanılırlarmış. Dostun düşmanlığı, düşmanın dostluğundan tehlikelidir de demişti."

"Baban haklı. Biz kaybedersek, tüm dünya kaybedecek. Kimse bunu görmüyor. Batı Ardel durmayacak. Keşke Rodmir bizimle olsa… Docian, en çok Kral Louis'den çekiniyor. Rodmir, dünyadaki en büyük ekonomiye sahip. Büyük bir pazar kenti. Prenses Irvin, Fjanor prensi Fenrir ile nişanlı. Fjanor da…"

"Ordusu en güçlü krallıklardan biri," diyerek onun sözünü tamamladı Lilah. "Tüm dünyaya silah satıyorlar."

"Evet, öyle," dedi Harrison. "Prenses Audra ve Kral Docian, sürekli Kral Louis ile görüşüyor ama o, tarafsız kalmak konusunda kararlı." Birden durup yolun sonundaki kırmızı beyaz, büyük çadırları işaret etti. "Bak, işte şenlik alanı orada."

Lilah, onun işaret ettiği yere baktı, uzaktan gelen müzik seslerini duyabiliyordu, büyük beyaz bir dönmedolap kurulmuştu. "Bu kocaman şey nasıl dönüyor?" diye sordu.

"İki iri yarı adam, kas gücüyle onu döndürüyor," dedi Harrison. "Çok da işe yaradığı söylenemez, görsellik için orada çoğu zaman."

"Hiç güvenli görünmüyor."

"Değil zaten," diyen Harrison sırıttı. "Geçen sene biri düştü, felç oldu."

Lilah, yüzünü buruşturdu. Kısa bir yürüyüşün sonunda festival alanına girdiler. Hava, artık tamamen kararmıştı. Festival alanında müthiş yiyecek kokuları yükseliyordu, Lilah cam kavanozlara doldurulmuş şekerlere bakarken midesi guruldadı ama neyse ki bu sesi gürültüden kimse duymadı. Dünden beri doğru düzgün bir şey yememişti, sabah saçma bir gururla kahvaltı sofrasına oturmamıştı. Bahçedeki ağaçtan iki elma koparıp yemişti, o kadar.

Kalabalıktaki kızların en güzel giysilerini giymiş olmaları dikkatini çekti. Lilah, kendi üzerindeki yeşil elbiseye baktı. Kollarına gümüş ipliklerle işlenmiş yıldız şeridinin aynısı belinde de vardı. Diğerlerinin yanında oldukça sade kalsa da en azından kalabalığın içinde göze batacak bir kıyafet değildi. Lilah'nın en çekindiği şeylerden biri buydu; göze batmak, dikkat çekmek. Birinin gerçek potansiyelini görmesinden, onu gerçekten tanımasından endişe duyardı. Tanıdıklarından şüphelenirdi Lilah, çünkü insanın zayıf noktalarını onlar bilirlerdi ve bunu ona karşı kullanırlardı. Güven kazanır, sonra onu kırarlardı. Kendisi de bunu yapmıyor muydu?

Ateş yutan bir adamın yanından ve Kan Denizi'nden çıkarıldığı iddia edilen kırmızı incilerin satıldığı bir standın önünden geçtiler. Yaşlı bir adam, gençleri etrafına toplamış, sirenler hakkında Drew gibi atıp tutuyordu.

Genç oğlanlardan biri, arsız arsız sırıtarak, "Sirenler çok güzelmiş, doğru mu?" diye sordu. "Bir de çıplaklarmış."

Kalabalığın gülüşünü, yaşlı masalcının onaylamaz bakışları bastırdı. "Tam olarak çıplak sayılmazlar," dedi üstüne basa basa. "İncilerden ve istiridyelerden giysileri var bazılarının, saçları renk renk. Her renkten saçlı siren var. Şarkıları dünyadaki en güzel şey gibi gelir insana ama bu bir büyüdür. Suya atladığın anda sirenler seni afiyetle yer. Kan Denizi'nin ortasında bir siren adasında yaşarlar. Oraya Lesia denir."

Lilah, adamın anlattıklarını duymak için orada biraz fazla oyalandı. "Bunlar masal," dedi çocuklardan biri. "Adalar halklarının, anakaradaki krallar onlara bulaşmasın diye anlattığı hikâyeler."

"Bunlar gerçek," dedi adam ısrarla. "Karlthar, lanetli diyardır. Orada korkunç yaratıklar vardır. Hatta bitkiler, güzel bir çiçek bile bıçak gibi kan döker."

Gençler bunu da komik buldular ama adam ısrarla anlatmayı sürdürdü. "Vytara, kutsal adadır. Orada periler, ışık getirenler yaşar."

"Evdeki lamba da ışık getiriyor, o da mı kutsal?" diye alay etti bir çocuk, Lilah'nın yanından geçerken. Lilah, bu söze gülümsemeden edemedi.

"Aç mısın?" diye sordu Harrison, Lilah'yı bir çadırın önüne çekerek. Kırmızı, ince bir yufkanın, arasına pişirilmiş sarı, kırmızı, yeşil biberler, haşlanmış mısır, kızarmış patates dilimleri ve kuşbaşı kesilmiş tavuk eti koyulup sarılmasını izledi. "Hiç rupane yedin mi?"

Lilah, başını iki yana salladı. "Daha önce adını bile duymamıştım."

"Fjanor'un ünlü yemeklerinden biridir. Ama biraz acıdır, acı sever misin?"

Lilah, "Severim," dediğinde Harrison, satıcıya iki tane hazırlaması için işaret verdi.

"Drew bunu çok sever, yanımda onu değil de seni getirdiğim için bana çok kızacak."

"Sahi o nerede?"

"Silah sayımı yapıyor." Satıcıya parasını ödeyip yiyecekleri aldı ve Lilah'ya Maylane Gölü'nün önündeki uzun kütüklerden birine oturmasını işaret etti. Sonra kızın yanına oturup elindekilerden birini ona uzattı.

Lilah, paketi dikkatle açıp yiyeceği kokladı. "Acı biber kokuyor," dedi.

"Ekmeğe rengini veren o."

Lilah, rupaneyi ısırıp yavaşça çiğnedi. Gerçekten acıydı ama acıyı severdi. "Bu, gerçekten çok lezzetli," dedi şaşkınlıkla.

Harrison güldü. "Söylemiştim. Drew bazen o kadar özlüyor ki sırf bunun için Fjanor'a gitmeye kalkıyor."

"Kesinlikle değer," diye yorum yaptı Lilah, kırmızı ekmeğe bakarken. "Drew'a da götürecek misin?"

"O, işi biter bitmez buraya damlar, üç taneyi siler süpürür. Düşünme onu. Tatlı olarak ne yemek istediğini düşün."

Lilah, omzunun üzerinden geriye baktı. "Ben bununla doyarım," dedi, elindeki yarısı yenmiş yiyeceğe bakarak.

"Tatlı doymak için yenmez, Lilah," dedi Harrison. "O keyif için yenir. Yemeği ben seçtim, tatlı seçimi senin."

Lilah, elindeki yemeği bitirirken yan yan Harrison'ı izledi. Sarı saçları uzamıştı, gözlerinde yorgun bir ifade vardı.

"Bitirdin mi?"

Lilah, elindeki boş kâğıda bakıp, "Evet," dedi. "Teşekkür ederim."

Harrison, Lilah'nın elindeki kâğıdı alıp çöpe attı ve "Şimdi tatlı zamanı," dedi.

Lilah, tatlıcıların önünde uzun süre oyalanıp sonunda krema ve şeker kaplı minik çöreklerde karar kıldı. Harrison ile çörekleri yerken her tarafına krema bulaşınca kahkahalarla güldü. Lilah, bugünün hayatının en mutlu günü olduğunu düşündü. İlk defa her şeyi unutmuştu. Lilah, Rodmir'de bu şekilde, sonsuza kadar yaşayabileceğini fark etti. Her şey kesinlikle çok daha kolay olurdu.

Kalabalığın toplandığı bir yerde duran Lilah, parmaklarının üzerinde yükselmeye çalışırken Harrison'ın koluna tutundu. "Aa!" diye bağırdı heyecanla. "Silahla hedef vurma yarışması! Keşke Drew burada olsaydı. Kesin kazanırdı."

Harrison başını iki yana sallayarak, "Kazanamazdı," dedi.

"Drew'a hiç güvenin yok mu?"

"Drew'a güvenim var ama yarışmaya yok. Silahlar hileli, asla tam nişan almıyor."

"Ya bıçaklar?"

"Onların da dengeleri sorunlu."

"Yani oyun hileli."

"Bu yüzden ödül büyük, değil mi?" Harrison, cam kutunun içindeki çok pahalı görünen kolyeyi işaret etti. "Gerçi muhtemelen o da sahte."

Lilah'nın yüzü kocaman bir gülümseme ile ışıldadı. "İlk defa bir festivale katılıyorum," dedi. "Bunları bilmezdim ve muhtemelen tüm paramı kaybederdim." Gerçi parası yoktu, o yüzden endişe edecek bir sebep de yoktu.

"Bir noktada hileli olduğunu fark ederdin."

"Yine de bir kez bu işe girdiysem, kazanana ya da oynayamayacak duruma gelene kadar denemeye devam ederdim," dedi Lilah.

"Biliyor musun? Bazen yol yakınken vazgeçmek iyidir. Daha çok kaybetmeyi önler."

"Daha çok kaybetmekle daha az kaybetmek arasındaki fark ne ki?"

Harrison, ona tuhaf bir bakış attı. "Neyi kaybedeceğine bağlı," diye mırıldandı. "Hepsini bir değerlendiremeyiz. Mesela söz konusu hayatsa, artı bir kayıp bile çok büyüktür çünkü asla tek bir kayıp değildir. Ölen kişiyle birlikte onun sevdikleri de ölür. En azından bir parçaları."

Lilah, bu durumu düşündü. "Neleri feda edebileceğini bilmek önemli," dedi. "Ve ne uğruna feda ettiğin de önemli. Babam bana bir seferinde, tek başına bir savaşı bitiren bir askerden bahsetmişti. Çok ağır bir silahı mucizevî bir şekilde kullanıp düşman ordularını bozguna uğratmış. Eğer o adam ya da onun komutanı, bu kadar kayıp yeter deyip geri çekilseydi, ölen herkes boşuna ölmüş olurdu. Hangi noktada nasıl bir fedakârlığın kaderi değiştireceğini bilemiyor insan."

"O konuda haklısın, ben savaş dışında şeyleri düşünüyordum."

Lilah anlamayarak ona baktı.

"Birine bağlanmak mesela, onu sevmeye başlamak... Ne kadar uzun sürerse, ayrı kalmak da o kadar uzun sürüyor."

Lilah hâlâ anlamıyordu, Harrison da neden bahsettiğini ya da bahsetmek istediği şeyi nasıl anlatabileceğini bilmiyor gibiydi. "Kazanmak ve kaybetmek kardeştir," dedi sonunda. "İkisi birlikte gelir. Hep bir parça keder olacak, her alanda."

Lilah, dalgın bir şekilde başını salladı ve etrafa bakındı. "Festivallerin bu kadar güzel olduklarını hiç tahmin etmezdim, her şeyi unutuverdim," derken bir şeyi hatırladı. "Oysa biz buraya şey için gelmiştik..."

"Batı Ardel'i gözlemlemeye," diyerek ona yardımcı oldu Harrison. "Ben işimi yaptım."

Lilah, şaşkınlıkla ona baktı. "Nasıl?"

"Tüm bu süre boyunca gözüm ve kulağım hep çevredeydi. Rodmir'in tarafsızlık gereği sunduğu şartları yerine getirmiş gibi görünüyorlar. Sadece birkaç maden eşyası ve yiyecek vardı. Yanlarında duranlara bunları anlattılar. Direniş'e dair hiçbir söz geçmedi."

Lilah gururla, "Sen harikasın," dedi Harrison'a. "Hector'un sana neden bu kadar güvendiği belli."

Harrison sessiz kaldı. Lilah'nın yanındayken bazen bu güvene ihanet ettiğini düşünüyordu. Birden etraf kalabalıklaşınca Lilah'nın elinden tutup onu kenara çekti.

Lilah, ne olduğunu görmeye çalışırken bir anda beti benzi attı. "Prens Salton," dedi panikle.

Harrison omzunun üzerinden geriye baktığında, Prens'in yanında korumalarla onlara doğru geldiğini fark etti. Prens Salton, tam önlerinde durdukları Erasidli tüccarın ipeklerine bakmak için eğildi ve leylak renkli bir ipek kumaşı kendine doğru çekti. Parmağında bol taşlı, pahalı bir yüzük vardı. "Bunu Prenses Irvin için alalım," dedi yanındaki adama ve bakışları Lilah'ya odaklandı. Lilah'nın Harrison ile el ele tutuştuğunu görünce düşünceli bir ifadeyle tekrar kızın gözlerine baktı. "Sen kimsin?" diye sordu Rodmirce.

Lilah, elini Harrison'ın elinden çekip adını söyledi.

Prens Salton, uzun bir süre Lilah'ya baktı, başını iki yana salladı ve Harrison'a bir şey söylemeden arkasını dönüp uzaklaştı. Bir kişi kalıp onun gösterdiği kumaşı satın aldı.

"Prens'i görünce o kadar gerildin ki adam şaşırdı," dedi Harrison, düz bir sesle. "Prensler ve prensesler, seni çok etkilemiyor sanıyordum."

Lilah yutkundu. "Sadece… Benim kaçak olduğumu bilse ne olur diye korktum."

"Bir şey olmazdı. Kraliyet bunlarla çok ilgilenmiyor."

"Umarım öyledir."

"Öyle, merak etme."

Festival alanında yürümeye devam ettiler. Bir çadırın yanında duran iki büklüm olmuş yaşlı bir kadın, kâhin olduğunu iddia ediyordu. Babası, kendine kâhin diyen yalancılar konusunda onu uyarmıştı. Kadın, çadırın önünde durup bağırdı. "Geleceğinizi söylerim, on pesu karşılığında!"

Lilah tam yanından geçerken, kadın onun eline yapıştı. Buruşuk elleriyle kızın beyaz elini sımsıkı kavrayıp inceledi ve siyah gözlerini kaldırıp Lilah'nın gözlerini aradı. Gri saçlarını diğer eliyle yana ittikten sonra, "Senin geleceğini bedavaya söylerim, Prenses," diye fısıldadı.

Lilah korkudan dondu kaldı. Elini geri çekmeye çalıştı ama kadın onu bırakmadı. Lilah, "Ne?" derken bocaladı. "Bir yanlışlık olmalı."

"Sen neyin doğru, neyin yanlış olduğunu iyi bilirsin, Prenses. Yine de bilmek yeterli gelmez, değil mi? Bazen yasak olan şeyler insanı cezbeder."

Lilah yutkundu, kalbi kulaklarında atıyordu.

Kâhin konuşmaya devam etti. "İkilemlerden koru kendini, bu kalbini kırar. Bedeli büyük olan sözden dönemezsin. Merak ettiğin şeye gelince... Şüphelerin doğru. Hikâyelere inan. Kan Denizi," diye fısıldadı kâhin. "Aradığını onun ötesinde bulacaksın. Ama kanla sınanman gerekecek, divinas otse, orada." Lilah'nın bileğini daha da sıkıp ona iyice yaklaştı. Lilah'nın burnuna küf kokusu doldu. "Düşündüğün her şey doğru. Benim vatanımda, Karlthar'da... senin adın anılır. Lanetlerle. Iasse krilna." Kâhin'in dudakları iyice gerildi, sivri dişleri ortaya çıktı. Lilah hareketsiz kaldı. "Kan gülleri," dedi titrek bir sesle. "Korkuyorsun ondan ama kurtuluşun da o olur ancak. Böyle tuzağa düşürebilirsin krilna vicranayı."

"Neden bahsettiğini anlamıyorum," dedi Lilah.

"Bu bir yalan," dedi kâhin. "Tıpkı söylediğin diğer her şey gibi. Seninle ilgili her şey gibi. Üç unvanla taçlandırıldın. Üçünün de hakkını vermek zorundasın."

Lilah'nın bakışları sertleşti, bakışları bıçak gibi keskinleşti ve bu, kâhini neşelendirdi. "İşte, senin gerçek yüzün bu," dedi.

Lilah'nın nefes alış hızı öyle bir arttı ki oksijen bedenine fazla geldi. Bayılacağını hissetti.

"Her şeyi itiraf ettikten sonra beni tekrar bul. Mindwell'de olacağım."

"Mindwell koca bir ada," dedi Lilah. "Seni nasıl bulacağım orada?"

"İlgini çektim demek, ha? Çünkü bir sahtekâr olmadığımı anladın. Mindwell'e varınca... yıldızları takip et," dedi kâhin. "O zaman beni bulacaksın."

Harrison, sonunda araya girip kâhini Lilah'dan uzaklaştırdı. "Çık git," diye bağırdı.

Kâhin bu sefer bakışlarını ona odakladı. "Yanlış kıza âşıksın ve işin fenası, çok hızlı kapıldın," dedi. "Yalanlara kapıldın. Bunun sonu yok. O bir başkasının."

Harrison'ın yüzü allak bullak oldu, bir cevap beklemeden giden kadının arkasından bakakaldı.

"Deli," dedi Lilah usulca. "Bu kadın deli. Söylediklerinden tek kelime anlamadım."

Bu da Lilah'nın her sözü gibi yalandı. Harrison, en azından bunun yalan olduğunun farkındaydı ama inanmış gibi yaptı.

"Şey... Sanırım geri dönsek iyi olacak."

Harrison, "Bence de," diyerek Lilah'nın düşüncesini onayladı.

Lilah, heyecanla geldiği şenlikten endişe ile ayrıldı. Eve yakın bir noktada Harrison'ın Hector tarafından çağırıldığına dair bir haber gelince Harrison, Lilah'ya bahçe kapısından girene dek eşlik etti ve sonra koşarak hana doğru ilerledi.

Lilah, arkasından bir süre bakıp Marla'nın yaşadığı eve doğru ilerlemeye başlamıştı ki kümesin yanından geçerken biri onu kolundan tutup geriye çekti. Sırtı kümesin duvarına yaslanan Lilah, şaşkınlıkla onu tutan adamla yüz yüze geldi ve nasıl bu kadar dikkatsiz olabildiğini düşündü. Kâhin ve Prens Salton âdeta onun aklını başından almışlardı.

Onu tutan adam, Lilah'yı duvara iyice bastırıp Rodmir lisanında, "Sana bir uyarı getirdim," diye fısıldadı. "Bugün şenlikte olanlarla ilgili."

Lilah, gergin bir şekilde bekledi ama uyarının kimden geldiğini çok iyi biliyordu.

"O askerle arana mesafe koyacaksın," diye devam etti haberci. "Corridan burada olmayabilir ama kardeşi burada ve gözü senin üzerinde."

"Sen benimle böyle konuşamazsın."

"Bunu söyleyeceğini biliyorlardı ve bir uyarı da bunun için geldi. Önceliklerini ve kim olduğunu unutmaman gerektiği söylendi." Geri çekildi ve kıza ters ters baktı. "Oynadığın oyuna kendini kaptırmamalısın. Yoksa hiçbir zaman özgür olamazsın. Bunu sana aynen iletmemi istediler."

Lilah, onu bırakıp hızlı adımlarla oradan ayrılan Rodmirli adama bakarken hissizdi. Kendi kendine "Ben zaten hiçbir zaman özgür olamayacağım," dedi ve ağır adımlarla eve doğru yürümeye devam etti.

Ertesi gün antrenmanda Harrison, Lilah'nın canına öyle bir okudu ki Lilah, festival eğlencesinin cehennem azabı öncesi ufak bir ödül olup olmadığını merak etti.

Harrison, "İyi misin?" diye sorup Lilah'nın yanına doğru yürümeye başladı. "Bir şey mi oldu?"

Lilah, dizlerinin üzerine oturup ağzından yere akan kana baktı. Cevap vermek yerine sessiz kaldı. O kadar sinirliydi ki olay çıkarmamak ve kendine hâkim olmak için tüm iradesini kullanmak zorunda kaldı.

Harrison endişeyle, "İyi misin?" diye sordu tekrar. "Lydia?" Bu bilinçli bir dil sürçmesiydi. Lilah'nın tepkisini ölçmek isteyerek söylemişti. Lilah irkilince, "Lilah," diye düzeltti ama kız sessiz kalmaya devam etti. Harrison'ın diğer tarafta gürültülü bir şekilde yutkunduğunu duydu. Kâhin, kıza Prenses diye hitap ettiğinden beri Harrison'ın içine düşen ve sindirmeye çalıştığı kurt daha da bir canlanmıştı. Zihninde sürekli Lilah'nın Prenses Lydia olma ihtimali dolanıyordu. Hatta ihtimali değil, direkt o olduğunu düşünüyordu.

Harrison, ona doğru tedbir dolu bir iki adım attı. Bu sefer, "Lilah?" derken sesi gerçekten endişeli çıktı.

Tekrar cevap alamayınca kızın yanına iyice yaklaşıp elini omzuna doğru uzattı, tam da o sırada Lilah o kolu yakalayıp büktü. Harrison ani bir şaşkınlıkla donup kaldığında, karnına sert bir tekme indirdi.

Şimdi Harrison dengesini iyice kaybetmişti, Lilah fırsatı kaçırmadı, bir de çelme taktı ve o yere düşmeden önce suratına dizini indirip yanından kaçtı.

Harrison yarım saattir dövüşme bahanesiyle onu süründürüyor, onunla alay ediyordu. Buna daha fazla dayanamayacaktı.

Lilah, ondan uzaklaştığı sırada elini ağzına götürdü ve önce avucuna dolan kana, sonra da Harrison'a sert sert baktı. "Sen, berbat bir öğretmensin, Harrison," dedi nefes nefese. "Berbat!"

Harrison, dizlerinin üzerinde doğrulup Lilah'ya yavaşça baktı ve hemen ardından içten gelen bir kahkaha attı. Prenses Lydia meselesine hiç girmek istemediği için antrenman meselesine yoğunlaştı. "Seni sinirlendirmem gerektiğini biliyordum," dedi, hızlı bir şekilde ayağa kalkarken. "Ancak bir sebebin olduğu zaman saldırganlaşıyorsun ve doğru hamleler yapıyorsun. O sebebi sana vermek için de seni epey bir benzetmek gerekiyor. Neden?"

Lilah, "Çünkü şiddete meyilli değilim ben," dedi burnundan soluyarak. O da meseleyi görmezden geldi, Lydia adını duymamış gibi yapması Harrison'ı iyice şüpheye düşürdü. Ve endişelendirdi. Lilah, eğer gerçekten Prenses Lydia ise durum çok tehlikeli olabilirdi. Daha fenası, Audra her an kızın öldürülmesini isteyebilirdi. Harrison ona kütüphanede, *'Umarım Prenses Lydia ölmüştür,'* demişti. Ama şimdi kızın yüzüne baktığında, onun Lydia olma ihtimali varken bunu söylemek zordu. Kızın bir suçu yoktu, olduğu kişinin bir günahı yoktu. Eğer gerçekten oysa... Sıkıntıyla iç geçirdi. İşler hangi ara bu kadar sarpa sarmıştı ki?

Lilah, "Hadi bana vur dediğinde öylece sağlam bir darbe indiremem, çünkü karşımdaki insanı düşünürüm," dediğinde, Harrison onun neden bahsettiğini anlamak için birkaç saniye bekledi. Kızın Lydia olup olmadığına kafa yorarken konudan iyice kopup gitmişti.

Lilah, "Ama sen..." diye devam ederken susup kendi üzerindeki beyaz tişörte damlayan kanı dehşet içinde izledi. "Sen öyle değilsin, nasıl oluyor da bu kadar kolay saldırganlaşabiliyorsun? Bir anda gülerken suratıma yumruğu indirdin, seni düzenbaz!"

Harrison, gülmeye çalışarak kıza tekrar yaklaşmaya başladı. "Sana öğretebilirim." Başını hafifçe yana eğdi, havaya kalkan kaşları sarı saçlarının altına girdi. Gözlerinde alaycı bir bakış belirmişti.

Lilah buna asla kanmayacaktı, o yüzden hemen gardını aldı. "Sakın!" diye bağırıp geri çekilirken elini havaya kaldırdı ve ona da geri çekilmesini işaret etti. "Sakın bana yaklaşma! Bir daha kanmam sana. Bir daha ani bir hamle yaparsan... yemin ederim seni mahvederim! Önceki itiş kakışlarına sabrettim ama bu..." dedi, kanlı ellerini iki yana açarak. "Bu normal değil."

Harrison, "Lilah," diye mırıldandı, ona yaklaşmaya devam ederken. "Sen bana daha fazlasını yaptın. Çenesiyle kendi kan içindeki yüzünü, ayakkabı izli gri tişörtünü ve Lilah'nın tırnaklarını batırıp kanlı ufak hilaller bıraktığı kolunu işaret etti. "Ben sana hiç kızmadım."

"Kızmaya hakkın yok. Durduk yere sen saldırdın. Böyle düello olmaz. Sen hilebazsın."

"Bana diyene bak," dedi, yavaş yavaş Lilah'nın etrafında dolanırken.

Lilah da onunla birlikte ters yöne doğru geri geri hareket etti. Ama Harrison'ın adımları inanılmaz derecede seri ve planlıydı. Hem konuşup hem de kızın hareketlerini analiz ediyordu. Gözlerinin ardında dönen hayali çarkları, Lilah metrelerce uzaktan bile görülebiliyordu.

"Sen az önce yaralıymış gibi rol yapıp bana saldırmadın mı? O da hile değil miydi?"

Lilah, "Ben zaten yaralıydım! Hem... Hem o bir karşı ataktı," diye mırıldandı, kendisine doğru gelen yumruğu bloke edip Harrison'ın suratına kendi yumruğunu indirirken. Birinci yumruğu boşa gitti ama ikincisi adamın suratına isabet etti. Henüz iyileşmemiş dudağı tekrar yarıldı.

Harrison, yüzünü buruşturup başını iki yana salladı. "Sağlam hamlelerini görmek için seni biraz daha zorlamam gerekiyor sanırım. Sınırın nedir? Merak ediyorum. Nereye kadar gidebilirsin?"

Bu eğitimin amacı, aynı zamanda rakip prenses olma ihtimali olan kız hakkında bilgi sahibi olmaktı. Harrison, Lilah'yı ayağına çelme takıp yine yere düşürdü ama Lilah, daha Harrison yaklaşamadan ayağa kalkıp yanından uzaklaştı. Hemen yeniden savunma pozisyonuna geçti.

"İnan bana, sağlam hamlelerimi görmek istemezsin," dedi yutkunarak. Fena halde gerilmişti. Bu konuda ciddiydi, Harrison'ın onun sınırlarını zorlamasını istemiyordu. Bunun varacağı nokta iyi olmuyordu.

Harrison, "Neden?" diye sordu ciddi bir ifadeyle.

"En son sınırları zorlayan kişi elimde kaldı." Gözünün önünde canlanan anının hatırasıyla bir anda boğazı kuruduğu için gözlerini kapattı. "Onun yüzünden ölüm cezası aldım. Sonrasında da başıma gelmeyen kalmadı. Bu yüzden... Lütfen şansını zorlama."

Harrison sessiz kaldı. Lilah, bu fırsattan istifade ederek ona yumruk atmaya çalıştı ama Harrison, yumruğunu havada yakalayıp kızı hızla döndürdü.

Lilah, kendini dizlerinin üzerinde, bir kolu geriye doğru bükülmüş halde buldu. Harrison, diğer kolunu onun boynuna doladı. "Ne derler bilirsin..." diye fısıldadı tutuşunu sıkılaştırarak. "Eğitimde merhamet, vatana ihanet."

"Senin merhametine ihtiyacım yok." Öfkelenmişti. Harrison haklıydı, yeterli sebep olmadıkça saldırı gücü zayıftı. Lilah'ya göre anormal olan Harrison'ın tarzıydı. Lilah, konuştuğu ve öfkeli olmadığı insana öylece saldıramazdı; ona nedenler lazımdı.

"Hadi kurtar kendini," dedi Harrison, bileğini sertçe sıkarak. Lilah'yı çok güçlü bir kıskaca almıştı. Kas gücü de hesaba katıldığında Lilah'nın tutuşundan hilesiz kurtulması neredeyse imkânsızdı.

"Hiç adil savaşmıyorsun."

Harrison, "Hayat bize adil davranmıyor," derken sesi gerginldi. "Yavaş yavaş hileye alışıyorsun. Oyunu nasıl kazandığının önemi yok, Lilah. Savaşlarda nasılını sorgulamazlar. Hayatta kalıp kalmadığına, kazanıp kazanmadığına bakarlar." Bu sözleri ona söyleyerek iyi mi yapıyordu hiç bilmiyordu.

Lilah nefes nefese, "Ben asker değilim," dedi. "Ben senin gibi yetiştirilmedim."

"Sen de benim kadar zor günler geçirdin. Merhametlisin. Ama olmamalısın. Merhamet senin sonun olur."

"Merhametsizlik de bir sondur," diye bağırdı Lilah. "İyi insanların sonu. Kötüler mi kazanıyor hep, doğru olan bu mu? Onlar gibi mi olmak zorundayız?"

Harrison, "Daha da kötü olmak zorundayız," dedi. "İntikam almamız gerek."

"Kimden?" diye sordu, boştaki eliyle boynundaki kolu gevşetmeye çalışırken.

"Bizi bu hayatı yaşamaya mecbur eden herkesten."

Lilah yutkundu. "Ya düşmanları ayırt etmek sandığından zorsa?" diye sordu.

"O halde hepsini tek tek ortaya çıkarıp cezalandırırız."

"Biz yargıç değiliz," diye fısıldadı. "Cezalandırmak bize düşmez. Hakkımız olanı almaktan başka derdimiz olursa, kendi nefretimiz sonumuz olur. Kan banyoları, barışa giden yol olamaz."

Harrison derin bir nefes aldığında, Lilah sırtında onun göğsünün yavaşça inip kalktığını hissetti. Kızın risk olmadığını fark ediyordu, eğer gerçekten Lydia ise bile tahtta gözü yoktu. Öyle görünüyordu. Harrison, gerçekten öyle olmasını umdu. Belki de kızın tek arzusu özgürlüktü.

"Bir asker gibi düşünmüyorsun, Lilah."

"Bir asker değilim," diye tekrar etti.

Bir süre ikisi de sessiz kalıp düşüncelere daldılar. Lilah yutkunup başını geriye doğru atarak Harrison'ın gözlerine baktı. Boğazındaki kol birkaç santim aşağı kaydığında, daha rahat nefes almayı başardı. Mevcut durumu gözden geçirirken kendine hızlı bir strateji belirledi. Şu anda Harrison, tek elini kıskaca almıştı. Boynu da aynı durumdaydı. Hareket etmekte zorlanıyordu çünkü boğazına sarılı olan kol, müthiş bir engelleyici konumundaydı.

Harrison, "Ne düşünüyorsun?" diye sordu yavaşça.

Lilah, tekrar yutkundu. Boğazı tamamen kurumuştu. Konuşmakta zorlanıyordu. "Düşüncesizce yapacağım tek bir hamlenin bu oyunu benim ölümümle sonuçlandırabileceğini düşünüyorum," diye mırıldandı. "Boynumu daha sıkacak mısın, istersen böyle yavaş yavaş öldürmek yerine direkt kır?"

Harrison, duraksayıp elini yavaş yavaş gevşetmeye başladı. Ağzından derin nefesler alıp toparlanmaya çalışan Lilah, başını öne eğip hızlı geri attı. Kafası, Harrison'ın suratına sert bir şekilde çarptığında, Harrison'ın tutuşu gevşese de kıskaç açılmadı. Dengesini biraz daha sarsması lazımdı. Olduğu yerde çırpınıp tutuşunu ve dengesini sarsarak kendini kıskaçtan kurtardığında, Harrison akıllıca bir hamle yaptı. Anında ayağa kalktı ve kızdan uzaklaştı, tekrar karşı karşıya kaldılar.

Lilah, "Bu oyun bitecek mi?" diye sordu gergin bir sesle. "Yani... ikimizden biri hastanelik olmadan önce?"

"Emin değilim," dedi Harrison ve durup bir anda, "Yarın akşam o partiye gidecek misin?" diye ekledi.

"Ne par-"

Soruyu tamamlayamadan önce Harrison, Lilah'yı yakalayıp mindere fırlattı. O, üzerine doğru yürüdüğü sırada Lilah, çabucak toparlandı ve ayağa kalktı.

Harrison, "Bu konuda iyisin," dedi, onun bu hareketini onaylayarak. "Asla yerde kalmıyorsun. Her şartta çabuk toparlanıyorsun."

Lilah, gözlerini devirdi. "Sen daha bir şey görmedin," diye söylendi. "Ben oyunlara adapte olamıyorum. Olsam..."

"Bir diğer sorunun da bu," dedi Harrison. "Tanıdığın insanlarla kurduğun bağlar, dövüş esnasında sana engel oluyor. Riskli bir durum bu. İhanete uğrarsan işin biter. Aş bu huyunu. Kimliklere takılıyorsun. Beni rakip olarak göremiyorsun, o yüzden saldırıların kaçamak oluyor."

Lilah omuz silkmekle yetindi. Hayatı boyunca yalnızca babası ve A ile dövüşmüştü. Onunla eğitim görmüştü. Ölümcül hamleler konusunda, silahlı dövüşlerde veya doğrudan silah kullanımında iyiydi. Ama doksan kiloluk bir kas yığınıyla yumruk yumruğa dövüşmek, babasının ona verdiği eğitimlerin arasında yoktu. Olsa bile bir faydası olur muydu, Lilah bundan emin değildi. O, Harrison'ı kıskaca almaya kalksa Harrison, Lilah'yı iki saniyede üzerinden kolaylıkla savurur atardı.

"Sizin gibi askerî bir düzen içinde, rekabet ortamında eğitilmedim ben, Komutan," dedi usulca. "Rekabet, söylediklerini kabullenmek için iyi bir öğrenme şekliydi, kabul et. Benden çok daha iri ve ağırsın, ben seni nasıl yerde tutabilirim? Ama eğer hayır, beni öldür, oyun öyle bitsin dersen bunu halledebilirim. O konuda bir problemim yok. Sen sırf beni deli etmek için bu eğitimleri öne sürüyorsun."

"Ben sana süre avantajı kazandırmak için bu eğitimleri sürdürüyorum, Lilah. Evet, beni yerde tutamazsın ama reflekslerin gelişir, sen de ayakta kalırsın."

Lilah ofladı. "Bunu baştan söyleseydin ya," diye mırıldandı. "Benimle dalga geçiyorsun sandım."

"Farkındayım. Biz senin zaman kazanman ve kendi fırsatlarını yakalayabilmen için buradayız. Ufacık bir an, sana gerekli olan silahı alma şansı verir. Zaman değerlidir. Süreye odaklan. Ne kadar geç düşüyorsan o kadar iyi. Saldırıyı boş ver, o konuda zaten iyisin. Sen şimdi savunmanı güçlendir."

Lilah, "İyi dedin," derken, yumruğunu Harrison'ın karnına indirdi.

Harrison yüzünü buruşturdu, başını sallayarak gülümsedi. "Bu iyi bir hamleydi," dedi. Hemen gardını indirdi, hızla muhabbet havasına giriyordu.

Lilah yavaşça geriledi. Aynı numaraya bir kez daha kanacak değildi ama Harrison ona bir soru sorunca bocaladı. "Prenses'e Ardel'in onun hakkında yaptığı planları anlattın mı?"

"Ne?"

"Serasker'in evinden bu yüzden kaçtığını söyledin, Audra'ya planlardan bahsedecektin."

Lilah, "Ah, evet," dedi. "Ona bahsettim." Onu öldürmekle görevlendirildiğini söylemişti. Daha doğrusu Audra, o söylemeden önce bunu tahmin etmişti.

Harrison başıyla onayladı. "Peki, yarın akşam partiye gidecek misin?" diye sordu tekrar.

Lilah, duraksadı ama gardını indirmedi. "Evet?" dedi, geride durmaya özen göstererek. "Neden sordun?"

Başını iki yana sallayan Harrison, "Bence gitme," dedi.

Lilah'nın kaşları çatıldı. "Ne?" diye sordu şaşkınlıkla. "Nereden çıktı şimdi bu?"

Harrison kollarını göğsünde kavuşturdu. Gri tişörtü iyice gerilip tüm kaslarını ortaya çıkardı. Oldukça kaslı, eğitimli ve zekiydi. Bütün bunlar can sıkıcı bir bileşendi. Komutan, normal şartlarda bir dövüşte yenilmesi zor bir adamdı. Lilah, kendi ince kollarına şöyle bir göz atınca canı sıkıldı. Bir insan her alanda aynı güçte olamaz derdi babası. *Tercih yapmak zorundasın, bırak kas gücü erkeklere kalsın. Kendini sadece sana özgü yeteneklerinle değerlendir. Onlar senin gücün.*

"İstihbarat aldık."

Dikkati tekrar Harrison'a kaydı. Harrison konuşmayı sürdürdü. "Batı Ardel'den de misafirler bu akşam Milanid'e gelecekler. Şu an Ardel'e ait bir gemide ticari bir heyet var. Corridan da onların arasındaymış. Kesin bir bilgi."

Lilah ona boş boş baktı. İstihbaratları oldukça sağlamdı. Bu, gurur verici bir detaydı. Ama aynı zamanda onu zor durumda bırakmıştı. Ne yapacaktı? Bunu bilmeleri Lilah'yı inanılmaz büyük bir kapana kıstırmıştı. Ne diyeceğini, ne yorum yapacağını bilemedi.

Harrison, Lilah'nın korkudan şoka girdiğini düşünüp onun üzerine daha fazla gitmedi. Kızın yanına gidip ellerini omuzlarına koydu. "Lilah, iyi misin?"

Lilah başıyla onayladı. "İyiyim," diye mırıldandı ve ortaya hemen duruma uyacak bir yalan attı. "Sadece şaşırdım. Dewana'dan ayrılmazdı o. En azından ben yanındayken..."

Lilah, silahlar ve yalanlar konusunda ustaydı. Onun gücü buydu. Babasının ona mirası buydu. Diğer eksikliklerine takılmaktansa bu gerçeğe odaklanacaktı. Bu konuda kesin bir karar aldı. *Teşekkürler baba, sen müthiş bir akıl hocasısın.*

Harrison'ın gözleri dikkatle kısıldı ve Lilah'nın yüzünde gezindi. "Demek ki seni ondan daha çok önemsiyor," derken sesinde garip bir tını belirdi. "Şaşırtıcı bir şey değil."

Harrison, Corridan'ın kıza kafayı neden taktığını anlayabiliyordu. Lilah'da bambaşka bir ışık vardı. Neşesi, heyecanı, insana huzur veriyordu. Her söyleneni kabul etmiyordu, kendi fikirleri vardı. Onları sonuna kadar savunuyordu. Harrison, Lilah'nın yanında olmaktan keyif alıyordu. Onun o buruk, çocuksu yanı, Harrison'a kendisini hatırlatıyordu. Kendisinde öldürdüğü tarafını...

Lilah, "Sırlarını ortaya çıkarmamdan korkuyor, beni ondan önemsiyordur," dedi.

Harrison, "Tek korkusunun bu olduğunu sanmıyorum," dedi, dikkatle onun yeşil gözlerine bakarak. Lilah'nın gözleri, Harrison'ın gördüğü en güzel gözlerdi. Ormanlar kadar yeşil ve huzur vericiydi.

Lilah, Harrison'ın kendine nasıl baktığını görünce bir anda adamın ne söylediğini unuttu, hatırlamaya çalışarak dalgın bir şekle, "Hı?" dedi. Aşırı gerigindi.

Harrison'a çaktırmadan Corridan ile buluşma planları suya düşmüştü. Mutlaka Direniş'in gözü, yarın akşam Corridan'ın üzerinde olurdu. Hector bunu engelleyemezdi. Diğer general, kendi ekibini bu işe yönlendirirdi.

Lilah oflamamak için kendini zor tutarak Harrison'a baktı. Yüzünde nasıl bir ifade gördüyse Harrison'ın bakışları anında yumuşadı. "Endişelenme, seni onlara teslim etmeyeceğiz."

Lilah dudağını ısırdı. Söyleyeceklerini düşünüp dikkatli bir şekilde konuştu. "Audra da aynı şeyi mi düşünüyor dersin? Beni teslim etmez mi onlara?"

Harrison, bu soruyu cevapsız bıraktı. Çünkü cevabı kendi de bilmiyordu.

Lilah kederle doldu. "Audra aksini söylerse sen, beni Corridan'a kendi ellerinle teslim edersin," dedi. "Öyle değil mi, Komutan?"

Harrison, ellerini kızın kolundan yavaşça geri çekti. "Öyle bir şey yapmam."

"Gerçekten mi? Audra'dan kesin bir emin gelse bile mi?"

Harrison hemen konuşmadı. Bir süre düşündü ve büyük bir dikkatle soruyu cevapladı. "Kesin bir emir gelse bile."

Lilah, işte buna şaşırmıştı. "Sadakatine ne oldu senin?" diye sordu. "Ona koşulsuz sadıktın."

"Sadakatim olduğu gibi duruyor, Lilah." Yüzünde beliren ifade sertti. "Ama kendi halkıma da Prenses'e olduğu kadar sadığım. Kendi halkımdan birini de satmam. Kesin bir emir olsa dahi. Hele de seni Corridan'a asla vermem."

Lilah, "Asla deme," dedi hüzünlü bir sesle. "İnsan asla dediği ne varsa yapıyor."

"Bunu yapmam, Lilah, sen beni tanımıyorsun."

"Yani beni asla Corridan'a vermezsin?"

"Vermem."

"Peki ya ben bir hainsem?"

Bakışları birbirlerine kilitlendi.

Harrison buz gibi bir sesle, "Bir şey mi anlatmaya çalışıyorsun?" diye sordu.

Lilah hemen sözlerini toparlamaya koyuldu. "Ya sana öyle olduğumu söylerlerse? Audra, seni tanıyormuş. Zayıf yönlerini de biliyor demektir bu. Zaaflarını bildiğin insanları yönetmek kolaydır. Audra seni kolaylıkla yönlendirebilir. Yalanlarla bana düşman edebilir."

Harrison, gözlerini Lilah'nın gözlerinden ayırmadan başını iki yana salladı. "Kendi gözlerimle görmeden ve doğruluğundan emin olmadan inanmam. İhtimaller yüzünden senin hayatınla oynamam."

"Söz mü?"

"Asker sözü," dedi. "Doğu Ardel üzerine."

Lilah gülümsedi ve uzanıp iki eliyle birden Harrison'ın elini tuttu, minnetle sıktı. "Teşekkür ederim."

Harrison, birleşmiş olan ellerine baktı. "Bunu sana son kez söyleyeceğim, bence o partiye gitmemelisin. Bu riske girmeye değmez."

"Gitmem gerek. Jared'a söz verdim. Sözümden dönemem. Ama Corridan'a karşı dikkatli olurum, erkenden eve dönerim. Uyardığın için teşekkür ederim."

Harrison iç geçirdi. "Asisin, Lilah."

Lilah, bunu iltifat kabul edip zarifçe reverans yaptı. "Sağ ol, Komutan. Bu bir onurdur."

Harrison, gülümseyerek başını hafifçe eğip kıza selam verdi. Ama canı sıkkın, bakışları karanlıktı. "Dikkatli ol o halde."

"Olurum, sen beni merak etme."

"Pekâlâ, bu günlük ders bitti. Yarından sonra kılıçlara ve silahlara tekrar ağırlık vereceğiz. Ona göre dinlenmiş olarak gelsen iyi edersin."

Lilah, büyük bir gülümseme gönderdi. "Kılıç konusunda iyiyimdir, Komutan, onun için eğitime gerek yok."

"Öyle mi?"

Lilah başıyla onayladı. "Silahlar üzerinde çalışsak daha iyi olmaz mı? Zaten bu kılıç eğitimleri… daha çok bir gelenek gibi."

Harrison, Lilah'yı düşünceli bir şekilde süzdü ve "Sen nasıl istersen," dedi. "Sana güveniyorum, bir konuda iyi olduğunu söylüyorsan, öylesindir."

Sana güveniyorum. Lilah, Harrison'ın gri gözlerine bakarken bu iki kelimenin ağırlığını o kadar derinde hissetti ki ne yapacağını bilemedi. Güven… çok ama çok büyük bir hediyeydi. Bu Lilah ile ilgili bir konuda bile olsa, bunu dile getirmesi Lilah'ya yeterdi. Hem Harrison, *'Bir konuda iyi olduğunu söylüyorsan sana güvenirim,'* dediğinde, bu güven biraz geniş alana yayılmıştı. Lilah'nın iyi olmadığı halde öyleymiş gibi yaptığı o kadar çok konu vardı ki hepsini tek tek anımsadı. Vicdanı sızladı. Adama yaklaşıp usulca boynuna sarıldığında, Harrison şaşırıp bir süre dondu kaldı. Sonra ellerini Lilah'nın beline yavaşça doladı.

"Teşekkür ederim, Harrison. Sen çok iyi bir adamsın."

"Bu da nereden çıktı?" Harrison'ın sesi şaşkın çıkmıştı ama Lilah'yı kendinden uzaklaştırmadı. Bunu yapmanın kızın gururunu inciteceğinden korktu ama işin aslı şu ki, bu bahaneydi. Aslında o da kızdan ayrılmak istemiyordu. Lilah sonunda ondan ayrıldığında, ellerini yavaşça çözüp kıza baktı. "Ne olduğunu anlatacak mısın?"

Lilah, başını iki yana salladı. "Sadece teşekkür etmek ve… sana sarılmak istedim. Özür dilerim."

"Özür dilemene gerek yok."

Lilah, onu duymazdan gelerek, "Özür dilerim," diye tekrar etti. Ama özrün asıl sebebi başkaydı.

BÖLÜM YİRMİ İKİ

AMA ONLAR DA HİÇ KAZANAMADILAR

Dört yaşını ve öncesini çok iyi hatırlayan var mı merak ediyorum. Bunu bir dönem çevremdeki birçok kişiye defalarca sordum. Genelde aynı tür cevaplar aldım. Bazıları gülüp geçti. Hizmet ettiğimiz ev sahibinin oğlu Orland, mümkün değil, dedi. Orland'ın annesi, geçmişini hatırlamak ne değiştirecek diye sordu, sustum. Özgürlüğün nasıl bir şey olduğunu hatırlamaya çalışıyorum deseydim sinirlenirdi. Biliyordum.

Çünkü ondan önce çalıştığımız evdeki, gül bahçesi olan kadın, sinirlenmişti. Bana geçmişimin olmadığını söylemişti. Nasıl doğduğunun önemi yok, bir hizmetçi olarak öleceksin. Özgürlüğü hatırlamanın lüzumu yok, nasıl bir şey olduğunu bir daha bilmeyeceksin. Kelimeler, istenildiğinde öyle zalimce kullanılabilirdi ki hedefindeki kişide korkunç yaralar açabilirdi. Görünmeyen ve asla iyileşmeyen yaralar.

Çocukluk işte, bir daha gerçekten özgür hissetmenin nasıl olduğunu bilememekten korktuğum için bu mesele bir anda benim için daha da önemli hale geldi. Kadının sözleri ters tepmişti, hayatım boyunca asla bana söylenene gözü kapalı inanmadım. Hep kendi gerçeklerimin peşinde koştum. O yüzden bir cevap bulana dek aynı soruyu sordum.

Babamdan yardım istedim, hatırlamam için bana asla yardım etmedi. Özlemek, merak etmekten daha acı vericidir, dedi. Hayaller kur, bu seni daha çok mutlu eder. Sana azim ve inanç verir. Hayaller de kurdum ama yetmedi. Hatırlamak istediğim şey belki de yalnızca özgürlük değildi. Başka şeyler istiyordum. Başka şeyleri de hatırlamak.

Asla pes etmedim, sorabildiğim herkese sordum bu soruyu. Bazen azar yedim, bazen bu konuyu artık çok uzattığım için ceza aldım ama vazgeçmedim. Bu işin peşini bırakmayacağımı anlayan annem, uzun uğraşlar sonucu, beni başından göndermek için birkaç minik sır verdi. Eğer kendimi daha çok zorlarsam geçmişimden birkaç anı yakalayabileceğimi ama hatırladıklarımın doğruluğundan her zaman beni şüpheye düşeceğimi belirtti.

Babama gidip, bir şeyler bulmak için aslında bir yol varmış dediğimde, babam sakince gülümsedi: Aradığınla bulduğun aynı şey olmayacak, dedi. Bana söylediği yalanın nedenini yıllar sonra söyleyecekti. Ama biliyordu ki ben, bunu daha o söylemeden önce öğrenecektim. Şüphe ile baş etmek unutmaktan zordur. Hatırladığın bir şeyi özlemek, her zaman unuttuklarını özlemekten daha acı verici olur.

Ben kimim? Neyim? Neden böyleyim? Eskiden kimdim? Gelecekte kim olacağım? Her şeyimiz elimizden alındı mı? Kimliklerimiz, hayallerimiz, dünümüz, bugünümüz, geleceğimiz. Bitmek bilmeyen endişe. Belirsizliğin verdiği şüphe, çok büyük bir işkence. Özlemek de ölmek gibi ayrıca. Çaresi yok. Çözümü de yok. Orada duruyor öyle, yapabileceğin bir şey yok. Özledikçe daha iyi hatırlamak diye bir şey de yokmuş. Hatıraların onları ne kadar düşünsen de zamanla siliniyormuş.

On sekiz yaşındayım ben, daha da kararıp yok oldu sanki bana ait olan her şey, geçen onca sene ile. Eski bir lisan, bana kalan tek hatıra önceki hayatımdan. Oysa yalnızca bir söz vardı bizi tutan. Ferke. Ana dilimde, ne de yorucu bir kelime. Oysa acı çeken, haksızlığa uğrayan insanları her gördüğümde aynı sözleri söylemek istedim ömrümce. Mırdave, non ferke.

Lilah, akşamki partide giyebilmesi için Corridan'ın yollattığı, duvarda asılı duran mavi elbiseyi seyrederken yine aklında aynı söz, aynı işkence vardı. Dalgın dalgın *ferke* diye mırıldandı ve uzanıp elbisenin uzun tülden kısmına dokundu. Tek omuzlu elbisenin lacivert, düz bir kumaşı ve onun üzerinde işlemeli tülden açık mavi bir katmanı vardı. Omuz kısmına, kumaştan minik lacivert güllerle kaplı tülden bir şerit geçirilmişti. Güzel bir elbiseydi. Sırtındaki düğmeler incidendi ve elbisenin lacivert güllerle karışık beyaz incilerle dolu ince bir tacı da vardı.

Tacı izlerken Lilah'nın gözlerinin önünde zümrüt bir tacın hayali belirdi, kıpkırmızı yakut bir kolye... Gözlerini kapatıp açtığında yine kendi elbisesini gördü. Dikkat çekmeyecek kadar şık, gireceği ortamda garip kaçmayacak kadar gösterişli, aynı zamanda bir casusa, bir haine verilebilecek kadar da ucuz.

Lilah'nın kafasının içi kazan gibiydi. Gerginlikten düşünemez bir hale gelmişti. Bazen zayıf anlarında içinden yanlış bir düşünce geçip gidiyordu: *Keşke ben de diğerleri gibi ölseydim.* Ardından gelen utanç duygusu, reddetme ve zayıflık hissi, ona tokat gibi çarpıyordu. Pişmanlık ve ilerleme zorunluluğu hissediyor, gücü tek bir cümlede buluyordu: *Ben, onlar gibi değilim.*

"Bence partiye gitmemelisin." Marla'nın sesi endişe doluydu.

Lilah, gözlerini elbiseden ayırmadan, "Bunu söyleyen üçüncü kişisin," diye mırıldandı. Marla, bu cevabın üzerine arka tarafta huzursuzca kıpırdandı.

"Eh, aklın yolu bir derler. Öyle değil mi?"

Lilah, "Hangi akıl?" diye sordu. "Kimin aklı ne için çalışıyor belli olmaz ki."

Bu sırada Marla, Lilah'nın saçlarını çekiştirerek örüyordu. "Öyle ama," dedi kız, bir başka tutam saça geçerken. "O partiler dost görünen rakip tüccarların birbirini sarhoş edip ağızlarından laf almak için yapılıyor. Kimse dürüst değil, herkes bir şeyler peşinde olacak."

"Desene tam benlik bir yer."

Marla sustu. "Ne?"

"Hiç, önemli bir şey değil."

Marla üstelemedi. "Hiç eğlenceli olmayacağına bahse girerim. Tekrar ediyorum, oraya gitmemelisin."

Lilah, üzgün bir şekilde, "Eğlence derdinde değilim," dedi ellerine bakarak. "Boş bulunup teklifi kabul ettim. Sözümü tutup hemen döneceğim."

Marla, "Sözlerine hep böyle sadık mısındır?" diye sorarken, Lilah'nın saçındaki örgüleri birleştirmeye başladı.

Lilah, "Çoğunlukla," diye mırıldandı. "Önce örgüleri açtın, sonra yeniden ördün. Şimdi de hepsini birleştiriyorsun. Senin canın sıkkın da benim saçlarımla oynuyorsun, değil mi?"

Marla, neşeyle güldü. "Biraz," diye itiraf etti. "Ama tamamen değil. Bak şimdi saçlarından birkaç dalga birleşip lüle haline gelmiş, onu bıraktım, çünkü bozmaya kıyamadım. Örgüler asil görünmen için."

"Asalet ile örgünün ne alakası var?"

"Darmadağınık, özensiz değiller. Örgü ince iştir. O yüzden Rodmir'de asil hanımlar saçlarını örerler."

Lilah kahkaha attı. "Bu hayatımda duyduğum en saçma şey." Marla ona darılmış gibi bakınca, Lilah ofladı. "Tamam, ne istiyorsan yap. Ama gerçekten anlamıyorum. Buna gerek var mıydı?"

"Tabii ki. Bak ne güzel bir elbise var elinde, onu harcama. Drew zevkli adammış doğrusu."

Lilah dudağını ısırdı, Drew'dan elbise isteyecek olsa, ona gıcıklığına çuval getireceğine dair her türlü iddiaya girerdi. Ama Marla'ya, elbiseyi Corridan'ın yollattığını söyleyemezdi. Mecburen Drew'un getirdiğini söylemişti. "Ya..." dedi alayla. "Bilsen nasıl zevkli, nasıl incedir."

Marla, Lilah ciddi mi yoksa onunla kafa mı buluyor emin olamadığı için bir süre bir şey demedi. "Drew, Jared'dan nefret eder ama sen istedin diye Jared'la gideceğin halde sana elbise seçip getirdi. Bence de ince biri."

Bu sefer yorum yapmama sırası Lilah'ya gelmişti. Konuyu değiştirmek için, "Bitmedi mi hâlâ bu saç?" diye yakındı.

"Hayır! Çok güzel saçların var, bence onlara daha iyi bakmalısın."

Lilah, "Bakıyorum," dedi. "Sırf kısa olduklarında o dalgaları kontrol etmek mümkün olmuyor diye kesmiyorum. Bu yeterli."

Marla, neşeyle kıkırdadı. "Jared'ın sana bıraktığı silaha baktığın kadar bakmıyorsun hiçbir şeye. Ne yeni gelen elbiseye ne saçlarına."

Lilah'nın suratı asıldı. Doğruydu, silahları diğer her şeyden daha çok seviyordu.

"Surat asmasana," dedi Marla, elindeki saçları ikiye ayırıp Lilah'nın omuzlarının üzerine bırakırken.

Lilah eğilip karnına kadar inen kumral saçlarına baktı. Kapalı ortamlarda koyulaşsa da güneşte sapsarı oluyorlardı.

"Ben sadece güzelliğini daha da ön plana çıkarmanı istiyorum. Bunu harcıyorsun."

Lilah başını iki yana sallarken, gözlerinin önüne hücum eden anı yüzünden yutkunmak zorunda kaldı. "Ben görünmez olmak, arka planda kalmak istiyorum," diye fısıldadı. "Güzellik insana düşmandır, umarım nasıl bir düşman olduğunu asla anlamak zorunda kalmazsın."

SADECE DÜŞTÜK

Serasker Corridan Sandon, partinin yapılacağı merkeze girdiğinde, onu bölgenin ticaret amiri karşıladı. "Hoş geldiniz," derken elini önce ceketine sildi, sonra da Corridan'a uzattı.

Corridan, bu eli görmezden gelerek başıyla hafifçe selam vermekle yetindi.

Adam, alnına düşen beyaz saçlarının altında ve kırışık yüzünde ufacık duran kahverengi gözlerini kısıp elini geri çekti ve eksik dişlerini göstererek zorla gülümsedi. "Nasılsınız, Serasker?"

Corridan, "İyi," dedi çaktırmadan etrafı tarayarak. "Direniş ile ilgili haberlerin varsa daha iyi olabilirim ama."

"Üzgünüm, Serasker," dedi yaşlı adam, gülümseyerek. Adı Herge gibi bir şeydi ama bu, Corridan'ın umurunda değildi. "Kralımızın emri üzerine Rodmir tarafsız bölgedir. Ve öyle kalacaktır. Doğu Direniş'i ya da Doğu Ardel'in meseleleriyle ilgilenmiyoruz."

Corridan, "İlgilenseniz iyi olurdu," dedi, ellerini sırtında birleştirirken. "Kazanan tarafta olan herkes kazanır, öyle değil mi?"

"Şu an kesin bir kazanan var mı ki?" Adamın ince dudakları zoraki gülümsemesinin etkisiyle iyice dümdüz bir çizgi haline geldi.

Gülümsemek için mücadele ederken yığılıp kalacak diye düşündü Corridan. Sonra dişlerini göstererek gülümsedi. "On dört yıldır galip biziz."

"Bunu bildiğinizi tahmin ederek size söylüyorum, Prenses hakkında bir iki şey duydum... General Hector'dan. Onlara göre savaş bitmemiş."

Corridan, "Prenses ne bilir?" diye sordu asabi bir halde. Adam tarafsız olduğunu iddia etse de Direniş'i kayırdığı her halinden belli oluyordu. Bunu saklama gereği duymuyordu.

"Direniş'in koruması altından çıkabilmiş mi de savaş hakkında bir iki söz edebilsin? Savaş duvarlar arkasında değil, meydanda kazanılır."

"Ben bilemem," dedi adam. "Prenses için o meydana inecek çok insan var. Önde ya da geride kalması önemsiz o yüzden. Her neyse, nasılsa her şeyi zaman gösterecek."

Corridan, "Göstersin bakalım," diye mırıldandı. "Daha görecek çok şeyiniz var. Sizin de, Direniş'in de." Adama selam vermeden yanından ayrıldı.

Yardımcısı Brad, yanına yaklaşarak, "Serasker?" diye sordu. Adam ufak tefekti, kızıl saçları ve bal rengi gözleri ışıkların altında kırmızı bir elma gibi görünüyordu. Dikkatle etrafı incelerken bukleli saçları sağa sola zıplıyordu. "Etrafa bakındım ama kızı ortalarda göremedim, o nerede?"

Corridan, "Biraz bekle, elbet gelecek," dedi, Brad gibi etrafı incelemeye devam ederek. "Limandaki adamdan haberleri aldım, Direniş'in istihbaratı sağlam. Bizim burada olacağımızı biliyorlar."

"Serasker... Aramızda bir casus mu var dersiniz?"

"Ya da Ardel'de... Her yerde olabilirler. Fare gibiler."

"Burada da gözleri üzerimizde olacak."

Corridan başıyla onaylayıp, "Bu yüzden dikkatli olmamız lazım," diye mırıldandı. "Kızla konuşurken etrafta kimse olmasın."

Brad, "Adamlara haber veririm," dedi gergin bir sesle. "Özel bir yer ayarladık, göz önünde konuşmazsınız."

Corridan, tekrar başıyla onayladı ve saate baktı. "Yarım saate gelirler. Kız biraz gergin. Direniş'in gözü üstümde olacak demiş limandaki aracıya."

Brad, "Direniş bize ne yapabilir ki? Onlar kim ki Yüce Ardel karşısında?" dedi alayla.

"Her şeyi yapabilir. On dört yıldır savaşa hazırlanan bir grup Direniş, onları hiç hafife alma."

"Ama az önce o adama..."

"Ne dedimse dedim, Direniş'i hafife alacak kadar aptal değilim. Sen de düşmanını hafife alacak kadar aptal olmamalısın. Erler birleşince Kral'ı kapar, gerçek hayat da Kral Kapanı oyununa benzer."

Brad yutkundu. "Peki ya kız? Ona güveniyor musun?"

"Ailesi elimizde olduğu sürece güveniyorum."

Brad başka bir şey sormak için ağzını açtı, bu sırada salon yavaş yavaş dolmaya başlamıştı.

Corridan, Brad'e "Sessiz ol," diye hatırlattı. "Ticari bağlarımız için buradayız." Ve Brad cevap veremeden, Corridan kalabalığa karıştı.

Tüm ünlü tüccarlar tarafından selamlandı ve gereksiz pek çok muhabbete dahil edilmeye çalışıldı. Ancak tüm bu süre boyunca gözlerini kapıdan ayırmadı. Birçok kız geldi fakat Lilah, onların arasında değildi.

"Yalnız mı gelecek?" diye sordu Brad. Çok zaman geçmeden tekrar Corridan'ın yanında bitmişti. Dewana'nın adama onun yanından ayrılmaması için kesin bir emir verdiğini anlayan Corridan, bu konuda soru sorup durma demek istedi ama sonra vazgeçti. "Bir oğlanla gelecek. Direniş'in dikkatini çekmemek için bahane."

"Oğlan kim sizce?"

"Kimse kim, bize ne?"

Brad yüzünden siniri iyice bozulan Corridan, volta atmaya başladı ama gözü hâlâ kapıdaydı. "Bu kıza güvenerek büyük risk aldınız," dedi Brad.

Corridan, Dewana'nın bu olayı neden bu kadar kafaya taktığını merak etti. Muhtemelen Lilah'yı kıskanmıştı. "Kaybedecek bir şeyimiz yok," dedi, cevabın nişanlısına gideceğini kesin olarak bilerek. "Ama kazanacak çok şeyimiz var."

"Ben, kızı kurtarmak istemiş olabilirsiniz diye düşünüyorum," dedi Brad usulca.

Corridan, Ardel'e döndüğünde Brad'i yanından kovmaya karar verdi.

Brad hâlâ konuşuyordu. "Güzel kız, bu bir sebep olabilir ya da ölüm cezası alma şekli... Duygulanmanıza sebep olmuş olabilir."

"Bu planlar, o kız karşımıza çıkmadan yıllar önce yapıldı. O yüzden yeter! Kendini daha fazla ahmak durumuna düşürme."

Brad, aniden susup başını iki yana salladı. "Kusura bakmayın, Serasker," diye mırıldandı. "Sadece sohbet etmeye çalışıyordum."

"Bana bak..." Corridan, cümlesini tamamlayamadı.

Çünkü tam o sırada odaya Lilah girdi. Onun için limandaki adama bıraktırdığı mavi, uzun elbiseyi giymişti. Sağ omzu tamamen açıkta, sol omzu koyu mavi güllerle bezeli bir haldeydi. Burada dikkat çekmemesi için bir elbiseye ihtiyacı olduğundan, Corridan, Milanid'e gelir gelmez ilk işi ona bir elbise göndermek olmuştu. Elbiseyi bizzat kendisi seçmişti.

Lilah'yı dikkatle inceledi. Güzel görünüyordu. Hem de çok güzel. Kızların standartlarına göre uzun boylu ve inceydi, uzun saçlarına taktığı taçtaki inciler parlıyordu. Yüzünde biraz makyaj da vardı. Dewana, Lilah'yı kıskanmakta haklıydı; Lilah, Corridan'ın hayatında gördüğü en güzel kızdı. Özenle oyulmuş bir heykel kadar kusursuzdu. Brad'in bakışlarını üzerinde hissettiği için yüz ifadesini sert ve ilgisiz olarak ayarlamak zorunda kaldı.

Başını uzatıp Lilah'nın peşi sıra gelen mavi gözlü, koyu saçlı çocuğa baktı. Oğlan elini Lilah'nın beline koyduğunda, kız gerildi ve dişlerini sıkarak ellerini karnında birleştirdi. Bu hareketi, ani bir refleksle çocuğa vurmamak için yaptığı belliydi. Oğlana Corridan da öfkelendi.

Lilah'nın gözleri odada dolaştı ve Corridan'ı bulduğunda kaşları çatıldı. Gülümseyerek arkasında duran çocuğa döndü ve bir şey fısıldadı. Çocuk hevesle başını salladı ve kızın yanından ayrıldı.

Lilah ona yaklaşırken, Corridan hızla etrafı taradı, Direniş'ten biri var mı yok mu emin olamazdı ama alenen gözetleyen biri varsa bunun farkına varırdı. Şüphe çeken birini göremedi ama tedbiri de elden bırakmadı.

Lilah dikkatli bir şekilde yanına doğru yürürken, arkasını dönüp alandaki gizli odalardan birine yöneldi. Brad birkaç metre geride kalıp etrafı kolaçan ettiği sırada içeri girdi. Lilah da arkasından girip kapıyı kapattı ve hemen odadaki ışığı bulup yaktı.

Corridan, "Karanlıktan korkar mısın?" diye sordu. Derin bir nefes aldığında, Lilah'nın bulunduğu yerden burnuna doğru yine gül kokusu geldi.

Kız, gözlerini odada dolaştırırken dudaklarını büktü. "Karanlıkta gizlenenlerden korkarım," dedi usulca. "Adil savaşmayı bilmeyenler, karanlıkta saldırır. Hileyle." Son kelimeyle birlikte gözleri Corridan'ın gözlerine odaklandı. Loş ışığın altında yeşil gözleri, sonbaharda dökülen yaprakların rengindeydi. Dudakları meydan okur gibi sinir bozucu bir gülümsemeyle gerilmişti.

Corridan birden onu öpmek istedi. Başını eğip mavi elbisesine baktı. "Yakışmış," diye mırıldandı.

Lilah hemen konuya dalıp, "Sana anlatacaklarım var," dedi, iltifatı duymazdan gelerek. Oldukça endişeli görünüyordu. Kollarını göğsünde kavuşturdu ve konuşmaya başladı. "Prenses ile karşılaştım."

Corridan, hemen ciddileşip sert bakışlarını kızın gözlerine dikti. "Anlat."

Lilah'nın yüzü gerildi. "Hiç anlatıldığı gibi biri değil," dedi gergin bir şekilde. "Hiçbir şeyden anladığı yok. İnanılmaz kibirli ve bencil. Kimseyi dinlemiyor, kıskanç, hep kendi söyledikleri olsun istiyor. Tüm kararlar ve planlar, onun iki dudağının arasında. Direniş'in işi bitmiş, Prenses müttefik bulamaz. Bulup tahta çıksa dahi orada uzun süre kalamaz. Dewana'dan da beter."

Corridan gülümsedi. "Duymak istediğim şeyleri söylüyor olamazsın, değil mi?"

Lilah, "Keşke söyleyemesem," dedi sıkıntıyla. "Buraya gelirken içimde hep bir umut vardı. Bir şeylerin ilerlemiş olmasını umdum. Bu kadar kötü olacağını tahmin etmiyordum."

Corridan, ne düşüneceğinden emin olamayarak Lilah'nın yüzüne baktı. Şüpheciliği elden bırakmadı. "Bu çok hızlı olmadı mı? Hani Prenses iyiydi?"

"İnan bana, Dewana bile ondan daha iyi," dedi. "*Dewana bile* kısmından durumun ne kadar vahim olduğunu anlayabilirsin, değil mi? Başka söze gerek bile yok. Prenses dibin de dibinde."

Corridan, "Uzatma," dedi, kapıya temkinli bir bakış atarken. Brad'in gürültüden dolayı konuşulanları duymadığını umdu ama yine de risk alamazdı. "Ne demek istediğini anladım. Bu kadar mı? Bunca süre boyunca, Direniş'ten sadece Prenses'in beceriksizin teki olduğu bilgisini mi aldın?"

"Hayır," dedi. "Kimlerle çalıştıklarını, silah temin ettiklerini ve işleyişlerini öğrendim. Hepsini anlatırım ama önce asıl görevime odaklanalım. Onu hallledersek, Direniş falan kalmaz ortada. Boşuna uğraşmayalım onun bağlantılarıyla falan. Senin için o belgeleri arayıp bulacağım ama bana yardım etmek zorundasın, Audra bana yasak koydu."

"Neden?"

"Ona muhalefet oldum."

Corridan gülümsedi. "Asla rahat duramıyorsun, değil mi?"

Lilah, "Her neyse," dedi. "Önemli yerlere giremiyorum. Tüm gözler üzerimde. Ortalığın karışması lazım. Benim de bir şekilde Direniş'e tekrar girmem gerek. Yine bir çiftlik evine tıkılıp kaldım."

"Bunu halledebilirim."

"Harika o zaman. Birlikte bu işten kurtulalım."

Corridan, düşünceli bir şekilde Lilah'yı izledi. Kız diken üzerinde gibiydi. "Sorun ne?"

Sorun Lilah'nın, Harrison'ın da burada olduğundan emin olmasıydı. Her an kapı açılıp Harrison içeri dalabilirdi, bundan endişe ediyordu.

"Sadece gerginim, çok fazla yalan var," diye mırıldandı Lilah.

Corridan başıyla onayladı. "Prenses'ten gerçekten nefret ediyorsun," dedi.

"Aynen öyle."

"O halde öldür onu. Anlattığın gibi olması bizim yararımıza."

Lilah, başını hızla iki yana salladı. "Öldürürsem bu ortalığı daha da karıştırır," diye mırıldandı. "Etrafı kalabalık. Beni anında, sorgulamadan öldürürler. Hector açıklama yapma fırsatı bile bulamaz. Sizin istediğiniz belgeleri bulamıyorum çünkü Direniş'e ulaşamıyorum. Onlar beni buluyorlar, hiç yalnız bırakmıyorlar. Biraz dikkat dağınıklığı, olay lazım."

Corridan, "Kargaşa mı lazım?" diye sordu dikkatle.

Lilah, başıyla onaylarken düşünceli bir şekilde dudağını ısırdı. "Bu anlaşmamızda yoktu."

"Anlaşmamızda olmayan çok şey var, Serasker. Mesela benim aklımda daha iyi bir plan var."

"Plan mı? Anlat, daha iyi olup olmadığına ben karar vereyim."

Lilah, bekleyip kapının dışarısındaki gürültüyü dinledi. "Bize sağlam bir yol lazım. Eğer akıllı davranırsak, Direniş'i avucumuzun içine alırız. Bunun için gerekli ortamı hazırlamışlar, kimse isyan etmez. Prenses yoksa müttefik yok, müttefik yoksa savaş yok. Prenses'in tahtta hakkı varken hiçbiri başa geçmeyi düşünmez. Ama Prenses ölürse yeni bir hanedan kurmayı denerler. Daha fenası, Prenses Lydia'dan söz ediyorlar. O diye herhangi birini başa geçirebilirler. Tarihe kızın kayıp olduğu yazılmış. Aptalca bir hata."

Corridan'ın yüzü gerildi. "Büyük saçmalık. Prenses Lydia öldü."

"Kesinlikle," dedi Lilah. "Yani Audra'yı öldürürsek, işler daha da sarpa sarar. Onu öldürmeyelim ya da bir yere göndermeyelim," diye fısıldadı Lilah. "Onu esir alalım. Direniş'in tek derdi Prenses'i kurtarmak olsun. Bunu asla yapamazlar ve denerlerse de yok olurlar. Ardel de rahatlar. Ayrıca büyük bir koz elde eder."

Corridan, bunu düşündü ve yüzünde büyük bir sırıtış belirdi. "Çok zekice, Lilah," dedi. "Çok zekice."

"Bu bizim daha çok işimize yarar, dikkatleri dağıtır," diye fısıldadı Lilah. "Bir de sana Direniş'te kilit isimleri vereceğim." Bu isimleri, Hector ona bu sabah bir kâğıda yazıp yollamıştı. "Direniş'in hedefindeki isim sensin. Sana suikast düzenleyecekler. Bu gece Ardel'e dönecek bir gemide üç suikastçı var. İlk hedefleri sensin. Çok dikkat etmene gerek yok gerçi," dedi hafifçe gülümseyerek. "İkinci hedef Kral. Sözde yani... Dewana'yı Audra esir alacak. Halkın yaşadığı aşağılanmaları ona da yaşatmak için..." duraksadı. Üstüne basa basa, "Neden bahsettiğimi anlıyor musun?" diye sordu.

Corridan anlıyordu. "Bunları nereden öğrendin?"

"General Hector," dedi. "Beni sever. Birlikte çalışıyoruz."

Corridan, elini uzatıp Lilah'nın saçlarını okşadı. "Sürprizlerle dolusun, öyle değil mi?"

Lilah başıyla onaylarken, bakışları bir bıçak gibi keskindi. "Hem de ne sürprizler..." diye mırıldandı.

Lilah ile Corridan arasında bir konuşulanlar vardı, bir de konuşulamayanlar.

BÖLÜM YİRMİ DÖRT

AYAĞA KALKMAMIZ YAKINDI

"Harrison, kime bakıyorsun?" diye sordu Aria. Gözlerini adamın üzerinden ayırmadığı için etrafa çok dikkatli baktığını fark etmişti elbette.

Harrison, "Hiç," diye mırıldandı, gözlerini etraftan ayırmadan. Lilah'yı arıyordu ama onu bulamıyordu.

Corridan'ı görmeye çalıştı, onu da etrafta bulamadı. Dişlerini sıkarak etrafta dolaşmaya başladı. Aria yakasından iki dakika düşse rahatlayacaktı ama kız âdeta onun koluna yapışmıştı.

"Birini arıyorsun, çok belli," dedi melodik sesiyle. "Kim olduğunu söylersen ben de etrafa bakabilirim."

Harrison, cevap vermedi. Bu basit numaraya kanacak değildi.

Gergin bir şekilde etrafta dolaşmaya devam ederken ne Lilah'yı ne de Corridan'ı bulabildi ama sonunda bir köşede oturan Jared'ı gördü. Tek başınaydı. Elinde bir kadeh vardı, içki içiyordu. Öfkeli olduğu her halinden belli oluyordu. Onu böyle görünce Harrison'ın gerginliği iyice yükseldi.

Derin bir nefes aldı. "Bir dakika," diyerek, Aria'nın koluna sarılı olan elini yavaşça kendinden uzaklaştırdı. "Geri döneceğim," diye mırıldanıp, hızlı bir şekilde Jared'a doğru yürümeye başladı ve hemen yanında durdu. "Lilah nerede?"

Jared kafasını kaldırıp dikkatle ona baktı. "Neden soruyorsun?" derken, kadehi ağzına götürüp büyük bir yudum aldı.

Harrison, "Sana ne?" diye söylendi. "Sen nerede olduğunu söyle sadece. Direniş ile ilgili önemli bir mesele."

Jared omuz silkti. "Bilmiyorum," dedi somurtarak. "Sanırım beni ekti."

Harrison'ın neredeyse kalbi duracaktı. "Buraya birlikte gelmediniz mi?"

"Evet, buraya birlikte geldik, sonra benden içecek bir şey getirmemi istedi. Geri döndüğümde ortada yoktu."

Harrison yutkundu ve kollarının uyuşmaya başladığını hissederek Jared'ın yanından ayrıldı. Etrafta hızlı birkaç tur attı ve ensesinde bir karıncalanma hissetti, birinin onu izlediğini hissedip hemen arkasını döndü. Kızıl, kıvırcık saçlı bir adamın ona ve endişeyle arkasındaki kapıya baktığını yakalayınca olanları anladı.

Ona doğru bir iki adım atmıştı ki adam yolunu kesti. "Kız arkadaşımı kaybettim; sarışın, kısa boylu bir kız. Gördünüz mü?"

Harrison, onu duymazdan gelip arkasındaki kapıya baktı. "Ben de kız arkadaşımı kaybettim," dedi dikkatle. "Yeşil, iri gözleri var, uzun, kumral saçlı, ince bir kız. Sen onu gördün mü?"

Adamın suratında bir tedirginlik yakaladığında gülümseyip, "Ben de öyle tahmin etmiştim," diye mırıldandı. "Sarışın kız arkadaşın diğer tarafta, yiyecek masalarının orada. Hadi, git bakalım." Adamı diğer tarafa doğru itip arkasındaki kapıya yöneldi. Kızıl kafa peşinden gelmek için hamle yaptığı sırada kapı açıldı.

Lilah gergin bir şekilde kapıda belirdi, Harrison'ı takip eden kızıl saçlı adam duraksadı, sonra oradan hızla uzaklaştı.

Lilah dışarı doğru bir adım atmıştı ki biri koluna yapıştı ve onu odaya geri çekmeye çalıştı. Odada biri daha vardı, Harrison adamın yüzünü göremese de onun kendisini gördüğünü anladı. Lilah'yı zorla odaya sokmaya çalışırken Lilah, "Bırak!" diye bağırdı. "Burası tarafsız bölge, bana zarar veremezsin!"

Harrison düşünmeden koşup aralarına girdi. Lilah'yı arkasına çekerken Corridan, öfkeyle Harrison'a baktı. "Bakın kimler varmış burada," diye mırıldanırken yüz ifadesi katıydı. Yavaş adımlarla odadan çıkıp kapıyı arkasından kapatırken gözleri parlıyordu.

Harrison, "Ben de aynısını sana söyleyecektim," dedi, önce Corridan'a, sonra da arkasındaki Lilah'ya bakarak. "Sen iyi misin?"

"Evet." Sesi zar zor duyuldu, yüzü allak bullak olmuş, bir ona bir Corridan'a bakıyordu.

Harrison, "Seni uyardım," dedi ona. "Dikkatli olacağını söylemiştin."

Lilah, "Dikkatli olmama fırsat kalmadı," diye mırıldandı arkasından. "Beni girişte yakaladı."

Corridan, onu duymazdan gelip Harrison'a doğru, "Bu kızı teslim etmeniz gerek," dedi. "O bir suçlu."

Harrison, "Size göre suçlu olmayan Doğu Ardelli var mı?" diye sordu.

"Bu kız, ölüm cezası aldı," derken, Corridan'ın parmağı Lilah'yı işaret etti. Harrison o an adamın parmağını koparmak istedi. "Bir katil o, seni yumuşak bakışları ve neşesiyle kandırmasına izin verme."

"Eminim ölüm cezası almak için mükemmel ve doğru bir şey yapmıştır."

"Bir vatandaşımızı öldürdü."

"Aferin ona," dedi Harrison. "Siz bizden binlercesini katlettiniz. Durumu eşitleyemese de birinin intikamını almış, ne diyelim? Keşke bıraksaydınız da devam etseydi."

Corridan, gergin bir şekilde karşısına dikildi. "Suçu ve suçluyu övmeye kalkma."

"Hayır, ben öyle bir şey yapmıyorum. Bunu yıllardır yapan sizsiniz. Hırsızlık, katliam, köleleştirme, taciz. Bunlar sizin işiniz."

"Sana bir şey açıklamak zorunda değilim. Kızı ver bana," dedi. "Bu gece olaysız bitsin."

Harrison alayla güldü. "Bak, sana ne diyeceğim? Bas git buradan. O zaman belki sağ çıkabilirsin."

Corridan, "Beni öldürürsen, Rodmir sizi sınır dışına atar. Tarafsızlığı bozduğun için," dedi.

Harrison sırıttı. "Ben buranın vatandaşıyım, Corridan," dedi. "Biz oyunu kurallarına göre oynuyoruz. Sizin aksinize dayanaklarımız var. Senin için ise sadece iki seçenek var. Ya geldiğin cehenneme gideceksin ya da mezara gireceksin."

"Peki ya mezara giren sen olursan?"

"O halde tarafsızlığı sen ihlal etmiş olursun, resmî olarak başka bir ülkenin vatandaşı olduğun için idam edilir, üstüne bir de savaşa sebebiyet verirsin. Dünyanın en güçlü ekonomisine sahip Rodmir, size karşı birkaç ülkeyi daha bir araya getirebilir. O yüzden durma, ilk hamleyi yap."

"Bu kız için her şeyini riske atacak kadar ahmak mısın?" diye sordu Corridan.

"Yani senin gibi mi?"

Corridan'ın boş bakışlarını görüp ona buz gibi bir gülümseme gönderdi.

"Neler yaptığını biliyorum. Zorla evine kapattığın bir kızla kendisini aldattığın ortaya çıkarsa, sevgili nişanlın senin hakkında ne düşünür? Senin ne kadar berbat biri olduğunu hep biliyordum ama bu kadarını ben bile tahmin edemezdim."

Corridan duraksadı, âdeta nutku tutulmuştu, ters ters Lilah'ya baktı.

Lilah, ilk defa söyleyecek bir şey bulamamış gibi görünüyordu. Bakışlarını kaçırıp yere odakladı. Utanmış gibi bir hali vardı.

"O kızı koruyamazsın," dedi Corridan. "Ardel, onu ne yapıp ne edip geri alır. Gerekirse diplomasiyle, gerekirse zorla."

Sonunda toparlanıp, "Benim korunmaya ihtiyacım yok," dedi Lilah. Çenesini ancak bu noktaya kadar tutabilmişti anlaşılan. "Kim, kimi kime veriyor? Kim, kimi alıyor? Delirmişsiniz siz."

Corridan onu duymazdan geldi. "Hemen gitmekten vazgeçtim. Birkaç gün buralardayım. Her zaman yanında sen olmayacaksın." Bakışları Harrison'daydı.

Harrison, "İnan bana, yanından bir saniye bile ayrılmayacağım," diye mırıldandı. "Zor kullandığını görmeye sonuna kadar hazırım." Corridan'ın karanlık bakışlarına aldırmadan Lilah'yı kolundan tutup yürümeye başladı.

Lilah, önce direnir gibi oldu ama sonra dikkatleri üzerine çekmemek için Harrison ile gitmeye karar verdi. "Bu erkeklerin, her kızı korumaya çalışmasını, kızlar üzerinden gövde gösteri yapmasını hiç onaylamıyorum."

Harrison, "Sen herhangi birinin yaptığı herhangi bir şeyi onaylıyor musun ki?" diye sordu. Çok öfkeliydi, kendisini sıktığı için sesi titriyordu.

"Çünkü yaptığınız her şey saçmalık."

Harrison, "Tabii tabii…" dedi öfkeyle, ona döndüğünde Lilah ile burun buruna geldi. Corridan'ın uzaktan kendilerini izlediğinin de farkındaydı. "Onun geleceğini bile bile buraya gelmen saçmalık değildi zaten. Aklından ne geçiyordu ki? Hâlâ geçerli bir ölüm cezan var, adam sana kafayı takmış. Sen onunla karşılaşmak için her türlü şeyi yapıyorsun."

"Öyle bir şey yapmadım. Amacım bu değildi, sadece merak ettim."

"Ölmeyi mi? Bunun daha kolay yolları da vardı, zahmet etmeseydin."

"Hayır, ölmeyi değil; hizmetçilik yapmayan insanların boş zamanlarında neler yaptığını, nasıl eğlendiğini tekrar görmek istedim." Lilah'nın kurtarıcısı her zaman bu dramlardı.

"Bize söyleseydin, sana bir şeyler ayarlardık. Sana bir şeye ihtiyacın olduğunda, bana veya Drew'a gelmeni söylemedim mi? Buraya gelmek zorunda değildin. Seni bir şenliğe götürdüm, değil mi? Yetmedi mi?"

Lilah omuz silkti. Tam o sırada Aria Bennet yanlarına geldi. "Harrison, nereye kayboldun?" Gözleri Lilah'ya kaydı. "Hem bu da kim?"

Harrison, "Arkadaşım," diye sorusunu cevapladı.

Aria, Lilah'nın üzerindeki elbiseye ve Lilah'nın yüzüne dikkatle bakıp surat asarken, "Nasıl bir arkadaş?" diye sordu.

"Uzak bir arkadaş," dedi Lilah, Harrison'dan önce davranarak. "Niye merak ettin?"

Aria, burnunu kırıştırıp, "Ne bileyim," dedi. "Hiç onun tarzı değilsin."

Lilah'nın yüzü sertleşirken son anda kendini kontrol etti. Aria'ya kocaman bir gülümseme gönderdi ve alayla, "İnan tatlım, sen de onun tarzı değilsin," diye seslendi.

Harrison, Lilah'yı kolunu hafifçe sıkarak uyardı. "Arkadaşım sarhoş olmuş," dedi Aria'ya. "Onu evine götürmem gerek. Seninle görüşürüz." Uzanıp kızı yanağından öptü ve Lilah'yı çekiştirerek yanından ayrıldı.

Aria, "Aaaa…" dedi hemen. "İyi. Tamam! Sonra görüşürüz!" diye bağırdı arkalarından.

"Arkadaşınmışım, yalana bak. Ayrıca bu ne be?" dedi Lilah, somurtarak Harrison'ın yanında koştururken. "Resmen rezalet." Tüm amacı ortamı yatıştırmak ve odağı Corridan'dan uzaklaştırmaktı.

"Neymiş rezalet olan?" diye sordu Harrison.

Lilah, "Kızın duygularıyla oynuyorsun," dedi, ayıplar bir edayla. "Bu çok yanlış. Sırf bilgi için onu kandırıyorsun. Hilebaz kelimesi seni anlatmak için yetersiz kalır."

Harrison ise, "Savaştayız," dedi sinirle. "İnsanlar ölüyor, diğer tarafta halkım sürünüyor. Kimsenin kalbiyle, duygusuyla uğraşamam. Bunları düşünecek vaktim yok benim. Zaten Aria Bennet takmaz bunları, ben onun standardına göre fakir sayılırım. Sadece gönül eğlendiriyor, bulduğu ilk zengin adamla evlenecek."

"Bu, yine de onu laf almak için kullanmanı haklı çıkarmıyor. Siz erkekler hep mi böylesiniz?" diye burnundan soludu Lilah.

"Sen erkekler hakkında ne biliyorsun ki?"

"Öldürdüğüm çocuk... sevgilisi varken sürekli bana bakardı."

"İyi olmuş o halde onu öldürdüğün."

Lilah, "Tabii ya," diye mırıldandı. "Her şeyin suçlusu oydu ama ölüm cezası bana verildi. Ne iyi! O kızı kandıran da sensin, onun düşmanca baktığı da benim. Her şey benim başıma patlıyor." Boş sokakta koştururlarken, bir yandan da atışmalarının dışarıdan nasıl görüneceğini umursamadılar.

Harrison "Çenen yüzündendir," dedi öfkeyle. "Sana hiç yardımcı olmuyor."

Lilah, başını iki yana sallayıp tam bir şey söyleyecekken etrafa bakındı. "Nereye gidiyoruz?" diye sordu. "Bir saniye bile yanından ayrılmayacağım diyerek büyük laf ettin."

"Öyle mi?"

"Öyle tabii ki. Nasıl hep yanımda duracaksın, açıklar mısın?"

Harrison sustu ve yürümeye devam etti.

Lilah yolda duraksamaya çalışıp etrafına baktı. "Güvenli evi geçtik."

"Biliyorum."

"O halde neden durmuyorsun?"

"Çünkü güvenli eve gitmiyoruz."

Lilah endişeli görünüyordu. "Nereye gidiyoruz?" diye sordu.

Harrison, nefesini bırakıp onun sorusunu cevapladı. "Benim evime gidiyoruz."

"İşte bu gerçekten çok uygunsuz," dedi Lilah. "Sence Corridan beni orada aramaz mı?"

"İstediği kadar arayabilir," dedi Harrison. "Bize bu topraklarda hiçbir şey yapamaz. Rodmir'de Corridan'ın sözü geçmez."

Lilah neredeyse gülecekti. "Daha fazla yanılamazdın sanırım," dedi.

Harrison, onun neden bahsettiğini umursamayacak kadar gergindi. Evine geldiğinde kapıyı açık tutarken, kızı, "Uslu bir misafir ol," diyerek uyardı.

Lilah, uslu misafir kısmını duymazdan geldi. "Bu evde tek mi yaşıyorsun?"

"Hayır, Drew ile birlikte yaşıyorum."

Lilah, eve girdiğinde âdeta şaşkınlıktan dili tutuldu. Etrafı incelerken, "Ben bu kadar düzenli bir yer bulmayı beklemiyordum," dedi.

"Sadece Drew'un evi olsaydı, kesinlikle böyle bir ev bulamazdın," diye mırıldandı Harrison, kapıyı arkalarından kapatıp kilitlerken.

Lilah, kahverengi koltuğa, ortadaki ahşap sehpaya ve üzerindeki çiçeklere baktı. Masanın üzerinde birkaç tane de kitap vardı. Koltuğa oturduğunda elbisesinin tülleri etrafına yayıldı. Duvardaki eski Ardel resmini gördüğünde yutkundu. Resmin hemen yanında da siyah-altın Ardel bayrağı asılıydı. Harrison, yorgun bir şekilde Lilah'nın yanındaki boş alana kendini atmadan önce, eliyle mavi elbisenin uzun tüllerini kenara itti.

"Ne zor bir geceydi," diye söylenirken, başını koltukta geriye yasladı.

Lilah'nın bakışları ise hâlâ duvardaki resimdeydi. Bu gece ile ilgili tek bir kelime bile etmek istemiyordu. Uzun uzun duvardaki resme baktıktan sonra masanın üzerindeki kitapları kurcaladı. Kitabın içinden bir gazete kupürü çıktı. Rodmir'e ait, on sekiz yıllık eski bir kupürdü. Ardel ile ilgili bir habere aitti. Kral ve Kraliçe'nin, kucaklarında bir bebek ile resimleri vadı. Altında Rodmir lisanında ARDEL HANEDANI'NIN YENİ ÜYESİ PRENSES AUDRA yazıyordu. Lilah dikkatle resmi inceledi ve Harrison'ın bakışlarını üzerinde hissettiğinde kupürü kitabın arasına geri koydu.

Kitabı masaya bırakıp Harrison'a baktı ve söylediği ilk şey, "Evi özledim," oldu. "Ve bu çok garip gelecek ama benim evim yok. Nereyi özlediğimi bile tam bilmiyor, hatırlamıyorum. Sadece evi özlediğimi biliyorum."

Harrison anlayış dolu gözlerle Lilah'ya baktı. "Seni anlıyorum," dedi. "Neden bahsettiğini anlıyorum. Ben de evi özlüyorum. Koşup oynadığım sokakları, doğduğum şehirde özgürce dolaşmayı özlüyorum. Hem de her an."

Lilah içini çekti. "Bunları çok fazla düşündüğüm için kendimi aptal gibi hissediyorum. Çocuk gibi."

"Alakası yok, unutmamak iyi bir şey. Eğer unutsaydık, onlar kazanırdı."

"Böyle mi düşünüyorsun gerçekten?" diye sordu Lilah.

"Böyle olduğunu biliyorum."

"Sence her şey bitince ne olacak?"

"Eve döneceğiz," dedi Harrison. "Yeni bir hayata başlayacağız. Halkımız özgür olacak. Önce Prenses Audra müttefikleri toplamalı. Şu taht mücadelesi daha da uzamadan çözülmeli."

"Prenses Lydia ya da başka bir sorun ortaya çıkmadan mı demek istiyorsun?" diye sordu Lilah.

Harrison başıyla onayladı.

"Nereden biliyorsun? Audra'nın Lydia'dan daha iyi olduğunu sana düşündüren nedir?"

"Bunu düşündüğüm yok, Lilah," dedi Harrison, rahatsız olarak. "Sadece... Yıllardır tek bir hedef için çalıştık, her şeyi Prenses Audra'nın tahtı almasına bağladık. Audra sonunda anlaşmalar imzalayabileceği yaşa geldi. Şimdi en son istediğim şey, işlerin daha da karışması ve taht kavgasının büyümesi olur."

"Anlıyorum ve sonuna kadar haklı olduğunu düşünüyorum," dedi Lilah.

Harrison rahat bir nefes aldı.

"Audra'ya değer veriyorsun," dedi Lilah. "Drew, onun sana ilgisinin olduğunu söyledi."

"Drew saçmalıyor."

"Bence Drew doğruyu söylüyor. Audra'nın sana bakışlarını gördüm. Seni istiyor."

"Prenses'in ne hissettiğinin ve ne istediğinin bir önemi yok. En azından bu konuda. Ben bir askerim."

"Bunun ne önemi var ki? Senin yerinde kim olsa kral olma fırsatını kaçırmazdı."

"Ben bununla ilgilenmiyorum. Prensesler, askerlerle evlenmezler."

"Ona karşı bir şey hissetmediğin için böyle kesin konuşuyorsun. Ona âşık olsan bu kadar net olmazdın."

"Olabilir, yine de ona karşı bir şey hissetsem de ondan uzak dururdum."

"Büyük konuşma bence."

Harrison, kızın yüzüne baktı ve söylediğinin nedenini anlamaya çalıştı. "Neden böyle söylüyorsun?"

Lilah omuz silkti. "Büyük konuştuğumuz her şey sınavımız oluyor, hayatta çoğu zaman asla dediklerimizle sınanıyoruz."

"Haklısın sanırım."

Lilah içini çekip, "Çok ilginç bir adamsın," diye mırıldandı. "Prenses ile evlenmene gerek bile yok, resmî bir birlikteliğe bile gerek yok. İlgisine karşılık vermen yeter, sana yüksek bir rütbe verir."

"Sonra gider, bir prensle evlenir. Ben de onun gönül eğlendirdiği sevgilisi mi olurum?"

Lilah sustu. "Genelde buna razı gelinir."

"Ben öyle bir adam değilim, Lilah," dedi. "Ben paylaşmam. Benim için ya hep ya hiçtir. Aria'ya yaptığım haksızlık ama ülkem için yapmak zorundayım. Para, rütbe ya da başka bir şey için böyle bir şey yapamam. Ayrıca söylediğin gibi... Audra'ya karşı bir şey hissetmiyorum. Ona rütbe, para gibi şeyler için haksızlık yapamam."

Lilah, iri iri açtığı gözlerle Harrison'a baktı. "Sen gerçekten iyi bir adamsın, iyi ki o limanda beni bulan sen oldun."

"Bunu ben de çok kez düşündüm. İyi ki seni bulan ben oldum..."

Uzun bir sessizlik oldu ve sohbet yön değiştirdi. Eskiye dair anılarından, Harrison'ın Direniş'te yaptıklarından ve Drew'un çocukken yaptığı saçmalıklardan konuştular. Lilah, Direniş'e dair her anıyı ve detayı ilgiyle dinledi ve gecenin ilerleyen saatlerinde sohbetin ortasında uyuyakaldığında, Harrison onu yatağına götürüp kendisi kanepede mi yatsa, yoksa Lilah'yı mı kanepede bıraksa karar veremedi. Lilah'yı hareket ettirmeye çalıştı ama kız, bir şeyler mırıldanıp Harrison'ın eline tokat atarak uyumaya devam etti. Harrison, onu kanepede bırakıp üstüne bir battaniye getirmeye gitti.

Lilah yastığa sarılmış, mışıl mışıl uyuyordu. Başını nazikçe kaldırıp başının altına da bir yastık yerleştirirken, Lilah'nın başı kısa bir an Harrison'ın göğsüne yaslandı. Harrison, uzanıp çok sert ve rahatsız görünen tacı başından çıkardı ve masanın üzerine bıraktı. Kızın üstüne battaniyeyi sıkıca örttü ve tam odasına dönerken kıza son bir kez baktı.

Lilah uyurken olduğundan daha genç ve savunmasız görünüyordu, kendi kendine bir şeyler mırıldanınca Harrison ona yaklaşıp ne söylediğini anlamaya çalıştı. Harrison'ın anlamadığı lisanlarda, anlamadığı sözcükler söyledi, daha sonra Ardel lisanında bir şeyler mırıldandı. Harrison sadece birkaç kelimeyi anladı.

"Benim... Prens... Prenses... Corridan..." diye mırıldandı Lilah. Net bir cümle kurmuyordu, sadece art arda alakasız kelimeler söylüyordu, en son Harrison'ı dehşete düşüren üç kelime döküldü dudaklarından. "Yalan... Hepsi... Hain..."

Harrison'ın kafası karıştı, sonunda Lilah konuşmayı kesti ve derin bir uykuya daldı. Harrison, onu orada bırakıp odasına döndüğünde, aklını bunlara yormaya zaman bulamadı çünkü hemen uykuya daldı.

BÖLÜM YİRMİ BEŞ

HER GECENİN SONU SABAHA ÇIKMAZ MI?

Harrison, ertesi sabah burnuna dolan yabancı bir koku ile uyandı. Önce tek gözünü açıp nerede olduğunu kontrol etti, sonra ciğerlerine derin bir nefes daha çekti.

Burada duymaya alışkın olmadığı bir kokuydu bu, dışarıdan gelip gelmediğinden emin olmaya çalışarak kapalı olan pencereye baktı ve kaşlarını çatarak yataktan kalktı.

Kendi odasından çıkmış, Harrison kadar şaşkın görünen Drew, onu görür görmez kaşlarını havaya kaldırdı. "Ne oluyor?"

"Bilmiyorum," diye mırıldanıp mutfağa doğru yürümeye başladı.

Drew, arkasından söylene söylene yürüdü. "Evde biri var-" derken içerideki manzarayı görünce dondu kaldı. Drew, "Bu da ne?" diye sordu. Upuzun mavi elbisesiyle etrafta dolanan Lilah'ya bakarak.

Lilah, saçlarını tepesinde sımsıkı toplamıştı, elbisenin omzu hafifçe koluna düşmüştü. Harrison, onu izlerken zamanın durduğunu hissediyordu. Çok saçma bir şeydi.

"Harrison?" Drew'un sesi temkinliydi. "Dün gece neler oldu?"

Harrison, onun yaptığı çıkarım hakkında az çok tahmine sahipti. Ama açıklama yapamayacak kadar sersemlemişti, bu yüzden sessiz kaldı.

Dün eve döndüklerinde Drew uykudaydı, bu yüzden aklına gelenlerle yaşananlar arasında büyük bir fark vardı. "Neler oldu dün gece?" diye tekrar sordu.

Harrison, sonunda kelimeleri kullanmayı hatırlayıp, "Ne sen sor ne ben söyleyeyim," dedi, başını kapının kenarına yaslayıp gözlerini kapatırken dün olanları gözden geçirdi.

Corridan ile olan muhabbeti, Lilah'yı buraya getirişini, ettikleri sohbeti ve kız kanepede uyuyakaldığında üstünü örtüp kendi odasına gidişini... Drew'a ölü gibi uyuduğu için haber veremeyişini...

"Güzel pijamaların varmış, Drew."

Harrison gözlerini açıp Lilah'ya baktığında, onu elinde börek dolu bir tabakla Drew'u süzerken buldu.

"Kes sesini," dedi Drew, siyah pijamasının önündeki keçeden hayvan figürlerini göğsünde birleştirdiği kollarıyla kapatarak. "Biri bana burada neler döndüğünü anlatacak mı?"

Lilah, "Ne olmuş olabilir?" dediği sırada Harrison'a baktı ve anında bocaladı. "Keşke tişört falan giyseydin, Harrison," dedi. "Tabii yine de sen bilirsin, burası senin evin. Ben karışmam."

Drew, "Gel bir de karış," diye homurdandı.

Harrison, ikisini duymazdan gelerek başını eğip gözlerini üzerinde dolaştırdı. Bol eşofman altının üstüne bir tişört giymek için odasına doğru yürürken, Lilah'nın gözlerinin üzerinde olduğunu hissedip omzunun üstünden ona baktı. Elinde tabak, çatık kaşlarla Harrison'ın sırtına bakıyordu. Öfkeli görünüyordu.

Drew somurtarak bininci kez burada neler olduğunu sorunca, Lilah kendini toparlayıp sırıtarak ona baktı. "Corridan ile ufak bir karşılaşmamız oldu," diye açıkladı. "Harrison ile ikisi birbirlerine havalı havalı meydan okudu, sonunda iş bana dönünce Harrison beni buraya getirdi. Güvenlik içinmiş."

"Eminim sadece onun içindir..." dedi Drew alayla.

"Ne söylemek istiyorsan düzgün söyle," dedi Lilah, hırsla. "Şu tabağı kafana ona göre indireyim."

Harrison, iç geçirip sırtındaki dövmeyi kapatma dürtüsüne karşı koyarak hızla odasına gitti ve üzerine bir tişört geçirip banyoya yöneldi. Ayna karşısında duraksayıp sırtını döndü ve tişörtü tek eliyle yukarı kaldırarak sırtındaki iç içe geçmiş dört dikdörtgen içindeki tilki silüetinden oluşan sembolü inceledi.

Lilah'nın dövmeye bakışını düşünürken bilmediği bir sebeple gerildi. Kızın bu dövmenin anlamını bilmesinin ihtimali yoktu. En azından bunu umut ediyordu. Ama kraliyet lisanını bilmesinden ve Prenses

Lydia olma ihtimalinden dolayı tam olarak emin de olamıyordu. O kız, her şeyi biliyor olabilirdi. Hanedanın tüm sırlarını...

Elini yüzünü yıkayıp mutfağa girdiğinde, Drew'u masanın etrafında bir köpekbalığı gibi dolanırken buldu.

Drew, "Daha çok evimizi ele geçirmiş gibisin," diye homurdanıp bir sandalyeye oturdu. "Her halta karışmazsan memnun olurum."

Lilah, onu hiç umursamadı. "Yüzünü mutfakta yıkadığına inanamıyorum," diye kendi kendine söylenerek bardakları masaya dizdi.

"Banyo doluydu, ne yapalım yani?" dedi Drew sinirle. Bu ikisinin yine birbirlerine girmesi an meselesiydi.

"Bekleyebilirsin yani," dedi Lilah, onun sesini taklit ederek.

Drew, şok içinde bir Lilah'ya, bir Harrison'a baktı. "Gitsin bu ya," derken öfkeli bakışları kızın üzerinde durmuştu. "Ben bununla aynı evde yaşayamam."

"Gel bir de bana sor," dedi Lilah, asabi bir şekilde. "Sen bildiğin pissin."

"Ne alaka? Alt tarafı yüzüme su çarpıp ellerimi yıkadım, sanki mutfakta başka bir şey yapmışım gibi tepki verme."

Harrison, "Sabah sabah iyi kaynaşmışsınız bakıyorum," dedi yorgun bir şekilde. "Formunuzdan bir şey kaybetmiyorsunuz."

Lilah, gülümseyerek ona baktı ve gözlerini üzerinden ayırmadan karşısındaki sandalyeye oturdu. "Bu adam beni deli ediyor," diye fısıldadı.

Drew, araya dalıp, "O adam da sana bayılmıyor ya!" diye bağırdı.

"Sus, ben Noah'yla konuşuyorum."

"Demek Noah'yla konuşuyorsun," derken Drew, imalı bir şekilde Harrison'a baktı. "Geceden sabaha ne bu samimiyet?"

Harrison, elleriyle şakaklarını ovarken ofladı. "Başımı ağrıttınız. Yeter. Çocuk gibisiniz."

"Kızın tüm garezi bana, yemin ederim," dedi Drew.

Lilah ise ona ters ters bakıp Harrison'la konuşmaya devam etti. "Kahvaltı hazırladım." Turuncu bir sıvıyla dolu bardakları işaret etti. "Portakallar ezilmişti, yenecek gibi değildi, onları sıktım. Birkaç tane de limon ekledim." Heyecanlı görünüyordu. Harrison, bu kızı hiç anlayamıyordu. Çok yönlü bir kişilikmiş gibiydi, rol mü yapıyordu yoksa gerçek miydi belli değildi. "Sonra... Dolapta biraz un buldum ve baktım peynir de var, onlarla da börek yaptım ama yağsız. Geçen gün yağlı unlu şeyler yememi yasaklamıştın," elini uzatıp tabağı gururla gösterdi. "Bunlar yağsız unlu."

Harrison, Lilah'ya bakakaldığı sırada Drew, diğer tarafta kahkahalarla güldü. "İkisini ayrı ayrı yiyebilirsin demediğine bahse varım," dedi, arkadaşının kolunu dürterek.

"Öyle dememiştim," diyen Harrison, Lilah'ya kaşlarını çatarak baktı. "Un ve yağ yeme demiştim. Bir arada ya da ayrı ayrı fakat ikisi de yasaktı."

Lilah, yeşil gözlerini kocaman açarak, "Şey..." diye mırıldanıp böreklerden birini aldı. "Ben söylediklerini biraz keyfime göre yorumlamış olabilirim." Böreği heyecanla ısırıp mutlulukla iç geçirdi. Sonra gözlerini kısıp kendi kendine konuştu. "Yağsız ya, biraz kuru olmuş ama çok güzelmiş."

"Güzelmiş derken?" diye sordu Drew, eline aldığı börekten koca bir ısırık alırken.

"Bunlardan annem yapardı," diye mırıldandı Lilah, böreğinden bir ısırık daha alıp yedi ve tekrar konuştu.

Çok garipti, Harrison'ın da Drew'un da tanıdığı diğer kızlara hiç benzemiyordu. Hiçbir şeyi umursamazmış gibiydi. Ama Harrison, Drew'dan çok iyi biliyordu ki genelde en çok acı hisseden kişiler, en alaycı ve neşeli görünenlerdi.

"Tabii bizim yememiz yasaktı, evin hanımı başımızda beklerdi yemeyelim diye. Daha önce yememiştim. Gerçi annemin yaptıkları daha iyi görünüyordu sanki. Ondan pek emin değilim."

Harrison elinde börekle dondu kaldı. Drew, ağzındaki lokmayla kalakaldı ve arkadaşına kaçamak bir bakış atıp Lilah'ya döndü.

Kız, ikisinin durumunun farkına, son lokmayı yutup yeni bir böreğe uzanırken vardı. Hemen elini geri çekip şaşkınlıkla onlara baktı. "Bunun için üzüldüğünüzü söylemeyin," dedi ayıplar gibi. "Çok saçma olur. Amma da drama meraklısısınız siz. Bu dert mi sanıyorsunuz?"

Drew, zorlukla lokmasını yutup taze portakal suyundan koca bir yudum alırken Harrison, elindeki böreği ısırıp tadına baktı. Lilah haklıydı ama yine de üzülmeden edemedi. Aynı zamanda öfkeliydi. Batı Ardel onlardan çok fazla şey almıştı. Neşeli olanlarının bu hali de acıları saklamak için kullandığı bir kapatıcıydı. Yine de ne yazık ki içten gelmeyen, sahte neşe, bir şekilde kendini belli ediyordu.

Harrison böreği çiğnemeye başladığında bir anda düşünceleri dağıldı. Şaşkınlıkla çok güzel diye düşündü, bu düşüncesine şaşırıp dikkatle böreğe baktı. Kare şeklindeydi ve dolgundu. Haklıydı, yağsız olduğu için biraz kuruydu ama bu da bambaşka bir tat katmıştı. Çıtır çıtırdı.

"Çok iyi," dedi, Lilah'ya bakarken.

"Değil mi?" dedi gururlu bir gülümsemeyle. "Ben de çok sevdim. Yağ koyabilsem daha iyi olurdu kesin. Ama idare edin."

"Siz ne yiyordunuz?" diye sordu Drew, kıza. "Yani börek dediğin nedir ki? Un falan işte. Bu bile yasaksa..."

"Bayat ekmekler, akşamdan kalma etsiz yemekler, satılamayan yarı çürümüş sebze ve meyveler," diye sıraladı Lilah, portakal suyu bardağını ağzına götürürken.

"Neden etsiz yemekler?" diye sordu Drew.

Bakışlarını elindeki bardaktan ayıran Lilah, Drew'a baktı. "Onları komşunun köpeklerine veriyorlardı," dedi, havadan sudan konuşur gibi. "Bayağı iri bir hayvandı, sadece etli yemekleri yiyordu. Bir kez beni ısırdı, yemeğe benzer bir halim vardı sanırım." Güldü ve eğilip oradaki izi görmeye çalışır gibi ayak bileğine baktı.

Drew yutkundu, içi öfke ve kederle doldu ama Lilah bunu fark etmedi, ellerindeki kırıntıları dikkatle silkelerken kendi kendine konuşmaya devam etti.

"Eğer un ve şeker alırsanız, bize pasta da yaparım. Annem yaparken onu çok izledim, nasıl yapıldığını biliyorum."

Bize demesi Harrison'ı gülümsetirken, arkasına yaslanıp dikkatle kıza baktı. Sürprizlerle doluydu. Çok şey yaşamıştı fakat şimdiye kadar kendine acımak veya kendini acındırmak gibi bir çabası olmamıştı. Hayata karşı güçlü, bağımsız ve hevesli kalmayı başarmıştı. Her şey onu heyecanlandırıyordu. Bu heyecanlı hali, Harrison'ı büyülüyordu.

Drew, yeni bir böreğe uzanırken sahte bir neşeyle konuştu. "Kızım, senin elinden gelmeyen bir şey var mı?"

Lilah, portakal suyundan bir yudum içip dudaklarını büzdü. "Yapmadığım vardır da yapamayacağım var mıdır? İşte onu hiç sanmam. Bir şeyi bilmediğimi fark ettiğim anda onu öğrenmek için elimden geleni yaparım."

"İyiymiş... Pasta yaparım mı demiştin?" dedi Drew, elindeki boş bardağı masaya bırakırken.

Lilah başını salladı.

"Onu da mı hiç yemedin?"

"Ne? Yok, pasta yedim," diye mırıldandı. "Yani dört yaşımdan önce yemişimdir eminim. Sonra da yemiş olabilirim, tam hatırlamıyorum. O kadar da değil, abartmayın siz de." Başını iki yana salladı. "Neyse, bakın ne söyleyeceğim size... Şimdi görev paylaşımı yapacağız, tamam mı?"

"Ne?" diye sordu Drew. "Ne görevi, ne paylaşımı?"

"İş dağılımı. Hizmetçin mi var senin?" diye sordu Lilah, sert bir ifadeyle. "Ben kızım diye her şeyi ben yapacak değilim ya, masayı ben kurdum. Siz toplayacaksınız."

Harrison, sırıtmamaya çalışarak başıyla onayladı. İşte gerçek Lilah da buradaydı. "Haklısın. Biz hallederiz."

Drew, şaşkınlıkla onlara baktı. "Ne diyorsunuz siz? Yemin ederim, börek boğazıma dizildi, tam şurada," diyerek boğazını işaret etti.

Harrison, "Uzatma," dedi. "Kızı eve bize hizmet etsin diye getirmedik ya." Lilah sessizce başıyla onayladığı sırada, dönüp ona baktı. "Şimdi..." dedi. "Biz ortalığı toparlarken sen yediğin börekleri yakacaksın."

Lilah, gözlerini kırparak Harrison'a bakarken Drew, yan tarafta kahkaha attı. "İşte şimdi günüm güzelleşiyor."

"Ne?"

Harrison, Lilah'nın yanından geçip yerdeki halıyı kaldırdı ve gizli kapağı açtı. "Burası sığınak ve aynı zamanda bizim antrenman odamız," dedi.

"Ne yapacağım?"

"İp atlayacaksın."

Drew arkalarında kahkahalarla gülerken, Lilah'nın suratı asıldı. Üzerindeki upuzun mavi elbiseyi göstererek, "Bununla mı?" diye sordu. "Bununla atlayamam ki."

Harrison, onun üzerindeki elbiseyi şöyle bir süzüp, "Onu hallederiz," dedi. "En az yüz kez atlayacaksın, ısındıktan sonra belki biz de sana katılırız."

"İşte bu," dedi Drew, ama Lilah şimdiden bu misafirliğin hiç de hoş olmayacağı konusunda bir karara varmıştı.

Harrison, evi topladıktan sonra yanında Drew olmadan aşağı indi. Lilah, onun geldiğini duyar duymaz atlamayı kesti ve sitem dolu bir yüzle Harrison'a baktı. "Bu hiç eğlenceli değildi."

Üzerinde siyah, paçaları kıvrılmış, beli bağlanmış bir pantolon ve bol bir gömlek vardı. Kıyafetleri Harrison'dan ödünç almıştı. Onu kendi kıyafetleri içinde görmek, Harrison'ın anlamadığı bir şekilde hoşuna gitti.

"Ne yapmayı tercih ederdin?"

"Silah kullanmak? Dövüşmek? Silahla birlikte dövüşmek."

Harrison, "Seni kim öldürmeye programladı?" diye sordu, kaşlarını çatarak. "Sen hayatta kalmak için değil, sadece ölümcül olmak için çalışıyorsun."

Lilah iç geçirdi. "Potansiyel tehlikeyi öldürdüğünde, dolaylı olarak hayatta kalmış da oluyorsun," dedi, elindeki ipi katlayıp kenara koyarken.

Harrison, "Bazen olay, zaman kazanmaktan ibarettir," derken dikkatle onu izledi. "Oyunu doğrudan bitirmek, onu kazanmak anlamına gelmez."

İç geçirdi. "Askerler..." diye söylendi. "Her şeye fazla anlam yüklüyorsunuz siz."

"Savaşların anlamı vardır."

Lilah, başını iki yana salladı. "Askerler öyle olduğuna inandırılırlar," diye fısıldadı. "Çünkü bu onları kontrol etmeyi kolaylaştırır. Oysa çoğu savaşın tek anlamı, birilerinin para veya toprak hırsıdır. Geri kalan her şey yalan. En kutsal olan nedir, biliyor musun, Komutan? İnsan hayatı. Tarih boyunca tüm savaşçılar her şeyin kutsallığından bahsedip durdular ama bunu hep yok saydılar."

"Asker olmadığını vurgulayıp duruyorsun, ancak bir asker kadar eğitimlisin, hatta daha iyi olmak istiyorsun. Söylesene Lilah, ne yapmayı planlıyorsun? Ya da ne olmayı, diye mi sormalıyım?"

Lilah, bakışlarını bir süre yere odakladı ve sonra Harrison'a baktı. "Bence dünyada bu soruya, gerçekçi bir cevap verebilecek bir insan yaratılmadı, o yüzden hayal kurup bir şey isteyeceksem en iyisi olmayı istemem gerekir, değil mi?" Kollarını göğsünde birleştirip gülümsedi. "Senin kalp atışlarını biraz hızlandırayım o zaman. Ben... kraliçe olmak istiyorum."

"Bu, fazla uçuk bir istek," dedi Harrison, kalp atışları gerçekten hızlanmıştı. Nereden çıkmıştı şimdi bu kraliçe olma olayı? Lilah'nın onu korkutmak için bu cevabı verip vermediğini merak etti ama sormaya cesaret edemedi. Bu konuda gerçekleri duymaya cesareti yoktu. Audra ve Lilah arasında kalmak, seçim yapmak, başka bir taht mücadelesine maruz kalmak istemiyordu. Gerçek her neyse, Audra bunu zaten biliyordu ve şimdilik sorun etmiyordu. Bu Lilah'nın bir tehdit olmadığı anlamına gelir miydi? Öyle olmasını umdu.

"Böyle olduğunu düşünmeniz, sizin hedeflerinizi alçak tutmanız benim suçum değil ki," dedi Lilah.

Dalga geçiyor, diye düşündü Harrison. "Çok garip bir kızsın," dedi, dikkatle yüzüne bakarken. Çok garip, diye düşündü. Onunla ilgili her şey birbirine acayip zıttı. "Çözemiyorum seni."

Lilah, iri yeşil gözlerini onun gözlerine dikip, "Öyle mi?" diye fısıldadı. "Komutan… Oysa sen açık bir kitap gibisin," dedi. "Okuyabiliyorum seni. İntikam istiyorsun, öfkelisin. İnanılmaz güçlüsün ama aynı zamanda yorgunsun. Gözlerine bakınca yalnız askerî bir yaşam görüyorum. Yaşanmışlıkların bunu gerekli kıldı, evet ama yaşayacaklarının planı da bunun üzerine. Hiç hayalin yok mu senin?"

Harrison nefesini tuttu. Kalp atışları yavaşlarken bu sözleri düşündü. Lilah'nın söyledikleri rahatsız ediciydi. Harrison'ı bu kadar çabuk çözmüş olması, neşeli ve gizemli havasının altında taşıdığı dikkat eden, izleyen, değerlendiren tarafı şüphe vericiydi. Harrison, açık bir kitap gibi olduğunu düşünmüyordu. O, çevresine karşı hep temkinliydi. Yine de Lilah'nın söylediklerini reddetmedi. "Benim başka bir yaşamım olamaz."

Lilah, elini ileri uzattı. "Bu yüzden o dövmeye sahipsin," dedi. "Kendini bu ülkeye adadın. Adanmışlık sembolü nedir, neden yapılır, çok iyi bilirim, Komutan. O tam ortadaki işaretin anlamını biliyorum. Dikdörtgenler düzeni temsil eder. Tilki Doğu Ardel sembolü, yani Doğu Ardellileri simgeler. Tilkinin etrafı sarılmış. Düzenin içinde yaşa ve öl demek. Tek başına. Bir çeşit tutsallıktır bu aslında."

Harrison, başıyla onaylamakla yetindi. Haklı çıkmıştı, Lilah dövmenin anlamını da biliyordu. Artık onunla ilgili hiçbir şeye şaşırmıyordu.

Kız, "Pişman olacaksın," diye fısıldadı. "Ülkeni sevmen, onun için çabalaman, her şeyini feda etmeye hazır olman güzel. Ama daha fazlası lüzumsuz. O Prenses bile bu fedakârlığı yapmazdı."

"Ben farklıyım, o farklı."

"Ülke üzerinde senden daha fazla hak iddia edebildiğine göre, yaptığı ve feda ettiği her şey, sizden istediğinden fazla olmalıydı."

"Ne demek istiyorsun, Lilah?"

"Kendine değer ver," dedi. "O dövmenin anlamı... Bu, onayladığım bir şey değil."

"Senin onaylaman bir şeyi değiştirmiyor. Bizim düşüncelerimizi de öyle. Kurallar böyle."

Lilah'nın gözlerinde garip bir bakış belirdi ve belirdiği gibi yok oldu. "Kurallar öyle mi gerçekten?" diye kendi kendine mırıldandı ve başını iki yana salladı. Kraliyet lisanında, "Terdina sore mea," diye fısıldadı.

Harrison, "Ne?" diye sordu. "Ne demek bu?"

Lilah, "Gerçek hükümdar halktır," dedi usulca. "Doğu Ardel'in en önemli kuralı. Halk bilmez bu sırrı, yalnızca hanedan bilir. Yönetme gücü Tanrı'dan halk için gelir. Hükümdarın rahatlığı değil, halkın refahı önemlidir demektir."

"Sen bunu nereden biliyorsun?"

Kız, omuz silkmekle yetindi.

"Audra'dan mı?"

Duraksadı, başıyla onayladı ama yüzünde garip bir ifade vardı.

Harrison, "Bir itirafta bulun," dedi. "Kraliyet lisanında."

Lilah, derin bir nefes alıp, "Min otra illa fed," dedi. Harrison'ın kaşlarını çattığını görünce sırıtıp, "Yoruldum demek," dedi. "Bu muhabbet sıktı. Non ferke izare. Mirdave." İç geçirip odayı işaret etti. "Fazlasını bekleme. Sakın! Bu kıyafetle dövüşecek değilim. Üzerimde zar zor duruyorlar. Bana giyecek düzgün bir şeyler bulmalıyız bence."

"Drew halledecek. Onun için gitti."

"İyi öyleyse." Harrison'ın yanından geçip merdivenlere yöneldi.

Harrison'ın burnuna yine buram buram gül kokusu geldi, başını çevirip dikkatle kıza baktı. "Lilah?"

Lilah, merdivenlerin önünde durup başını aşağı eğdi. "Harrison?"

"Non ferke, ne demek?"

Lilah, "Bekleme," dedi ama sonra resmen donup kaldı, bir hata yapmıştı. Harrison, onu ilk defa böyle kapana kısılmış görüyordu. Yüzündeki tüm kan çekilmişti.

"Mirdave, sakın mı demek o halde?"

Lilah, ifadesiz bir şekilde tekrar başıyla onayladı. Aldığı derin nefesler yüzünden göğsü hızla inip kalkıyordu. Gözlerinde yaptığı hatayı anladığını belirten bir bakış vardı.

Harrison, "Mirdave non ferke," dedi. Bu sözü duyduğundan beri düşünüp durmuştu, o yüzden asla unutmazdı. "Sen, Hector'ı gördüğün anda ona bunu söyledin."

Lilah cevap vermedi. Onaylamadı ya da reddetmedi. Harrison'ın bunu hatırlayacağını düşünmemişti. Yüz ifadesi buz gibiydi. Sadece, "Sana kolay gelsin, Harrison," diye mırıldanıp hızla merdivenleri tırmandı ve resmen kaçtı.

Harrison'ın aklında ise Hector'ı allak bullak eden bu kraliyet lisanındaki şifrenin anlamı vardı.

Mirdave non ferke.

Sakın bekleme.

BÖLÜM YİRMİ ALTI

YOLUN SONUNDA ÖZGÜRLÜK VARSA...

"Ben geldim!"

Lilah, başını çevirip Drew'a baktı, sonra tekrar önüne döndü. Yorgunluktan âdeta ölüyordu, dün gece hiç de iyi uyumamıştı, üstüne bir de erken uyanıp börek yapmış, sonra da yüz elli kez ip atlamıştı. Şimdi de gerginlik onu mahvediyordu, çünkü saray lisanını Harrison'a açık etmişti. Yaptığı tam bir ahmaklıktı. O lisanı kullanmayı çok özlüyordu ve Harrison ondan konuşmasını istediğinde, düşüncesizce davranmıştı. Nasıl bu kadar aptal olabilmişti? Kendine inanamıyor, yaşadığı şoku atlatamıyordu.

Drew, koltukta kıvrılmış oturan Lilah'ya gülümsedi. "Ooo..." dedi. "Saçlar ıslak, söyle bakalım, niye? Üstünde de Harrison'ın tişörtlerinden biri mi var yine?"

Lilah, iç geçirip ona ters ters baktı. "Spor sonrası duş aldım, herkes senin gibi pis değil. Ayrıca evet, Harrison'ın tişörtü. Seninkiler kirliydi."

"Kirli falan değiller, hepsini bir kez giyip attım kenara. Hem ondan daha büyük bir problemimiz var. Harrison seni her çalıştırdığında duş alacaksan yandık. Bu eve suyu sen taşımıyorsun nasılsa, değil mi? Kullan tabii istediğin gibi."

Lilah ofladı. "Amma da berbat bir ev sahibisin," dedi, ona sırtını döndü ve başını koltuğa yasladı. "Hiç misafire böyle denir mi?"

Drew neşeyle kahkaha atarak, "Misafir mi?" diye sordu. "Sen misin misafir? Kızım, senin gibilere işgalci denir. Evimize yerleştin. Her şeyi de eleştiriyorsun."

"Biliyor musun? Seninle konuşmayacağım. Aramızda iletişimi Noah sağlasın... Harrison?" diye bağırdı aşağı doğru. "Harrison?!"

Harrison, üstü başı terden sırılsıklam bir halde yukarı çıkıp kapağı kapattı ve halıyı düzgün bir şekilde kapağın üstüne serdi. "Ne oldu yine?" diye söylendi, arkası onlara dönük bir halde. Sonra başını çevirip Lilah ve Drew'a baktı.

Lilah, "Bu, evden gidebilir mi, Harrison?" derken Drew'u işaret etti. "Sözde beni güvenliğim için buraya getirdin. Evet, belki bedensel açıdan güvendeyim ama şu," dedi, Drew'a doğru ters bir bakış atarak devam etti: "Ruh sağlığım için büyük bir tehdit."

Harrison, Drew'a doğru sırıttı. "Yap bakalım savunmanı."

Drew suratını astı. "Seni kim başkan seçti, Harrison?"

Harrison, "Senin seçmediğin kesin," diye mırıldandı. "Aksi halde bunu kimse umursamazdı. Öyle değil mi?" Lilah'ya göz kırptığında, Lilah'nın kalp atışları hızlandı. Yüzünde bir gülümseme belirdi.

"Ya siz ikiniz bana karşı bir mi oldunuz?"

Lilah, "Öyle görünüyor, değil mi?" dedi tatlı bir sesle.

"Katherine burada olsaydı, görürdünüz siz karşı cepheyi. Şu mahşer midillisinin saçına güzelce yapışır, 'ayağını denk al' derdi."

Lilah çenesini eline yasladı. "Sadece denerdi. Hem Katherine kim ki?" Bakışları usulca Harrison'a kaydı. Onun yüzünde allak bullak olmuş bir ifade vardı.

Drew ise sırıttı. "Sevgilim."

Lilah şaşkınlıkla, "Senin sevgilin mi var?" dediği sırada, Harrison buz gibi bir sesle araya girerek sohbeti kesti.

"Kıyafet aldın mı?" Gözleri, Drew'un elindeki torbanın üzerindeydi.

Drew, başıyla onaylayıp torbayı Lilah'ya uzattı. "Sana aldım. Bayılacaksın."

Lilah, bez torbayı Drew'un elinden alıp, "Sinirden olmasa bari..." diyerek düğümünü çözdü. Elini torbaya sokup gözlerini kapattı ve ilk kumaş parçasını çıkardı.

Tek gözünü açınca yaşadığı şokla diğer gözü kendiliğinden açıldı. Bu pembe, tüllü bir şeydi. Parıl parıl parlıyordu, Lilah başını eğip dikkatle eline baktı. Minik parıltılar parmaklarına da yapışmıştı.

Kaşlarını çıkarıp kat kat tülden şeker pembesi eteği olan askılı elbiseyi iyice açtı. Dehşet içinde bir elbiseye, bir Drew'a baktı. "Bunu kendine mi aldın?"

Drewi o sırada arsız arsız sırıtırken soru karşısında bir anda bocaladı. "Ne?"

"Ben bunu giymem, o yüzden kendine almış olmalısın."

Harrison diğer tarafta kahkahalarla gülerken, Drew elbiseyi Lilah'nın elinden çekip aldı. "Sana da yaranılmıyor."

"Hııı..." diyen Lilah, elini torbaya daldırdı ve kırmızı bir çocuk eteği çıkardı. "Bu da senin ga-"

Drew, "Hayır, senin," dedi, onun sözünü keserek. "Bunun da lafını etme bir zahmet. Her gün kızlara kıyafet almıyorum. Direniş'te bundan daha mühim işlerim var."

Lilah, iç geçirip başka bir simli elbiseyi katladı ve kenara koydu. Elini torbaya daldırırken son derece gergindi. Minicik bir çocuk eteği daha çıkınca bu sefer yorumsuz kaldı.

Harrison ofladı, dehşete düşmüş gibi görünüyordu. "Drew, bunlar ne?"

"Beğenmedin mi?"

"Beğenmek mi? Sen salak mısın? Kızla kafa buluyorsun, değil mi? Sırf bunun için bu şeylere para mı verdin?"

Drew gülümsedi. "Her kuruşuna değdi. Çok eğleniyorum. Neyse bakmaya devam et. Ama sondaki torbayı açma. Yani... kıyafetleri aldığım kadın öyle dedi. Yanınızda açmasın dedi."

Lilah, "Anladım," diye mırıldandığı sırada torbadan siyah bir elbise çıkardı. Düğmeleri gümüş rengindeydi. "Bu güzelmiş."

Drew, "Onu kadın ekledi sepete," dedi sırıtarak. "Ben olsam almazdım."

"Hatırlat da bir gün o kadının yanına gidip teşekkür edeyim."

"Ben bizzat ettim, tatlım, sen dert etme."

Lilah, gözlerini devirip torbadan birkaç pantolon, gömlek ve tişört çıkardı. En son da zümrüt yeşili, çan etekli bir elbise buldu.

Drew, "Bak, bunu almamı Harrison söyledi işte," dedi kaşlarını havaya kaldırarak. "Gözlerinle aynı renkmiş, geçenlerde görüp beğenmiş. Al diye tutturdu. Pahalıydı da... İndirim yaptırana kadar canım çık-"

Harrison, onun ayağına sert bir şekilde vurdu. Drew, anında susup boğazını temizledi. "O halde ben gidip uyuyayım, alışverişin bu kadar yorucu olduğunu bilmezdim," deyip odasına gitti.

Yalnız kaldıklarında, Lilah Harrison'la göz göze geldi. "Şu saçma şeyleri kenara ayır, onları götürüp değiştiririm."

"Teşekkür ederim... Özellikle yeşil elbise için. Bence çok güzel."

"Önemli değil." Harrison, bir iki dakika sessiz kaldı ve sonunda, "Ben de duş alayım," deyip banyoya yöneldi.

Lilah, bir süre bekledikten sonra üzerine siyah bir pantolon, torbadan çıkardığı bir çift bot ve gömlek geçirip dışarı çıktı, çok dikkat çekmemeye çalışarak hızlı adımlarla limana doğru yürümeye başladı. Kalabalıktan yeterince uzaklaşınca adımlarını hızlandırdı, âdeta koştu.

Limanın arka tarafında bulunan ufak kulübeye vardığında kapıyı iki kez tıkladı. Kapıyı yavaşça açıp içeri girdiği anda Corridan ile karşılaştı.

Corridan, yine baştan aşağı siyahlar içindeydi, ellerini sırtında kavuşturmuştu. Koyu kahverengi saçları birkaç santim uzamış, koyu yeşil gözlerini gölgelemeye başlamıştı. "Gelebilmene şaşırdım."

Lilah, arkasından kapıyı dikkatle kapatırken, "Neden?" diye sordu.

"Harrison nasıl oldu da seni bırakabildi? Hani bir saniye bile dibinden ayrılmayacağını söylemişti?"

Lilah, oflayıp kollarını göğsünde kavuşturdu. "Kıskançlık mı yapacaksın?"

"Neden yapayım ki?" diye sordu. "Zaten istediğim her şeye sahibim."

Lilah, ne diyeceğini bilemedi. Gözleri odada dolaştı, etrafta biri var mı yok mu diye görmeye çalışırken, Corridan ona eliyle hayır işareti yaptı.

"Çok gerginsin," dedi. "Eskiden daha kontrol sahibiydin."

"Eskiden alıştığım bir düzen vardı, şimdi sürekli farklı bir olay çıkıyor."

"Bu bir gerekçe değil," dedi Corridan.

"Ölüm cezası alma veya işkence korkusu olmayınca insanın öfkesini tutmasının, duygularını kapatmasının pek gereği olmuyor," diye cevap verdi Lilah. "Hayatımda ilk defa içimden geldiği gibi davranıyorum ve bu uzun sürmeyecek. Bunlar son rahat günlerim. Bir de başka şeyler var..."

"Ne gibi?"

"Drew ve Harrison. Onlara yalan söylemekten hoşlanmıyorum, kendimi çok kötü hissediyorum. Bir hain gibi..."

"Sen zaten hainsin..." Bir an için Corridan'ın yüzünden mutsuz bir ifade geçti. "Onları seviyorsun."

Lilah, cevap vermedi ama Corridan, ona iyice yaklaştı. "Bu tehlikeli," dedi. "Böyle zaaflar, zayıflıklar... Birini sevmek..."

"Bu bize daha önce zayıflık vermedi." Lilah'nın gözleri Corridan'ın gözlerine kilitlendi. "Sevgi ailemi güçlendirdi."

Corridan, "Sen öyle sanıyorsun," diye diretti. "Her şey karışacak. Dikkatli olman lazım, seni birilerine bağlanmak konusunda defalarca uyardım." Başını çevirip göz ucuyla pencereye baktı ve Brad'i gördü, dikkatini tekrar Lilah'ya verirken sesi artık daha soğuk ve sertti. "Burada, Direniş'e bu kadar yakınken konuşmak kolay, değil mi?" diye sordu.

Lilah da hemen ciddileşti. "Serasker, çabuk unutuyorsun. Ben sana Ardel'deki hisarda karşılaştığımız ilk seferde bile beni öldürmeni söylemedim mi? Sence ben güvende ya da tehlikede olmaktan korkar mıyım? Zaten ölümle burun buruna büyüdüm. Burada rahatsın diyorsan, deme! Ben sizin veya Direniş'in gölgesinin olduğu her yerde diken üstündeyim. İki taraf da zerre kadar umurumda değil."

"Onu da böyle konuşmalarla mı etkiledin? Komutan'ı yani."

Lilah, öfkeli bir sesle, "Git nişanlını kıskan," dedi. "Beni kafana takıp durma sen. İşim neyse onu yapıyorum, merak etme."

Corridan, derin bir nefes alıp birkaç adımda Lilah'nın yanına geldi ve kolunu tuttu. "Elimizde öyle bir koz var ki, tehditlerin zerre etkilemiyor beni."

Lilah güldü. "Öyle mi?" diye sordu. Corridan'a iyice yaklaştı. Brad'in duyamayacağı bir şekilde fısıldadı. "Belki limanı ve gemileri yakmayı göze aldığımda umursamam denizleri? Oraya bakıp da geri dönmeyi düşünmektense o sularda boğulurum daha iyi."

Corridan'ın dudaklarında bir tebessüm dolaştı. Corridan, elini yavaşça kızın kolundan çekti, sonra soğuk bir sesle, "Bize yapabileceğin hiçbir şey yok. Bunun tek zararı ailene olur," dedi. "Bunu sakın ha unutma."

"Unutmam."

"Ve sakın bir saçmalık yapma. Harrison denen adam sana nasıl bakıyor öyle?" Corridan bu soruyu sorarken gerçekten öfkeliydi.

Lilah, neredeyse şaşkınlıktan dilini yutacaktı. "Ne?"

Corridan kendine hâkim oldu. "Bence dikkat etmelisin. Bir hatan olursa Lilah, bu savaş beklediğinden bambaşka bir yola girer."

Lilah, nefesini tutup yavaşça bıraktı. "Ben..." dedi sadece. Başka bir şey söylemesine gerek yoktu. Corridan, ne demek istediğini anladı. Buz kesti. "Öyle bir şey yapmam."

"Yapmasan iyi edersin. Ufak bir yanlış adımla başlar bazı büyük hatalar, sonra bir bakmışsın her şeyini kaybetmişsin."

Lilah yutkundu, işte şimdi işler bambaşka bir yola girmişti. Bir yanlış adım, ona çok fazla şey kaybettirebilirdi, bunun farkındaydı ama daha da farkına vardı.

Corridan'ın bakışları yumuşadı. "Seni tehdit etmiyorum," dedi. "Benim de elimde olmayan şeyler var. Bu iş ikimizi de aşar, Lilah. Planlara uymak zorundayız."

Lilah başıyla onayladı, kalbi ağırlaşmıştı. "Ben... Sadece planlardan dolayı değil her şey. Böyle düşünmeni istemem, Corridan."

"Ben de. Şu istediğin karmaşa... yaratılacak, merak etme. Sana evrakları bulup ortadan kaldırman için gerekli ortamı sunacağız. Hazırlıklı ol. İçerideki adamımızla konuştum, belgelerin yerini öğrenmiş. Seni ona ulaştıracağız. Adamlarıma ayak uydur yeter."

"Adamların kim?"

"Onları gördüğün anda kim olduklarını bileceksin."

"Tamam," dedi Lilah. "Gitmem lazım. Yokluğum fark edilirse başım belaya girer."

"Git öyleyse."

Lilah, geriye doğru bir adım atmıştı ki aklına bir şey geldi. "Bana para lazım."

Corridan, şaşırsa da elini cebine attı. "Ne kadar?"

Ne için diye sormamıştı. "Çok değil. Birkaç şey alacağım."

Corridan, parayı Lilah'ya uzatırken, "Bu kadar yeter mi?" diye sordu.

Lilah, başıyla onaylayıp parayı aldı.

"Dikkatli ol."

"Olurum." Lilah hızlı adımlarla barakadan ayrılırken bir daha dönüp arkasına bakmadı. Sürekli etrafta gezinen muhafızlar ya da Brad gibi adamlar olmasaydı, her şey daha kolay olurdu. Tüm konuşmaları üstü kapalı ve gizli bir şekilde yapmak zorunda kalmasaydı... Bu karmaşık, yalanlarla dolu görevler olmasaydı, her şey çok daha kolay olurdu.

Az önce edilen her sözde, her imada, her uyarıda söylenmeyen onlarca söz vardı. Lilah, iç geçirip önündeki yola baktı. Harrison ve Drew'a yalan söylemek istemiyordu ama Corridan'ı da yarı yolda bırakamazdı. Ne yapacağını biliyor ama yapacaklarından rahatsız oluyordu. Vicdan azabı çekiyordu ve başka şeyler de vardı. Başka türlü kederler. Bazı ihtimallere duyulan merak, özlem. Seçim şansına sahip olmayı diledi. Hiç değilse diğer insanlar kadar seçim şansına sahip olmak isterdi. Ama hiç olmamıştı ve olmayacaktı. Ağlamak istedi, keşke ağlasaydı, belki rahatlardı ama yapamadı.

Onun yerine başını çevirip kısa bir an denize baktı, derin bir nefes alıp ciğerlerini deniz havasıyla doldurdu ve Harrison onun gittiğini fark etmeden içeri girebilmek umuduyla eve doğru koşmaya başladı.

BÖLÜM YİRMİ YEDİ

BEKLEMEYE DEĞMEZ Mİ?

Harrison, kapının açılıp kapandığını duyduğunda koşarak kapıya yöneldi ve Lilah'yı görür görmez, "Sen neredesin?" diye bağırdı. Kız, duvarda asılı duran yedek anahtarların birini alıp evden kaçmıştı.

Lilah, "Off, sakinleş," dedikten sonra, sallana sallana mutfağa girip elindeki torbayı pat diye masanın üstüne bıraktı. "Süt, çilek, şeker ve un falan aldım. Pasta yapacağım."

"Bunun için mi kendini riske attın? Sen deli misin?" Bağırdığı için sesi yüksek çıkıyordu. Duştan çıkıp da Lilah'nın evde olmadığını gördüğünde çok korkmuştu. Kalbi hâlâ deli gibi atıyordu, aklına binbir türlü korkunç olasılık gelmişti. "Büyük bir laf edip Corridan'a yanından hiç ayrılmayacağımı söyledim. Bunun bu kadar zor olacağını bilsem yapmazdım."

"Sıkıldım."

"Eğer sıkılıyorsan bana haber ver de seni üç kat fazla çalıştırayım."

Lilah, asık bir suratla Harrion'a baktı. Gözleri yıldız gibi parlaktı. "Dikkatliydim."

"Partideki gibi mi? Seni güvende tutmak için neleri feda ettiğimin farkında mısın? Drew gelene dek duşa bile girmiyorum, seni evde asla yalnız bırakmıyorum. Ama sen ilk fırsatta kaçıyorsun."

"Kaçmadım, şu köşedeki dükkâna kadar gittim."

"Lilah!" Sesi sitemkârdı. "Beni bekleyebilirdin, Drew'u uyandırabilirdin. Tek başına gitmemeliydin."

Yorum yapmadı. Başını eğip ellerine bakınca, Harrison kıza bağırmayı bıraktı. Yanına gidip ona sarıldığında, Lilah kaskatı kesildi. İçinden *yanlış bir adım* diye geçirdi ama bir şey söylemedi.

Harrison aceleyle, "Çok korktum. Ne yapacağımı bilemedim. Bunu bir daha yaparsan seni aşağıya kilitlerim," derken derin bir nefes aldı.

Lilah ise hâlâ sessizdi. Harrison onun saçlarını okşadığında, derin bir nefes aldı. "Birinin beni korumaya çalışmasından nefret ediyorum," diye fısıldadı. "Buna ihtiyacım yok. Kendi başımın çaresine bakarım."

Harrison hemen, "Biliyorum," dedi. "Ama beni de anlaman lazım. Hector seni bize emanet etti. Bu bir görev. Görevlerimizi ciddiye alırız."

Lilah, "Sadece görev olmam mı endişelenmenin nedeni?" dedi kısık bir sesle. Bir iki adım geri çekilip başını kaldırdı ve Harrison'a baktı. Bu bir hataydı, zihninde her kelime bunun bir hata olduğunu söylüyordu ve kendisi de bunu biliyordu. Corridan'ın sözleri aklına geldi. Korkuyla içini çekti ve geriledi. Bu soruyu sormaması gerekirdi. Aptallık etmişti, bu bir oyun değildi.

"Hayır. Değil."

Lilah, dalgın bir şekilde başını sallarken kapana kısılmış gibi görünüyordu. Harrison, kızın neyin pişmanlığını çektiğini bilmiyordu. Ortamı yatıştırmak için torbalara doğru yöneldi.

"Demek pasta ha?" dedi yumuşak bir sesle. "Sana ben diyet yapacaksın demedim mi?"

Lilah, anında tavır değiştirip gülümsedi. "Bu öğretmenlik işini abartmadın mı, Komutan?"

"Minimumda tutuyorum desem şaşırır mısın?" Poşetleri açıp içine baktı. "Askerî disiplinle zorlasam seni, bu yaptığın işkence mi diyeceksin?"

Lilah, "Bilmem," dedi sırıtarak. "O tempoyu hiç denemedim."

Harrison ise, "Deneyelim mi?" diye sordu, omzunun üzerinden ona bakarak.

Lilah'nın bakışları Harrison'ın gözlerine dalmıştı, bir anda kendine gelip gözlerini kırpıştırdı. "Ne?"

Harrison dikkatle, "Askerî tempo," diye tekrar etti. "Deneyelim mi? Kaç gün dayanacağını görmek ister misin?"

Lilah, kollarını göğsünde kavuşturup başını yana eğdiğinde uzun saçları kalçasına kadar indi. "Seni şaşırtırım."

Harrison da kollarını göğsünde kavuşturup aynı şekilde ona baktı. "Umarım."

"Bu bir meydan okuma mı, Komutan?"

Başıyla onayladı. "Korkarım dersen başk-"

Lilah aceleyle, "Korkmam," diye atladı ortaya. "İddiaya var mısın?"

Harrison ciddi olup olmadığından emin olmaya çalışarak ona baktı. "Korktun mu, Komutan?"

"Sonunda ne kazansam diye düşünüyordum."

"Kazanabileceğini mi sanıyorsun?"

"Emin olmaya, Kraliyet lisanında sanmak mı diyorsunuz?

Lilah kahkaha attı. "Kraliyet lisanında sanmak diye bir sözcük yok. O dilde her şey nettir ama sonunda cevabını alacaksın. Ben dışarıdan göründüğüm gibi biri değilim."

"Nasıl birisin?"

Meydan okur gibi çenesini havaya kaldırdı. "Kazanırsan söylerim. Ben kazanırsam, sen bana bir sırrını söylersin. Drew ile yaptığımız anlaşmanın aynısı."

Harrison, başıyla onaylayıp elini uzattı. "Anlaştık."

Lilah, uzanıp elini sıktı. "Anlaştık."

"Neler oluyor burada böyle?" diyen Drew, her zamanki gibi tam zamanında kapıda bittiğinde, ikisi de iç geçirip ona baktılar.

Lilah ise ellerini çırpıp, "Yaşasın," diye bağırdı. "Yardımcım uyandı, gel Drew, seninle pasta yapacağız."

Harrison, Drew'un sessizce şansına küfrettiğini duyduğunda başını iki yana salladı. Bu ikisiyle başı beladaydı.

BAZI SIRLAR VARDIR

Lilah, "Hayır, hayır, hayır!" dedi panikle. "Drew, kremayı yeme!"

"Ne var, tadına baktım sadece."

"Çek parmağını şu kâsenin içinden! Harrison, çek şunu oradan. Ellerim dolu bir şey yapamıyorum!"

"Yardım etmemi sen istedin!"

"Sana yardım et dedim, önce oturdun hamurun harcını çiğ çiğ yedin, şimdi de kremayı bitiriyorsun. Harrison!"

"Off, evli çiftler gibisiniz," dedi Harrison, mutfağa girerek. "Ne oluyor?"

Lilah, "Drew, kek pişmeden kremasını yiyor," dedi, bir başka kremayı karıştırmaya devam ederken. "Bu benim yiyebileceğim son kekti. Yarın askerî düzene geçersek her şey yasak olacak."

Harrison, uzanıp Drew'u kek hamurunun başından çekti.

Drew, oflayarak ayağa kalktı ve "Sen?" diyerek Lilah'nın yanına geldi. "Askerî düzen? Harrison'la? Üç gün dayanamazsın."

Lilah, iç geçirip yorum yapmadı. Kremanın altını kapatıp onu soğumaya bıraktı, masadaki malzemeleri toplamaya başladı.

"Üç gün dayanamazsın dedim," dedi Drew, peşinde dolanarak. "Üç gün verdim sana, daha fazlası olamaz dedim."

"Duydum ve ben de cevapsız kalıp 'senin ne düşündüğünü zerre kadar umursamıyorum' mesajı verdim."

Drew bir kahkaha atıp, "Harrison, gördün mü?" dedi. "Beni zerre kadar umursamıyormuş."

"Doğru olanı yapıyor," dedi Harrison. "Keşke bunu bazen ben de yapabilsem."

Lilah, onlara bakıp mırıldanarak mutfak tezgâhına döndü ve bu sırada Drew'un sinsi sinsi ona yaklaştığını fark etti. Geçen sefer girdikleri iddiayı unutmamıştı anlaşılan. Ama Lilah da unutmamıştı. Sadece uygun zamanı bekliyordu ama görünen o ki Drew, acele giden ecele gider sözünü hiç duymamıştı.

Harrison'la konuşarak kızın yanına yaklaştı. Kolları savunma pozisyonundaydı. Lilah, şarkı mırıldanmaya devam ederken elindeki kaşığı yalandan yere düşürdü ve onu almak için eğilirmiş gibi yapıp hızla arkasını döndü, Drew'un ayaklarını tek ayağıyla süpürdü.

Drew, boş bulunduğu için dikkatini toplayamadı ve sırtüstü yere serildi. Harrison boş boş onlara bakarken, Lilah tek dizini göğsüne koyup Drew'a doğru eğildi. "Vay be, ne suikastçı ama... Şimdiye kadar tek bir başarısını göremedim."

Drew şok içinde, "Demek unutmadın," dedi.

Lilah, tatlı tatlı gülümsedi ve "Sana bir sır vereyim mi?" diye sordu neşeyle. "Ben dört yaşımdan beri yaşadığım hiçbir şeyi unutmam."

"Bunu söylemek için biraz geç değil mi?"

"Bence tam zamanı. Zamanlama, her şeydir, Drew. Ben o konuda çok ama çok iyiyim. Uygun zaman gelene dek sabırla beklerim. Senin aksine yani..."

Dizini adamın göğsünden çekip ayağa kalktı ve tezgâha yaslandı.

"İddiaya girmiştik hani," diye açıkladı, şaşkın bir şekilde onlara bakan Harrison'a doğru. "Kim kimi yere serecek diye merak ediyorduk. Ama sonuç şaşırtıcı olmadı. Görünen o ki ben kazandım."

"Kazanmadın," dedi Drew, ayağa kalkarken. "Bana, yüzüstü yere yapışacağımı ve yerde olduğumun farkına sabah uyanınca varacağımı söyledin."

Lilah başıyla onayladı. "Dedim."

"Hemen ayağa kalktım."

"Sabah ayağa kalkabileceğin bir hamle de ayarlayabilirim."

Drew somurtarak masaya oturduğunda, Lilah gülümsedi.

"Profesyonel bir suikastçı olduğuna emin misin, Drew? Hareketlerin çok açıktı."

"Seni hafife aldım, alaycı bir şekilde yaklaştım, çünkü unuttun sandım. Dikkatin tabak çanaktaydı, nasıl fark ettin?"

Lilah omuz silkti. "Sana kaybetmeyeceğimi söylemiştim. Askerî disiplinin kazandırdığı seviye buysa..." dedi, Drew'u işaret ederek Harrison'a. "İstemiyorum o eğitimi. Ben böyle de iyiyim."

"Beni gafil avladın."

"Avlanmasaydın. Senin üçte birin kadarım ve suikastçı olan sensin."

"Aslında daha çok bir keskin nişancıyım."

"Hiç silah kullandığını da görmedim."

"Zamanı gelmedi. Ne sanıyorsun? Sırf keskin nişancıyız diye pratik için yirmi dört saat çatılarda dolanıp sivil avladığımızı mı?"

"Aslında bilmiyorum."

"Bak şu işe, bilmediği bir şey varmış," dedi alayla. "Arkadaşlarla yarışmak işin ciddiyetini bozuyor. Hem onları yenmek düşmanı yenmekten daha zor," diye ekledi, düşünceli bir sesle. "Salak gibi hissediyorum kendimi."

"Bu kadar ağlama," dedi Lilah.

"Ukala," dedi Drew.

Lilah, dudaklarını büktü. "Kazananın hakkıdır böbürlenmek," derken omuz silkti. "Kaybetmeseydin, şimdi susmak bilmezdin. Alnına yazar, meydanlarda dolaşırdın 'Ben kazandım!' diye."

Drew, cevap bile vermedi. Sırtını ovuştururken, "Hileci," diye söylendi.

Lilah, kenara bir bardak süt koyarken, "Sazan," diye mırıldandı.

Harrison, yıkayıp kenara bıraktıkları çilekleri önüne alıp doğramaya başladığında Drew, başını iki yana sallayarak kendi kendine söylenmeye devam etti.

"Yenilmek mi seni bozan şey, yoksa bana yenilmek mi?" diye sordu Lilah ama Drew'un cevabını dinleyemedi. İlgisi, Harrison'ın bıçak kullanma şeklindeydi. Bu kaşlarını çatmasına sebep oldu. "Çilekleri bıçaklıyor musun yoksa kesiyor musun anlamıyorum ama her an bıçağı karşıya fırlatıp birinin alnının ortasına saplayacakmışsın gibi tutuyorsun, bunu biliyor muydun?"

Harrison, gözlerini Lilah'ya çevirdi, orada muzip bir parıltı vardı. "Bıçak kullanmayı fırlatarak öğrendik. Kesme işi sonradan geldi," dedi.

Lilah da eline bir bıçak alıp onun çilekleri kesmesine yardım etti. "Benim kullanmayı öğrendiğim ilk şey bahçe makasıydı," derken parmakları, hayalet gül dikenlerinin batışı yüzünden acıdı. Parmaklarından akan kanları anımsadı.

Gözleri, elindeki bıçağa odaklandı. O sırada yan gözle Drew'un, elini kesilmiş çileklere doğru uzattığını görüp düşünmeden çileklerle elinin arasına bıçağı indirdi.

Drew şok olmuş bir halde eline ve masaya saplı duran bıçağa baktı. Çileklerin rengi yüzünden bıçakta yer yer kırmızılıklar vardı. "Yuh ama! Eve her an vahşetle adam doğrayabilecek bir canavar almışız," diyen Drew, bir eliyle diğer elini okşadı. "Az kalsın parmaklarımı uçuracaktı."

Lilah, dudaklarını ıslatırken şok içinde ellerini havaya kaldırdı. "Pardon," dedi ve uzanıp masadan bıçağı çekti. İnce bir çizik şeklinde oluşan göçüğe sıkıntıyla baktı, parmağını kesiğin üzerinde gezdirdikten sonra Harrison'a döndü. "Masanızı çizdim." Gözlerini kırpıştırdı, o da olanlar yüzünden şaşkındı. "Az kalsın Drew'un keskin nişancılık kariyerine de son veriyordum."

Harrison, temkinli bir ifadeyle önündeki çilekleri Lilah'ya doğru itti. "Sorun değil."

Lilah'nın midesi bulandı, masadan uzaklaşırken titreyen ellerini görmesinler diye arkasına sakladı.

"Bu kadar kontrol sahibiyken, nasıl oldu da bir anda kendini kaybettin anlamadım," dedi Harrison.

Lilah yutkunup, "Kan gülleri," diye fısıldadı. "Onları hatırladım."

Harrison ve Drew boş boş ona baktılar.

"Bir hikâye vardır," dedi Lilah. "Kan Denizi'nin ötesinde Karlthar adında bir ada var. Orada kan gülleri adı verilen bir gül türü ile ilgili bir hikâye. Çocukken evinde çalıştığımız kadın, hikâyesini anlatırdı. Kan gülleri kanın ve acının olduğu topraklarda da büyürmüş, kan içerse güçlenir ve güzelleşirmiş. Kadın, birkaç tane o gülden yetiştirirdi. Bir... kapalı serada. Güneş görmemesi gerek kan güllerinin, derdi. Yoksa ölürlermiş."

Harrison ve Drew, dikkatle onu dinliyorlardı.

"Tam hatırlamıyorum olanları," dedi Lilah. "Ama güllerin gerçekten kan içtiğini sanırdım çocukken. Dikenleri çok keskindi. Onların yanına gitmeye korkardım, çok kan akardı, bir de dikenlerindeki bir çeşit zehir kâbus görmeye neden olurdu. Çok gerçekçi kâbuslar, günlerce sürerdi bunlar. Bahçe makası dediğimde ve çileklerin suyunu görünce bunu hatırlayıp gerildim. Çok saçma, her neyse. Özür dilerim, Drew."

Arkasını dönüp fırından keki çıkardı ve masanın üzerine bıraktı.

Drew, "Önemli değil," dedi. "En azından yüreklisin. Herkesin cesareti ve yüreği yetmez özür dilemeye."

"Yazık öyleyse o herkese." Lilah, pastayı ona doğru itti. "Kremayı ve çilekleri üstüne koyalım, sonra istersen başını göm öyle ye, kızmam söz. Özür hediyesi say."

Drew sırıttı. "Bir şey olmadı. Özür dilemene gerek yok," dedi. "Hadi bu olayı hiç olmadı sayalım."

Öyle yaptılar, hiçbir şey olmamış, kan güllerinin hikâyesi hiç anlatılmamış gibi hep birlikte pastayla uğraşmaya başladılar. Lilah keki sütle ıslattı, Drew berbat bir şekilde kremaya buladı. Harrison ise çilekleri dizdi. Başlarını eğip gururla eserlerini incelediler.

"Hadi yiyelim," dedi Lilah, gururlu bir bakışla.

"Biraz bekleseydik de kek ve krema iyice dinlenseydi," dedi Harrison.

Lilah, başını iki yana salladı. "Beklemeye kalmaz, Drew darmaduman eder bu pastayı. Hazır güvendeyken kurtaralım bence."

Çekmeceden temiz bir bıçak çıkarıp Harrison'a uzattı. "Sen kessene? Eşit üç parça olsun, yoksa Drew olay çıkarır."

Harrison onun elinden bıçağı alırken, Drew boş çatal ağzında, keyifle sırıttı. Herkes önünde bir dilim pastayla masaya oturmuştu ki kapı gürültüyle çaldı.

Lilah, kapıya bakarken kalbi endişeyle sıkıştı. "Kim olabilir?" Aklında Corridan vardı.

Harrison, yavaşça ayağa kalkıp kapıya yöneldiğinde, Drew ile birbirlerine bakıp onun peşine takıldılar. Harrison kapıyı açarken tam da onun arkasındalardı, kapının dışında genç bir oğlan belirdi. Daha on altı yaşında ancak vardı. Buraya koşarak geldiği için olsa gerek, fena halde nefes nefese kalmıştı, doğrudan Harrison'a bakıp, "Felaket," diye bağırdı.

Harrison, çocuğu aceleyle içeri sokup kapıyı arkasından kapattı. "Ne oldu?"

Çocuk, "Bir casus var," dedi panik içinde. "Biri Corridan'a tüm planları ulaştırmış. Kral'ı öldürmek için onun ekibi ile birlikte önden

Ardel'e dönen casuslarımız, gemiden iner inmez yakalanmışlar. İhanet ve suikast girişimi ile suçlanıyorlar, Mar'dalar."

Lilah'nın bir anda boğazı kurudu.

"Sakin ol. Bu bir şeyi değiştirmez," dedi Drew, ciddi bir şekilde araya girerek. "Kanıtları yok, adamlar asla itirafta bulunmazlar."

"Bu kısım daha kötü, kanıtları var," dedi çocuk. "Konuşulanlara göre itirafçı olmuşlar. Sonuç olarak da anında Mar'a atılmışlar. Gelecek hafta... Üç kişi daha yollayacaklarını duydum be-"

"Tamam, sus," dedi Harrison, Lilah'ya kısa bir bakış atarak çocuğun sözünü kesti. "Her duyduğundan ortalık yerde bahsetme! Bize söylemen gereken başka bir şey varsa onu söyle?"

Çocuk başını sallayıp, "Var," diye fısıldadı. "Prenses Audra, herkesin toplanmasını istiyor. Toplantı yapacakmış. Milanid'deki tüm Direnişçiler... Sen, Andrew, Hector, Garry, Brian... Herkes. Ve... Lilah Tiernan da gelsin dedi."

Drew ve Harrison'ın bakışları, Lilah'nın üzerinde durdu. İkisi de dikkatle onu izlerken Lilah, başıyla onayladı. Şu an şüphelerin odağındaki en güçlü isim oydu.

Harrison'ın değerlendirme yaptığının farkındaydı. Lilah'yı Corridan'la konuşurken yakalamıştı. Milanid'e gelişi bile çok ani ve merak uyandırıcıydı. İpuçlarını toplamak onun için zor olamazdı.

Lilah'nın bir şey söylemesi gerekirdi ama ne yapacağından, ne söyleyeceğinden emin olamıyordu. Yapacağı ve söyleyeceği her şey, onların kafasında Lilah'nın aleyhinde bir delil oluşturacaktı. Kendi inanmak istediklerine inanıp şüphelerini takip edeceklerdi. Bu yüzden Lilah, onlara net sebepler vermemek için sessiz kalmayı, korkmuş numarasına yatmayı seçti.

Ama işler iyice sarpa sardı; çocuğun söylediği son şey, ondaki tüm şüphelere daha büyük bir şüphe kattı.

"Haberi gönderen kişi, Prenses'in Lilah'yla özel olarak konuşmak istediğini söyledi. Direniş'e gitmeden önce üstünü aramanızı ve silahsız olduğundan emin olmanızı, onu elleri bağlı olarak getirmenizi istedi. Ayrıca Harrison ve Drew, kaçmasına karşı dikkatli olsunlar dedi."

ÖLDÜRÜR SÖYLEYENİ

"Sen..."

Harrison konuşmayı kesip boğazını temizlerken, Lilah bakışlarını dikkatle ona çevirdi. Ama Harrison'ın gözleri onun üzerinde değil, haber getiren çocuğun üzerindeydi.

Darmaduman olmuş gibi görünüyordu. Kollarındaki damarlar, sıktığı yumrukları yüzünden belirginleşmişti. Her an patlamaya hazır bir bomba gibiydi. "Git, biz peşinden geliriz. Bu bir emirdir."

Çocuk doğrudan gelen bir emir dolayısıyla hızla başını salladı ve Lilah'ya şöyle bir bakış attıktan sonra, Harrison ve Drew'u selamlayıp evden neredeyse kaçarcasına çıktı.

Lilah, içinden '*Sakinim,*' diye geçirdi. *Kendimi açık etmemek için geri adım atmam gereken o noktalardan birindeyim. Mağduru oyna. Zayıfı oyna ama suçlamalara karşı dik ve net dur. Daima.*

Kapı çocuğun arkasından gürültüyle kapandığı anda, Lilah irkilerek düşüncelerinden sıyrıldı, aynı anda Drew ile Harrison onu resmen kıskaca aldılar.

"Neler oluyor?" diye sorarken Drew'un sesi gergindi. Bir elini belindeki silahın üzerinde tutuyordu. Her an Lilah'nın kaçmasını ya da onlara saldırmasını bekliyordu.

Bu Lilah'nın *ben suçluyum* demesinin en saçma yolu olurdu, o yüzden gözlerini kırpıştırıp eline baktı. "Beni vuracak mısın, Drew?"

"Bilemiyorum. Ne olduğu anlatacak mısın, Lilah?"

Lilah, başını iki yana salladı. "Ben de bilmiyorum ki," diye mırıldandı.

"Emin misin?"

Bakışları önce Drew'a, sonra Harrison'a kaydı. Harrison, kollarını göğsünde kavuşturmuş, mücadele etmeye ve her söylediğini reddetmeye hazırmış gibi görünüyordu. Ne dese inanmayacaklardı.

Lilah, "Ne olduğunu bilmiyorum," dedi düz bir sesle. "Bir şey anladıysanız siz söyleyin."

"Olur," dedi Drew. "Dur şimdi durumu açalım," derken tehditkâr bir edayla Lilah'nın etrafında gezinmeye başladı.

Lilah işte şimdi Harrison'a hak vermişti. Onlar arkadaş olamazlardı. Aralarında bunun için çok fazla yalan ve sır vardı. Harrison, tam karşısında durdu, bakışlarını bir saniye bile onun yüzünden ayırmıyordu. Her hareketini izleyip değerlendiriyordu. İkisi yıllardır birlikte çalıştığı için birbirlerini mükemmel tamamlıyorlardı. Bir anda hayali bir sorgu masası oluşturmuş, Lilah'yı da masaya oturtmuşlardı. Ya da öyle olduğunu sanıyorlardı. Çünkü Lilah hakkında bilmedikleri bir şey vardı; onun için yalan söylemek, nefes almak kadar kolaydı, kendini her durumdan kurtarırdı. Kendini savunmanın işe yaramayacağı zamanları gördüğünde ise sessiz kalır, kimsenin aklını karıştırmazdı. Şimdiki gibi zamanlarda yaptığı şey ortaya yeni bir hedef atmak olurdu. Ufak bir şüphe. Şimdilik onu kurtarmaya yeter de artardı.

"Bir anda, yol kenarında yaralı bir kız buluyoruz," diyen Drew, avcı gibi dolanmaya devam etti, peki ya av kimdi? İki taraf için de bu değişkendi. "Kız, Corridan'ın tutsağı olduğunu iddia ediyor. Bize Direniş'i aradığını söylüyor, Direniş'teki insanlar ile ilgili hemen hemen her şeyi biliyor. Onu General'e götürüyoruz..."

"General'e tek bir söz söylüyor," diye mırıldandı Harrison. "Ve o, hepimizi odadan çıkarıyor. Onunla özel konuşmalar yapıyor. Sonra kız, sözde kaçtığı, kendine işkence eden Corridan'ın orada olacağını bile bile, bir serseriye verdiği söz bahanesiyle partiye gidiyor. Onu Corridan'la karşı karşıya buluyorum..."

Lilah, bir an söylenenleri takip edemedi. Nefesini farkında olmadan uzun bir süre tutmuştu, az kalsın bayılıyordu. Hemen derin bir nefes aldı.

"Ve bir anda planlarımız ifşa olmaya başlıyor," diye sözü tamamladı Drew. "Bu kısım gelene dek ortada bir problem yoktu. Yine de her şey yolundaydı ama şimdi bir sorunumuz var, Lilah."

Lilah iç geçirdi. Anladı ki, karşısındakiler de tam olarak av sayılmazdı. O yüzden denge kurma çalışmalarına başladı. Kimse av ya da avcı olmamalı, kazanmamalı ya da kaybetmemeliydi. Ortak bir probleme ihtiyaç vardı. İki tarafı aynı tarafa çekecek bir plana. Ve... ortak bir düşmana.

"Ne?" diye sordu, yüzüne korku dolu bir maske indirerek. "Corridan burada. Büyük bir ekiple! Benim casusluğuma ihtiyacı var mıdır sizce? Koskoca ülkenin askerî gücü ve istihbarat ekibi adamın emrinde. Sadece siz mi istihbarat konusunda iyisiniz? Onların hiçbir şey yapmadığını mı düşünüyorsunuz? Bu kadar kibirli misiniz?"

Söylediklerini değerlendirirken Harrison da Drew da ona hak verdi. Birbirlerine baktılar.

"Bu da önemli bir nokta," dedi Drew. "Corridan şehirde, istihbarat topluyor. Bu ifşaları açıklar."

Lilah, "Size neler anlattığımı da merak ediyor, ekstra temkinli ve öfkeli. Düpedüz saldırıyor işte," diye söylendi sıkıntıyla.

"Peki, Prenses senden neden şüpheleniyor?" diye sordu Harrison. "Neden senin silahsız olmanı, elin bağlı oraya götürülmeni istiyor?"

"Çünkü beni küçük düşürmek istiyor! Sizin benden şüphe etmenizi istiyor. Özellikle de senin, Harrison," dedi Lilah. "Daha ilk günden, kimsenin söylemeye cesaret edemediği şeyleri açık açık söyledim ben. Çünkü liderlerin hoşlanmadığı deli cesaretine sahibim. İlk günden asi bir imaj çizdim. Gözünüzü açmamdan korkuyor. Otoritesi güçler birliğine dayanan kişiler, muhalefet kabul etmezler! O beni çok iyi tanıyor. Muhalefet olduğumu gördü, yolundan çekileyim istiyor! Diğerlerinin bana hep kuşkuyla bakmasını, destek olmamasını istiyor."

Drew, nefesini yavaşça bıraktı. Az da olsa ikna olmuş görünüyordu. "Bu tam da ona uygun bir davranış."

Lilah, nefesini bıraktı ve yavaşça geri aldı. Audra'yı pek de sevmeyen Drew, onun kurtarıcısı olabilirdi. "Hem..." dedi öfkeyle. "Neyin ifşa olduğundan bile haberim yok. Benim planları bildiğimi de nereden çıkardınız? Benim yanımda bir şey konuşulmadı hiç! Ben Direniş'ten uzaklaştırıldım. Bir çiftlikte kaldım, oradan da çıkıp buraya geldim. Planları nereden bileceğim? Sizce Hector her adımını bana mı söylüyor? Kimim ki ben?"

"Kimsin sen?" diye tekrar etti Harrison. "Hector'la bağlantın nedir? Sana niye bu kadar değer veriyor."

"Çünkü o benim dayım!" dedi Lilah. "Beni korumak istiyor, tüm olan bu. Neler yaşadığımı öğrenmek istiyor, yardım etmeye çalışıyor. Annemi merak ediyor ama Direniş'e dair her şeyi gizli tutuyor. Kahretsin, onunla basit bir handa konuşmuyor muyum? Önemli belgeleri, planları ele geçirme şansım yok ki casusluk yapayım. Hep sizin yanınızdayım. Benim Direniş ile ilgili taşıyacağım tek haber, Andrew adında baş belası bir herifin beni delirtmeye kararlığı olduğu."

Drew kendini tutamayıp güldüğünde, Lilah kollarını göğsünde kavuşturup ofladı. Ortam yavaş yavaş ısınıyordu.

"Casus olsam ve Corridan'a bu haberi taşısam, Hector beni o anda vurur. Casus arıyorsanız, istihbarat ile görevli olan askerlerinize bakın. Ben olsam, oraya bir kişi saklarım. Hakkımızdaki hikâyeler benim istediğim haliyle karşı tarafa ulaşsın diye…"

"Bakıyorum da bu konuda her şeyi biliyorsun."

"Salak gibi mi görünüyorum? Bir şey bildiğim yok, akıl yürütmek zor değil."

Drew sırıtıp, "Yani tüm bu olanlar tesadüf mü diyosun sen şimdi?" dedi.

Lilah, "Hayır," diyerek attığı yemi yutmayı reddetti. "Bütün bunlar Corridan ve adamları bu şehirde olduğu için oluyor diyorum. Sizden beni ona teslim etmenizi istiyor. Harrison'ın meydan okuması pek yararımıza olmadı, onu daha da hırslandırdı."

Harrison, bir süre söylenenleri düşünüp sonunda iç geçirdi ve ardından başıyla onayladı. "Peki," dedi ve bir süre bekledikten sonra, "Peki," diye tekrar etti.

Lilah, "Çok belirsiz bir cevap. Neye peki?" diye sordu.

Harrison'ın cevabı ise sadece, "Gitmemiz lazım," oldu.

Lilah, şaşkınlıkla ona baktı. "Bana inanmıyor musun?"

Harrison, "Neye inanacağımı bilmiyorum," dedi. "Güven riskli bir şeydir. Ben, Direniş söz konusu olduğunda kimseye güvenmem ama ihtimaller ile de insanları yaftalamam."

"Peki ya Prenses?"

Sert bakışlarını Lilah'nın gözlerine diken Harrison, "Ne olmuş ona?" diye sordu.

"Ona inanıyor musun?" Lilah, bunu gerçekten merak ediyordu.

Harrison cevap vermedi. Yanlarından uzaklaştı ve mutfaktaki çekmeceleri karıştırmaya başladı.

Lilah, Drew'a döndü. "Ya sen?" diye sordu kederle.

Drew, "Prenses'e güvenmiyorum," dedi dikkatle. "Ama sana da güvenmiyorum. İyi bir kızsın, eğlencelisin, seni seviyorum ama yine de sana güvenmiyorum."

Lilah, başıyla onaylayıp elinde siyah bir iple yanlarına gelen Harrison'a baktı. Harrison sıkıntılı görünüyordu. "Emir emirdir," diye fısıldadı.

Lilah, "Askerler için emirlerin anlamı nedir, Komutan?" diye sordu, ellerini birleştirip ona uzatırken.

Aldığı cevap, "Bozulmaz yemindir," oldu.

"Peki üstlerden, kurallara, insanlığa ya da onura aykırı bir emir gelirse?"

Harrison, iç geçirirken Lilah'nın bileklerini nazikçe tutup yüzüne baktı. "Askerin inisiyatifine bağlı."

Lilah, yutkunmak zorunda kaldı. Harrison'ın gözlerinin erimiş kurşun rengi o kadar koyu görünüyordu ki... Neredeyse siyaha dönmüştü. Drew, üzerini değiştirmesi gerektiğini söyleyip odasına gittiğinde, Harrison'ın elleri hâlâ Lilah'nın bileklerindeydi.

"Son bir şey soracağım," dedi Lilah, bileklerini geri çekerek.

Harrison da ellerini çekip başını hafifçe öne eğdi. "Sor."

"Bugün işler benim için yolunda gitmezse... Audra beni öldürmenizi isterse, ne yaparsın?"

Harrison duraksamadan, "Sana olan sözümü tutarım," dedi. "Bu ihanet anlamına gelse de, kendi hayatım pahasına, seni oradan çıkarırım. Suçun ispatlanana kadar seni korur, saklarım. Ama gerçekten ihanet ettiğini öğrenirsem, Lilah..." dedi. "Seni onlara kendi ellerimle teslim eder, arkama bakmadan çeker giderim. Anlıyor musun?"

Başıyla onayladı, çok net bir şekilde anlıyordu. "Teşekkür ederim," diye fısıldadı. "Dürüstlüğün için." Bileklerini tekrar uzattığında, Harrison ipi dikkatle bileğine dolamaya başladı ve düğüm attı.

Lilah, ellerini hafifçe çekiştirdi. Kolayca çözülecek bir düğümdü. Harrison'ın bunu sadece bir emre doğrudan karşı gelmemek için yaptığı belliydi. "Üstümü aramanızı da söylemişti," dedi. Üzerinde hiç silah yoktu, belki Harrison bunu görürse ona doğru söylediği konusunda biraz olsun güvenirdi. Bir asker olduğu için bilmesi gerekirdi, hiçbir casus düşmanlarının arasında silahsız, gardını indirmiş bir vaziyette gezmezdi.

Harrison, "İzninle," diye mırıldanıp onun üzerini aramaya başladı. Dikkatle sırtını yokladı, bir bıçak olup olmadığını kontrol etmek için bacaklarını, bileklerini ve saçlarını kontrol etti. Ceplerini, ayakkabılarının içini de kontrol ettikten sonra, yanından tekrar ayrılıp odasına doğru gitti.

Birkaç dakika sonra elinde bant ve bir bıçakla döndü. Lilah, kaşlarını çattığı sırada dikkatle önünde diz çöküp onun pantolonunun paçasını yukarı doğru sıyırdı, parmakları ayak bileğinde dolaştı. Bıçağı oraya yaklaştırdıktan sonra bantlayıp paçasını geri indirdi. Lilah, büyük bir şaşkınlıkla onu izlerken Harrison, ayağa kalkıp onun tam karşısında bekledi ve "Böylesi daha güvenli," dedi.

"Komutan, kesinlikle şu an duygusallığın etkisiyle yanlış kararlar alıyorsun. Bir emre doğrudan itaatsizlik ediyorsun."

"Bunu söylediğine göre doğru kararlar alıyorum."

Lilah, başını iki yana salladı. "Bu hiç mantıklı değil, Harrison."

"Biliyorum. Bıçağı bana fark ettirmeden çekmen mümkün değil, gözlerim hep üzerinde olacak. Bu yüzden bir söz de ben, senden istiyorum."

Lilah'nın kalp atışları hızlandı. "Ne için?"

"Bu bıçağı, kendini korumak dışında hiçbir şey için kullanmayacaksın. Bunun sözünü ver. Onun sende olduğunu biliyorum, aleyhinde kanıt sunulduğu anda geri alacağım. Sunulmazsa... senindir. Olur da bir aksilik çıkar, yanında olamazsam diye. Kaç, kurtar kendini. Yargılanmadan ölme."

Lilah'nın neredeyse gözleri dolacaktı, zar zor yutkundu. Harrison'a sarılmak istedi ama duyduğu söz onu durdurdu. "Yargılanmadan ölen oldu mu daha önce?"

Harrison sorusuna cevap vermedi. "Söz ver," demekle yetindi. "Bu yaptığım çok büyük bir aptallık. Senin için bir emre doğrudan karşı geliyorum. Direniş benim hayatım, senin için büyük bir risk alıyorum." Son cümleyi fısıltıyla dile getirdi. "Sana güvenmek istiyorum."

Sana güvenmek istiyorum. Büyük bir sözdü bu. Bir şans veriyordu.

Lilah, tuttuğunu bile fark etmediği nefesini bırakıp, "Ti'er diezta Ardellina," dedi usulca. "Ardelli sözü."

Harrison, gözlerini kapatıp derin bir nefes aldı. "Audra'nın bu dilde konuştuğunu defalarca duydum," diye mırıldandı. "Ama hep bir şeyler eksik gibiydi."

"Ne gibi?"

"Bilmiyorum. O konuşurken sıradan bir şey gibiydi. Ama sen konuşurken öyle hissettirmiyor."

"Nasıl hissettiriyor?" Lilah'nın sorusu bir fısıltı olarak çıktı.

Harrison gözlerini açtı. "Kutsal bir dua gibi," dedi. "Kaybettiğim evim, ülkem, ailem... Hepsini anlatan büyülü bir şarkı gibi kraliyet lisanı. Anlayamasam da hissediyorum."

"Ben de," dedi Lilah. "Bazı geceler, yasaklı şarkıları tekrarlıyorum. Özgürlük, umut şarkıları. Rüyamda bambaşka bir hayat görüyorum. Ama sonra... bu gerçeklere uyanıyorum." Bağlı olan ellerini gösterdi. "Hem de her gün. İyileşmeyen bu yara, daha da derinleşiyor âdeta."

Harrison, "Eskiden benim için zordu," dedi. "Ama alıştım."

Lilah, inatla başını iki yana salladı. "Ben alışamadım. Alışmayacağım. Olmaz. Alışmak aynı zamanda kabullenmektir. Ben bunları kabul edemem."

Harrison, tam cevap verecekken Drew, baştan aşağı siyahlar içinde odadan çıkıp onları selamladı.

Lilah ile Harrison, tekrar sessizliğe gömüldüler. Harrison yere bakıyordu, Lilah ise ona.

Harrison, Lilah'nın yüzündeki o parça parça yıkım görünen ifadeyi düşündü. Onun dürüst olduğuna inanmak istedi, bir hain olmadığına inanmak... Ama Harrison için bir şeye inanmak da güvenmek de tehlikeliydi. Özellikle de bu kıza karşı. Çünkü ona olan hisleri mantıklı değildi.

Bunları düşünüp durmaya dayanamadığı için başını çevirip Drew'u inceledi. "Giyindin mi?"

"Yok," dedi Drew. "Hâlâ pijamaylayım. Bu yeni moda. Keskin nişancı gibi uyuyorum."

Harrison ona ters ters baktı. "Bir kez ciddi ol."

"Olamam," diyen Drew, bıçaklarını kontrol ederek odada ilerledi. "Bu hayat ciddiyetle yürümez, inadına alaya alıyorum her şeyi."

Lilah'yı kolundan tutup, "Gel bakalım küçük, ortalık karıştırıcı," diyerek Harrison'dan uzaklaştırdı, yavaşça kulağına eğildi ve onun duyamayacağı bir şey fısıldadı. Başını kaldırıp kızın yüzüne şöyle bir baktıktan sonra cevap beklemeden kapıya doğru yürümeye başladı. Lilah arkasından bakakaldı.

Harrison çatık kaşlarla, "Ne dedi?" diye sorduğunda, ancak kendine gelebildi.

Soruya cevabı onun yerine, "Bu tamamen..." diyen Drew verdiğinde, bakışları tekrar buluştu ve Lilah'ya hafifçe göz kırptı. "Bizim aramızda."

Lilah gülümsedi ve o kapıdan çıktığında arkasından seslendi. "Teşekkür ederim!"

Direniş yine aynı yerde toplanmıştı. Lilah, bunu gördüğü anda morali dibe vurdu.

"Bu çok büyük aptallık," dedi Harrison'a. "Corridan, Milanid'de ve siz her zamanki yerde, büyük bir toplantı mı yapıyorsunuz cidden? İntihar bu!"

Harrison omuz silkip, "Audra'nın kararı," demekle yetindi.

Lilah, dilini ısırıp sessiz kaldı ve elleri bağlı bir halde onun peşinden merdivenlerden aşağı indi.

Harrison bir anda önde yürümeyi kesip, "Bekle," dediğinde, Lilah ancak ona çarparak durabildi. Sonra da dikkatle birkaç adım geri gitti.

Lilah, "Bir sorun mu var?" diye sordu, etrafına bakarak.

Harrison, soruya cevap vermeden önce uzanıp Lilah'nın bileğindeki ipleri belinden çıkardığı bir bıçakla kesti, kenara attı ve "Devam et," dedi. "Seni içeri ellerin bağlı olarak sokmak, hain diye damgalamakla aynı şey olur. Bunu yapamam."

"Beni buraya kadar ellerim bağlı olarak getirdin."

"Bir hataydı."

"Çok sık hata yapıyorsun."

Harrison'ın bakışları kızın yüzünde dolaştı. "Umarım bu son olur."

Lilah, karanlıkta onu görmeye çalıştı ama yüzündeki ifadeyi seçemedi. "Komutan, başın belaya girecek. Yoksa birden sen de asi olmaya mı karar verdin?"

Harrison, başını iki yana salladı. "Sekiz yaşımdan beri direnişçiyim. Aynı şey değil mi? Bıçağı çıkarıp birini öldürmezsen bir şey olmaz. İnisiyatif kullanıyorum."

Drew, arkalarında güldü. "Demek ona bıçak da verdin? Audra'yı deli etmeye niyetlisin bugün."

"Audra'nın imajını kurtarmaya niyetliyim," dedi Harrison, önlerinde yürümeye devam ederken. "Her yerde onun Dewana'nın tam tersi olduğundan, bağışlayıcılığından bahsediyoruz. Eğer kanıtları olsaydı, onu almaya muhafız ve asker gönderirdi, bu emri bana vermezdi. Hiçbir kanıt olmadan onu elleri bağlı bir şekilde Direniş'e sokması adil değildi."

Lilah, "Ve bunları şimdi mi itiraf ediyorsun?" diye sorarken, ipler yüzünden kızaran bileklerini inceledi.

Harrison, "Yolda geldi," diye mırıldandı gergin bir sesle. "Gerginken pek iyi düşünemiyorum."

Lilah, içinden *'İşte senden daha iyi olduğum bir konuda zaafını açık ettin,'* diye geçirdi. *Gerginken durum yönetimi konusunda eksiksin, Komutan. Bu da o an için rahatlıkla yönlendirilebileceğin anlamına gelir.* Sonra bunu düşündüğü için kendini berbat hissetti. Lilah berbat bir insandı. Sürekli insanlarda açık kollayan, güvenilmez bir hain. Bir an için kendinden nefret etti.

Harrison ona bakmadan, "Ne düşünüyorsun?" diye sordu.

"Hiç," diye cevap verdi, gergin bir sesle. "Endişeliyim sadece."

"Neden?" Bu sefer soruyu soran Drew oldu.

Lilah ofladı. "Bu akıllıca değil," diye mırıldandı, toplantı odasının kapısına yaklaştıkları sırada. "Corridan dışarıda pusu kurmuş olabilir, içeriye casus sokabilir, toplantıya sızabilir. Bu çapta bir toplu hareket kolaylıkla sezilir."

"Kız haklı," diyerek onu destekledi Drew. "Güvenliği istediği kadar arttırsın Prenses, bu yeterli gelmeyebilir. Düşman burnumuzun dibinde."

"Dahası…" dedi Lilah. "Buranın tek bir çıkışı var. Kapıda pusu kursalar ne olur?"

"Felaket. Demek ki ertelenemeyecek kadar önemli bir konu."

"Off, Harrison. Audra lehine bahane üretmekten vazgeç. Sen de bu işte bir hata olduğunun farkındasın," dedi Drew.

Harrison, ona cevap vermeden odanın kapısını açtı. "İşimize bakalım."

Lilah, "Bakalım," diye mırıldandı gerginlikle. "Başımız belaya girmez umarım. Ah şu temenniler..." deyip, Harrison'ın arkasından odaya daldı ve bir idam mangasıyla karşılaştı.

BÖLÜM OTUZ

BAZI GERÇEKLER ACI VERİR

Harrison, Lilah'nın arkasında donup kaldığını hissetti.

Lilah da aynı durumdaydı. Ne diyeceğini bilemez bir halde olanları kavramaya çalışırken, Drew diğer tarafta sessiz bir şekilde sövdü.

Harrison, "Neler oluyor burada?" dedi, sert ama asi olmayan bir sesle. Daha çok olanları anlamaya çalışır gibiydi. Hislerinin ise sakinlikle alakası yoktu. Sanki içinde patlamak üzere olan bir bomba varmış gibi hissediyordu. Hatta bomba patlamış gibi...

"Aramızda bir casus var."

Başını sesin geldiği yöne doğru çevirdiğinde, kül grisi elbisesi ve tepesinde topladığı dalgalı saçlarına yerleştirdiği beyaz altın tacıyla salına salına alana giren Audra'yı gördü.

Audra, "Neler olduğunu anlamaya çalışıyoruz," derken, muhafızlar bir adım peşinden geliyordu. "Lilah Tiernan? Bir adım öne çık."

Lilah, öylece bekledi ve ona cevap vermedi, hâlâ çözülememişti. Audra başıyla onu işaret ettiğinde muhafızlar hareketlenince, Lilah bir anda boş bulunup, "Sore?" diye mırıldandı.

Sesi o kadar kısık çıkmıştı ki kimse Kraliyet lisanında konuştuğunu fark etmemişti. Lilah, muhafızlara fırsat vermemek için gergin bir şekilde yanından geçmeye çalışırken, Harrison uzanıp onun kolunu tuttu ve yolunu kesti, bu hareketi farkında olmadan yapmıştı. Lilah, yavaşça kolundaki eli itip öne çıktı.

Harrison, gürültülü bir şekilde nefesini bıraktı. Ne düşünüyordu ki? Bakışları Audra'ya kaydığında, onun bu hareketinin farkına vardığını gördü. Neyse ki üstünde durmadı. Şimdilik.

Muhafızlar, Lilah'nın etrafını sarıp onun kollarını tutmaya çalıştıklarında Lilah, elini yukarı kaldırıp "Durun!" diye bağırdı. Uyumlu davranıyordu ama muhafızlar sanki aksinin olacağına dair net bir emir almış gibi saldırganlardı. "İstenileni yapıyorum," dedi Lilah ama muhafızlar oldukça sert davranıyorlardı. Biri kolunu sertçe tutup sıktığında, Lilah diğer kolunu hızla geri çekip muhafızın suratına vurdu. Harrison, bunun refleks mi yoksa bilinçli bir hamle mi olduğunu merak etti, Lilah'nın yumruğu oldukça sıkıydı. İsabet ettiği muhafızın burnundan hızla kanlar boşalmaya başladı. Bu, diğerlerini daha da hırçınlaştırdı. Lilah, eğitimli ve öfkeli dört muhafızla aynı anda mücadele ediyordu. Biri, kızın suratına sert bir şekilde vurduğunda Lilah, o muhafızın kasıklarına dizini geçirdi. Kavga şiddetlendi, Harrison ileri doğru bir hamle yaptı ve Drew, kolundan tutarak onu durdurana dek kavgaya dahil olmaya hazırlandığını fark etmedi.

Drew, "Ne yapıyorsun?!" diye fısıldadı öfkeyle. "Kıza fena halde âşık olmuşsun. Mantıklı düşünemiyorsun, her şeyi daha da karıştıracaksın."

"Âşık falan olmadım, kız uyumlu davranıyordu. Bu olanlar gereksizdi."

"Eh, artık pek de uyumlu davranmıyor, öyle değil mi?"

Harrison, bunun üzerine bir şey diyemedi ama başını çevirdiğinde, muhafızların sonunda Lilah'yı etkisiz hale getirmeyi başardıklarını gördü. İki muhafız birden kızın kollarını tutup geriye doğru bükmüş, dizlerinin üzerine çökmeye zorluyordu. Ama Lilah, ayaklarını yere çelik gibi sabitlemiş, diz çökmeyi reddediyordu.

Bir muhafız, kıza tokat attığında Lilah, ona âdeta hırladı. "Seni mahvedeceğim," diye bağırdı.

"Yeter!"

Audra'nın sesi muhafızların durmasına sebep olunca Lilah, kendini bir şekilde onlardan kurtarıp Audra'nın karşısına dikildi ve yavaşça başını eğip onu selamladıktan sonra karşısında dimdik durdu. Korkum yok mesajı veriyordu ama tüm öfkesine rağmen herkesin içinde Prenses'e karşı da gelmiyordu.

Harrison, kızın bu öfke ve hırsla, hatta kibirle yıllarca Ardel'de nasıl hayatta kaldığını, o kadar aşağılanmaya nasıl sabrettiğini merak etti. Lilah Tiernan kibirliydi. Her geçen gün kibrinin daha fazlasını gözler önüne seriyordu. Onca muhafızla neredeyse silahsız bir halde mücadele etmek, diz çökmeyi reddetmek, ciddi hamlelerdi. Harrison bunun kaynağının, kızın aldığı eğitim olduğunu düşündü. Sanki... bir şekilde, yenilmez olduğuna inanıyordu.

"Hiç rahat duramıyorsun, değil mi?" diye sordu Audra. Corridan da ona aynı soruyu sormuştu, Lilah neredeyse sinirden gülecekti.

"Oldukça uyumlu davrandığımı düşünüyorum, Prenses," dedi Lilah usulca. "Öne kendim çıktım. Selam da verecektim ama izin vermediler. Çevreme bu kadar korku saçtığımı bilmiyordum, onlara her ne söylediyseniz, muhafızlar canavar görmüş gibi üzerime atladılar."

Audra'nın suratında hafif bir gülümseme belirdi ama çabucak toparlandı. "Senin hakkında uyarıldılar," dedi. "Seni herkesten iyi tanıyorum, Lilah, ne kadar tehlikeli olduğunu biliyorum. Diğer herkesin aksine..." Bakışları kısa bir an Harrison'a kaydı ve sonra arkasını dönüp odanın ortasına doğru yürümeye başladı. "Yakın bir zamanda..." dedi. Tane tane, tehditkâr bir tonda konuşuyordu. Bakışları odada dolaştı ve yeniden Lilah'nın üzerinde durdu. "Yaptığımız gizli bir plan ifşa oldu. Adamlarımız, Ardel sınırları içinde yakalandılar. Muhafızlarımızdan biri, Lilah'yı yakın zamanda Serasker Corridan ile birlikte gördüğünü söyledi." Bir an duraksadı ve başını hafifçe eğip Lilah'ya baktı. "Söyleyeceğin bir şey var mı, Lilah?"

"Evet, var," diye cevap verdi Lilah. "Durumu General Hector'a anlatmıştım. Komutan Harrison da biliyor. Serasker benim önümü kesti o kadar, ona bir şey anlatmadım."

"Serasker, neden senin önünü kesti?" diye sordu Audra, dikkatle. "Seni nereden tanıyor?"

"Sore?" diye tekrar etti Lilah. "Non jerdine mina. Mirdave!"

Gerçekten mi? Bunu bana sorma. Sakın!

Audra, yavaşça nefes alıp bıraktı. Boğazını temizledi ve "Kraliyet lisanını nereden öğrendin, bilmiyorum," dedi tedirgin bir şekilde. "Ama herkesin anlayabileceği bir şekilde cevap ver."

Lilah, duraksadı ve başını iki yana salladı. "Ardel'de cinayetten yargılanıyordum. Serasker ile o zaman karşılaştım."

"Suçun neydi?"

"Yanında çalıştığımız ailenin genç oğlunu öldürmekle suçlanıyordum."

"Yaptın mı peki?"

Lilah başıyla onayladı. "Yaptım, Prenses."

Audra duraksadı. "Bu durumda haksız bir suçlama değilmiş."

"Haksız bir suçlamaydı."

"Ben kimseyi öldürmedim mi diyorsun, Lilah? Az önce öldürdüğünü söylüyordun."

"Hayır, Prenses," dedi Lilah usulca. "Sadece onun kendini öldürtmek için elinden geleni yaptığını söylüyorum. Suç benim değildi. Kendimi korumak zorunda kaldım."

Audra'nın bakışları karardı. Bir süre yorum yapmadı, bulundukları oda âdeta buz kesmişti. Audra, sonunda tekrar konuşmaya başladığında, sesinde yıllardır hiç kimsenin denk gelmediği bir keder vardı. "Bu konuyu daha sonra seninle özel olarak konuşacağım. Şimdi sen... Cinayetten yargılandığına göre, ölüm cezası almış olmalısın. O kısmı anlat bakalım."

Lilah, başıyla onayladı ama sinirden çıldırmak üzereydi. Tüm bunlar aşırı derecede gereksizdi. Bakışları Hector'ı aradı ama onu bulamadı. Mecburen Prenses'in bu sorusunu da yanıtladı. "Evet, ölüm cezası aldım."

"Peki, nasıl kurtuldun?"

Yutkundu ve "Kaçtım," dedi Lilah.

Audra'nın tek kaşı havaya kalktı. "Askerlerin elinden mi kaçtın?"

Lilah cevap vermedi. Harrison, onun hikâyesini bildiği için yaşadığı sıkıntıyı tahmin edebiliyordu. İzlerken sorulardan o da çok rahatsız oldu. Tüm bunların herkesin içinde konuşulmasının gereği olmadığını çok iyi biliyordu. "Detayları daha sonra anlatmamda sakınca var mı?"

Audra, fark etmez der gibi başını iki yana salladı ve asıl meseleye döndü. "Corridan seni yakaladığında onunla ne konuştun?"

"Beni Ardel'e geri götürüp idam ettireceğini söyledi. Ben de artık resmî bir Rodmir vatandaşı olduğumu, bunu yapamayacağını söyledim. Beni zorla götürmesi iki ülke arasında diplomatik krize yol açardı, bunu belirttim. Ama o umursamadı. Sonra Komutan Harrison araya girdi ve Corridan'ın geri çekilmesini sağladı. Serasker beni tehdit etmeye devam edince, Komutan beni koruma altına aldı. Hiç dışarı çıkmadım."

Harrison'ın kaşları çatıldı. Bu bir yalandı. Lilah dışarı çıkmıştı. Pasta malzemesi almaya gittiğini iddia ettiğinde... Ama ses etmedi, bu sırrı kendisi çözmeye karar verdi. Lilah'nın hikâyesinde yalanlar ve eksikler vardı. Şüphe uyandırıcıydı. "Ben dost evlerden birinde kalıyordum,

Prenses, Direniş ile tek bağım bu. Beni Ardel'e karşı koruyorlar. Hiçbir plandan haberim yok. Olamaz da. Yanımda bir şey konuşmuyorlar."

Audra onay beklercesine kendisine baktığında, Harrison hafifçe başıyla onayladı. "O, Direniş'e ya da planlara dair bir şey bilmiyor. Hep dost evde kalıyor," derken, bu söyledikleri yüzünden pişman olmamayı diledi. İşin aslı, bu noktadan hiç ama hiç emin değildi. Hector ona ne anlatıyordu, neden ne kadar haberi vardı, bilmiyordu. Bunu gizleyerek çok büyük bir hata yaptığının farkındaydı ama Audra'nın yersiz idamlarından da haberdardı. Bunları açık ederse, kızı suçlu olduğundan emin olmasalar da öldürtürdü.

Audra, iç geçirip Lilah'ya döndü. "Söyleyecek başka bir şeyin var mı?"

Lilah, herkesi şaşırtan bir şey yaptı ve "Var," dedi. "Prenses... Ben... hain kim biliyorum, onu gördüm."

Odadaki herkes âdeta taş kesildi. Nefesler tutuldu.

"O gün partide yakalanmadan önce..." diye devam etti Lilah, büyük bir dikkatle. Detaylar konusunda yalan söylüyordu ama adamın hain olduğundan emindi. "Corridan'ı biriyle yan yana gördüm. Onu tanımıyordum, herhangi biri olduğunu düşündüm ama... Onu şu an bu odada görünce Direniş'ten olduğunu anladım. Bir hain olduğunu... Corridan'ın yanından geçerken ona bir kâğıt verdi." Son kısım doğruydu, bunu Corridan'dan öğrenmişti. Kâğıt ve parti meselesi ortaya atılır atılmaz, kalabalıkta bir hareketlenme oldu.

Audra sordu. "Kâğıtta ne yazdığı hakkında bir fikrin var mı?"

Lilah, "Hayır," dedi. "Ama Serasker Corridan, onu okuyup cebine koyduğunda, keyfi yerine gelmiş görünüyordu. Kâğıdı ondan alabilir miyim diye düşünürken de yakalandım zaten."

Audra kaskatı kesildi. "Kim?" dedi. "Aramızdaki hain kim?"

"Prenses, bu odada çok fazla hain var. Ama bir tanesinden kesinlikle eminim," diyen Lilah, bakışlarını kalabalıkta gezdirdi ve birinin üzerine kilitledi. Audra, Lilah'nın bakışlarını takip etti.

"Ben değilim!" Kıvırcık saçlı, esmer adam, panik içinde bağırdı.

Lilah, gülümsedi. "Ben sensin dememiştim. Ama sen o gün, benim seni gördüğümü gördün. Değil mi?"

Adam geri adım atarken, Audra başıyla muhafızlarına işaret yaptı ve muhafızlar adama doğru yaklaşmaya başladılar.

Adam, "Yalan söylüyor," diye bağırdı ama muhafızlar, onu kollarından tutup yaka paça kalabalıktan uzaklaştırdılar.

Audra, "Önce sorgulanacak," diye ilan etti.

Audra'nın muhafızı, "Prenses, hainin önce sorgulanmasını istiyor!" diye bağırdığında, muhafızlar duraksadılar. Ve o anda, yer yerinden oynadı.

Arkasındaki kapılar büyük bir gürültüyle patladığında, Harrison ve Drew panik içinde kendilerini yere attılar.

Ardel askerleri, odaya daldığı sırada biri bağırdı.

"Baskın! Baskın var!"

BÖLÜM OTUZ BİR

YİNE DE BİR GÜN SÖYLENMELİDİR

Ardel askerleri, simsiyah üniformalarıyla odaya daldıklarında, silah sesleri etrafı doldurdu. Lilah, kendini hemen yakınında bulunduğu bir kirişin arkasına atıp saklandı ve askerlerin elindeki tüfeklerle etrafa doluşunu izledi.

Üzerinde sadece bir bıçak vardı. Bu çatışmaya dahil olamazdı. O yüzden güvenli bir yer bulmak ya da buradan çıkmak zorundaydı.

Dikkatle duvar kenarından ilerlemeye başladığı sırada ortalık tekrar karıştı. Kaşları çatıldı. Batı Ardel askerlerinin yaptığı resmen intihardı. Sayıları Direniş'e göre inanılmaz derecede azdı. Bu dikkatini dağıttı ve birinin önünü kestiğini, son ana dek fark edemedi.

Corridan, kolunu sımsıkı kavrayıp onu duvara yasladı. "Merhaba, sevgilim," diye fısıldadı usulca. Gülümsemesi solarken, başını eğip ona biraz daha yaklaştı ve anında gözleri karardı. "Bunu söylemiştin ya Harrison'a. Ne de yaratıcı ve aykırı bir iddia. Seni taciz eden bir sapık olduğumu sanıyorlar."

"Başka ne diyebilirdim ki?" diye sordu Lilah, endişeyle çevresine bakarak. "Gerçeği mi söyleseydim?"

"Ah, keşke gerçekleri söyleseydin, Harrison'ın yüzünün alacağı ifadeyi ancak hayal edebilirim," dedi Corridan ve Lilah'yı başka bir duvarın arkasına çekti. "Böyle ortalıkta dolaşma, bir kurşun yanlışlıkla isabet ederse ölebilirsin."

Lilah iç geçirdi. "Biliyor musun, Serasker, o kadar çok şey yaşadım ki... Sanırım artık öldürülmemin zor olduğuna dair bir inanca kapıldım. Fark ettim ki... şanslıyım."

"Ben pek öyle demezdim..." dedi Corridan. "Bence sen, bu dünyadaki en şanssız insan olabilirsin."

Lilah gözlerini devirdi. "Direniş'in inine bir avuç askerle girerek ne planlıyordun? Bir de kendin gelmişsin. Büyük risk."

"Beni öldürmezler, sorgulamak isterler. Ve o zaman da beni ellerinden kaçırırlar."

"Çatışmanın ortasında benimle sohbet edecek cesareti bulman bu yüzdenmiş demek."

Corridan'ın gözü sağda bir şeye takılıp gülümsedi. "Sen benden, belgeleri alabilmek için sana gerekli olan ortamı hazırlamamı istedin," deyip yüzüne iyice eğildi. "Belgelerin burada olduğunu öğrendim. Şu ikinci, küçük odada. Ortalık karıştı, şimdi işine bakabilirsin."

Lilah'nın her şeyi algılaması biraz zaman aldı. "Bütün bunlar onun için miydi?"

Corridan başıyla onayladı. "Ya ne için olacaktı? Planlar... Zaman yok, hadi git ve üç gün sonra, gece saat dörtte benimle limanda buluş..." Daha cümlesini bitiremeden bir ağırlık, Lilah'nın üzerindeki Corridan'ı savurup attı.

Harrison'ın sesi zar zor duyuldu. "Bas geri, Corridan."

Corridan, hızla silahını çektiğinde, ikisi karşı karşıya kaldılar. Birbirlerine doğrulttukları silahlara rağmen Lilah, Corridan'ın geriye doğru bir bakış attığını görüp bakışlarını takip etti. Her şey iyice karışmıştı. Gözleri dört asker tarafından takip edilen Audra'ya takıldığında, Corridan ve Harrison'ın ortasından geçti ve Audra ile peşindeki askerleri takip etmeye başladı. Yere düşen bir Direniş üyesine takılıp dengesini kaybedince durmak zorunda kaldı, yerde bir karartı dikkatini çekince eğildi ve yerdeki silahı kapıp son hızda koşmaya devam etti.

Audra'yı geçen sefer onunla konuştuğu odada buldu. Corridan'ın söz ettiği odada. Yanındaki üç muhafız öldürülmüştü. Etrafında şimdi dört Ardel askeri vardı. Hemen duvara yaslanıp silahını aşağıda tutarak hazırda bekledi ve bir anda kapıdan içeri dalıp dikkatsizliklerinden faydalanarak iki askeri vurdu. Aynı anda diğer askerler ona döndüler ve iki silah Lilah'ya doğrultuldu.

Kızın kim olduğunu fark ettiklerinde, yüzlerinde bir rahatlama ifadesi belirdi.

Lilah elindeki silahı indirmeden, "Neyin peşindesiniz?" dedi.

O sırada askerlerden biri, silahını Audra'nın kafasına dayadı. "Öğreneceksin. Şimdi indir o silahı."

Lilah, gözlerini kısıp dikkatle Audra'nın gerginlik dolu gözlerine baktı ve yavaşça silahını indirdi.

"Yere at silahını. Derhal!" diye bağırdı asker.

Lilah, hemen silahı yere attı. Metal gürültüyle taş zemine düştü.

"Silahı ayağınla bana doğru it."

Yavaşça ayağını uzattı ve bir tekme ile silahı askere doğru fırlattı. Asker, dikkatle eğilip kendi silahı Lilah'ya doğrultulmuş bir halde onu yerden aldı. Diğer arkadaşına sırıtıp, "Gözünü ve silahını Prenses'in üzerinden ayırma," dedikten sonra tekrar Lilah'ya döndü.

Böylece sarışın asker, Prenses'i esir alırken esmer olan, Lilah'yla konuşmaya başladı. "İş birliği yapıyorsun. Bu iyi," diye mırıldandı keyifle. "Şimdi… Bir belge lazım bize."

"Ne belgesi?" Bilmezden geliyordu.

"Prenses biliyor," dedi, silahını Audra'ya doğrultmuş olan asker. "Öyle değil mi, Prenses?"

"Sana hiçbir şey söylemeyeceğim," dedi Audra, öfkeyle.

"Ölmeyi mi tercih edersin?"

"Elimdeki tüm kozları size vermem ya da ölmem arasında fark yok, asker," dedi Audra. Sesi son derece cesur çıkıyordu. Bu Lilah'yı gerçekten şaşırttı, Audra'dan böyle bir tavır beklemiyordu.

Asker sinirlenip havaya bir el ateş ettiğinde, Lilah irkildi. Audra korkuyla gözlerini yumsa da başını iki yana sallamakla yetindi.

Lilah, kapının dışından gelen sesleri duyduğunda başını çevirip gelenlere baktı; hepsi Ardel askerleriydi ve silahları Lilah'ya doğru çevrilmişti. Lilah, bir avuç derken haksız çıkmıştı. Sayıları çok daha fazlaydı fakat Direniş'in inine girip galip çıkacak sayıda da değillerdi. Peki, nasıl oluyordu da böyle rahat hareket edebiliyorlardı? Lilah, bu işte Hector'ın parmağı olabileğinden şüphelendi.

Askerler, Lilah'nın bir tehdit olmadığını anladıklarında silahlarını diğer tarafa çevirip beklemeye başladılar. Audra ve Lilah, abluka altına alınmıştı.

"Serasker, böyle söyleyeceğini biliyordu," dedi sarışın asker, sırıtarak. "Ama bir kişinin daha bizimle olması harika, değil mi?" Lilah'yı işaret etti. "Öne çık bakalım, uslu kız."

Audra kahkaha attı. "O mu uslu kız?" Yüzü öfke doluydu. "Sen neden bahsettiğini bilmiyorsun."

Asker, onu duymazdan geldi. "Bence bu benim sorunum, Prenses, senin ilgilenmen gereken tek şey o belgeler. Şimdi..." derken, gözleri Lilah'nın üzerinde durdu. "Bu odada önemli bir belge gizli. O belgeyi bulmanı istiyorum. Her yeri ara."

Kapıda duran askerlere bir işaret verdi. "Bizi koruyun, odaya kimse giremesin."

Lilah, "Ben neden bahsettiğinizi bilmiyorum," dedi dikkatle. "Belge falan görmedim."

"Ara o zaman!" diye bağırdı asker. "Ama sakın zaman kazanmak için uğraşma. Yüz seksene kadar sayacağım. Yüz seksen dediğim anda o belge elimde olmazsa, ikinizi de öldüreceğim."

"Prenses'i öldürürseniz, buradan asla canlı çıkamazsınız."

"Öldürmesek de çıkamayacağız. İntihar ekibiyiz biz," dedi asker. "Bu ne demek bilirsin, değil mi, Prenses?" derken silahı Audra'nın şakağına iyice bastırdı. "Biz buraya ölüme girdik. Çıkıp çıkmamak umurumuzda değil. Serasker, buradan çoktan çıktı. Bizim ihtiyacımız olan tek şey, o belgeler. Şimdi aramaya başla. Hadi!" Son cümleyi öyle yüksek sesle söylemişti ki Lilah, yanından geçip odanın içinde nasıl dolaşmaya başladığını fark etmedi. Ortada durup kendi etrafında döndüğü sırada başı ağrıyordu.

Esmer olan, "Çabuk!" diye bağırdı.

Lilah, gözlerini odada gezdirdi. Bir masa vardı, üstü ve çekmeceleri belgelerle dolu olmalıydı ama orada önemli bir belge olamazdı. Audra, belgeleri çok daha gizli bir yere saklamış olmalıydı.

"Otuz!"

Hızlandı ve masanın üzerine çıkıp etrafa tepeden bakındı. Parmak uçlarında yükselip tavanı yokladı. *Ben olsam gizli bir belgeyi nereye saklardım?* Aradığı cevap, bu soruya aitti.

"Elli!"

Nefesini tutup masadan indi ve dizlerinin üzerinde durup masanın altını yokladı. Elini cilalı parlak tahtaya vurdu, masada gizli bir bölme yoktu. Odada tur atıp ayaklarını vurarak zemini kontrol etti. Duvarları incelemeye başladı.

"Yüz!"

En son bir duvarda gördüğü ufak çıkıntıya yaklaştı. Yamuk duran bir taş vardı, eliyle taşı yokladı ama taş sabitti. Onu çekmeye çalıştığında, taş hareket etmedi. Bir de tam tersini yapmayı denedi, tüm gücüyle itti, taşın kestiği parmaklarına, avuç içlerine aldırmadı. Diğer tarafta ufak bir hücre ortaya çıkınca yana kayıp hücrenin içine baktı. Bir parıltı dikkatini çekmişti, elini uzatıp parlak şeyi aldı. Kan kırmızı, ucunda damla şeklinde bir yakut taşı sallanan bir kolye buldu. Onun Kraliçe'nin kolyesi olduğunu biliyordu. Üzerine dökülen anılar yüzünden yutkunmak zorunda kaldı.

Asker, elinden kolyeyi kapıp kenara attığında Lilah, ona bakakaldı. Hücreyi tekrar kontrol etti ama içerisinde başka bir şey bulamadı.

Adam, "Yüz elli!" diye bağırdı öfkeyle.

Lilah, nefesini bırakıp tekrar masaya döndü. Ne olur ne olmaz diye çekmeceleri karıştırdı ama birkaç harita ve önemsiz yazışma dışında bir şey bulamadı. Bu sefer masayı kenarlarından tutup itti ve altındaki zemine baktı. Masa orada dikkat dağıtıcı olarak bulunuyor olabilirdi. Gözlerini kısıp aşağıyı incelediğinde zeminde bir farklılık yakaladı.

"Yüz atmış!"

Diz çöküp yere oturdu ve tırnaklarını, aykırı zemindeki ince çizgiye batırıp taş görünümlü kapağı dikkatlice kaldırdı. Elleri bu sırada tamamen kan içinde kalmıştı.

Ama işte, oradaydı. Kanlı ellerini üzerine sildi. Rulo halindeki kâğıtları çıkardı ve yavaşça açıp içinde ne yazdığına baktı. Hepsini saniyeler içinde okuyup âdeta zihnine kopyaladı, sonra, "Doğu Ardel Müttefik Antlaşmaları: Halkların kardeşliği adına bu belge, Kuzey Ülkeleri'nin Doğu Ardel Kralı'na bağlılık yeminidir. Prenses, bu belge ile tarafsız ülkeleri ziyaret ettiği anda, tarafsız olan her ülke..." diyerek seslice okumaya başladı belgeyi.

Asker, kâğıtları elinden kaptı ve arka sayfasında her ülkenin kralına ait mühürlerin bulunduğu kısmı inceledi. Neşeyle sırıttı. "Bulduk onu," dedi. "Prenses Dewana'nın söz ettiği belge burada." Hızla cebinden çıkardığı bir kibriti yaktı, kâğıtların üzerine atıp taş zeminde yanmasını izledi.

Audra, "Hayır!" diye bağırdı ama kimse onu umursamadı.

Küle dönen kâğıtlar kendi kendine söndükten sonra asker, "Bu iş burada bitti," dedi gülümseyerek ve Audra'yı Lilah'ya doğru itti. Audra, ellerinin üzerinde yere düşüp öfkeyle askere döndü.

"Sen kim olduğumu..."

Asker, onu dinlemedi bile. "Sizi öldürmemek üzere emir aldık," derken dikkatle Lilah'ya baktı. "Aferin sana," diye mırıldandı.

Odanın dışında silah sesleri yükselmeye başladı. Asker, dikkatle etrafına baktı ve "Yaşasın Tek Ardel. Yaşasın Tek Kral!" diye bağırdı.

Lilah, Audra'yı kolundan tutup duvara doğru çekti ve "Yere eğil," dedi.

Silah sesleri odayı doldururken, ikisi de kollarını başına siper etmişti. Silah sesleri sustuğunda başlarını kaldırıp içeri giren Drew ve Harrison'a baktılar.

Audra'nın gözleri önce kapıya, sonra Lilah'ya kaydı. "Je se rinia?" *Sen ne yaptın?*

Lilah, başını iki yana sallamakla yetindi. Derin bir nefes aldı ve iç geçirdi. Audra yavaşça ayağa kalkıp üzerindeki tozları silkeledi. "Hayatını kurtardım."

"Ne pahasına?" Audra'nın gözleri doldu. "Neleri kaybettik haberin yok senin!"

"Önemli bir şey değildi."

Audra, başka bir şey söylemedi.

"Corridan?" diye sordu Lilah hemen. "Ona ne oldu?"

"Corridan kaçtı," dedi Harrison. "Hector'ın esir alma emri yüzünden... Onu öldürmeliydik ama yapamadık. Onun dışında herkes öldü. Bu bir intihar göreviydi. Ama neden?"

"Önemli bir belgenin peşindelerdi," dedi Audra kısık sesle. "Çok önemli. Ve o belgeyi onlara Lilah verdi."

Harrison'ın bakışları Lilah'ya kaydı.

Lilah hemen, "Yoksa Prenses'i öldüreceklerdi, kafasına silah dayadılar," dedi. "Belgede yazanları gördüm. O olmadan da Prenses'in halledebileceği bir şeydi. Bir kâğıt parçasına bağlı değil diye düşündüm... Direniş yani. Seçim yapmak zorunda kaldım. Pişman değilim. Prenses'i kurtardım."

Harrison başıyla onaylarken, Prenses iç geçirdi. "Ölü ya da yaralı var mı?"

"Beş ölü, bir sürü de yaralı var," dedi Harrison.

Audra düşünceli bir şekilde alt dudağını ısırdı. "Hector iyi mi?" diye sordu.

"Evet."

"Onunla bir konuşalım. Sonra da bu baskını engelleyemeyen herkesten hesap soralım."

Lilah, buna sessiz kaldı.

Audra, Drew ve Harrison'a, "Gidelim," diye fısıldadı. Gözlerini sildi, hemen toparlanmıştı. "Lilah birkaç dakika burada yalnız kalsın. Üzerindeki şoku atlatsın. Sonra... Haber verin, muhafızlar gelip şu leşleri ortadan kaldırsın."

"Emredersiniz, Prenses," diyen Drew, Prenses'in arkasından çıkıp dışarıdaki askerlere emir yağdırmaya başladı. Harrison, bir süre bekleyip Lilah'ya baktı.

"Özür dilerim," dedi Lilah. "Seni bırakıp gittim. Prenses'i takip ettiklerini gördüm. İki kişiyi öldürdüm ama gerisini halledemedim... Çok kalabalıklardı."

Harrison, ona doğru yaklaştı ve elini tutup kan içindeki parmaklarına baktı. "Önemli değil," dedi. "Yapman gerektiğine inandığın şeyi yaptın. Senden şüphe ediyordum. Ama görüyorum ki... Yanılmışım. Kusura bakma."

Lilah, başını iki yana salladı. Harrison, elini yavaşça bırakıp Prenses'in peşinden gittiğinde arkasından bir süre baktı.

Lilah, duvar kenarına oturup yerdeki kolyeyi eline aldı. Acı içinde uzun uzun kolyeye baktı. Parmaklarından akan kan, aynı renkteki yakuta bulaşmıştı. Onun dışında kolye yıllar önce gördüğü haliyle duruyordu. Kanlı yakutu okşayıp güç bir nefes alarak gözlerini kapattı. Dokunsalar ağlayacaktı. Kendini bıraksa ağlardı ama derin bir nefes alıp kendine hâkim oldu. Bir süre orada öylece, tek başına durdu.

Sonunda kolyeyi yavaşça cebine atıp, ayağa kalkıp odadan çıktı.

Odanın dışında muhafızların, ölü askerleri toplamakta olduklarını gördüğünde duraksadı. Şoku atlatınca elleri acımaya başladı. Yanlarından geçip giderken hiç kimse Lilah'ya bakmadı. Kimse onu umursamadı. Hayatta olması ya da olmaması onlar için önemli değildi. Ne garipti... Ya da fazla mı normaldi? İnsan hayatının önemsenmemesi... Önemli olanlar için ölümüne koruma sağlamaya çalışırken, diğerlerinin görmezden gelinmesi... Basit bir sayıyla ifade edilip geçilmesi... Beş ölü demişti, Harrison. İsimsiz, hikâyesiz, kimsesiz, beş ölü.

Lilah, yumruklarını sıktı. Zihninde saklı ihanet güncelerinde yeni bir sayfa açtı. Her şey değişmeye başlamıştı. Bir gün bu günceyi tamamen kapatıp yenisini yazmaya başlayacaktı. Çünkü bu güncede yazılanlardan çok yazılmayanlar vardı. Zihni, kalbi kendine ihanet edemesin diye kendi kendisine bile anlatamadığı, hatıralarından sakındığı anıları vardı.

Görünenler ufak bir tepe, görünmeyenler ise koca bir dağdı.

Lilah çağrıldığı ufak ve pis kokulu odaya girdiğinde, Audra'nın bakışları kendisine yöneldi ve hafifçe gülümseyerek yanındakileri gönderdi. Sonra Lilah'ya yanına gelmesini işaret etti.

"Sen ne yaptın?" derken gülümsemesi soldu ve yerini öfke dolu bir ifadeye bıraktı. "O belgeleri onlara nasıl teslim edersin?! Nasıl böyle sorumsuz olabilirsin? Zaman kazanmalıydın! Onları oyalamalıydın. Resmen bile isteye belgeleri onlara verdin. Onlar önemliydi."

"Hayır, Audra, önemli değildi."

"Buna sen karar veremezsin!"

Lilah, gülüp tek kaşını havaya kaldırdı. "Yazılanları okudum. Müttefik bulmak için yeminlere, geçmişteki sözlere ihtiyacımız yok bizim. Onlar ağır maddeler içeriyordu. Zaten buna önem vermiyor hiç kimse. Onlara sunmamız gereken şey başka. O belgeler, boş sözlerden başka bir şey ifade etmiyordu. Bir krallığın müttefikliğini kazanmak bu kadar kolay olmaz. Kendi çıkarlarını düşünürler; senin özgürlüğünü ya da adaletini değil."

"Buna sen karar veremezsin, ben de veremem; Direniş verir," dedi Audra. "Yıllardır o belgelere güveniyoruz. Bir konseyimiz var, ortak kararlar alıyoruz. Şimdi tüm ittifaklar bozuldu."

Lilah, ofladı ve başını iki yana salladı. "Hangi ittifaktan söz ediyorsun? Hayali olanlardan mı? Anlamıyor musun? İttifak falan yoktu. O belgeler karşılıksız müttefiklik vaat etmiyordu. Hiç mi okumadın onları?"

"Okudum! Biz onlara vaatte bulunabilirdik."

"Bunu zaten yapacaksan, o belgeler olmadan da yapabilirsin. Akıllı ol, dünyaya Direniş'in gözleriyle bakıp duruyorsun. Bir prenses gibi düşünmüyorsun. Her neyse, ben yapmam gereken neyse onu yaptım. Herkesi hayatta tutmaya çalışıyorum," dedi. "Hem seni hem ailemi."

Audra, bir uykudan uyanır gibi, "Aileni..." dedi. "Anladım olayı. Onlar orada oldukça sen hep duygularınla hareket edeceksin, değil mi?

Hep güvenilmez olacaksın. Biliyordum zaten bunu ama bir noktada içimi rahatlattın denebilir."

"Ben duygularımla hareket etmiyorum." Lilah, Prenses'in söylediği diğer anlaşılmaz şeyleri duymazdan geldi.

"Bunu görebiliyorum ama merak etme, çözeceğim bu meseleyi."

Lilah, bakışlarını yukarı kaldırdı ve dikkatle Audra'nın gözlerine baktı. "Kurtaracak mısın onları?"

Audra'nın kaşları çatıldı. Yavaşça başını salladı. "Evet, kurtaracağım, çoktan kurtardım sayılır. Yakında haberini alacaksın ama haberin olsun Lilah, şansını öyle bir zorluyorsun ki..." diye mırıldandı. "Kendin için yazacağın sondan endişe ediyorum. Aynı anda herkesi koruyamazsın. Bir noktada kaybetmek zorunda kalacaksın. Umuyorum ki kaybedeceğin şey hayatın olmaz. Sonucu merakla bekliyorum." Arkasını döndü ve yürümeye başladı.

Lilah, aceleyle arkasından seslendi. "Audra!"

Duraksadı ve başını çevirip omzunun üzerinden Lilah'ya baktı.

Lilah, "Mirdave." dedi dikkatle. "Non ferke."

Audra'nın kaşları çatıldı ama bir cevap vermeden arkasını dönüp uzaklaştı.

Lilah, onun kalabalığın arasına karışmasını seyrederken usulca, "Ben kaybetmeyeceğim," diye fısıldadı. "Senin aksine ben, bu oyunu kuralına göre oynuyorum."

BÖLÜM OTUZ İKİ

KAPANMASI İÇİN...

Bir hafta sonra Lilah, Corridan ile buluşmak için tekrar limanın yolunu tuttu. Harrison'ın gözü hep üstünde olduğu için evden kaçması zor olmuştu. Neyse ki sonunda Hector'ın verdiği bir görev ile Drew ve Harrison evden ayrılmak zorunda kaldılar ve tek başına kalan Lilah, sabaha karşı yola düşmeyi başardı.

"Belgeler yok edildi mi?" diye sordu Corridan, Lilah limandaki gizli barakaya girer girmez.

"Sana da merhaba, Serasker."

Lilah, bazen onun nasıl olup da rolüne bu kadar hâkim olduğunu, asla açık vermediğini ve odağını kaybetmediğini merak ediyordu. "Evet, belgeler yok edildi. Askerin ölmeden önce onları ateşe verdi."

Corridan, başıyla onaylarken duraksadı. "Bu işleri yoluna sokmaya yeter, en azından Kral biraz rahatlar," derken bakışları Lilah'nın sargılı parmaklarına kilitlendi. "Ne oldu?"

Lilah, "Belgeleri ararken oldu," dedi. Sürekli antrenman yaptığı için bir türlü iyileşememişti. Tam yaralar iyileşecek gibi oluyordu, aletler yeniden ellerini kesiyordu. "Duvarların ve tahtaların arasına bakmak zorunda kaldım. Parmaklarım kesildi."

Corridan, bir şey demek üzereyken son anda durdu ve uzun uzun Lilah'ya baktı. İç geçirdi ve başını iki yana salladı.

Lilah, "Ne var? Yine bir şey mi isteyeceksin?" diye sordu.

"Hayır."

"O zaman neden böyle çelişki içinde gibisin? Sanki üzgünsün."

Corridan duraksadı. "Sana kötü bir haberim var, Lilah," diye mırıldandı. "Sen... Audra'ya... ailenden bahsettin mi?"

Lilah, bu soruya şaşırsa da, "Evet?" diye fısıldadı. "Tabii ki bahsettim. Neden sordun ki şimdi?"

"Sana bir şey söylemem gerek ama yanlış anlamandan ve aşırı tepki vermenden korkuyorum."

Lilah konuşmadı. Kalbinde bir acı hissetti ve yutkunarak sadece, "Ne?" diyebildi. Tedirginlik içerisindeydi. "Ne söyleyeceksin?" Kötü bir haberin gelmekte olduğunu anlamayacak kadar saf değildi.

"Bu sabah, aldığım istihbarata göre... Audra, anneni ve babanı idam etmesi için casuslarından biriyle emir göndermiş. Ve infaz birkaç gün önce gerçekleşmiş. Ardel'de bir kimsesizler mezarlığına gömülmüşler."

Lilah, nefesini tutup, "Hayır," dedi, kalbi yerinde ağırlaşmış gibi hissediyordu. Sanki göğsünde elli kiloluk bir cisim vardı ve hiçbir işe yaramıyordu, âdeta durmuştu. "O bunu yapmaz."

Corridan, üzgün bir şekilde, "Yapmış," dedi. "Üzgünüm."

"Audra, bunu yapmaz. Yapamaz..."

"O, kimseye senin kadar bağlı değil, Lilah. Anlamadın mı hâlâ? O Direniş'te büyüdü, kalbi çok katı. Senin gibi değil."

Lilah'nın dizleri titremeye başladı. Ne yapacağını bilemeyerek ufak pencereden dışarıdaki durgun denizi izledi. Gün ışığı rüzgârda yavaşça dans eden suların üzerinden yükseliyordu. Ayakları zemine sağlam basıyordu ama o düştüğünü hissediyordu. İçinde bir yerde bir şeyler kopuyordu.

"Bu mümkün değil." Bu da söylediği her şey gibi yalandı, mümkün olduğunu biliyordu. Ama Audra'nın bunu yapacak kadar kalpsiz olmayacağını umuyordu.

"Söz vermiştin," diye fısıldadı.

Corridan'ın yüzüne baktığında, onun da neden bahsettiğini anladığını gördü ama yine de konuşmayı sürdürdü.

"Onları koruyacaktın! Söz vermiştin! Ben sana güvendim!"

Corridan, "Burada olmasaydım koruyacaktım," dedi. "Sözümü tuttum, yanında olduğum sürece onları korudum. İstihbarat daha önce gelseydi, buradan da korurdum ama yemin ederim, haberim olmadı."

Lilah, "Senin sözün sadece yakında olduğunda mı geçerli?" diye bağırdı. "Dikkatli olmalıydın."

"Audra'nın bunu yapabileceğini nereden bilebilirdim? Senin aklına gelir miydi?"

Ellerini Lilah'nın omuzlarına koydu. "Kendine gel, dağılma. Sen bu halde olduğunda rol yapmakta zorlanıyorum."

Lilah, onu duymazdan gelip, "Yalan söylüyorsun," dedi usulca. Hâlâ reddetme aşamasındaydı. Başını iki yana salladı. "Yalan. Artık bunu düşünüp durmayayım, risk almayayım ve odağımı kaybetmeyeyim diye yalan söylüyorsun. Audra, bunu yapmaz."

Ama yapacağını biliyordu, son konuşmalarında bu meseleyi çözeceğini, yakında Lilah'nın haberinin olacağını söylemişti. Lilah, bunları nasıl görmezden gelmeyi seçmişti? Oysa o sözlerdeki imaları fark etmişti ama içten içe reddetmişti. Bu hataya nasıl düşebilmişti? Mesajı apaçık bir şekilde gördüğü halde nasıl Audra'nın üzerine gitmemişti?

İçi pişmanlık ve öfkeyle doldu, çığlık atmak istedi, belki o zaman rahatlardı, çünkü içinde tutmaya devam ettiği sürece hisler, ruhunu bir halat gibi sarıp boğacaktı. Boğulduğunu hissediyordu ve bu hisle nasıl mücadele edeceğini bilmiyordu. Elleri uyuşmuştu, kendini kaybetmemek için gözlerini kapatıp derin nefesler almaya başladı.

Corridan, "Yapar," dedi. "Yaptı, üzgünüm, Lilah. Sözümü tutmak için çok çalıştım. Yemin ederim. Bu iş bitince onları senin yanına getirecektim."

"Sana inanmıyorum, Corridan," diye fısıldadı. "Yalan söylüyorsun, onlar ölmedi." Boş bir inkâr, yalan da olsa kendisine onlar hayatta denmesine ihtiyacı vardı. Ruhunu saran halatın biraz olsun gevşemesine, ona huzur vermesine ihtiyacı vardı ama elde ettiği tek şey, acı gerçekler oldu.

"Ben sana asla yalan söylemem, hiç söylemedim. İnanmıyor musun hâlâ? O zaman git, bunu Audra'ya sor. Reddetmeyecektir. Bence bu iş senin için kolaylaştıracak her şeyi."

Lilah iç geçirdi. Boğazında her an büyüyen düğüm, yutkunmasını engelledi. Yutkunamıyordu, nefes alamıyordu, içten içe boğulduğunu hissediyordu. Sonra Corridan'ın ellerini yüzünde hissetti.

Corridan usulca, "Toparlan," dedi. "Bu sen değilsin. Kendine gel. Sen neleri atlattın, bunda mı yıkılacaksın?"

Lilah, darmaduman bir halde, "Ben... Sadece neler olduğunu anlayamıyorum," dedi. "Bu... Bu benim planladığım hiçbir şeye uymuyor. Her şey tepetaklak oldu."

Alnında Corridan'ın dudaklarını hissettiğinde gözlerini kapattı.

"Onlar kurtuldu," dedi Corridan. "Senin için bir yüklerdi, sen de kurtuldun."

"Bunu nasıl söylersin?" Lilah, şimdi ağlıyordu. "Kahretsin... Ben de aynı şeyi söylemiştim. Keşke ölselerdi demiştim. Ama ciddi değildim. Yemin ederim. Kendimi suçlu hissediyorum."

"Plana odaklan," diye hatırlattı Corridan. Neredeyse yalvarır bir haldeydi. "Daha güçlü durmak için bir nedenin daha oldu, onu kullan. Yapman gerekeni yap."

"Canım acıyor."

"Biliyorum," diye fısıldadı Corridan. "Audra'ya gerçekleri sor. Sonra da onu bana getir. Senin ona ihtiyacın ya da bağlanmak gibi bir zorunluluğun yok. Kim olduğunu unutma, insanlara ne borçlu olduğunu unutma. Planı uygula."

Lilah, gözlerini kaldırıp Corridan'a baktı.

Corridan, onun dolu dolu olmuş, iri yeşil gözlerini görünce kalbi sızladı.

"Toparlan. Planı hatırla," diye tekrar etti. "Tüm bu olanlardan sonra tereddüt edecek değilsin herhalde?"

"Hayır, dedi Lilah. "Tereddüt etmem. Şu andan sonra bir daha asla. Bir daha asla... Eskisi gibi olmaz. Onun işi bitti."

"Min Irene," diye fısıldadı Corridan, Ardel Kraliyet lisanında. Onun bu lisanda bildiği birkaç sözden biri buydu, o yüzden sözünü Rodmir dilinde bitirdi. "An ildra u mei."

"An ildra u mei," diye tekrar etti Lilah ve "Benden haber bekle," diye ekledi. "Bu işi bitireceğiz."

Corridan, ona dikkatle sarıldı ve yavaşça ayrılıp başparmağıyla Lilah'nın yüzünü okşadı. "Dikkatli ol," diye fısıldadı.

Lilah, arkasına bakmadan barakadan ayrıldı ve Hector'ın yanına doğru yol aldı.

Lilah, Direniş'in ek buluşma merkezi olan hana doğru ilerlerken yol boyunca sinirden ve acıdan ağladı. Eğer bu doğruysa ve ailesinin ölüm emrini Audra verdiyse, onu bu yaptığına pişman edecekti. Hem de nasıl... Öfkesi bir çığ gibi büyüyordu, kendini kontrol etmek konusunda iyiydi ama bunu yaparken yıllardır ilk defa bu kadar zorlanıyordu.

Derin bir of çekti ve kimsenin onu durdurmasına izin vermeden Hector'ın yanına gitti. Yolda onu durdurmaya çalışanları atlatması hiç zor olmadı. Şu an patlamaya hazır bir bombaydı, önünde kimse duramazdı. Gelişine tekmeler ve yumruklar savurdu, bulduğu her açıklıktan kendini uzağa attı ve Hector'ın odasına geldiğinde kapıyı pat diye açıp içeri girdi.

Arkasından koşturan bir muhafız, "Komutanım, meşgul olduğunuzu söyledim," dedi endişe içinde. "Ama durduramadık."

Hector, elinde bir deste kâğıt önce Lilah'ya, sonra burnundan kanlar akan, dudağı yarılmış askere, en son tekrar Lilah'ya baktı. Gözlerini onun üzerinden ayırmadan, "Tamam, sorun yok, sen çıkabilirsin," dedi.

Asker çıkıp arkasından kapıyı kapattığında, Lilah öfkeyle Hector'a yaklaştı. "Beni Audra'ya götür."

Hector, gördüğü kanlı manzaradan sonra bile bunu beklemiyordu. "Ne?" dedi şaşkınlıkla.

"Beni Audra'ya götür dedim. Hemen!"

"Sakin ol, Lilah. Kendine gel, ne oldu sana?" Kızı kolundan tutup bir sandalyeye oturtmaya çalıştı. Ama Lilah, kolunu ondan kurtarıp uzaklaşarak masaya sert bir tekme attı. Masanın arkasındaki sandalye gürültüyle yere düştü.

"Beni Audra'ya götür dedim!" diye bağırdı. "Ve sakın ha sakin ol deme, çünkü sakin olamayacak kadar öfkeliyim!"

"Ne oldu?"

"Audra onları öldürtmüş! Öyle söyledi Corridan."

Hector, şok içinde bakakaldı ve "Ne?" diye sordu. "Audra bunu yapmaz!"

"Yaptı diyor. Doğrusunu öğrenmem lazım."

"Seni kandırmış."

Lilah, "Beni kandırmadı," diye bağırdı. "O bana yalan söylemez. Git Audra'ya sor dedi! Gayet ciddi ve kendinden emindi!" Parmağını Hector'a doğrulttu. Kapı pat diye açıldı ve eli silahlı iki asker içeri girdi.

Lilah çıldırmış bir halde, "Çıkın dışarı!" diye bağırdı onlara dönerek. Ama askerler onu dinlemedi, gözleri Hector'ın üzerindeydi. Hector, sorun yok der gibi başını iki yana sallayıp askerlere elini salladı ve "Gidin," dedi. Askerler, tereddüt etseler de usulca odayı terk ettiler.

"Bu bir emirdir, asker, beni ona götür!"

Hector'ın gözleri irileşti ve mücadele edemeyeceğini anlayarak, "Tamam," diye mırıldandı Hector. "Beni izle, seni ona götüreceğim. Şu sorunu çözelim, yoksa her şeyi açık edeceksin."

"İnan, makul planlarım olmasa, her şeyi çoktan açık ederdim. Susuyorsam -evet, bu susmuş halim- aklımda daha iyi planların olduğundan. Senin ya da o aptalın ne istediği zerre kadar umurumda değil artık. Ben bir köle, hizmetçi ya da asker değilim! Herkes dikkat edecek! Yoksa yemin ederim, bana bir daha ahkâm kesip emir vermeye çalışan herkesin kanını dökerim! Ve bunu emirlerle değil, bizzat kendi ellerimle yaparım!"

Hector'ın gözleri korkuyla parladı. "Gayet anlaşılır bir dilde kendini ifade ettin," diye mırıldandı. "Bundan sonrasını ben halledeceğim..."

"Hayır," diyerek sözünü kesti Lilah. "Bundan sonrasını ben halledeceğim. Beni şimdi ona götür."

Hector gerginlikle öksürüp kapıya yöneldi, kapıyı açıp Lilah'nın geçmesi için tuttu ve birlikte alt kata indiler. Çıkışa değil, başka bir yola saptılar. Lilah, hanın arka tarafında, aşağı inen gizli bir merdiven daha olduğunu görüp kaşlarını çattı. Burada alt katlar olduğundan haberi yoktu.

"Direniş'in acil durum toplanma yeri," diye açıkladı Hector. "İçeride bir sığınak var. Tamamen taştan yapılmış, büyük metal kapılarla ve muhafızlarla korunuyor. Prenses, burada kalıyor. Direniş tarafından özel yapıldı. Han, Direniş'e ait."

Lilah, başını sallamakla yetindi. İyi bir fikirdi ama şimdi hiç umurunda değildi. Prenses'in nerede kaldığı, nasıl korunduğu umurunda değildi. Eğer Corridan doğru söylemişse -ki söylediğinden emindi ama son bir ihtimal, ufacık, hatta imkânsız da olsa bir umudun peşini kovalıyordu- Prenses'i kimse elinden alamaz, hiçbir duvar onu saklayamaz ve koruyamazdı. Lilah bundan emindi. Artık oyunlara ve rollere son vermenin zamanı gelmişti.

Taş duvarların arasından geçerken içini bir ürperti sardı. "Senden sakin olmanı istiyorum, Lilah," diye fısıldadı Hector, muhafız ordusunun yanından geçerlerken. "Sakın planı tehlikeye atacak bir şey yapma.

Burada saklanan muhafızlar var, çok agresifler. İçeri girerler ve açıklama yapmamıza bile fırsat vermezler."

Lilah, "Onu öldürme mi demek istiyorsun?" diye sordu. "Öldürmem, merak etme. Bu onun için çok kolay olur."

Hector ofladı. Kapıya geldikleri sırada, muhafızlara işaret verdi ve muhafızlar yavaşça kenara kayıp kapıları açtılar.

Hector, önden Lilah'nın girmesi için bekledi, başıyla ona selam verip yavaş yavaş içeri girdi ve Hector, kızı arkasından takip etti.

Prenses'i toplanma alanının arka tarafında, ufak odasında otururken buldular. Lilah'yı görür görmez ayağa kalktı ve kaşlarını çattı. "Ne oluyor?"

"Sana bir şey sormak istiyormuş," dedi Hector, Lilah'yı işaret ederek. "Doğru olmamasını umut ediyorum."

"Söyle," dedi Audra, gözlerini Lilah'nın üzerinden ayırmadan. Uykudan yeni uyanmıştı, üzerinde uzun, beyaz bir gecelik vardı, kumral saçları karman çorman olmuştu ama bir duvak gibi bileklerine kadar indiği için hoş görünüyordu. Lilah, o saçlarından tutup kızı duvara çarpmak istedi ama yumruklarını sıkarak kendine engel oldu.

Bu sırada Audra, Lilah'ya bakarken kızın yüzündeki ifadeden onun ne soracağını çoktan anlamıştı.

"Onları öldürttün mü?"

Audra, iç geçirdi. Hector'ın gözleri, Audra'nın üzerindeydi. "Otur," diyen Audra, kenardaki sandalyeyi işaret etti. "Öyle konuşalım."

Lilah, uzanıp sandalyeyi alarak duvara fırlattı. Sandalye taş duvarlara çarpıp parçalara ayrılırken öfkeden çığlık attı. "Konuş!"

Audra, sakin bir şekilde tekrar nefesini bıraktı. "Ne söylememi istiyorsun?"

"Onları öldürttün mü? Bu emri gerçekten verdin mi?"

Audra, uzun uzun Lilah'nın gözlerine baktı. Lilah, bu bakış sırasında şaşkınlık yaşamadığı için cevabını çoktan almıştı ama ondan net bir şekilde duyması daha önemliydi. Yaptıklarıyla yüzleşmeliydi.

"Evet," dedi. "O emri verdim. Haber yeni geldi. Üzgünüm. Başımız sağ olsun."

"Sen delirdin mi? Bunu nasıl yaparsın? Nasıl? Neden?" Lilah, anlayamıyordu.

"Çünkü onların, senin zayıf noktan olduğunu anladım," dedi Audra. "Sevdiğin insanları hayatta tutmak için her türlü hainliği ya da aptallığı yaparsın. Onlar Ardel'in elinde oldukça, sen aramızdaki bir saatli bombaydın. Keşke sana güvenebilseydim. Yapmak zorunda olduğum şey, beni senden daha fazla yaraladı."

"Kes," dedi Lilah, Audra'ın sahte acısını görmezden gelerek. "Şimdi daha mı güvenilirim?" diye sordu öfkeyle. "Sen bunu nasıl yaparsın?"

Audra, soruyu yanıtlamak yerine başını kaldırıp Hector'a baktı. "Üzgünüm, yapmak zorundaydım. Kardeşin ve eşi için... üzgünüm, Hector."

Hector yorum yapmadı. Cevap vermedi. Audra'nın bakışlarından kaçırdığı gözlerini Lilah'nın gözlerine dikti. O da Lilah kadar acı içindeydi.

Lilah, "Sen her şeyi mahvettin!" diye bağırdı, öfkeden çıldırmış bir halde.

Audra, buz gibi bir sesle, "Ben her şeyi yoluna soktum," diye cevap verdi. "Sen... bir gün beni anlayacak, bu yaptığım için bana teşekkür edeceksin. Açıklayamayacağım şeyler var. Senin açıklayamayacağın tüm o şeyler gibi. Bana güvenmelisin."

"Sana güvenmiyorum! Sen bir hainsin. Bu emri vermeye hakkın yoktu senin!"

"Dikkatli ol, Lilah," dedi Hector endişeyle. "Sakinleş."

Lilah, hızla soluk alıp verirken başında keskin bir ağrı hissetti. Canı o kadar yanıyordu ki ne yapacağını bilemiyordu. Sadece aklında uyması gereken bir plan vardı. O planı uygulamak hiç de düşündüğü kadar zor olmayacaktı.

"Lilah," dedi Hector, usulca. Onun da sesi kötü çıkıyordu. Acı içinde, bitkin ve ne yapacağını bilemez bir haldeydi. "Lilah, bence gitmeliyiz."

Lilah, derin bir nefes alıp başıyla onayladı, Audra'ya bakmadan arkasını döndü ve onu selamlamadan odadan ayrıldı.

Arkasından Audra, "Acınızı ve kederinizi benden daha iyi anlayan olamaz," dedi. "Çok üzgünüm. Benim canım yanmıyor mu sanıyorsunuz? Ama yapmak zorundaydım. Lilah'ya başka türlü yardımım dokunmazdı."

"Biliyorum," dedi Hector ve başka bir şey söylemeden odadan ayrılıp Lilah'nın yanına geldi. "İstersen bugün burada kal," dedi. "Sana bir oda ayarlayalım."

"Olmaz. Drew ve Harrison beni göremezlerse endişelenirler. Zaten güvenleri pamuk ipliğine bağlı. Geri döndüklerinde evde olmam gerekir, yoksa akıllarında yine saçma sapan soru işaretleri belirir."

Hector, ısrar etmedi. "Tamam, o halde," deyip Lilah'yı çıkışa kadar takip etti. "Doğrudan eve git, bir delilik yapma, olur mu?"

"Beni merak etme," dedi Lilah. "Her şey düzelecek, Hector. Bu hissettiğim acıyla delice bir şey yapmam mümkün değil."

Hector, ona kederli bir şekilde gülümsemekle yetindi. "Özür dilerim."

"Ne için?"

"Bu gibi durumlarda yanında olamadığım her sefer için. Sana sarılamadığım... acını paylaşamadığım... uzak durmak zorunda kaldığım, her an için özür dilerim, Lilah."

"Özür dilerim," dedi Lilah da.

"Ne için?" diyen Hector oldu bu sefer.

Lilah, "Her şey için," demekle yetindi. "Anladın ne demek istediğimi."

Hector, sessiz kalıp dikkatli bakışlarıyla onun yeşil gözlerini inceledi. "İyi olacak mısın?"

Lilah zar zor, "Olacağım," diye fısıldadı. "Ya sen?"

"Olacağım... Gelecekte."

Lilah, "Gelecekte..." diye fısıldayarak onun sözlerini tekrar etti. "Uzak görünüyor o gelecek."

"Ama hiçbir şey yapmasak da geçen zaman bizi ona götürecek. En azından istediğimiz noktaya varmak için savaşalım. Zamanın merhametine kalmayalım."

Lilah, "Evet," dedi, tükenmiş gibi çıkan sesi acı doluydu. "Yas tutmaya bile hakkımız yok. Biz, çok acı çekmek ve mücadele etmek zorundayız."

"Hayatta herkesin payına bir mücadele düşüyor, Lilah." Uzanıp elini omzuna koydu. "Herkese gücü kadarı düşüyor. Başa çıkabileceği kadarı... Bizim payımıza bu düştü, üstesinden gelebileceğimiz savaş bu. Anlıyor musun?"

Başıyla onaylayan Lilah, "Anlıyorum," diye fısıldadı. "Hoşça kal, Hector."

"Güle güle."

Lilah, bu yaşlı ve sadık askere arkasını dönüp yavaş yavaş handan uzaklaştı. Ama eve değil, Corridan'ın yanına gidecek ve ona, planı uygulamaya hazır olduğunun haberini verecekti. Han ile ilgili yeni öğrendiği tüm detayları ona tek tek anlatacak, ihanet güncelerini bu acıyla kapatmak için elinden geleni yapacaktı. Bu yalanlarla dolu günceye bir acı daha yazılmayacaktı.

Audra yanılıyordu, Lilah'nın hissettiği acıyı hissedemezdi. Ömür boyu saklandığı o duvarların arkasında, herkese emirler vererek ve el üstünde tutularak büyümüştü, sahip olduğu tek şeyi kaybetmiş olmasının nasıl bir şey olduğunu bilemezdi. O her şeyini kaybettiği anda bile sadık yüzlerce askerle birlikteydi. Lilah ise yalnızdı. Tüm acısını, özlemini, kederini Ivan ve Elena ile paylaşmıştı. Şimdi kimsesi kalmamış, tüm acılar üzerine yığılmıştı. Hepsini tek başına taşımak zorundaydı. Artık yalnızdı. Aynı yalnızlığı Audra da tadacaktı çünkü Lilah, onu Ardel'e teslim edecek ve bunu yaparken zerre pişmanlık ve tereddüt hissetmeyecekti.

BÖLÜM OTUZ ÜÇ

YÜREĞİNDE SAKLADIĞIN...

Harrison, eve geldiğinde Lilah'yı koltukta uyurken buldu. Ellerini birleştirip yanağının altına sıkıştırmıştı. Gür kirpikleri yanağının üzerinde gölge oluşturmuştu. Böyle bakınca çok masum ve zararsız görünüyordu ama Harrison, kızın hiç de göründüğü gibi biri olmadığını biliyordu. Yine de o böyle uyurken onu uyandırmaya kıyamayıp üzerine bir örtü örttü.

Ama Drew'un pat diye kızın ayak ucuna oturmasıyla Lilah sıçrayarak uyandı.

"Uyan uykucu! Neredeyse öğlen oldu."

Lilah, dizlerini karnına doğru çekip esnedi ve bir Harrison'a, bir Drew'a baktı.

"Yorucu bir gün müydü?" diye soran Harrison, Lilah'nın gözlerinin kıpkırmızı olduğunu gördü ve onun ağladığını anladı. Dikkatli bir şekilde sordu: "Bir sorun mu var?"

Lilah, "Başım ağrıyor," diye cevap verdi. Ağlamaktan sesi kısılmıştı, Harrison söylediğini zar zor duydu. "Pek iyi hissetmiyorum kendimi."

Harrison, kaşlarını çatıp uzanarak elinin tersini Lilah'nın alnına koydu. "Ateşin yok," diye mırıldandı.

Lilah gözlerini kırpıştırdı ve derin bir nefes aldı. "Başım ağrıyor dedim, ateşim var demedim ki."

Harrison gülüp elini geri çekti. "Anlamam ki ben hastalıktan. Şifacıya gittiğimde hep ilk önce ateşim var mı diye bakardı."

Lilah'nın aklına Harrison'ın annesiz babasız büyüdüğü geldi ve üzüntüsü bir de bu sebeple arttı. *Benim annem de öyle yapardı* diyeceği sırada bir horultu ile irkildi. Soluna baktığında Drew'un yanında uyuyakaldığını gördü. "Az önce bana *uyan uykucu* diyen enerji dolu kişi bu değil miydi?" Başını iki yana salladı. "Asıl benim size sormam gerekiyormuş. Yorucu bir görev miydi?"

"Biraz," dedi Harrison. "Sen neler yaptın?"

Lilah omuz silkti. "Hector'ın yanına gittim," dedi, muhafızların bunu Harrison'a söyleyeceğinden emindi ve böyle berbat yalanlarla uğraşıp güven kaybetmemeyi tercih ederdi.

"Neden gittiğini sormamda bir sakınca var mı?"

"Yok," dedi. "Hector'a bana da bir görev vermesini, evde canımın sıkıldığını söyledim."

Anne ve babasının ölümünden bahsetmedi. Kendine acınmasından ya da boş avuntular sunulmasından hiç haz etmezdi.

"Dışarısı senin için tehlikeli. Corridan…"

"Bana burada bir şey yapamaz," diyerek onun sözünü kesti. "Hem de her yer aydınlıkken."

Harrison'ın, kendisine garip bir bakış attığını görüp hemen toparlandı. Konuyu Corridan'dan uzaklaştırdı.

"Hector'a, sizin ekibe katılmak istediğimi söyledim. Drew ve seninle çalışmak istediğimi…" Henüz bunu söylememişti ama söyleyecekti.

Harrison devamını dinlemeden, "Olmaz," dedi hemen. "Bizim görevler zorlu ve risklidir. Seninle ilgilenme görevinin yakında biteceğini söyledi Hector. Daha ciddi meselelere odaklanma zamanı gelmiş."

Lilah, daha ciddi meselelerin ne olduğunu gayet iyi biliyordu. "Olsun," dedi. "Siz hayatınızı riske atıyorsunuz demektir bu. Sizin hayatınız değersiz, benimki daha mı değerli yani? Hayat hayattır, Harrison. Birinin kendi isteğiyle yaptığını, bir başkası da isterse yapabilir. Buna özgürlük denir. Seçim şansı olmasına…"

Harrison iç geçirdi. "Ne dersem aksini yapacaksın, değil mi?"

Lilah, "Muhtemelen," derken zar zor gülümsedi.

Harrison, onda bir problem olduğunun farkındaydı ama üstüne gidemiyordu. Neden ağladığını merak ediyordu ama soramıyordu.

"Hector sana ne dedi?"

Lilah, omuz silkti. "Olur dedi. Sizi benim yanıma verecek." Lilah, bunu istediğinde mecburen kabul edecekti.

"*Seni, bizim yanımıza* vermiş olmasın?"

Lilah dudaklarını büktü. "Karmaşık mesele bu," diye fısıldadı.

Harrison, ellerini saçlarından geçirip Drew'a baktı. "Şunu yatağına götüreyim, biraz bu konu hakkında konuşalım."

Lilah, başını sallarken Harrison'ın birlikte çalışma fikrinden hiç hoşlanmadığının farkındaydı. Ama bu, onların hoşuna giden bir işe dönüşecekti. İkisi de önemli görevlere dönmek için can atıyordu, onlar için Lilah'dan daha mühim bir görev olamazdı.

Harrison, usulca Drew'a yaklaştı ve omzuna dokunup, "Kalk," dedi. Kalk da yatağına git, Drew!"

Bu sözü Lilah'nın aklına bir anıyı getirdiğinde, Lilah dalıp gitti.

Yaşı yediydi. Sabahın beşinde, bir elinde makas, ayağının dibinde bir sepet, kan güllerini topluyordu.

Makası tutmadığı sol eliyle güllerin saplarını tutuyordu, bu sebeple eli kan içinde kalıyordu. Güller âdeta kanını içiyordu. Kırmızı olanlar çok fazla sorun değildi ama beyazlar gerçekten problemdi. Onlar sanki... susuz kalmış bir insan gibiydi. Hayal meyal güllerin kanını aldıkça kırmızıya döndüğünü anımsadı. Gerçek miydi yoksa rüya mı, hiçbir zaman anlayamadı. Çünkü o kadar kan kaybetmişti ki bir anda uykusuzluk ağır basmıştı. Yanında sepet ve makasla güllerin dibinde uyuyakalmıştı. O kadar korkunç şeyler görmüştü ki bazen kâbuslarında yine o görüntüleri görürdü. Karanlık bir ordu, ölüm, kan içen güller, kana boyanmış yeryüzü, siyah yağmur damlaları ve siyah saçları ile kehribar rengi gözleri olan bir kadın.

Bir gün sonra uyanmış, karşısında hizmet ettikleri evin sahibi kadını bulmuştu.

Kadın, kaşlarını çatarak Lilah'ya bakmış, "Seni işe yaramaz, basit bir işi bile halledemiyor ve uyuyorsun," diye bağırmıştı.

Lilah, hızla ayağa kalkmış ve aceleyle eğilip yerdeki makası almaya çalışmıştı. Yaşlı kadın, ondan önce davranıp makası yerden kapmıştı. "Gülleri ellerinle koparacaksın, cezalısın," demiş, sonra da arkasına bakmadan gitmişti. Lilah, sessizce işine dönmüştü. Daha fazla kan, daha fazla kâbus...

Sonrasında Lilah'nın iki eli de dirseklerine kadar kan içinde kalmıştı ve günlerce acımıştı. Bir hafta boyunca kimseyle konuşmamıştı. Kâbuslar iyice yoğunlaşmış, uyanıkken bile onları görür olmuştu. O günden sonra kan gülü olmasa bile tüm güllerden nefret etmişti. Çünkü kan gülünü normal bir gülden ayırt etmek mümkün değildi. Onları taç yapraklarıyla değil, dikenleriyle hatırlardı. Bu dünyada güzel şeyleri bile işkenceye çeviren, onları birileri için yara izi haline getiren insanlar vardı. Ya da güzellikleriyle insanları kandırıp, onlara derin yaralar açan, masum görünen teklikeli şeyler...

Lilah, ne zaman bir gül görse ellerine bakar, avuçlarında kan izi arardı. Elleri değil ama zihni acırdı.

Anıdan hızla sıyrılıp kendine geldiğinde, gözünden bir damla yaş süzüldüğünü fark etti. Hemen yaşı silip kapıda durmuş, kendisini izleyen Harrison'a baktı. Drew'u odasına götürmeyi başarmıştı. Lilah da bu sırada o kötü hatıraya öyle bir dalmıştı ki Harrison'ın farkına bile varmamıştı.

Harrison, "İyi misin?" diye sordu. Endişeliydi.

"İyiyim."

Harrison, başını iki yana salladı. Lilah'nın neden ağladığı hakkında bir soru sormadı ve yorum yapmadı. Güçsüz anlarında güçlü olmak zorunda olan insanlara böyle yapılırdı. Nedeni sorulmazdı, çünkü bilinirdi, hayatlarında yeterince neden vardı. "Seni ilk defa böyle görüyorum, sanki..." dedi.

"Dibe çökmüş gibi miyim?" diye sordu Lilah.

Harrison başıyla onayladı.

Lilah, "Dalgalar yükselmeden önce dibe yaklaşır," diye mırıldandı. "Endişeleme, iyi olacağım."

"Keşke hayatını daha kolaylaştırmak için elimden bir şey gelse, Lilah, ne olsa yapardım. Gerçekten."

Lilah şaşkındı. "Neden?" diye sordu. "Senin hayatın da yeterince zorlu."

"Ben hayatımla başa çıkabiliyorum."

"Ben de başa çıkabiliyorum."

"Bunu yapmak zorunda olmamanı dilemem çok mu kötü olur? Yani... seni mutlu görmek istemem... Senin hissettiğin kederin, beni kendi hissettiklerimden daha çok üzmesi..? Güçlü olmanın senin için bir seçenekten çok zorunluluk olduğunun farkında olmam ve bunun beni kahretmesi..."

Lilah, ona bakıp söylediklerini düşündü. "Bu kulağa saçma geliyor."

Harrison acı acı güldü. "Kesinlikle çok saçma geliyor ama olan bu. Sen... Farklı ol isterdim."

Lilah anlayamadı. "Nasıl farklı?"

"Bu kadar acı çekmiş olma, bu kadar mücadele etmek zorunda kalma isterdim. Normal bir kız olmanı dilerdim, Rodmirli kızlar gibi, hayatında çok kez şenliklere gitmiş bir kız mesela. Mutlu bir çocukluk geçirmiş bir kız..."

Lilah'nın içi eridi, gülümseyerek Harrison'ı izledi. "Teşekkür ederim," dedi. "Sanırım bu bir sevgi sözcüğüne en yakın şey."

"Ben..."

Harrison duraksadı. Aklından *ben neler saçmalıyorum*, diye geçirdi ama düşüncelerine engel olamıyordu. Artık içinde tutamıyordu.

"İleride ne olursa olsun, aklında bulunsun, Harrison. Ben... seni sevdim. İyi bir adamsın. Başka bir hayatta, benim başka biri olduğum bir hayatta karşılaşsak neler olacağını merak ediyorum. Ben... böyle biri olmasaydım mesela."

"Sen nasıl birisin ki?"

Harrison'un sorusu, Lilah'nın ruhunda bir köşeyi âdeta kesti. "Ben... bilmiyorum," diye itiraf etti. "Hayatım boyunca hiç gerçekten kendim gibi olma, davranma şansına sahip olmadım, Harrison. Kendimin nasıl biri olduğu hakkında benim bile bir fikrim yok. Bazen ihtimalleri düşünüyorum, seçim şanslarını, bambaşka bir ülkede bambaşka biri olarak doğmuş olmayı... Nasıl biri olurdum diyorum. Bir cevap bulamıyorum. Bu bazen çok canımı acıtıyor."

"Aynı şeyleri benim de düşündüğüm çok oluyor. Ama sonunda hep olduğum yerde olmaktan memnun olduğuma karar veriyorum. Direniş'te olmaktan, Direniş askeri olmaktan ve diğerleri için çalışmaktan gurur duyuyorum."

"Bunu ben de isterdim," diye itiraf etti Lilah. "Direniş... Olabilir. Ama olduğum kişi..."

"Sen kimsin ki?"

Lilah, suskunluğa gömüldü. "Bunun cevabını yakında hep beraber öğreneceğiz."

"Sen kimsin, nesin bilmiyorum," diye itiraf etti Harrison. "Hatta sana tam olarak güvenemiyorum ama sana olan hislerim... başka bir şey. Güvenini veremediğin birine, kalbini vermek büyük ahmaklık."

Lilah gözlerini kapattı. "O konuya hiç girme, lütfen. Yapma bunu, çünkü her şeyi karmaşık bir hale sokacaksın. Bunun altından kalkamayız, ne sen ne de ben."

"Neden böyle düşündüğünü söyle."

Lilah iç geçirdi. "Çok kişinin canı yanar."

"Anlamıyorum..."

"Anlayacaksın. Az kaldı. Ben..."

Harrison'ın aklı darmadumandı. Bu konuşmadan hiçbir şey anlamamıştı yine de kendini kontrol edemedi. Büyük bir hata olduğunu bildiği halde uzanıp Lilah'yı dudağından öptü.

Kız, o kadar şaşkındı ki ne yapacağını bilemeyerek dondu kaldı. Harrison'ın eli, Lilah'nın yanağına kaydı; Lilah'nın eli, onun koluna kaydı. Kız, onu itse mi yoksa kendine doğru çekse mi, karar veremiyor gibiydi.

Harrison, bu seçimi onun yerine yapıp geri çekildi, gözlerini açtığında Lilah'nın korku dolu gözleriyle karşılaştı. Yüzü allak bullaktı. Onu ne itebilmiş ne de öpücüğüne karşılık verebilmişti. Harrison, kızın yüzündeki korku yüzünden âdeta şok geçirdi. Lilah, idam mangasıyla karşılaştığında bile bu kadar korkmuş ya da sarsılmış görünmüyordu.

"Sadece seni bu kadar çok korkutan şeyin ne olduğunu söyle bana," diye yalvardı Harrison. "Ben de büyük bir risk aldım. Sen söz konusu olduğunda daima büyük riskler alıyorum. Sadece bir kez, biraz olsun, gerçekleri anlatamaz mısın?"

"Yapamam," dedi Lilah, acıyla. "Bana güvenme, gözünü üstümden ayırma, her şeye tamam ama yakın bir zamana kadar bende bir cevap arama. Lütfen."

Öpücüğün etkisiyle şoka girmişti. Bunu kendine bile itiraf etmekten nefret etse de Harrison'a karşı bir şeyler hissediyordu. Öpücük hoşuna gitmişti, onu tekrar öpmek istiyordu ama bunu yapamazdı. Bu yasaktı.

"Benim elimde değil, sırlarım tüm Ardel'i ilgilendirir. General Hector her şeyi biliyor."

"Sen Prenses Lydia mısın? O yüzden mi korkuyorsun?"

Hemen, "Hayır," dedi Lilah ve gözlerini kaçırdı. "Lütfen bu meseleyi açma, başkalarının yanında konuşma. Kimse bilmesin. Bu adı unut."

Harrison başını salladı ve aradığı cevabı aldığını düşündü. "Bu hikâyede hiçbir şeyi anlamıyorum," diye mırıldandı. "Hanedandansın,

Audra bunu biliyor, sana ona meydan okuma cesaretini veren şey bir prenses olman..."

"Yapma, Harrison. Lütfen, bunu kendine de bana da yapma. Çünkü anlamıyorsun."

"Anlat o zaman."

"Az kaldı," diye söz verdi Lilah. "Tüm taşlar yerine oturacak. Sana söz veriyorum."

"Peki, pişman olacak mıyım? Sana güvendiğim için?"

Lilah, kuruyan dudaklarını ıslattı. "Umarım olmazsın. Bunun için elimden geleni yapacağım, söz veriyorum. Direniş'e asla ihanet etmem, Doğu'ya asla ihanet etmem. Yemin ederim. Bunu bilmek belki seni rahatlatır."

"General Hector'a güvenim sonsuz," dedi Harrison. "Ama senin bir ateş olduğunun da farkındayım, Lilah, umarım hepimizi yakmazsın."

"Öyle bir şey yapmayacağım."

Harrison, iç geçirdi. "Ben uyuyacağım, sakın bir yere gitme."

Lilah başıyla onaylarken *işte bu,* diye düşündü. Yine özgür değildi. Bu savaş bitene kadar kim olursa olsun tutsak biriydi. "Buradayım, sana iyi uykular."

Harrison odasına döndüğü sırada, Lilah oflayıp başını geriye attı ve koltuğun başına yaslanıp düşüncelere daldı.

Harrison ve Drew'un uyuduğundan emin olduktan sonra ayağa kalkıp operasyon için hazırlanmaya başladı. İştahı kaçmıştı. Pantolonunun beline bir silah yerleştirdi. Çizmelerinin içinde üç tane bıçak vardı ve saçlarında toka olarak bir boğma teli... Harrison'ın gizli silah dolabını bulmuştu. Antrenman odasındaki mor duvar halısının arkasındaydı.

Silahları kimsenin fark etmeyeceği şekilde üzerine yerleştirirken hiç gergin değildi. Bu oyun bu gece bitecekti ve Lilah, zihnindeki tüm sahte günceyi ateşe verecekti.

Drew ve Harrison uyandıklarında, Lilah'yı masanın başında beklerken buldular. Önünde üç tabak tavuk çorbası vardı.

Harrison ve Drew, büyük bir neşeyle yemek yerlerken Lilah, onlara gülümsedi. Ama içi hiç rahat değildi. Harrison, o öpücük hiç yaşanmamış gibi davranıyordu. Lilah, acaba hayal miydi yoksa Harrison olanları unuttu mu diye merak etti ama bunu tabii ki ona sormazdı. Lilah, *keşke olanları ben de unutsam* diye düşündü, belki o zaman vicdanı bu kadar sızlamazdı. Harrison konusunda büyük hata yapmıştı ve işin kötü yanı, bu konuda uyarılmıştı. Bile bile ateşe yürümüştü ve şimdi canı yanıyordu. Bu noktada kendinden başkasını suçlayamazdı.

Drew ve Harrison sohbet ederek yedikleri yemeklerini bitirdikleri anda evin kapısı çaldı. Harrison, elindeki kaşığı bırakıp kapıya yöneldiğinde Lilah, Drew ile birlikte onu takip etti. Bu anın bir benzeri daha önce yaşanmıştı ve sonu hiç iyi bitmemişti. Yine bitmeyecekti, belli ki bazı anlar tekerrür etmeye mahkûmdu.

Geçen sefer gelen çocuğu yine kapıda görünce, Drew şansına küfretti. "Ne zaman güzel bir yiyecek olsa, bu velet kapıda bitiyor," dedi.

Lilah, oldukça rahat görünse de kalbi deli gibi atıyordu.

"Ne oldu?" diye sordu Harrison.

Çocuk, "General Hector ve Prenses, sizi ve kızı çağırıyorlar. Hana, General'in odasına."

Harrison ve Drew, birbirlerine bakıp başlarıyla onayladılar. Neden diye sormadılar, onlar da Lilah gibi bu çocuğun, nedenini bilmediğini biliyorlardı.

"Silahlarımızı alalım, geliriz," dedi Drew, arka taraftan çocuğa.

"Silaha gerek yok dedi General. Hemen gitmeniz gerekiyormuş, vakit kaybetmemeliymişsiniz."

Silahsız gelin sözünden şüphelenerek, "Emir kâğıdını görebilir miyim?" diye sordu Harrison.

Bunun bir tuzak olmasından şüpheleniyordu. Haklıydı da. Bir asker neden merkeze silahsız çağrılırdı? Cevaplar tutuklanma, tuzak ve sorgulanma üçlüsünden biri olabilirdi. Tabii, emir böyle gelmişse, uygulamak zorundaydı. Çocuk mühürlü kâğıdı uzattığında, Harrison yavaşça yazılanları okudu ve başıyla onayladı.

"Gidelim," dedi, Drew ve Lilah'ya. Ardından çocuğun peşine düştüler.

Lilah, başını kaldırıp gökyüzüne baktı.

Bu akşam hava ılık olsa da gökyüzü yıldızsızdı.

Hana girer girmez doğrudan Hector'ın odasına yöneldiler. Muhafızlar kenara geçip yolu onlar için açarken, Lilah gerginliğinin doruk noktasına ulaştı. İç geçirdi ve terleyen ellerini siyah pantolonuna sildi. Harrison ve Drew, yol boyunca sohbet etmişlerdi ama Lilah, onların ne hakkında konuştuklarını dinleyememişti. Kafasının içi o kadar yoğundu ki bu gece olacakları düşünmekten kendi adını dahi unutmuş olabilirdi. Gerçi kendi adını yıllar önce unutması gerekmişti, ilk kural buydu. *Bundan sonra senin adın Lilah.* Bu hatıranın anısı taptazeydi, her şey daha dün gibiydi.

Biri omzuna dokununca Lilah, bir an boş bulunup sıçradı. Harrison, elini yavaşça geri çekip, "İyi misin?" diye sorarken sesi endişeli çıkmıştı.

Lilah başını sallamakla yetindi, sesine güvenemiyordu. Kendini ele verebilirdi. Drew ile Harrison'ın arkasından Hector'ın odasına girdi. Audra ayaktaydı ve onları bekliyordu. Üstündeki kıpkırmızı elbisesi ve saçlarındaki altın tacı ile Lilah'ya gülümsedi.

Lilah, onun gülümsemesine öfkeli bir bakışla karşılık verdiğinde, Audra'nın gülümsemesi soldu.

Lilah, gözlerini kendisi kadar perişan görünen Hector'a diktiği sırada, Harrison konuştu. "Bizi çağırmışsınız."

"Evet," dedi Hector. "Konuşulacak şeyler var."

Lilah, "Ne gibi?" diye sordu. Hiç soru sormaması şüphe çekerdi.

Hector tam cevap verecekti ki dışarıda bir gürültü duyuldu. Hemen arkasından biri, "Yangın!" diye bağırdı. "Yangın çıktı. Biri hanı ateşe verdi! Yanıyoruz!"

İki saniye kadar herkes birbirine baktı ve ardından aceleyle dışarı çıktılar. Yolda Hector, aceleyle herkese emirler yağdırıyordu. "Rapor ver."

Hector'ın sorusu üzerine en yakındaki muhafız öne çıktı. "Efendim, Ardel'in işi bu kesin. Sanırım çatışma çıkacak." Muhafız sözünü bitirdiği anda bir el silah sesi duyuldu.

Hector, "Lilah, sen Prenses ile sığınağa, Audra'nın odasına git," dedi. Muhafızlardan üçüne işaret verdi. "Siz de onlarla gidin. Drew ve Harrison, benimle gelin. Yangını söndürelim! Diğer herkes sığınakta toplanma alanına insin. Eğer orada kapana kısılırsak, dışarıdaki Direniş üyeleri ablukayı yarar."

Lilah, başıyla onayladı ve Audra'yı takip etti. Muhafızlardan biri önlerine, diğeri arkalarına geçti. Üçüncüsü Prenses'in yanında yürüyordu. Tam girişe yaklaşmışlardı ki önlerine bir bomba düştü ve han yerle bir oldu. Herkes kendini yere attı. Etraf toz duman olduğundan Audra öksürmeye başladı, sığınağın etrafında biriken tahtalar alev aldığında içeri girmek imkânsız bir hal aldı.

Yaşadığı şoku ilk atlatan Lilah oldu. Aceleyle ayağa kalkarak Audra'yı kolundan tutup yerden kaldırdı, birlikte muhafızların arasından geçerek çıkışa yöneldiler. Üç muhafız çok geçmeden peşlerine takılıp, Lilah ve Audra'ya uyum sağladılar. Dışarı çıktıkları sırada Audra iki büklüm olmuştu, boğuluyormuş gibi öksürmeye devam ediyordu ki tam o anda kafasının üzerinden bir kurşun geçip hanın parçalanmış duvarına isabet etti.

İçeriden çıkan muhafızlar da ateşe karşılık verince çatışmanın ortasında kaldılar, kimse girişler kapandığı için sığınağa inememişti. Hector'ın planı başarısız olmuştu, tek çare çatışmaya girmekti ama han yıkıldığı için askerler, açık hedef haline gelmişlerdi. Durum hiç iyi değildi.

"Batı Ardel! Hanı ablukaya alıyorlar! Burası güvenli değil! Savunmaya geçin! Onlara izin vermeyin!"

Lilah, askerlerin seslerini duyunca panik içinde muhafızlara baktı. "Prenses'i güvenli bir yere götürelim," diye seslenip tekrar Audra'yı kolundan tuttuğu gibi hanın ardına, ormana doğru koşmaya başladı.

Muhafızlar arkada, Lilah ve Audra önde, ormanda hızla ilerliyorlardı. Dallar Lilah'nın yüzünü çizip kan içinde bırakırken, başka bir dal boynuna derin bir çizik attı. Audra da aynı durumdaydı, dehşete düşmüştü ve korku içindeydi.

Lilah, ormanın ortasındaki açıklığa geldiklerinde bir anda durdu ve diğerleri de ona katıldılar.

"Ne oldu?" diye sordu, kızıl saçlı muhafız. Saçları ay ışığı altında alev gibi görünüyordu.

Lilah, "Bir ses duydum," dedi ve aynı saniyede ormanın ilerisinde bir dal yüksek sesle çatırdadı. Lilah, sahte bir korku dolu bir sesle, "Biri buraya geliyor," diye fısıldadı.

Muhafızlar, gardlarını alıp etrafa bakmaya başladıkları sırada Lilah, üçünün de arkası dönükken onlara saldırdı. Belindeki silahı çıkarıp kabzasını ilk muhafızın başının arkasına vurduğunda, adam yere yığıldı. Diğer ikisi hızla Lilah'ya döndüler. Bir tanesinin eline tekme atıp silahını uzağa fırlattı. Diğeri silahını ateşlediğinde ise Lilah'yı kıl payı ıskaladı. Uzaktan gelen bir kurşun, elinde silah olan muhafızın eline isabet edince muhafız, acı içinde bağırarak silahını yere düşürdü.

Lilah yere düşen silahı tekmelediğinde silah hızla uzağa uçtu. Yaralı muhafızlar, ayaklanıp aynı anda koşarak Lilah'ya saldırmaya çalıştılar. Bir tanesi hâlâ yerde baygın halde yatıyordu. Diğer ikisi ise saldırıya hazırlanıyordu.

Lilah, ikinci adamdan gelen yumruğu sol eliyle bloke etti ve diğerinin kasığına sert bir tekme indirdi. Ama sonrasında birinden yediği bir tekme ile yere serildi.

Muhafız, Lilah'yı omzundan yakalayıp ayağa kaldırmadan hemen önce Lilah, ayakkabısındaki bıçağı çekmeyi başardı ve hızla adamın boynuna sapladı. Sıcak kan, Lilah'nın üzerine şelale gibi aktı. Gömleğinin yakasından içeri inip göğsüne bulaştı. Adamın ağzı şaşkınlıkla açıldığında, Lilah dirseğini onun karnına geçirip onu kendinden uzaklaştırdı. Adam yere külçe gibi düştüğü sırada, Lilah panik içinde üçüncü adamı aradı ama o çoktan kaçmıştı.

"Bir ölü, bir yaralı, bir kaçak diye," diye mırıldandı kendi kendine.

İşin iyi tarafı, ölü olan aynı zamanda Lilah'nın hedefinde olan muhafızdı. Başka kimse, kalıcı zarar görmemişti. Aynı şeyin, hanın girişindeki askerler için de geçerli olmasını umdu. Kimsenin yok yere zarar görmesini istemiyordu.

"En önemli kişiyi elinden kaçırdın." Corridan, kolundan tuttuğu Audra ile açık alana girdiğinde, ortadaki manzarayı görüp gülümsedi. "Etkilendim."

Lilah, eliyle terini silme hatasına düşünce suratına iyice kan bulaştı. Yüzünü buruşturup eline baktı.

"Bir tanesi tam isabet aldı, silah tuttuğu elinden hem de," dedi. "Senin işindi, değil mi?" Ellerini iki yana açıp kısa bir an üstündeki kana baktı ve bakışları tekrar Corridan'a odaklandı.

"Evet, ben yaptım," dedi Audra'yı ortaya çekerek.

Audra, Lilah'nın yüzüne baktı ama hiç yorum yapmadı. Dudaklarını sımsıkı birbirine bastırmış, titriyordu. Lilah, karanlık bir sesle, "Seni Serasker'e emanet ediyorum, Prenses," dedi reverans yaparak. "Tıpkı ailemi sana emanet ettiğim gibi. Güvende olacağından şüphen olmasın."

"Aileni öldürtme sebebim-"

Lilah, "Umurumda değil," diyerek onun konuşmasını böldü. "Bunu yapmayacaktın. Planlarda ufak bir değişiklik yaptım, eminim sorun etmezsin. Ne de olsa Direniş'e ölümüne sadıksın."

"Bak... Suçumu kabul ediyorum..."

Lilah, elini havaya kaldırıp, "Ama ben bununla ilgilenmiyorum," dedi. "Yargıç olmak değil niyetim. Herkes kendi yaptıklarıyla yüzleşsin. En iyisi budur."

Audra, tekrar konuşmak için hareketlenmişti ki Lilah, onu dinlemek yerine dikkatini tekrar Corridan'a çevirdi. "Ben geri dönüyorum. Her şey planladığımız gibi olacak. Hiç şüphen olmasın."

Corridan, "Hiç şüphem yok," derken, kolu Audra'nın kolunu sıktı. "Biz de Ardel'e dönüyoruz, Kral çok mutlu olacak," dediğinde, ağaçların ortasından bir grup adam çıktı. Hepsinin eli silahlıydı ve Corridan'ın adamlarıydı.

"Serasker," dedi, askerlerden biri. "Gitmeliyiz. Direniş geliyor."

Corridan, başıyla onaylayıp Lilah'ya doğru, "Kendine iyi bak," dedi ve peşinde Ardel askerleri ile alandan uzaklaştı. Yine söylenmemiş sözlerle dolu bir vedaydı. Corridan gizli kelimeleri söyledi, Lilah duydu, diğerleri farkına bile varmadı.

Lilah, yirmi saniye boyunca onların arkalarından bakıp elindeki bıçağı yere attı ve hana doğru yürümeye başladı. Üstü başı, elleri ve yüzü kan içindeydi. Saçları darmadağın olmuştu.

Birkaç adım atmıştı ki arkasından birinin ona yaklaştığını hissetti, tepki vermesine fırsat kalmadan yakalandı. Bir el boğazına sarılırken, bir kol sımsıkı bir şekilde vücuduna kilitlendi. "Hain!"

Lilah, sesin sahibini tanıdı, nefes almaya çalışarak, "Yanlış çıkarım," diye fısıldadı.

"Ben ne gördüğümü biliyorum. Sen... Corridan'a çalışıyorsun. Başından beri... Kahretsin, nasıl bu kadar aptal olabildim?!"

"Daha çok Corridan bana çalışıyor," diye mırıldandı Lilah.

"Kes artık yalan söylemeyi! Prenses nerede? Muhafızlar nerede? Söyle!"

"Sanırım bunu öğrenmek için bana işkence yapman gerekecek... Harrison."

Harrison, arkasında aniden durdu, öfkeden titrese de âdeta nutku tutulmuştu. Lilah'nın kulağına eğilip korkunç bir fısıltıyla, "Gerekirse, inan ki yaparım," dedi. "Daha fazlasını da yaparım, seni öldürürüm. Şimdi... Seni Direniş'e geri götüreceğim. Hector bakalım yeğeninin hain olduğunu öğrenince sana ne yapacak?"

"Ben onun yeğeni falan değilim."

Harrison'ın parmakları iyice sıkıldı. "Artık bundan eminim. Başka neler yalandı?"

Lilah, ağzından nefes almaya çalıştı. "Ne doğruydu desen... daha kolay olurdu... Harrison... Nefes almakta... zorlanıyorum."

"Keşke seni o limandan hiç almasaydım. Keşke orada bıraksaydım. Sana güvenemeyeceğimi biliyordum."

"Aldığın riske... değeceğini... umuyorum."

"Kahretsin!" Harrison öyle bir bağırdı ki âdeta yer sarsıldı. "Bir kez olsun açık konuş!"

Lilah zar zor, "Az kaldı..." derken öksürdü. "Her şeyin doğrusunu birazdan öğreneceksin." Ağzından nefes almaya çalışırken tekrar öksürdü.

"O halde yürü," dedi Harrison. "Sığınağa gidiyoruz. Hele bir kaçmayı dene, senin boğazını keserim. Anladın mı?"

Lilah, başıyla onayladığında bıçak boğazına daha fazla baskı yaptı. "Anladım," dedi. "Ama beni Direniş'e götür... Söz vermiştin... Yargılanmadan ceza almayacağımın sözünü..."

"Emin ol... Yargılanacaksın," dedi Harrison. "Ama bu sandığın kadar hoş olmayacak, neyin peşinde olduğunu sonunda anladım, Prenses Lydia."

BÖLÜM OTUZ DÖRT

İHANET GÜNCELERİ'NİN

Lilah, boynunda bıçak, elleri bağlı bir şekilde, Direniş'in daha önce toplandığı, Rodmir'e ait sığınağa girdikleri sırada iç geçirdi. "Harrison," dedi bitkin bir şekilde. "Bağlılığını takdir ettiğimi söylemem gerek ama yanıldığın bir konu var..."

"Senin takdirine ihtiyacım yok," derken Harrison'ın sesi öfke doluydu. "Beni kandırdın! Sana güvenmek istiyorum dedin, sen beni her şeye pişman ettin. Seni o limanda bırakmalıydım!"

"Bunu daha önce söylemiştin. Beni buraya getirmek için başkasını yollarlardı, Hector'a bir mesaj yollamam yeterdi," dedi Lilah. "Er ya da geç buraya gelirdim. Ama gelenin sen olduğuna sevindim."

"Kahretsin!" Harrison'ın sesi titriyordu. "Beni manipüle etmeye çalışma."

"Bunu yapmaya çalışmıyorum. İstesem seni manipüle ederdim ama yapmadım."

"Bu yapmamış halin mi? Şu kibir, onca yalan... Bakalım yargılanırken de böyle olacak mısın? Yaptıkların sana neye mal olacak?"

Lilah güldü ve bu hareketi, Harrison'ın kolunu daha şiddetli bir şekilde sıkmasına sebep oldu.

"Sen korkunç birisin," dedi Lilah'ya. "Sana güvendik. Seni kurtardık, seni koruduk, seninle dost olduk, her şeyi riske attık. Senin için savaştık. Ve sen tüm bunların karşılığında bize ihanet ettin, sen bizi mahvettin." Derin bir nefes alıp sakinleşmeye çalıştı. Öfkeden o kadar titriyordu ki, Lilah şimdi harekete geçse boynundaki bıçağa rağmen ondan kolaylıkla kurtulurdu. Ama yapmadı.

"Hector senin ne olduğunu öğrenince ne olacak dersin?" diye sordu Harrison, ikinci kez.

Lilah, hemen cevap vermek yerine önce etrafını inceledi. Son baskından sonra buraya bir daha gelmezler diye düşünüyordu ama demek ki Hector da artık kartlarını açık onuyordu. Büyük toplantı salonuna yaklaştıkları sırada içeriden sesler geliyordu.

"O benim kim olduğumu zaten biliyor," dedi Lilah. "Başından beri."

"O da mı bize ihanet etti? Corridan'a çalıştığını da mı biliyor?"

Lilah, iç geçirdiğinde bıçak boynuna biraz daha battı. "Biliyor."

"O halde içeride bunları da itiraf edeceksin. Başka neler yalandı?"

Lilah, yavaş yavaş yürümeye devam etti. Sırtı tamamen Harrison'ın göğsüne yapışmıştı. "Adım Lilah değil."

"Onu zaten biliyorum. Başka?"

"Her şey, Harrison. Bu hikâyede, en başından itibaren her şey yalandı."

"Batılı aile ile yaşadıkların? İşlediğin cinayet?"

"Onlar doğruydu işte, gerçekten yaşandı. Ama amaç farklıydı. Neden bu kadar umursuyorsun?"

"Neden mi umursuyorum? Sen çıldırmışsın."

Harrison, kolunu daha da sıktı, Lilah'nın canı yandı ama sesini çıkarmadı.

"Seni ve yalanlarını umursadığım falan yok. Sadece sen hainliğin yüzünden işkence görürken, daha fazla keyif almak için her şeyi bilmek istiyorum."

"Bunun olacağını sanmıyorum."

"Göreceğiz."

Lilah iç geçirdi. "Hani beni seviyordun? Bu kadar çabuk mu unuttun?"

"Sevgi ve nefret arasındaki çizginin ne kadar hassas olduğunu biliyorsun, Lydia. Ve birine karşı hissettiğin sevgi ne kadar derinse, nefrete dönüştüğünde o kadar yoğun olur. Şu an senden nefret ediyorum."

Lilah, "Seni uyardım," diye mırıldandı.

"Eh, ne dememi istiyorsun, ben bir aptalım mı? Beni melek görünümünle parmağında oynattın, aferin mi?"

"Suçlunun ben değil, sen olduğunu söylüyorum sadece. Güvenilmeyeceğini bildiğin insanlara göz göre göre güvenirsen suçlu sen olursun, karşındaki değil."

Salonun kapısında durdukları sırada Harrison, "Kahretsin," dedi. Lilah, onun bunu kaç kez söylediğini sayamamıştı. "Bu söylediklerinin sana faydasından çok zararı oluyor. Farkında değil misin? Ne istiyorsun? Seni öldürmemi mi? O yüzden mi beni kışkırtıyorsun?"

"Hayır, sana bir ders veriyorum. Gelecekte işine yarar belki."

"Dersimi çoktan aldım. O yüzden artık sus." Harrison, kapıyı açıp onu içeri itti.

Lilah, salonun ortasına doğru sendeleyip şaşkın bir şekilde etrafı inceledi. Her yer Direniş'ten insanlarla doluydu. Herkes toplanmış, bekliyordu. Gerçekleri duymayı…

Hector, kendi ekibiyle öne çıkıp Lilah'ya gülümsedi. Muhafızlardan biri, Harrison'ı kenara çekmiş ve silahını ona doğrultmuştu.

Şok içinde, "Hepiniz mi hainsiniz?" diye sordu Harrison, gözleri önce Hector'a, sonra da kendi üzerine doğrultulmuş silahlara kayarken. Olanları anlamaya çalışıyordu.

Lilah adamın kalp krizi geçirmesinden korktu ama şaşkınlığına gülmeden de edemedi. Sonunda güçlü kahkahası odayı doldurduğunda herkes sessizdi. Aslında bu uygunsuz bir davranıştı ama kraliyet kuralları şu an için zerre kadar umurunda değildi. Dikkatle odadakileri izledi ve hiç tepki almadığını görünce tek kaşını kaldırıp Hector'a baktı.

"Sanırım sen olanlardan biraz söz ettin."

"Diğer türlü tehlikede olurdun," dedi Hector. "Bu yüzden biraz bahsetmek zorunda kaldım. Ama biri, başına buyruk davrandı, dinlemeden kaçtı." Gözleri Harrison'a kaydı.

Lilah, tek kaşını havaya kaldırdı. "Tam bir asi, değil mi?" Saçlarını yüzünden çekip odanın ortasına doğru ilerlemeye başladı. Bileklerindeki bağdan nasıl kurtulduğunu kimse görememişti. Kanlar içindeki haliyle nasıl tehlikeli göründüğünü tahmin edebiliyordu. Hiç olduğu kişi gibi görünmüyordu ya da belki de asıl olduğu kişi buydu. Elleri kanlı, hedefe ulaşmak için her role giren ve her şeyi yapan korkunç biri…

Her türlü böyle daha etkili olduğunu düşündü. Böylesi diğerlerinin, durumun ciddiyetini kavramalarına yardımcı olurdu. Kanlı bir oyun oynuyorlardı. Çok kanları akmıştı ve alınacak intikamlar vardı.

Eski defterler kapanmıştı ve yenisi bir an önce açılmak zorundaydı. Odanın ortasında durduğunda, herkes, kanlar içinde, ateş saçan gözleriyle kendilerini izleyen bu genç kıza dikkatle baktı. Onu daha önce de Prenses'e meydan okuyan, diğerlerini savunan kız olarak tanıyorlardı. Prenses'e kendi sorumlulukları olduğunu hatırlatan cesur kız... Ama o, bundan çok daha fazlasıydı.

Lilah, içi coşkuyla dolarken yüksek sesle konuştu. "Yıllardır bugünün hayalini kuruyorum," diye söze başladı. "Ama bu anı yaşamak, hayal etmekten daha zor. Yüzlerinizden yüzlerce soru okunuyor... Bu yüzden size bildiğiniz hikâyenin doğrusunu anlatarak başlayacağım işe. Tutabileceğim kadar basit tutacağım her şeyi, çünkü yaşananlar oldukça karmaşık."

Dudaklarını ıslattı ve sesini daha da yükseltti. Herkes az önce Hector'ın anlattığı hikâyeyi bir kez de ondan dinleyecekti. "Gerçekler, bilinenlerden farklı! Tarihe de farklı yazıldı. Batı Kralı'nın Ardel'i ilhak etmesini sağlayan şey, çok güçlü bir casus ekibini, Doğu Ardel Sarayı içine konumlandırmasıydı. Kral Docian, Kral Edmond ve Kraliçe Ledell'i infaz ettirdiğinde, bir grup asinin kendine karşı Direniş'i kuracağını tahmin etmişti. Bazı asil aileleri ve güçlü askerleri satın almayı başarmıştı.

"İlhak sırasında bu askerleri, Kral'a sadık gibi gösterip Prenses'i kaçırtmaya karar verdi. Sözde askerler onu koruyacaklardı ama amaçları onu öldürmek ve Elrod Hanedanı'nın karşı vârisini ortadan kaldırmaktı.

"Fakat Kral Docian'ın hesaplamadığı şey, Direniş'in gerçekten var olmak isteyeceğiydi."

Lilah duraksadı ve kendi etrafında bir tur attıktan sonra konuşmayı sürdürdü. "Hector, zeki bir generaldi. Ardel işleyişi gereği, yönetim konseyinin başında üç general vardı. Üç yaver. Direniş'in başındaki üç general de onlardı. Kralın birinci generali, bir haindi ve Hector tarafından Prenses'i öldürmek üzereyken yakalanıp infaz edildi. Geriye iki general kaldı. Biri direnişçi, diğeri casustu. Birbirlerinden şüphe ederek ve uzak durarak on dört yıl boyunca dengeyi sağladılar. Direniş'e gerçekten hizmet eden kişi Hector'dı. Tam diğer General'i, yani William'ı ortadan çekecekti ki Direniş'te daha fazla hain olduğunu fark etti. Hain General'in adamları, Direniş'e iyice yayılmışlardı."

Herkesin yüzünde büyük bir şaşkınlık ifadesi vardı. Olanları daha önce duysalar da idrak etmek kolay değildi. Yaşaması ne kadar zorsa anlatması da bir o kadar zor, diye düşündü Lilah ama konuşmayı sürdürdü.

"Bunun için Hector bir plan yaptı. Hain olan tüm askerler, tek tek ölüm görevlerine gönderildiler. Ben buraya geldiğimde onlardan çok azı kalmıştı. Onlar da Kral'a suikast ile görevlendirildiler ve sonra kimlikleri benim aracılığımla, Serasker Corridan tarafından ifşa edildi. Böylece Ardel açık vermemek adına kendi casuslarını yakalamak, geri çekmek zorunda kaldı. Yavaş yavaş, Direniş'teki hainler temizlendi. Bugün sonuncusunu ben öldürdüm." Boğazından bıçakladığı adam onlardan biriydi, Lilah onu öldürmüş, diğerlerini basitçe yaralamıştı.

Biri kalabalıktan şaşkınlık dolu bir ses çıkardı ve Lilah, kim olduğunu görmeye çalıştı ama o kişi hemen sessizleşti.

Araya girip, "Sadece on dört yıl boyunca benim gözlemlediğim ve dürüst olduğundan emin olduğum Direnişçiler bırakıldı," dedi Hector, dikkatle. "Böylece asıl hamlemizi rahatlıkla yapıp müttefik toplayabilecektik. Hiç açık vermeden, korkmadan, endişe duymadan."

"Prenses yakalanmamış olsaydı…" dedi Harrison, arka taraftan ve Lilah'yı işaret etti. "O, Prenses'i Corridan'a teslim etti."

"Prenses yakalanmadı. Yakalansa bile Corridan, Prenses'e zarar vermek yerine ölmeyi tercih eder," diyerek ona cevap verdi Hector bağırarak.

Harrison duraksadı. "Nasıl?" diye sordu. "Kendi gözlerimle gördüm. Lilah, Audra'yı ormana sürükledi. Müttefik toplamak için gerekli olan kâğıtları da o imha ettirdi. Her şeyi planlamıştı."

Hector gülümsedi. "Evet. Beraber planladık… sevgili oğlum. Bu bir dikkat dağıtma stratejisiydi. Başından beri olan her şey, söylenen her söz, koca bir yalan. Numara. Geriye dönüp baksan bir sürü açık ve hata bulursun… Çünkü hiçbir oyun kusursuz olmaz, ancak diğer her şey, her bir plan kusursuzdu."

Harrison konuşamayacak duruma geldi. Lilah, onun olanları idrak ettiği anı gözlerinden görebildi. Harrison inanamıyordu. Hâlâ bir şeyler eksikti, yerine oturmuyordu.

"O, Prenses…" diye söze başladı Harrison. *Lydia diyecekti. Siz tahtı başka bir vârise vermeyi tercih ettiniz, Audra'ya ve Kral Edmond'a ihanet ettiniz* diyecekti ama o konuşamadan önce, Lilah konuştu.

"Sevgili Harrison," dedi. "Müttefikleri toplayacağız, evet. Buna hiçbir şey engel olamayacak. Birkaç kâğıt parçası da fayda sağlamayacaktı, kaldı ki o kâğıtlar bizim aleyhimizde maddeler içeriyordu. Anlaşmaların bozulması yararımızaydı, ancak Direniş buna ikna olmadı. O kâğıtlara çok fazla ümit bağlamışlardı. Batı Ardel'in onları yok etmesi, bizim yararımıza oldu," derken muzip bir ifadeyle Hector'a baktı.

Hector, Direniş'teki Konsey'i ikna edemiyordu. Meseleyi Corridan çözmüştü. Kral'ı kandırmış, o belgeler yanarsa Direniş'in yalnız kalacağına inandırmıştı. Bu sayede Ardel'den, bir merkeze dalıp o kâğıtları yok etmelerine yardım edecek bir intihar grubu almayı başarmıştı. Her şey en ince detayına kadar hesaplanmıştı.

Lilah başını kaldırıp hem Harrison'a hem de diğerlerine doğru seslendi. "Hector, birinci general Prenses'i öldürmeye çalıştığı zaman Batı Kralı'nın planlarını çözmüştü. Bu yüzden asıl Prenses ile bir ailenin kızının yer değiştirmelerini sağladı. Bu göz boyamaydı. Asıl Prenses, gözden uzakta eğitim alırken sahte Prenses, hedef olarak ortada tutuldu fakat şüphe uyandırmamak adına da korundu. Tüm direktifleri Hector verdi. Zamanı geldiğinde bir yolunu bulup asıl Prenses'i buraya getirtmeyi başardı," diye açıkladı. Evet, Lilah'nın Direniş'e görev için gönderilme olayı tamamen yalandı. Kimileri mantıklı, kimileri mantıksız bir sürü kılıf uydurulmuştu o kadar.

Ancak Corridan, yıllarca bunun da yerini hazırlamıştı. Kral'ı, kendilerine yardımcı olabilecek bir kıza ihtiyaç duyduklarına ikna etmeyi başarmıştı. Kraliyet lisanı bilenine denk gelseler, her şey daha da kolay olurdu. Ama Kral Docian ve ailesinin bile bilmediği lisanı bilen bir yabancı bulmak... İşte bu imkânsızdı. Lilah gibi birinin varlığı imkânsızdı. Corridan, o yüzden ona muhafızların yanında 'Sen bizim için değerlisin,' demişti.

"Bize daima yardım eden, arkamı kollayan adam... Serasker Corridan'dı," diye açıkladı Lilah. "Prenses'in nişanlısı. Ama Dewana'nınki değil. Prenses Audra'nınki."

Herkes şaşkınlıkla dondu kaldı. Söylenenleri takip etmekte zorlanıyorlardı, Lilah da anlatmakta zorlanıyordu. Bu kadar karmaşık bir şey nasıl daha açık anlatılabilirdi ki? Her detayını yazsa, bu bir günlük değil, roman olurdu.

"Serasker Corridan, aslında sözde tarafsız ülke olan Rodmir'in prenslerinden biri," dedi Hector, sırıtarak. "Prenses'i korumakla görevlendirilen başkişiydi. Bunun için güven kazanması gerekti. On dört yıl önce, on yaşındayken, Ardel'e askerî öğrenci olarak girdi. Kral'ın güvenini kazanmak için ne gerekiyorsa yaptı. Yalandan onun kızıyla nişanlanmak da dahil."

Hector, yıllardır içinde tuttuğu her şeyi dışarı vurabilmenin verdiği keyifle kahkaha attı.

"Şimdi, bizim sahte Prenses'i Ardel'de tutup dikkatleri dağıtacak. Herkes Direniş'in mahvolduğunu, başsız kaldığını sanacak. Ve bu sırada gerçek Prenses'imiz müttefiklerle ilgilenecek. İnanın bana dostlarım, onun elinden hiçbir şey kurtulmaz. On dört yıl boyunca Ardel'in en ünlü eğitmenlerinden biri olan Ivan Tiernan tarafından yetiştirildi ve şimdi ikinci evine döndü. Şu an tarafsız ülkelerden birinde değil, müttefiklerimizden birindeyiz... Rodmir," diye ilan etti. "Rodmir başından beri yanımızdaydı. Sözü Kral ve Prens Adras -Siz onu, Serasker Corridan olarak tanıyorsunuz- verdi. Prens Adras, bu dava için evini terk etti. Yıllarca asıl Prenses'i korudu, kolladı."

Bu sayede buradaki baskını kolaylıkla yapmış, hiç ceza almadan, diplomasiyle uğraşmadan uzaklaşmıştı. Serasker, Lilah'nın nişanlısıydı. Eğitmen A oydu. Yıllarca ona silah taşıyan, eğitimlerine katkı sağlayan kişi, Prens Adras'tı. Bu yüzden Harrison, *Corridan'ın sözü burada geçmez* dediğinde Lilah, ona daha fazla yanılamayacağını söylemişti. Corridan'ın sözü, en çok Rodmir'de geçerdi.

Dakikalar sessizlikle geçti, herkesin gerçekleri sindirmesini bekledikten sonra Lilah gururla gülümsedi. Yıllarca içinde tuttuğu gerçekleri tüm gücüyle, korkmadan, çekinmeden haykırdı. "Bu muazzam bir titizlikle işlenmiş, on dört yıl boyunca adım adım ilerletilmiş bir plandı. Oyunun ilk aşaması bu gece tamamlandı; Direniş hainlerden, tehditlerden arındırıldı, uygunsuz müttefik anlaşmaları ortadan kaldırıldı ve savaş başladı, en güzel yanı da Ardel'in bundan habersiz oluşu. Onlar, sahte Prenses'i sorgularken asıl Prenses'in müttefik topladığından, savaşa hazırlandığından da bihaber olacaklar. Onlar düştüğümüzü sanıyorlar ama biz yükseleceğiz. Hiç beklemedikleri bir anda bitirici darbeyi indireceğiz. Bunu birlikte yapacağız. Çünkü şimdi tamamız.

"Sevgili yol arkadaşlarım... *Min fera sore Eura Fai Rod...* Gerçek Prenses Audra Faith Elrod benim. On dört yıl sonra tahtımı ve ailemin intikamını almak için geri geldim. Ve şimdi sizden tek bir şey isteyeceğin... *Fiere non ferken.*

ARTIK BEKLEMEYİN."

HERKESE AİT BİR GÜNCE VARDI,
HER SAYFASINA BİR İHANET YAZILI
HİÇ KİMSE OKUMASIN,
BİLMESİN DİYE YAZILDIKLARI GİBİ YAKILDI
YAKILAN GÜNCELERİN KÜLLERİ TOPRAĞA GÖMÜLDÜ
HER ŞEY SIR OLARAK KALSIN DİYE
SÖYLENECEK ÇOK SÖZ VARDI
VE YAZACAK ÇOK FAZLA HİKÂYE
ÇOK FAZLA ACI VARDI
AMA HİÇ NEŞE YOKTU
BEKLE DEDİLER… BEKLE
HER ŞEY BİR GÜN APAÇIK YAZILACAK TARİHE
TÜM O SUSKUNLUK BİR BEDELDİ, ÖDENDİ
SENDEN ALINAN NE VARSA GERİ ALMA VAKTİN GELDİ
SUSMAK ZOR
KONUŞMAK YASAK
VE ÇOK AĞIR HER ŞEYİ İÇİNDE TUTMAK
TOPRAĞIN KAN İÇTİĞİNİ GÖRDÜK
VE YILDIZLARIN KAÇTIĞINI
GÜNEŞ BİLE DÜŞMANDAN YANAYDI
KAYBETTİĞİMİZ GÜN, ERKENDEN BATTI
AY BİR HİLALDİ, IŞIĞINI SAKLADI
BİZ ÇOK KAYBETTİK
AMA ONLAR HİÇ KAZANAMADILAR
SADECE DÜŞTÜK
AYAĞA KALKMAMIZ YAKINDI
HER GECENİN SONU SABAHA ÇIKMAZ MI?
YOLUN SONUNDA ÖZGÜRLÜK VARSA
BEKLEMEYE DEĞMEZ Mİ?
BAZI SIRLAR VARDIR
ÖLDÜRÜR SÖYLEYENİ
BAZI GERÇEKLER ACI VERİR
YİNE DE BİR GÜN SÖYLENMELİDİR
KAPANMASI İÇİN…
YÜREĞİNDE SAKLADIĞIN…
İHANET GÜNCELERİ'NİN…

Devam edecek...

TEŞEKKÜR

Bana Ardel'in kitap olması konusunda ve sonraki tüm aşamalarda büyük destek veren Ephesus Yayınları Genel Yayın Yönetmeni Mustafa Güneş ve Editör Emre Özcan'a teşekkür ederim.

Kapak tasarımımızı yapan Beyzanur Şen ve dizgiyi yapan Merve Polat'a titizlikleri ve bu süreçteki arkadaşlıkları için teşekkür ederim.

Bitmeyen destekleri ve bana duydukları inançları için anneme ve babama teşekkür ederim. Heyecanıma da çabama da her aşamada ortak oldular. Ailemizin küçük üyesi olan, kitap yazarken sürekli yanımda hoplayıp zıplayan, mutlu bir şekilde çalışmama sebep olan papağanım Rivialı Reçel'e teşekkür ederim.

Her kitabımı sabırsızlıkla bekleyen, okuyup yorumlayan teyzelerim Nesrin Maden, Nevin Altınok, Fatma Güneşdoğdu'ya teşekkür ederim.

Yazar arkadaşlarım Semiha Kaya, Emine Şeyma Mengi'ye, Ardel'in kitap olması gerektiğini bana ısrarla söyleyen ve ilk adımı atma cesaretini bana veren Meltem Özkaya'ya, arkadaşım ve aynı zamanda editörüm olan Ayşenur Nazlı'ya gösterdiği ilgi ve özen için teşekkür ederim.

Sevgili Nur Can Kara'ya desteği ve inancı için teşekkür ederim.

Ve son olarak Ardel'in ilk okurlarından; Rukiye Kübra Altuntaş, Nur Tokdemir, Seray Beyza Nur Cengiz, Zeynep Sevim, Şevval Nacak, Ela Siper, Halime Şevval Çelebi, Sultan Ayhan, Selin Cengiz, Havva Yüce, Beyza Ekiz, Mükerrem Erdem, adını yazamadığım tüm eski okurlara ve bu kitabı okuyan herkese teşekkür ederim. Hepiniz iyi ki varsınız. Bir hikâyeyi güzel kılan şeylerden biri, onu okuyandır.

İkinci kitap Kan Gülleri'nde tekrar buluşana dek...

FERKE

KERRI MANISCALCO

KARINDEŞEN JACK
Serisi

*"Hayatın da ölümün de ötesinde,
sana olan sevgim ebedî."*

MELTEM ÖZKAYA

EJDERHANIN ÖFKESİ

"Kraliçelerin savaşı yeni başlıyor."

"Bırakın pençeleriniz açığa çıksın güzellerim.
Onları kediler saklar, cadılar değil!"

EKIN S. KOCH

MARAL ATMACA

"Herkes sustuğunda bu ölüm çukurunda sadece benim çığlıklarım vardı."

M. RISE

AV SERİSİ

*"Gücünün farkına var.
Yapabileceklerini tahmin bile edemezsin."*

DİLARA KESKİN

"Gizemlerle dolu koca bir okyanus gibisin. Seni o kadar çok seviyorum ve tanımaya doyamıyorum ki dünyaya on sekiz defa gelsem, on dokuzuncuda yine sana âşık olmak isterdim."